서울 문학 기행

**일러두기**

1. 단행본, 장편소설은『 』, 단편소설, 시, 논문은「 」, 신문, 잡지는《 》, 영화, 연극, 음악, 미술 작품은〈 〉, 기사 표제는 ' '로 표기했습니다.

2. 본문에 수록된 발췌문은 참고 자료에 기재된 원문을 기본으로 하였으며, 일부는 현대어 맞춤법 표기에 따라 보완했습니다.

3. 외국의 인명, 지명 등의 표기는 국립국어원 외래어 표기법을 기준으로 하고 일부는 통용되는 방식으로 표기했습니다. 원문을 첨자로 병기했으며, 여러 번 되풀이되는 경우 첫 번째 단어에 한하여 병기하는 것을 원칙으로 했습니다.

방민호 지음

# 서울 문학 기행

방민호 교수와 함께 걷는 문학 도시 서울

# 우리 문학의 사연 깃든 서울을 찾아

우리 '서울'은 다른 모든 나라의 수도가 그러한 것처럼, 우리나라의 문화가 가장 찬연하게 빛나는 곳입니다. 저는 이 말을 중앙과 지역 간의 차별 속에서 말하고자 하지 않습니다.

서울은 우리 모두의 서울이며, 한국 사람이라면 설레는 마음 없이 이 도시를 생각할 수 없습니다. '서울'이라고 불러 말할 때 우리는 기쁨과 설렘을 느끼지만, 동시에 슬픔과 고통도 함께 떠오릅니다. 그곳에 아프고 힘겨운 삶의 이야기들이 스며들어 있기 때문입니다.

왜일까요? 서울은 조선 왕조 500년의 오랜 전통과 자긍심의 요체일 뿐 아니라, 정지용의 시구에 나오듯 '털 빛깔'이 다른 어미에게 우리 새끼들을 내맡겨야 했던 아픈 경험의 공간이기도 하기 때문입니다.

해방 이후에도 서울은 6·25전쟁을 겪고, 가난과 부자유, 갈등 속에서 저마다의 삶을 끌어안고 몸부림쳤던 처절한 삶의 현장이자 무대이기도 했습니다.

　　그러면서 시간은 흘렀습니다. 이제 우리는 해방의 빛과 자유의 빛에서 나아가 더 높은 차원의 '삶의 혁명'이라는 빛을 마주하는 시대에 이르렀습니다. 우리는 서울과 함께 모든 기억을 품고 미래를 향해 나아가고 있습니다. 광화문, 북한산, 서촌, 부암동, 청파동 그리고 한강과 함께 말입니다.

　　오래전부터 이 책을 쓰고 싶었습니다. 서울 문학 기행, 서울 곳곳에 숨겨진 문학의 흔적을 찾아 그 안에 배어 있는 삶의 이야기를 모아 보고 싶었습니다. 우리가 가장 사랑하는 작가, 작품 들에 얽혀 있는 서울 이야기를 해 보고 싶었습니다. 이 사연들 속에는 한국 사람의 기쁨과 슬픔, 고통과 아름다움 그리고 인내와 희망이 담겨 있습니다. 이 웅숭깊은 사연들을 통하여 우리는 우리가 누구인지 새롭게 깨달을 수 있기 때문입니다.

　　이 책에는 제가 한국 근현대 문학을 공부하면서 알게 된 우리 작가의 이름과 그들 삶의 우여곡절과 이에 얽힌 서울 여러 곳의 이야기가 담겨 있습니다. 이상, 윤동주, 현진건, 박태원, 박인환, 김수영, 이광수, 나도향, 임화, 손창섭, 이호철, 박완서. 이분들의 이름을 다시 외워 봅니다. 캄캄한 밤하늘에 하얗게 빛나는 별처럼 아름답게 반짝이는 문학인입니다. 우리가 가장 가까이 알고 사랑하는 분들입니다. 우리의 삶이 무엇인지 글로써, 시와 소설로써, 애틋하게 밝혀 준 분들이기도 합니다. 서울은 이분들의 삶의 거처요, 이분들의 이야기와 노래의 무대이기도 합니다.

　　『서울 문학 기행』에서 저는 문학인들이 살았던 서울 곳곳의 풍경과 그들의 깊은 사연과 생각을 보여 드리려고 합니다. 그러니 이 책은 단순한 기행문에 머물지 않을 것입니다.

윤동주의 누상동 하숙집, 이광수의 홍지동 별장, 박완서 『나목』 의 주인공 이경이 미군 PX에서 일하며 사랑을 나누던 명동, 그곳에 영원히 깃들어 있을 것 같은 박인환 시인의 동방살롱, 지금은 길이 되어 버린 김수영 시인의 구수동 옛 집터, 손창섭이 일본에서 돌아 와 어렵게 정착하여 외로운 소설의 길을 가던 흑석동, 이름만 들어 도 가슴이 뛰는 이상과 박태원의 종로, 광화문, 서울역, 청계천, 비 극적 삶의 주인공이었던 프롤레타리아 시인 임화의 종로 네거리와 종로6가, 이북에서 내려와 고향을 잃은 이호철의 서울 인구 300만 시대의 종로3가, 너무도 빼어난 단편을 남기고 너무 일찍 세상을 떠 난 나도향, 일장기를 '지우고' 역사를 새롭게 보려 했던 현진건의 창의문(자하문) 너머 부암동…….

제가 발견한 이분들의 이야기를 정심精深한 곳까지 밝게 비추 어 보여 드리고 싶었습니다.

이 책을 쓰며 가장 유의한 것 중 하나, 그것은 식상한 이야기는 싫다는 것입니다. 힘닿는 대로 '제가' 전해 드릴 수 있는 이야기, 우 리의 서울을 더 깊이, 더 넓게, 더 새롭게 이해할 수 있는 내용을 찾 고 다듬어 이야기로 담아냈습니다. 독자분들이 이 책을 통해 우리 의 서울을, 우리의 문학을 그리고 그 둘 사이의 특별한 '밀월'의 사 연을 소중히 여겨 주신다면 좋겠습니다.

그러나 이 책은 여전히 부족함이 많습니다. 저의 미흡한 정성

을 책으로 갈무리하는 데 노고를 아끼지 않으신 북다의 김정은 편
집자, 서술에 정확성을 더해 준 나보령 선생 그리고 편집과 디자인
을 위해 애써 주신 분들께 깊이 감사드립니다.

2024년 12월
방민호

## 차례

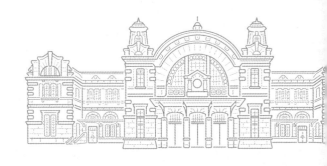

# 1장
## 날자 한 번만 더 날자꾸나
극단의 시대를 통찰하다

이상, 날개

나는 또 회탁의 거리를 내려다보았다.
거기서는 피곤한 생활이 똑 금붕어 지느러미처럼
흐늑흐늑 허비적거렸다.
눈에 보이지 않는 끈적끈적한 줄에 엉켜서
헤어나지들을 못한다.
나는 피로와 공복 때문에
무너져 들어가는 몸뚱이를 끌고
그 회탁의 거리 속으로 섞여 들어가지 않는 수도
없다 생각하였다.

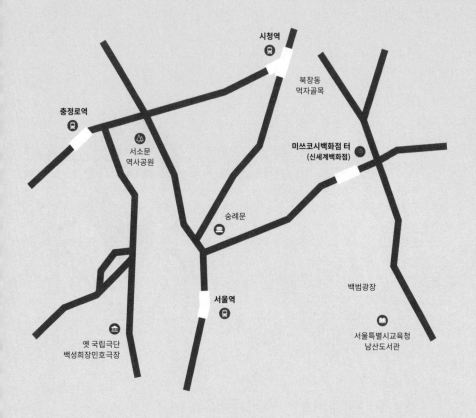

시청역

북창동
먹자골목

충정로역

서소문
역사공원

미쓰코시백화점 터
(신세계백화점)

숭례문

백범광장

서울역

옛 국립극단
백성희장민호극장

서울특별시교육청
남산도서관

1930년대 서울에서 미쓰코시
백화점(신세계백화점)과
경성역(서울역)은 자본주의가
처음으로 유입된 공간이자 경성
모더니즘을 상징하는 장소였다.

## 말같이 생긴 외로운 사내

이상은 어떻게 생겼을까요? 저는 이상이 그리 잘생긴 사람은 아니었다고 생각합니다. 그의 긴 얼굴형은 마치 말을 연상시켜, 저는 이상을 '말같이 생긴 외로운 사내'라고 표현하기도 했지요.

이광수의 단편소설 「윤광호」(1918)를 보면, 주인공 윤광호가 P라는 사람에게 호감을 품고 편지를 보냅니다. 이에 대해 P는 답신에서 이렇게 말합니다. 누군가의 사랑을 받으려면 세 가지 조건이 필요하다. 첫째, 돈이 많아야 한다. 둘째, 용모가 뛰어나야 한다. 셋째, 재주와 학식이 뛰어나야 한다. 이 세 가지를 모두 갖춘 사람은 누구에게도 사랑받을 수 있지만, 그중 하나만 부족해도 사랑받을 확률이 급격히 줄어든다는 것입니다.

이 기준에 비추어 이상을 평가해 보겠습니다. 이상은 용모가 뛰어났을까요? 그렇지 않았던 것 같습니다. 재산이 풍족했을까요? 아닙니다. 그는 매우 가난한 부모 밑에서 태어났고, 그를 양자로 받아들였던 백부마저 세상을 떠난 후에는 극심한 궁핍 속에서 살아야 했습니다. 결국 사랑받기 위한 세 가지 조건 중 두 가지를 충족하지 못한 셈이지요.

그렇다면 이상에게는 무엇이 있었을까요? 바로 뛰어난 재주와 학식입니다. 하지만 외적 조건의 부족과 내적 조건의 충만함 사이의 괴리는 이상으로 하여금 세계와 자신에 대해 끊임없이 고민하게 만들었습니다. 이로 인해 그는 현실 세계를 살아가는 데 큰 고통을 겪을 수밖에 없었던 것입니다.

이상은 어릴 때부터 그림을 좋아했습니다. 인왕산 아래에 있던 보통학교인 신명학교를 다니던 시절부터 그는 한국의 툴루즈 로트레크Henri de Toulouse-Lautrec(어린 시절 사고를 당해 성장이 멈춘 프랑스 화가)라 불리던 구본웅과 절친한 친구 사이였습니다. 구본웅은 어릴 때 사고로 척추를 다쳐 장애를 갖고 있었고, 이상보다 네 살 위였지만 두 사람은 친하게 지냈어요. 이후 구본웅은 파이프를 물고 있는 이상을 모델로 유명한 작품 〈우인의 초상〉(1935)을 그리게 됩니다. 서양화가들의 초상화나 자화상에는 종종 담배나 파이프를 물고 있는 인물이 등장하는데, 이는 인물의 내면과 성격을 잘 드러내기 위한 연출로 여겨졌습니다. 구본웅 역시 이 전통을 따르며, 파이프를 물고 있는 이상을 그렸지요.

이상은 학창 시절 내내 그림을 그리며 화가의 꿈을 키웠습니다. 그의 작품 중에는 「거울」(1933)과 「명경」(1936)처럼 자신에 대해 쓴 시가 유독 많습니다. 소설에서도 이와 비슷한 경향을 보이는데,

구본웅의 〈우인의 초상〉 속 파이프를 물고 있는 이상의
모습.

자화상이라는 콘셉트를 어떻게 착안하게 된 걸까 곰곰이 생각해 보니 화가 지망생이었던 이력과 관련이 있지 않을까 싶더군요.

서양에서는 자화상으로 유명한 화가가 많습니다. 렘브란트 Rembrandt Harmensz van Rijn 는 약 100점의 자화상을 남겼고, 고흐 Vincent van Gogh 또한 렘브란트를 의식해 많은 자화상을 남겼습니다. 특히 그의 초기 시절 자화상에는 삶에 대한 치열한 고뇌와 고민이 담겨 있습니다. 고흐는 동생 테오와 많은 서신을 주고받았는데, 테오가 보낸 편지는 거의 남아 있지 않지만 고흐가 보낸 편지는 대부분 보존되어 있습니다. 이는 테오의 꼼꼼한 관리 덕분이었지요. 테오는 고흐의 생활비를 지원하며 그의 작품을 대신 보관했지만, 고흐가 세상을 떠난 지 6개월 만에 그 또한 세상을 떠나고 맙니다. 이후 테오의 미망인이 고흐의 작품을 세상에 알리는 데 결정적인 역할을 합니다. 고흐가 테오에게 보낸 편지에는 이런 문장이 있습니다. "내 얼굴을 그리려고 좀 좋은 거울을 샀다."

이 문장을 읽고 문득 이런 생각이 들었어요. '아, 이상은 왜 「거울」과 「명경」 같은 시를 썼으며, 자기 자신을 모티프로 한 문학 작품을 남겼을까.' 거울은 자화상을 그리는 데 필수적인 도구지요. 거울에 비친 자신의 모습을 바라보다가 그것에 대한 시를 쓰게 되었고, 그렇게 자신의 이야기를 많이 남긴 것이 아닐까요? 그러므로 거울이나 자화상에 대한 시와 소설은 그림을 그리던 시절의 산물이라고 볼 수 있습니다.

이상의 사진을 한 장 보도록 합시다. 1933년경 《아동세계》 편

왼쪽부터 이상, 박태원, 김소운이 《아동세계》 편집부에서
포즈를 취하고 있다.

집부에서 찍은 것으로, 사진 속 맨 왼쪽에 있는 인물이 이상입니다. 개인적으로 아주 좋아하는 이상의 날카로운 표정이 잘 나타나 있습니다. 우리가 흔히 떠올리는 이상의 이미지와는 전혀 다른 모습이지요. 봉두난발로 '고르덴 바지'를 하나 걸치고, 술을 가까이하며 기생 금홍과 연애를 즐기고, 해가 중천에 뜨고 나서야 이부자리에서 일어나는 불규칙적인 생활을 하는 퇴폐적인 모습은 찾아볼 수 없습니다. 이를 포함해 몇몇 사진에 등장하는 이상은 결코 봉두난발을 한 데카당스(19세기 프랑스와 영국에서 유행한 퇴폐적이고 감각적 쾌락을 추구한 예술·문화 경향)가 아니에요. 정면을 응시하고 있는 형형한 눈빛이 여간 매서운 것이 아닙니다. 이처럼 문학인들과 함께 있을 때의 이상은 사진에서처럼 굉장히 날카로운 지성의 소유자였습니다.

그의 뒤에 서 있는 인물은 소설가 구보 박태원이고, 그 옆에는 시인이자 번역가인 김소운이 있습니다. 당시 김소운은 한국의 동요선과 민요선을 일본어로 번역해 일본에 소개하며, 일본 문화계에 한국 문학을 알리는 데 중요한 역할을 담당했지요. 그는 일본인들이 부러워할 정도로 뛰어난 번역 실력을 자랑하며, 1933년에는 일본의 대표적인 출판사 이와나미쇼텐岩波書店에서 책을 출간할 정도로 일본어에 능통했습니다. 그러나 동시에 그는 조선인으로서의 자의식이 매우 강한 인물이었습니다. 김소운은 아동문학의 큰 뜻을 품고 1933년 9월에 잡지 《아동세계》를 창간했습니다. 이 과정에서 많은 어려움을 겪었지만, 잡지 창간 직전 이상과 마주친 일이 그에게 특별한 인연이 되었습니다. 김소운은 이상에게 잡지 표지 그림을 부탁했고, 이를 통해 둘 사이에 독특한 연결 고리가 형성되었습니다.

## 셔츠 대신 한복 입은 이상

우리가 흔히 아는 이상은 서구 모더니즘 계열의 작가로, 봉두난발을 하고도 왠지 셔츠와 코트를 즐겨 입었을 것이라고 상상하게 됩니다. 그러나 그의 사후에 박태원이 쓴 회상기 「이상의 편모片貌」(1937)에 실린 사진 속 이상은 한복을 입고 있습니다. 박태원, 김소운과 함께 찍은 사진에서처럼 그는 형형한 눈빛을 하고 있습니다. 또한 이상과 결혼해 3개월밖에 함께 살지 못했던 수필가이자 미술평론가 변동림은 이상과의 첫 만남에서 그가 밤색 두루마기를 입고 나타났다고 회상합니다.

이는 매우 중요한 지점입니다. 이상의 내면 의식에서 가장 중요한 줄기 가운데 하나가 바로 강렬한 민족적 자각이었습니다. 자신이 조선인이며, 따라서 조선인으로서의 운명을 감당해야 한다는 다짐을 마음속에 아로새긴 것입니다. 그러한 의식은 건축 기사로 일하던 조선총독부를 나온 이후 더 강렬해졌습니다. 하지만 많은 이들이 이상의 민족에 대한 사랑과 애착은 보지 못하고, 오로지 그가 지닌 모더니스트적 면모에만 주목합니다. 그를 편향된 시각으로 이해하는 것이지요. 이상이 세상을 떠난 후 서양화가 김환기와 결혼해 김향안으로 개명한 변동림 역시 이상이 일제에 대한 강한 저항심을 가진 인물이었다고 전하며, 이상이 자신이 조선인임을 늘 의식하며 한복을 입고 다녔다고 증언했지요.

당시 이상은 혜화동 바깥에 살았습니다. 1930년대 혜화동은 성북동으로 넘어가는 서울의 경계선이었으며, 그 길목을 일본 경찰과 순사들이 지키고 있었어요. 한복을 입고 서울을 오가던 이상은 검문을 피할 수 없었습니다. 한복을 입는 것 자체가 문제시되던 시대였기 때문입니다. 바로 이런 이유로 변동림이 이상은 강렬한 민족적 의식을 지닌 사람이었으나, 많은 이들이 그 사실을 잘 모른다는 말을 남겼던 것이겠지요.

이상은 어디에서 출생했을까요? 오랫동안 현재 '이상의 집'으로 알려진 장소가 그의 출생지로 여겨졌습니다. 하지만 저명한 한국 현대 문학 연구자 권영민 선생은 이상의 호적을 조사해 그의 본적지가 통인동 154번지임을 밝혀냈지요.

큰아버지 김연필의 집인 '이상의 집'에서 이상이 태어났다고 알려졌지만, 이상의 출생지가 통인동이 아닌 사직동이라는 근거가 최근 확인되었습니다. 이상의 생부 김연창은 형 김연필이 마련해준 사직동의 집에서 분가해 살고 있었고, 바로 이곳에서 이상이 태어난 것입니다. 이상이 사직동 165번지에서 출생한 사실은 물론이고 당시 지적도까지 소개되어 있습니다. 주상 복합 단지로 바뀌어 버린 사직동 집에서 태어난 이상은 세 살 되던 해 현재 '이상의 집'

으로 알려진 통인동 154번지로 이사했습니다. 그곳은 대략 1,000제곱미터(약 300평)에 달하는 넓은 터로, 강릉 김씨 10대조 때부터 살았던 것으로 미루어 보아 상당히 유서 깊은 가문이었음을 짐작할 수 있지요. 이곳에서 이상은 세 살부터 스물세 살까지 살았습니다. 신명학교와 보성고등보통학교(이하 보성고보)를 다니며 화가의 꿈을 키웠고, 이후 경성고등공업학교(이하 경성고공)에 진학했습니다. 당시 뒤뜰에 하숙하던 학생 문종혁은 이상과 매우 가까운 사이였다고 증언했습니다.

현재 '이상의 집'은 예전 그대로의 모습은 아니며, 당시의 터만 간신히 남아 있는 상태입니다. 이상은 결혼을 했으나 후사가 없던 큰아버지 김연필의 양자로 들어갔습니다. 하지만 호적에 정식으로 올려지지는 않았어요. 이후 김연필은 만주 여행 중 아들이 딸린 김영숙이라는 여성을 데리고 왔고, 본처가 집을 떠난 뒤 김영숙이 아내로 정식 등록되며 그녀의 아들 역시 김연필의 가계에 입적됩니다. 그로 인해 이상은 오갈 데조차 없어지는데, 그때가 경성고공에 들어갈 즈음이었습니다. 이상은 양자처럼 큰집에 들어와 큰아버지를 아버지라고 불렀지만, 항상 가족적 소속이 불분명한 상태로 자란 셈입니다. 1932년 김연필이 뇌출혈로 50세의 나이에 생을 마감한 후 유산을 둘러싸고 싸움이 났고, 정식 입적되지 않았던 이상은 결국 그 집을 떠날 수밖에 없는 상황에 몰렸습니다.

이상의 친부모는 어떤 사람들이었을까요? 그의 가계는 매우 극적인 이야기를 품고 있습니다. 이상이 1937년 4월 17일 세상을 떠난 후, 산문 「슬픈 이야기」가 유고 작품으로 잡지 《조광》 6월호에 실리는데, 그 내용과 분위기가 굉장히 감상적이고 애달픕니다. 그의 가족사는 물론 자신의 삶 또한 회상하는 이야기이기 때문입니다.

우리 어머니도 우리 아버지도 다 읽으셨습니다. 그분들은 다 마음이 착하십니다. 우리 아버지는 손톱이 일곱밖에 없습니다. 궁내부 활판소에 다니실 적에 손가락 셋을 두 번에 잘리우셨습니다. 우리 어머니는 생일도 이름도 모르십니다. 맨 처음부터 친정이 없는 까닭입니다. 나는 외갓집 있는 사람이 퍽 부럽습니다.

'읽었다'는 표현은 천연두로 인해 얼굴에 흉터가 남았다는 뜻이고, "손톱이 일곱밖에 없"다는 것은 이상의 아버지가 궁내부 활판소에서 인쇄 기계를 다루다 손가락 세 개를 잃었다는 것을 의미합니다.

기록에 따르면 우리나라에서 활판 인쇄는 1883년 박문국博文局이라는 인쇄 부서의 설립으로 시작되었습니다. 그 이전에는 목판 인쇄가 주를 이루어 『심청전』, 『춘향전』 같은 방각본 소설이 많이 나오곤 했지요. 활판 인쇄는 개화기의 상징이자 근대화의 산물로, 이러한 역사적 전환 속에서 아버지가 천연두로 얼굴이 읽고 손가락까지 잃는 비극을 겪었다는 것은 주목할 만한 사실입니다.

반면 이상의 큰아버지 김연필은 원래 공업 계열 교사였으나 이후 총독부에서 공업 기술자로 일하며 집안의 가통을 유지했습니다.

비록 양반 신분을 잃었지만, 중인 신분으로 비교적 안정적인 생활을 이어 갔습니다. 그러나 어찌 된 영문인지 친아버지 김연창은 천연두를 앓은 데다 활판소에서 손가락이 잘리는 사고까지 겪습니다. 그 손으로 이상이 태어난 사직동에 이발소를 열어 생계를 꾸려 나가려고 무진 애를 쓰지만, 나중에는 가게까지 잃고 적선동으로 이사를 가야 했던 곤궁한 인생이었습니다. 이러한 기구한 환경 속에서 이상은 태어났습니다.

이상의 어머니는 어떻게 묘사될 수 있을까요? 박세창 여사로 알려져 있지만, 실제 호적을 살펴보면 그녀의 이름은 박성녀로 기록되어 있습니다. '박성녀'는 단순히 '박씨 성을 가진 여자'라는 뜻으로, 사실상 이름이 없는 것과 다름없습니다. 이상의 친아버지와 친어머니가 어떻게 만나 결혼하게 되었는지는 아직 충분히 밝혀지지 않았습니다. 또한 이상의 큰아버지와 친아버지 사이에도 무언가 복잡한 사연이 있었으리라는 추정을 가능케 합니다. 「슬픈 이야기」에서 드러나듯, 김연필이 애초에 친정 없는 여성을 데려와 자신의 동생과 결혼시킨 것이 아니었나 하는 생각을 하게 됩니다.

이상의 출생 연도 또한 의미심장합니다. 그는 1910년 9월 23일에 태어났습니다. 경술국치庚戌國恥(1910년 8월 29일)로 나라를 잃은 지 한 달 만에 세상에 나온 것입니다. 그리고 1937년 4월 17일, 26년 7개월의 짧은 생을 마감했습니다. 향년 28세로 기록되지만, 실제로는 더 짧은 시간을 살다 간 셈입니다. 이상은 식민지 시대의 서막에 태어나 그 한복판에서 삶을 마감한 것이지요. 이러한 삶의 궤적은 이상의 운명을 더욱 뚜렷하게 보여 줍니다.

그런 의미에서 한복을 입은 이상의 모습은 매우 중요한 상징성을 지닙니다. 이상은 이미 언급했듯이 사직동에서 태어나 통인동에서 성장했습니다. 서울의 중심인 이곳은 1920~1930년대 일제강점기에는 북촌으로 불렸습니다. 오늘날에는 서촌으로 불리지만, 당시에는 청계천을 경계로 경복궁과 창덕궁 사이의 종로 윗동네를 북촌이라 했습니다. 이상이 태어나고 자란 곳이야말로 조선 왕조의 전통이 면면히 흐르는 서울의 심장부였던 것입니다. 동시에, 서울은 식민지 조선에서 가장 모던한 곳이기도 했지요.


## 경성 모더니즘의 탄생

우리에게 이상은 모더니즘 작가로 각인되어 있습니다. 그렇다면 모더니즘은 어디서 발현할까요? 이 문제를 두고 앨릭스 캘리니코스Alex Callinicos라는 학자는 이렇게 말합니다. 모더니즘은 모더니티(현대성)가 가장 발달된 곳이 아니라, 오히려 새로운 문물이 유입되는 낙후된 사회에서 나타난다고요. 오래되고 손때 묻은 전통적인 것과 외부에서 들어오거나 새롭게 싹트는 새로운 분위기가 만나 극적인 대조를 이루는 공간에서 모더니즘이라는 예술 사조가 발달하게 된다는 것입니다.

그는 그러한 세계의 하나로 빈Wien을 예로 듭니다. 빈은 유럽에서 상대적으로 후진적인 오스트리아-헝가리 제국의 수도였지만, 서유럽의 프랑스 등을 통해 새로운 문화가 시시각각 유입되던 장소적 특수성으로 말미암아 충격적일 만큼 화려하고 호화로운 모더니즘을 발달시킬 수 있었습니다. 전통적인 세계와 어두운 세계를 배후에 두고 발달된 수도 지역이야말로 모더니즘이 발현하기에 최적의 조건을 갖춘 곳이라 볼 수 있습니다. 이와 관련해 칼 쇼르스케Carl E. Schorske 의 『세기말 빈Fin-de-siècle Vienna : Politics and Culture』(1980)도 문화사와 지성사 측면에서 '빈 모더니즘'을 다룬 중요한 참고서로 꼽힙니다.

우리에게도 '경성 모더니즘'이라는 용어가 필요하다고 생각합니다. 그렇다면 경성 모더니즘의 요건은 무엇일까요? 무엇보다 조선이 근본적으로 농경 사회였던 가운데, 오로지 경성만이 모던화를 겪고 있었다는 점을 들 수 있습니다. 이상이 바로 그 경성에서 나고 자랐다는 사실 자체가 그의 모더니즘 예술의 중요한 바탕이 되었던 것이지요.

이상은 여러 편의 문제작을 남겼는데, 그중 「종생기終生記」(1937)라는 작품은 특히 중요합니다. 제목 그대로, '종생기'는 생을 마치며 남기는 기록이라는 뜻입니다. 이상 자신의 이야기를 담은 이 작품에서 화자는 이렇게 말합니다. "나는 벼를 본 일이 없다." 이상이 정말 벼를 보지 못했을까요? 물론 그렇지는 않지요. 이는 과장된 표현입니다. 하지만 1910~1920년대, 이상이 유년기를 보낸 경성은 이미 근대적 도시로 변모하고 있었습니다. 각종 공공건물의 건축 양식에서 확인할 수 있지요. 우리가 알고 있는 서울역은 1917년 이광수의 장편소설 『무정』에 등장할 때까지만 해도 남대문 정거장이었습니다. 이후 경성역으로 개칭하고 1925년경 기존의 목조 역사를 철거하고 새로 지어진 경성역사가 들어섰지요.

우리의 역사에 1920년대는 어떻게 기록되어 있으며, 우리는 당대의 한국사를 어떻게 배우고 있을까요? 비록 1919년 3·1운동이 좌절되었지만, 당시 사람들은 민족적 저항 의식에 눈을 뜨며 조선의 독립에 대한 열망이 들불처럼 일어났습니다. 그 결과 1920년대 중반에는 규모가 큰 사회운동과 저항운동이 활발하게 일어났습니다. 실제로 그 시대에는 카프(KAPF, 조선프롤레타리아예술가동맹)를 비롯한 계급주의운동과 민족주의운동이 벌어졌고, 저항 활동 또한 활발히 진행되었습니다. 그런데 일제는 1910년대부터 경성의 도시계획을 여러 차례에 걸쳐 추진하면서 식민지 통치를 위한 주요 기관 건물들을 짓기 시작했습니다. 이 건물들이 차례로 완공된 시기가 바로 1925~1926년이에요. 이 시기에 경성역사가 새로 지어졌으며, 현재 서울시청 건물 뒤에 있는 구청사와 김영삼 전 대통령이 다이너마이트로 폭파시킨 조선총독부 건물 또한 이때 완공되었습니다. 따라서 1925~1926년은 경성의 도시적 변화를 상징하는 매우 중요한 시기였습니다.

1910년생인 이상은 유년 시절과 소년 시절에 무엇을 보며 자랐을까요? 당시 경성의 건물들은 대부분 초가집이나 기와집이었습니다. 서구 건축 양식을 따른 건물 몇 채가 있긴 했지만, 그 수는 매우 적었습니다. 그 단층 건물들의 세계에 여러 층짜리 서양식 건물들이 출현하기 시작했던 것입니다. 이상은 이런 건축물들이 하늘을 향해 치솟는 모습을 두 눈으로 지켜보며 성장했을 테지요. 화강암으로 외장을 마감한 철근 콘크리트 건물이 층층이 쌓아 올려지는 광경은 그의 성장 배경에 깊은 영향을 미쳤을 것입니다. 저 또한 20대부터 지금까지 철도나 지하철 공사장을 오가거나 고층 건물이 올라가는 모습을 지켜보며 나이를 먹지 않았겠습니까. 그런 생각을 하면, 당시의 이상도 우리와 다를 바 없었던 것 같습니다.

1920년대의 경성은 서울역에서 용산까지를 포함한 지역을 의미했습니다. 1930년대 초가 되어서야 강 건너 영등포 지역이 서울 경계로 취급되기 시작했고, 1930년대 중반에 이르러서는 '대경성'이라는 말이 유행했습니다. 대경성은 지금의 서울 행정 구역과 유사한 범위를 의미합니다. 따라서 이상은 대경성이 되기 전, 경성이 서서히 성장하고 현대적으로 변화하는 과정을 시시각각 관찰하며 성장한 셈이지요.

그래서 "벼를 본 일이 없다"는 말은, 이상 자신이 도시 공간에서 건축물들이 들어서는 과정을 직접 목격하며 성장했다는 사실을 암시합니다. 자기 자신이 '도시 소년'이라는 점을 강조하는 언급이라고 할까요? 당시 경성을 조금만 벗어나면 벼를 볼 수 있는 환경이었음에도 "나는 벼를 본 일이 없다"라고 말한 지점에서, 우리는 이상의 가장 중요한 창작 방법으로 연결되는 사고를 엿볼 수 있습니다. 도시 문명을 해부하는 알레고리적 이야기 만들기가 바로 그

것입니다.

알레고리는 쉽게 말해 우화입니다. 가장 간단한 알레고리 작품으로는 『이솝 우화』를 들 수 있지요. 「개미와 베짱이」를 예로 들어 봅시다. 우리가 익히 아는 이 이야기가 실제 개미와 베짱이라는 곤충들의 이야기일까요? 개미와 베짱이가 서로 말을 하고, 심지어 사람처럼 대화를 나눌 수 있는 존재일까요? 「개미와 베짱이」에서 다루는 사건과 구성은 비현실적입니다. 그러나 이 이야기는 특정한 의미와 구축 원리를 띱니다. 개미는 덕목으로서의 부지런함 혹은 부지런한 사람을 상징합니다. 반대로 베짱이는 게으름 혹은 게으른 사람을 상징합니다. 우리는 「개미와 베짱이」를 부지런한 자와 게으른 자의 이야기로 읽어야만 그 알레고리를 해석할 수 있습니다. 조금 더 이론적으로 살펴보자면, 텍스트 내의 인물과 기호의 관계가 텍스트 바깥의 관념적·개념적 의미를 체계적으로 지시할 때, 비로소 알레고리가 성립하는 것입니다.

이상의 「날개」(1936) 또한 알레고리 소설로 볼 수 있습니다. 많은 독자가 「날개」의 '나'를 이상 자신으로, '아내'를 본명이 연심인 금홍으로 해석하곤 합니다. 그러나 이는 잘못된 독법입니다. 사소설적 관점에서 벗어나 다른 시각으로 작품을 판단해야 합니다. 「날개」는 명백히 알레고리 소설로 읽어야 합니다.

작품 속 '아내'는 단순히 '나'와 혼인 관계를 맺은 여성을 넘어서, 자본주의적 현대성을 은유하는 인물입니다. 그렇다면 '나'는 무엇으로 대체해 볼 수 있을까요? 그는 자본주의적 현대성에 의문을 품고 그것에 맞서려는 자기 인식적 존재를 상징합니다. 이러한 관점에서 보지 않으면 소설의 본질을 제대로 해석하기 어렵습니다.

이상은 「날개」를 완성한 이후 1936년 10월 말경 일본으로 건너갔습니다. 그곳에서 다수의 중요한 작품을 집필했으며, 그중 하나가 앞서 언급한 「종생기」입니다. 이 작품에는 이런 대목이 등장합니다.

> 왜 나는 미끈하게 솟아 있는 근대 건축의 위용을 보면서 먼저 철근, 철골, 시멘트와 세사, 이것부터 선뜩하니 감응하느냐는 말이다.

주인공은 조선총독부, 미쓰코시 백화점, 경성역 등에서 근대 건축의 위엄을 직접 목격합니다. 그러나 단순히 화려한 외양만 보는 것이 아니라 내부의 철근, 콘크리트, 가는 모래(세사)까지 투시합니다. 현대 도시의 장관에 휩쓸리지 않고 엑스레이로 찍어 내듯 그 본질을 꿰뚫어 본 것입니다. 이 대목에서 우리는 이상의 중요한 알레고리적 창작 방법을 발견할 수 있습니다.

작가는 왜 알레고리 형식을 채택할까요? 이는 작가가 간파한 세계의 본질을 이야기로 구성했을 때 흥미를 유발하면서도 복합적인 의미 체계를 구축할 수 있는 효과 때문일 것입니다. 이상은 현대 사회를 깊이 들여다보고, 그 본질을 뽑아내어 이야기로 재구성했습니다. 바로 이 본질의 재구성이 그의 소설입니다.

이상이 바라본 현대 사회의 본질은 돈으로 무엇이든 사고파는 세계, 상품 관계와 화폐 관계가 최우선의 가치가 되어 버린 세계, 그리고 돈에게 절대적 권력을 부여한 자본주의적 현대성의 세계였습니다. 그는 이를 몸을 팔아 생계를 유지하는 '아내'라는 존재로 의미화했으며, 그러한 세계와 싸우는 자의식적 존재의 투쟁을 그려 냈습니다. 저는 「날개」를 이렇게 읽어야 한다고 생각합니다. 도시의 아이로 자란 이상이었기에 투시의 시선을 가질 수 있었던 것이지요.

이상의 소설 「날개」에 관해 널리 퍼진 오해가 하나 있습니다. 주인공이 백화점 옥상에서 뛰어내려 생을 마감했다고 보는 것이지요. 즉, 미쓰코시 백화점 옥상에서 "날자. 날자. 날자. 한 번만 더 날자꾸나"라고 외치며 뛰어내려 자살했다고 보는 것입니다. 그러나 저는 텍스트 읽기가 아주 중요하다고 봅니다. 저 또한 어떤 작가의 작품을 읽을 때 항상 텍스트를 정밀하고 정확하게 읽으려 노력합니다. 이 대목을 찬찬히 읽어 볼 필요가 있는데요. 먼저 미쓰코시 백화점 4층 옥상에서 거리를 내려다보는 장면을 함께 볼까요.

나는 또 회탁의 거리를 내려다보았다. 거기서는 피곤한 생활이 똑 금붕어 지느러미처럼 흐늑흐늑 허비적거렸다. 눈에 보이지 않는 끈적끈적한 줄에 엉켜서 헤어나지들을 못한다. 나는 피로와 공복 때문에 무너져 들어가는 몸뚱이를 끌고 그 회탁의 거리 속으로 섞여 들어가지 않는 수도 없다 생각하였다.

이 대목을 주의 깊게 읽으면, 주인공은 먼저 백화점 옥상에서 거리를 내려다보고 있습니다. 지상의 세계, 즉 거리에는 행인들이 오가고 있습니다. 그 장삼이사張三李四의 삶은 어떤 모습일까요? 꼭 금붕어의 지느러미처럼 흐늑흐늑합니다. 피곤한 일상 속에서 흐느적거리며 벗어나지 못하는 이들을 이상은 보이지 않는 끈에 엉켜 헤어나지 못하는 존재로 묘사하고 있습니다.

그런데 이것이야말로 미셸 푸코Michel Foucault의 『감시와 처벌 Surveiller et Punir』(1975)에서 언급된 파놉티콘panopticon적 구조와 닮아 있지 않을까요? 중앙의 감시탑에서 모든 감방 안 죄수들의 사생활을 지켜볼 수 있는 구조와 다를 바 없는 현대 세계 말입니다. 푸코보다 이상이 먼저 이러한 세계를 살다 갔지요. 푸코가 말한 감시와 통제의 구조가 이미 이상의 「날개」에 드러나 있는 것입니다. 모두 보이지 않는 줄에 묶여 정해진 시간에 오고 가는, 이곳이야말로 피곤한 세계입니다. 권력이 그물망처럼 사회의 여러 부분으로 퍼져 나가며 작동한다는 미시 권력, 즉 푸코적 권력 개념이 지배하는 세계라고 하겠습니다. 하지만 그 세계에 들어가지 않을 수 없는 것이 현실이지요.

그다음 문장은 이렇게 전개됩니다. "나서서 나는 또 문득 생각해 보았다. 이 발길이 지금 어디로 향해야 하는 것인가를……." 즉, 주인공은 이미 1층으로 내려와 미쓰코시 백화점 출입문 앞에 도착했음을 확인할 수 있습니다. 거리로 나서면서 그는 '나는 지금 피로와 공복감 속에서 어디로 가야 하나'라고 생각합니다. 그리고 그때,

눈앞에 아내의 모가지가 떨어집니다. 물론 이는 일종의 환각입니다.


## 나는 불현듯이 겨드랑이가 가렵다

앞에서 저는 이 소설에 등장하는 '아내'가 단순한 인격적 개체가 아니라 자본주의적 현대성을 상징한다고 말씀드렸습니다. 이어지는 대목은 다음과 같습니다.

> 그때 내 눈앞에는 아내의 모가지가 벼락처럼 내려 떨어졌다. 아스피린과 아달린.
> 우리들은 서로 오해하고 있느니라. 설마 아내가 아스피린 대신에 아달린의 정량을 나에게 먹여 왔을까? 나는 그것을 믿을 수는 없다. 아내가 그럴 대체 까닭이 없었을 것이니.

아내가 나에게 준 것이 아스피린인 줄 알았는데, 사실은 아달린이었을지도 모른다는 의혹에 사로잡힌 주인공. 아스피린은 각성제로 정신을 깨우지만 아달린은 수면제입니다. 자본주의적 현대성을 가리키는 아내가 나에게 준 것은 자본주의 메커니즘에 대한 각성인가, 아니면 의식을 잃고 이 메커니즘에 빠져들게 만드는 수면인가? 이러한 고민이 담겨 있는 구절이지요. 이는 우리 시대의 고민을 그대로 보여 주기도 합니다. 우리 또한 현대적 세계의 고통을 매

순간 자각하면서도, 동시에 그것이 주는 수면 효과에 빠져들고 있지 않습니까? 이러한 양면성이 아스피린과 아달린의 대립을 통해 형상화되어 있는 것입니다.

이처럼 알레고리는 자본주의 현대성을 아내라는 인물로 치환했습니다. 하지만 인물은 기본적인 성격이나 특징 같은 인격적 속성을 보여 주어야 합니다. 그러지 않으면 인간의 이야기를 담은 소설이 성립하지 않겠지요. 그렇기에 아내는 나를 속이고, 나와 맞지 않는다는 인격적 속성이 부여된 것입니다. 아내와 나의 상반된 성격과 그로 인해 생기는 오해와 갈등은 그러한 이유 때문에 설정된 것이겠지요. 뒷부분을 더 살펴봅시다.

이때 뚜 - 하고 정오 사이렌이 울었다. 사람들은 모두 네 활개를 펴고 닭처럼 푸드덕거리는 것 같고 온갖 유리와 강철과 대리석과 지폐와 잉크가 부글부글 끓고 수선을 떨고 하는 것 같은 찰나, 그야말로 현란을 극한 정오다.

현대적 세계 속으로 다시 빨려 들어가야 하는 상황에서, 그 고통이 절정에 이르렀을 때 정오 사이렌 소리가 들려옵니다. 이것은 무엇을 의미할까요? 이는 니체적 시간인 정오가 도래했음을 알리는 것으로 해석할 수 있습니다.

헤겔G. W. F. Hegel은 『법철학 강요Grundlinien der Philosophie des Rechts』(1820) 서문에서 이렇게 말했습니다. "미네르바의 부엉이는

황혼이 저물어야 그 날개를 편다Die Eule der Minerva beginnt erst mit der einbrechenden Dämmerung ihren Flug." 이는 인간의 이성과 지혜는 역사적 행위, 일상의 시간, 행위의 시간이 다 끝난 다음에야 비로소 그것들을 개념적으로 정리하고 질서를 부여한다는 의미입니다. 헤겔은 이처럼 사변의 시간과 황혼을 중요한 개념으로 보았습니다.

이에 반해 니체Friedrich Wilhelm Nietzsche는 진짜 중요한 시간은 생동하는 삶의 시간이라고 주장했습니다. 그는 인식의 그림자가 가장 짧은 순간인 정오를 삶의 절정과 깨달음의 시간으로 보았습니다. 이상은 니체를 읽었습니다. 그렇기에 소설에서 "정오 사이렌이 울었다"라는 표현은 니체적 깨달음의 순간을 상징한다고 해석할 수 있습니다.

이상은 정오를 만물이 깨어나는 시간으로 묘사합니다. 그는 모든 것이 죽어 있던 것처럼 보였던 세계가 마치 닭처럼 활기를 되찾는다고 말합니다. 시골에서 닭을 키워 본 사람이라면, 닭이 푸드득거리며 약동하는 모습을 쉽게 떠올릴 수 있을 것입니다. 피로와 공복 속에서 거리에 있던 모든 것이 다시 살아나는 것 같은 느낌, 삶의 활기를 되찾겠다는 의지가 정오라는 마법의 시간과 함께 찾아온 것입니다.

나는 불현듯이 겨드랑이가 가렵다. 아하 그것은 내 인공의 날개가 돋았던 자족이다. 오늘은 없는 이 날개, 머릿속에서는 희망과 야심의 말소된 페이지가 딕셔너리 넘어가듯 번뜩였다.

1장 날자 한 번만 더 날자꾸나
이상, 날개

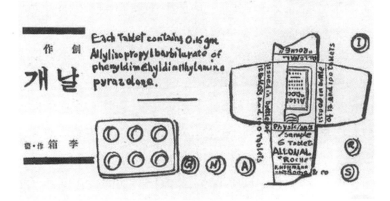

이상이 그린 「날개」의 삽화.

이 '인공의 날개'는 무엇일까요? 「라쇼몽羅生門」을 쓴 일본 작가 아쿠타가와 류노스케芥川龍之介의 유작 소설 「톱니바퀴齒車」(1927)에서 선례를 찾아 참고해 볼 수 있습니다. 소설에는 그리스 신화의 이카로스가 등장합니다. 밀랍으로 만든 인공 날개를 어깨에 붙이고 하늘로 올라가다 태양열에 날개가 녹아 추락한, 그 유명한 이카로스 말입니다. "인공의 날개가 돋았던 자족"은 바로 이카로스의 날개가 돋았던 자국을 의미합니다. 그런데 '인공의'를 영어로 하면 'artificial'입니다. 'art'에서 'artificial'이 파생된 만큼, '인공의 날개'는 예술적 행위로 해석할 수 있습니다.

비상은 현실을 초극하고 초월하는 경지의 삶을 의미합니다. 다시 말해 '인공의 날개'가 돋았던 자국은 예술적 삶으로 현실을 뛰어넘을 수 있었던 삶의 기억입니다. 과거에는 초극과 초월이 가능했지만, 오늘의 '나'는 예술을 잃어버리고 추락을 앞둔 상황에 처해 있다는 인식을 갖고 있다고 해석해야 맞는다고 생각합니다.

'나'는 자신의 지나간 나날을 회상하게 됩니다. 그러자 '나'의 말소된 야망들이 얇은 종이 사전 넘어가듯 좌르르 지나갑니다. 사람은 어떤 순간 자신의 과거를 응축적으로 회상하게 되는 때가 있습니다.

나는 걷던 걸음을 멈추고 그리고 어디 한번 이렇게 외쳐 보고 싶었다.
날개야 다시 돋아라.

1장 날자 한 번만 더 날자꾸나
이상, 날개

날자. 날자. 날자. 한 번만 더 날자꾸나.
한 번만 더 날아 보자꾸나.

'외쳤다'와 '외쳐 보고 싶었다' 사이에는 엄청난 차이가 있습니다. '나는 다시 살아나야 해! 마징가 Z가 되어야 해!'라면 외친 것이겠지만, 주인공은 그렇게 목청 높여 외쳤나요? 외쳐 보고 싶었지만, 그러지 못했습니다. 그 배경에는 외쳐 봤자 소용없다는 체념이 자리 잡고 있습니다. 하지만 그럼에도 불구하고 '그래도 나는 외치고 싶다. 현실의 무게가 그만큼 무거운 와중에도 과거의 삶을 회복하고 싶다'는 심경이 행간에 숨어 있는 것입니다.

이렇듯 「날개」의 주인공은 옥상에서 떨어져 죽지 않았습니다. 그는 미쓰코시 백화점 문을 나서며, 결국 아내로 상징되는 자본주의적 현대의 메커니즘이 지배하는 생활 속으로, 그 피로한 세계 속으로 다시 들어가야 하는가를 고민합니다. 과거의 '나'에게는 예술적 삶과 열정으로 현실 세계의 어려움과 한계에서 벗어나고 극복할 수 있는 힘이 있었습니다. 그러나 지금은 그 의지를 모두 잃어버리고, 현실 생활 속으로 흡수되어 들어갈 수밖에 없는 자신을 느낄 때, '나'는 이렇게 외쳐 보고 싶었던 것입니다. "한 번만 더 날아 보자꾸나."

이 작품을 쓸 당시, 이상은 변동림과 결혼해 함께 살고 있었습니다. 결혼 생활을 꾸려야 했던 상황 속에서 그는 생활의 메커니즘에 위협을 느꼈을 것입니다. 바로 이 자본주의적 현대 세계의 보이지 않는 끈의 논리, 권력의 미시적 그물망이라는 문제를 알레고리적인 '나'의 이야기로 옮겨 놓은 작품이 「날개」입니다.


## 은밀한 시선이 지배하는 사회


이런 알레고리 소설인 「날개」에는 고유 지명이 거의 등장하지 않지만, 단 두 곳만은 예외적으로 지명이 그대로 등장합니다. 그것은 바로 경성역과 미쓰코시 백화점입니다. 이는 매우 흥미로운 지점입니다. 앞서 아내가 자본주의적 현대성을 의미함을 살펴보았습니다. 그렇다면 이상이 자라면서 경험한 세계 속에서 가장 효과적인 현대성의 상징은 무엇일까요?

바로 1925년 준공된 경성역과 그보다 앞서 존재했으나 1930년경 환골탈태하며 화려하게 변모한 미쓰코시 백화점입니다. 19~20세기 초반까지 근대적 교통기관의 총아는 기차였지요. 이러한 맥락에서 경성역은 자본주의적 상품과 화폐의 관계와 소비를 상징하는 미쓰코시 백화점과 함께 근대화와 경제 성장의 첨병 역할을 하는 공간입니다. 「날개」는 이 두 곳을 1930년대 경성의 중요한 현대성의 상징으로 제시하고 있습니다.

경성역이 당시의 이름으로 불리기 전, 그곳에는 남대문 정거장이 있었습니다. 이광수의 『무정』에서도 이를 확인할 수 있지요. 『무정』의 주인공 이형식은 경성학교 영어 교사로, 정혼녀를 버리고 돈

많은 여자와 결혼해 유학을 떠납니다. 그 유학길의 출발지가 바로 남대문 정거장이었습니다. 당시 유학을 떠나려면 남대문 정거장에서 기차를 타고 부산으로 가야 했습니다. 부산에서 시모노세키까지 관부 연락선을 타고 넘어간 후, 다시 오사카나 고베, 도쿄로 가야 미국으로 가는 배를 탈 수 있었지요. 경성역은 1910~1930년대까지 식민지 조선에서 '세계를 향한 유일한 창'이자 '외부 세계로 열린 문'이었습니다.

박태원의 「소설가 구보씨의 일일」(1934)에서도 경성역은 등장합니다. 구보는 경성역을 '도회의 항구'라고 표현하지요. 도시에서 다른 도시로 떠나려면 항구를 통해야 하는 것처럼, 이 표현에는 먼 곳으로 떠나는 설렘과 외부 세계를 향한 열린 마음이 담겨 있습니다. 1925년 9월 30일 준공된 경성역은 당시 서울을 상징하는 주요 건축물이었고, 이상이 그곳에서 나고 자란 기억은 그의 「날개」에도 깊이 녹아 있습니다.

이제 미쓰코시 백화점을 살펴봅시다. 일본에서 건너온 미쓰코시 백화점은 지금도 서울시 중구 소공로에서 그 전통을 이어 오고 있지요. 1906년에 미쓰코시 백화점의 경성 출장소로 시작된 '오복점吳服店'은 1930년 10월, 지하 1층, 지상 4층 규모의 미쓰코시 백화점 경성점으로 독립했습니다. 이는 조선과 만주를 통틀어 최대의 백화점이었으며, 360명의 종업원을 거느린 위풍당당한 건물이었습니다. 지금 남아 있는 당시 사진만 보더라도 그 웅장함을 충분히 느낄 수 있습니다. 설계도를 살펴보면 건물 맨 위층에 옥상 정원이 있는 것을 확인할 수 있습니다.

옥상 정원은 당시 중요한 건축 설계 방식 중 하나였습니다. 「날개」의 주인공은 바로 이 옥상에서 거리를 내려다보지요. 난간 앞에 서서 도시 풍경을 조망했을 장면이 쉽게 머릿속에 그려집니다. 조선은행과 경성중앙우편국을 비롯해 거리를 오가는 행인들의 모습이 그의 시야에 들어왔을 것입니다. 다음 페이지의 사진은 「날개」 속 주인공의 시선과 그가 도심을 내려다보았던 구도를 보여 주는 사료로써 중요한 가치를 지닙니다. 이 사진을 보며 저는 이런 생각을 했습니다. '「날개」의 바로 그 대목이 미셸 푸코의 파놉티콘을 역전시켰다.'

파놉티콘은 원형 감시 감옥입니다. 미셸 푸코의 『감시와 처벌』과 제러미 벤담Jeremy Bentham이 쓴 『파놉티콘』(1791)을 잘 요약해 설명하는 글이 많습니다. '둥근 원의 형태로 된 감옥에서 어떻게 하면 효율적으로 죄수들을 감시할 수 있을까' 하는 고민 끝에 감옥 중앙에 탑을 세우고, 그 탑에서 한 사람이 모든 감방을 일망 감시할 수 있도록 설계된 구조가 파놉티콘입니다. 죄수는 독방이든 아니든, 중앙 감시자의 시선에 항상 노출됩니다. 감시자는 탑에서 한 바퀴만 돌아보면 모든 죄수를 볼 수 있으니 말입니다.

저는 실제로 중국 랴오닝성 다롄에 위치한 뤼순 감옥에 갔을 때, 파놉티콘 구조의 감옥을 직접 경험한 일이 있습니다. 그곳은 안중근 의사와 신채호 선생 등 많은 애국지사가 운명을 달리한 끔찍한 장소입니다. 감옥 한가운데 간수가 올라서는 곳이 있더군요. 그

정면에서 바라본 미쓰코시 백화점의 모습.

미쓰코시 백화점 옥상에서 내려다본 주변의 전경.

곳에 올라가니 감방이 세 방향으로 뻗어 있어 정면을 봐도 양옆에 나열된 감방을 모두 확인할 수 있었습니다. 복도가 철망으로 되어 있기에 아래층 죄수들까지 감시할 수 있었습니다. 그곳이 바로 파 놉티콘 원리가 적용된 감시 공간이었던 것입니다. 이는 매우 중요한 사실입니다. 죄수들은 간수의 시선이 늘 자기들을 보고 있다고 느끼게 되면, 그 시선을 내면화하게 마련입니다. 규율에 따라 생각하고 행동하게 되는 것이지요. 이는 감시 통제의 규율 내에서 살아가게 됨을 의미합니다. 보이지 않는 줄이나 마찬가지인 그 시선이 죄수들을 옥죄는 것이지요.

## 통제의 그물망에서 돋아난 날개

파놉티콘의 원리는 이미 현대 세계의 원리로 굳어져 있습니다. 학생들은 정해진 시간이 되면 강의에 나오라고 강요하지 않아도 강의실에 모입니다. 규율이 내면화되어 있기 때문입니다. 이러한 미시 규율은 학교, 감옥, 군대, 교도소, 공장 등 일상생활의 공간에서 광범위하게 작동하고 있습니다. 그리고 모두 시간 규율에 의해 움직이지요. 강의 시간에 강의실로 모이는 학생들처럼 말입니다. 학교는 간단한 예일 뿐입니다. 우리가 살아가는 이 세계의 이면을 떠받치고 있는 메커니즘, 즉 상품과 화폐, 생산과 노동, 시간의 통제 같은 파놉티콘적 구조는 이상이 살던 시대와는 비교할 수 없을 정도로 정교합니다. 이상은 이 구조를 미리, 앞서서 본 선구자이지요.

「날개」의 '나'는 바로 그런 보이지 않는 권력의 통제를 받는 자로서 피곤한 거리에서 살아가는 존재입니다. 이런 '나'가 미쓰코시 백화점 옥상에 올라가 피곤한 줄에 엉켜 살아가는 사람들의 모습을 꿰뚫어 보는 것이지요. 즉, 사람들이 일망 감시 감옥의 구조 속에서 살아가고 있고, 죄수 중 하나인 내가 감시탑 위에 올라가 그 구조를 간파합니다.

「날개」의 가장 중요한 의미는 바로 일망 감시 원리의 전복에 있습니다. 현대성이 일망 감시 감옥 체제라는 것을 간파하고, 그 구도를 뒤집는 분석적 시선을 담은 것이 소설 「날개」입니다. 그리고 그 현상을 비판하는 어떤 지성의 힘을 보여 줍니다. 「날개」가 문제작인 이유는 단순히 이상과 금홍의 사소설적인 관계나 당시로서는 파격이라 할 수 있는 퇴폐적인 관계를 그렸기 때문이 아닙니다. 1930년대 식민지 조선 사회가 이미 현대화되어 가고 있고, 현대적인 규율이 고도로 자리 잡혀 사람들을 통제하고 있음을 이상 자신이 의식적으로 느끼고, 이를 날카롭게 드러냈기 때문입니다.

지금도 「날개」를 읽은 외국 학자들은 이 소설을 매우 동시대적이며 현대적이라고 평가합니다. "이런 소설이 한국에도 있느냐?"고 묻는 이들도 있습니다. 이는 「날개」가 알레고리적 작법으로 쓰였기 때문에 가능한 일입니다. 알레고리가 갖는 장점은 무엇일까요? 바로 탈시간성입니다. 『이솝 우화』가 지금도 여전히 회자되는 이유는 언제 어디서나 나름의 방식으로 독해가 가능하기 때문일 것입니다.

「날개」는 현대성에 관한 우화이며 알레고리이면서, 동시에 수십 년이 지난 지금에도 여전히 날카로운 분석력을 보여 줍니다. 그것이 「날개」가 갖는 힘이자 메시지이지요.

이상은 자기가 태어나고 자란 경성이라는 공간을 자기 문학의 재료로 쓰고, 주제로 삼을 줄 알았던 작가입니다. 그는 현대성이 자기에게조차 잠재되어 있다는 사실을 예민하게 의식했으며, 그런 세계로부터 탈주할 수 있는 길이 무엇인가를 애써 찾아 나갔던 사람입니다. 「날개」를 쓰기 훨씬 이전부터 이상은 어떤 사실을 확연히 자각했습니다. 자기 자신이 조선인이라는 사실, 그러나 조선은 일제의 식민지이고, 조선총독부 권력이 시시각각 자기뿐만 아니라 조선인 모두를 감시하고 있다는 사실을 말입니다.

이는 변동림이 이상을 회고하며 들려준 일화에서도 드러납니다. 이상은 '이런 세계에서 어떻게 벗어날 수 있을까' 하는 고민과 더불어 「날개」의 창작 방법에 대해 깊이 고민했습니다. 그는 자기가 쓴 소설에 식민지 체제에 대한 성찰은 없고, 오히려 모더니즘이란 보편적 추상에 대한 성찰만 있다고 생각했다고 합니다. 콘크리트 건물의 외향이 아니라 그 속의 철골, 철근, 시멘트, 가는 모래를 바라보던 입장에서 글을 썼다는 것이지요. 다시 말해 '이것은 소설인가? 본질을 간과해서 쓰는 것이 소설이 될 수 있는가? 과연 어떤 소설이 참된 소설인가?'에 관한 고민이 그를 계속 따라다녔습니다. 그러던 중 이상은 도쿄로 떠납니다.

오늘날 연구자들은 1936년 10월 말 이상의 도쿄행에 대해 대체로 비슷한 의견을 갖고 있습니다. 대부분 일본 모더니즘을 배우거나 모더니티에 대한 인식을 새롭게 하기 위해 도쿄로 갔다고 봅니다. 그러나 그렇게 단언하기에는 복합적인 요인이 있었을 것입니다.

당시 일본에 건너가려면 도항증을 관청에서 받아야 했습니다. 그러나 여름에 신청한 도항증이 쉽게 나오지 않는 거예요. 일제는 일본에 가려는 이상을 제지하려 했던 것입니다. 이상은 이미 여러 이유로 요주의 인물이었던 것입니다. 결국 백방으로 손을 써서 간신히 일본으로 넘어간 때가 10월 말경이었습니다.

이 사실만 봐도 이상은 조선에서 매우 부자연스러운 존재였습니다. 자신이 요주의 인물로 주시당하고 있다는 사실을 의식했기 때문에, 이상이 '제비다방'이나 '69다방'(제비다방 다음으로 개업하려다 간판의 의미가 탄로 나 허가가 취소되었다고 하지요) 같은 퇴폐적 행보를 보였다는 이야기가 변동림의 기록에 남아 있습니다. 그러나 꼭 그렇지만은 않았습니다.

퇴폐적인 삶을 살아가는 것처럼, 또 모더니즘 예술만 하는 것처럼 보이는 중에도, 그는 조선의 현실에 대해 깊이 번민했습니다. 자기 문학이 모더니티라는 추상적 지향의 본질을 드러내는 것에만 그치는 것은 아닌가 하는 점에 대해 숙고했던 것입니다. 창작 방법에 관한 고민, 즉 육체를 가진 소설을 써야 하는 것은 아닌가, 구체를 구체로써 드러내야 하는 것은 아닌가 하는 탐문이 그를 따라다녔습니다.

그러나 이상의 문학은 시공간에서 자유로운 모더니티가 아니라 식민지 모더니티의 산물이었습니다. 한 통계에 따르면 1932년 말 경성의 인구는 37만 4,909명이었으며, 그중 조선인은 26만 5,954명, 일본인은 10만 4,656명, 기타 외국인은 4,299명이었습니다. 조선인과 일본인의 비율은 각각 71퍼센트와 28퍼센트였습니다. 거의 완벽한 이중 도시였던 셈입니다. 일본인이 경성에서 얼마나 흔했는지 알 수 있습니다. 그런데 이 소설에는 일본인이 한 명도 나오지 않습니다. 따라서 시대적 불화에 공명하는 구체적 사건이나 시선을 찾아보기 어렵습니다. 현실을 현실로써 드러낸다는 것의 의미는 무엇일까요? 눈에 보이는 현실을 깊이 탐구해 소설 속에 드러내는 것이 아닐까요? 그러나 이상은 그렇게 하지 않았습니다. 그는 자기 문학에 대한 고민 속에서 결국 일본으로 건너갔습니다.

그런데 1937년 2월 12일, 이상은 일본 경찰에 의해 체포됩니다. 시인이자 비평가인 김기림의 회상에 따르면 그 이유는 세 가지였습니다. '첫째, 하숙집 책상 위에 불온한 책자가 놓여 있었고, 둘째, 본명 김해경 말고도 이상이라는 이상한 이름을 쓰고 있었으며, 셋째, 노트에 불온한 내용을 끄적여 놓았다'는 것이었습니다. 좌익으로 내몰린 이상은 결국 사상범으로 잡혀가 한 달 동안 투옥됩니다. 김기림에 의하면 이상은 3월 3일에 풀려났지만, 그로부터 한 달 만인 4월 17일에 세상을 떠납니다.

흥미로운 것은, 이상이 일본으로 건너가기 전에 소설가 김유정을 찾아갔다는 사실입니다. 그때 김유정은 병상에 누워 거동하지 못할 정도로 신음하는 중이었습니다. 같은 폐결핵 환자였던 그들은 서로에게 마지막 인사를 건넸습니다. 분명 그때만 해도 이상의 건 강 상태는 양호했던 것으로 보입니다. 그런데 1937년 3월 29일, 김 유정이 운명을 달리한 지 얼마 지나지 않아 이상 또한 죽음을 맞이 합니다. 어째서 이렇게 일찍 죽을 수밖에 없었을까요? 일본의 감방 에서 보낸 한 달이 큰 영향을 준 것이라고 짐작할 수 있습니다.

일본식 주택에는 온돌도 없는데, 감방에서 난방 시설을 기대하 기는 어려웠겠지요. 폐결핵 환자에게는 치명적인 환경이었을 것입 니다. 저도 감기 몸살에 걸렸을 때, 교토 부근의 나라라는 곳에 간 적이 있어 아는데요. 일본은 위도가 낮아 따뜻할 것 같지만, 습기 를 많이 머금은 섬나라 특유의 추위는 뼛속까지 스며드는 듯합니 다. 게다가 이상이 유치장에서 한 달간 편히 수감되었을 리는 없겠 지요. 사상범으로 의심받아 들어갔으니 모진 조사를 받았을 가능성 이 높습니다. 두들겨 맞는 것은 기본이고, 그보다 더한 고문을 받았 을지도 모릅니다.

그렇게 허무하게 죽지 않았다면, 이상은 더 높은 의미의 문학 세계로 나아갈 수 있었다고 생각합니다. 폐결핵이 깊었으니 물론 죽음을 피할 수는 없었겠으나, 적어도 몇 개월 또는 1년 이상 생존 하며 작품 활동을 이어 갔을 수도 있었겠지요. 그러나 식민지 시대 에 태어나 식민지 시대 한복판에서 죽어야 하는 자신의 운명에서 끝내 자유롭지 못했습니다.

이상의 문학을 사적인 관계 중심으로 해석하는 것은 오랜 관행 이었습니다. 특히나 「날개」는 매우 통속적으로 해석되는 경향이 강했습니다. 주제 전달마저 제대로 이루어지지 않았고, 심지어는 주인공이 옥상에서 떨어져 죽은 것으로 해석될 지경이었습니다. 그러나 그런 방식으로는 이상의 문학이 지닌 핵심을 드러낼 수 없습니다.

　이상의 시대는 극단의 시대였습니다. 그가 살던 시공간 전체에서 혁명이 일어나고 있었습니다. 삶 자체, 사고방식, 행동 양식 등이 모두 파격적으로 변해 가는 시대를 그는 온몸으로 감당하며 성장해야 했습니다. 이상은 바로 그러한 역사를 기록하고, 그 현실을 드러내며, 변화하는 시대가 인간의 삶에 미친 문제들을 말하고 싶었을 것입니다.

# 2장
## 별을 노래하는 마음으로
순수를 향한 처절한 고투 속으로

윤동주, 서시

죽는 날까지 하늘을 우러러
한 점 부끄럼이 없기를,
잎새에 이는 바람에도
나는 괴로워했다.
별을 노래하는 마음으로
모든 죽어가는 것을 사랑해야지
그리고 나한테 주어진 길을
걸어가야겠다.
오늘 밤에도 별이 바람에 스치운다.

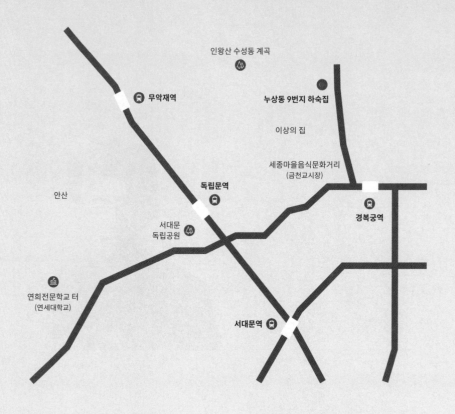

인왕산 수성동 계곡

무악재역

누상동 9번지 하숙집

이상의 집

세종마을음식문화거리
(금천교시장)

독립문역

경복궁역

안산

서대문
독립공원

연희전문학교 터
(연세대학교)

서대문역

윤동주는 아침 산책으로 누상동 9번지
하숙집을 나와 인왕산 중턱까지 올랐다.
수성동 계곡물에 세수를 하고,
연희전문학교로 등교하는 모습을 상상할 수
있는 여정이다.

## '동주'라는 이름으로

윤동주의 자취를 따라가는 여정은 종로구 누상동 9번지(현재 종로구 옥인길 57)에 있는 윤동주의 하숙집에서 출발해 수성동 계곡을 거쳐 인왕산 북악스카이웨이를 타고 종로구 청운동 윤동주문학관에 닿는 길로 그려 볼 수 있습니다.

윤동주의 하숙집으로 가는 길에는 두 가지 방법이 있습니다. 3호선 경복궁역 1번 출구로 나가는 방법과 2번 출구로 나가는 방법이 있습니다. 1번 출구로 나오면 사직터널 쪽으로 가다가 배화여자대학교 앞에서 필운대로 쪽으로 우회전해야 하지요. 그런데 그보다 더 흥미로운 길은 2번 출구로 나왔을 때 펼쳐집니다. 10미터 정도 걸으면 세종마을음식문화거리(구 금천교시장)가 나오는데, 이 길에는 맛집과 볼거리가 많습니다. 그 골목을 따라 쭉 걸으면 끝에서 필운대로와 만나게 됩니다. 맛집과 볼거리가 많으니 이 골목길을 따라 필운대로로 접어드는 것도 좋은 방법이라 생각합니다.

종로는 조선인들의 전통적인 삶이 켜켜이 쌓여 온 공간입니다. 경복궁 서쪽에 위치한 서촌도 여전히 그러하지요. 누각동과 누상동을 비롯해 옥인동, 적선동, 청운동 등 작은 동네들이 다닥다닥 붙어 있습니다. 시민에게 각광받는 동네가 된 지는 오래지만, 대체로 이상의 집이나 세종마을음식문화거리까지만 발길이 닿기 때문에 여전히 멀고 외진 곳으로 느껴지곤 합니다. 사실 서촌을 즐겨 찾는 사람들도 윤동주의 옛 하숙집까지 생각해 순례길에 나서는 경우는 드뭅니다. 우리는 지금 이 윤동주의 흔적을 찾아가는 것입니다.

윤동주는 1917년 12월 30일 북간도 길림성 화룡현 명동촌에서 아버지 윤영석과 어머니 김룡의 장남으로 태어났습니다. 1899년 2월, 함경북도 종성 출신의 문병규, 김약연, 남종구와 회령 출신의 김하규, 이렇게 네 가문의 식솔 140여 명이 집단 이주해 세운 한인 마을이 그의 고향이었습니다. 북간도 한인 이주사의 이정표를 마련한 곳이지요. 윤동주는 1932년 4월 명동소학교 동창인 송몽규(수필가·독립운동가), 문익환(시인·목사)과 용정의 기독교계 학교인 은진중학교에 진학합니다. 아명이었던 '해환' 대신 본명인 동주를 쓰기 시작한 것도 이때부터라고 하지요.

윤동주는 1935년 9월 숭실중학교 3학년에 편입하지만, 신사 참배 문제로 학교가 폐교되면서 다시 용정으로 돌아가 중학 과정을 마칩니다. 1938년 청운의 꿈을 품고 공부하러 온 곳이 바로 연희전문학교, 지금의 연세대학교입니다. 기숙사 생활도 하고 북아현동을 비롯한 여러 동네에서 하숙을 전전하다가, 2년 후배이자 후에 서울

누상동 9번지 하숙집의 룸메이트였던 윤동주와 정병욱.

대학교 국어국문학과 교수가 된 백영 정병욱과 뜻이 맞아 함께 하숙 생활을 시작합니다. 누상동 9번지가 바로 그곳이지요.

윤동주의 하숙집은 전통적인 먹거리가 널린 길을 곁눈질하며 세종마을음식문화거리를 빠져나와 필운대로 쪽으로 걷다 보면 나옵니다. 1941년 5월부터 9월 초까지 약 다섯 달 정도 윤동주가 생활한 그곳의 주인은 김송입니다. 본명은 김금송으로, 일제강점기 당시 희곡작가이자 소설가로 활동했던 그는 1988년까지 살며 장수했지요. 그러나 그에 관해서는 문학사적 관심이 매우 적고 연구도 잘 이루어지지 않은 형편입니다. 1908년생의 유명한 비평 트로이카—임화(1908~1953), 김기림(1908~미상), 최재서(1908~1964)—와 비교가 많이 됩니다.

김송은 일본의 니혼 대학에서 돌아와 1930년 신흥극장이란 극단을 세웠습니다. 그러나 첫 작품 〈지옥〉이 문제가 되었습니다. 원래 제출했던 대본과 실제 공연한 내용이 달랐고, 일제 통치를 비판하는 내용이 담겼다는 이유로 극단은 강제 해산당했습니다. 20대 초반이었던 김송은 일본 당국이 주시하는 요주의 인물이 되지요. 일제의 감시를 피해 고향으로 내려갔던 그는 1939년 2월 9일, 가족과 함께 서울 누상동 9번지에 정착했습니다. 대지가 백수십 평에 달했던 그곳은 과거 무당들이 굿하고 살풀이하던 흉가를 기와로 신축한 건물이었습니다. 지금은 다세대 주택으로 변해 당시 건물은 찾아볼 수 없지만, 누상동 9번지의 집터는 확인할 수 있습니다. 태극기와 표지판도 있어 쉽게 눈에 띕니다.

이 동네의 지명에는 세월의 변천이 고스란히 아로새겨져 있습니다. 사전류에 따르면, 광해군 때 새우다 완성되지 못한 채 폐기된 인경궁의 누각을 기준으로 위아래를 나누어 누각동과 누상동이라는 이름이 붙었다고 해요. 1914년 행정 구역 통폐합에 따라 누각동의 일부가 누상동으로, 1936년에 경성부 누상정이 되었고, 1943년 '구區'라는 행정 구역이 도입되면서 종로구 누상정이 됩니다. 이후 1946년 10월 일제 잔재 청산의 일환으로 '정'이 '동'으로 바뀌며 누상동으로 다시 돌아왔습니다.

누상동과 관련해 흥미로운 대목이 하나 있습니다. 윤동주의 하숙집 앞길로 마을버스(종로09)가 다녀요. 이 길을 따라 인왕산 쪽으로 올라가 종점에 닿으면 옥인동이 나오는데, 그곳이 바로 겸재 정선의 작품《장동팔경첩》의 일부인 〈수성동〉의 무대입니다. 수성동 계곡은 세종의 둘째 형 효령대군의 집터로, 연유는 불명확하지만 세조 때 안평대군이 소유하게 됩니다. 아시다시피 안평대군은 안견으로 하여금 〈몽유도원도〉를 그리게 하는 등 굉장히 풍류를 즐기던 인물이었지요. 그는 그곳에 화려한 집을 짓고 계곡 사이에 기린교를 놓아 남부러울 것 없이 살았다고 합니다. 1950년대까지 존재하던 기린교는 1960년 옥인시범아파트를 건립하면서 파괴된 것으로 알려졌으나, 2007년 대통령 경호실이 청와대 근처 문화 유적 조사 과정에서 옥인시범아파트 옆 계곡에 남아 있는 것을 발견했습니다. 그때나 지금이나 인왕산에서 내려온 계곡물이 〈수성동〉에서 묘사한 그대로 기린교 아래에서 흐르고 있습니다. 정병욱은 윤동주와의 잊을 수 없는 일화를 회상하며 인왕산 수성동 계곡을 언급합니다. 「잊지 못할 윤동주의 일들」(1976)에서 밝히고 있는 정병욱의 회고담은 다음과 같습니다.

그 무렵의 우리의 일과는 대충 다음과 같다. 아침 식사 전에는 누상동 뒷산인 인왕산 중턱까지 산책을 할 수 있었다. 세수는 산골짜기 아무 데서나 할 수 있었다. 방으로 돌아와 청소를 끝내고 조반을 마친 다음 학교로 나갔다. 하학 후에는 기차 편을 이용했었고, 한국은행 앞까지 전차로 들어와 충무로 책방들을 순방하였다. 지성당至誠堂, 일한서방日韓書房, 마루젠丸善, 군서당群書堂 등, 신간 서점과 고서점을 돌고 나면 후유노야도冬の宿나 남풍장南風莊이란 음악다방에 들러 음악을 즐기면서 우선 새로 산 책을 들춰 보기도 했다. 오는 길에 명치좌明治座(지금의 명동예술극장)에 재미있는 프로가 있으면 영화를 보기도 했다. 극장에 들르지 않으면 명동에서 도보로 을지로를 거쳐 청계천을 건너서 관훈동 헌책방을 다시 순례했다. 거기서 또 걸어서 적선동 유길서점有吉書店에 들러 서가를 훑고 나면 거리에는 전깃불이 켜져 있을 때가 된다. 이리하여 누상동 9번지로 돌아가면 조 여사가 손수 마련한 저녁 밥상이 기다리고 있었고, 저녁 식사가 끝나면 김 선생의 청으로 대청마루에 올라가 한 시간 남짓한 환담 시간을 갖고 방으로 돌아와 자정 가까이까지 책을 보다가 자리에 드는 것이었다. 이렇게 보면 매우 단조로운 것 같지마는 지금 생각하면 참으로 알찬 나날이었다고 생각된다. 동주 형의 주위에도 별반 술꾼이 없었고, 내 주변에도 술꾼이 없었기 때문에 술자리에 어울리는 일은 별로 없었다. 가끔 영화관에 들렀다가 저녁때가 늦으면 중국집에서 외식을 했는데 그때 더러는 배갈을 청하는 일이 있었다. 주기가 올라도 그의 언동에는 그리 두드러진 변화는 없었다. 평소보다는 약간 말이 많을 정도였다. 그러나 취중일지라도 화제가 바뀌는 일은 없었다. 그의 성격 중에서 본받을 일이 물론 많았지마는 그중에서도 가장 본받을 장점의 하나는 결코 남을 헐뜯는 말을 입 밖에 내지 않는 일이었다.

당시 길이 아스팔트로 포장되어 있었을 리는 만무합니다. 1969년에 인왕산을 깎아 만든 인왕산 북악스카이웨이도 없었던 시기지요. 그 흙길을 걸어 수성동 계곡까지 올라간 것입니다. 정병욱과 윤동주는 아침부터 인왕산 중턱까지 올라 산책을 했습니다. 산의 정기를 맛보기 위해서였을 것이라 짐작됩니다. 아래로 흐르는 수성동 계곡물에 세수를 하고 내려와 함께 밥을 먹고, 윤동주는 연희전문학교에 가기 위해 집을 나섰겠지요. 하교할 때는 기차 편을 이용했다는 표현을 보면, 등교할 때는 걸어 다니지 않았을까 합니다. 누상동 하숙집에서 연희전문학교까지는 꽤 먼 거리이니, 산길에 난 지름길이 있었을 가능성도 있습니다. 수업이 끝나면 윤동주는 충무로까지 가는 전철을 탑니다. 남촌의 서점들을 순례하며 일본에서 직수입한 책을 보고, 어둑해질 즈음이 되어서야 집에 돌아옵니다. 이어지는 대목을 보면, 김송의 부름으로 한두 시간 이야기를 나누다방에 들어와 공부하며 잠이 들었다고 합니다. 정병욱은 이러한 일상 속에서 윤동주가 지적으로, 정신적으로 충만했던 시기를 살았던 것으로 기억합니다.

바로 이 시기에 윤동주는 자신의 시 열여덟 편이 담긴 원고 세부를 손수 필사합니다. 그렇게 만든 수기 원고 한 부는 자신이 갖고, 나머지는 함께 하숙하던 정병욱과 은사인 이양하 교수에게 각각 한 권씩 선물하지요. 이양하(수필가·영문학자) 교수에게 수기 원고를 준 것은 출판을 주선해 달라는 부탁이었다고 해요. 그러나 이양하 교수는 일제 관헌의 검열을 통과할 수 없고 신변에 위험이 따를 수 있다는 판단에 출판을 보류하라고 답합니다. 이로 인해 그의 첫 시집 출간은 해방 이후로 미루어지게 되지요. 그 뒤 윤동주는 일본 유학길에 오릅니다.


## 문단의 소왕국, 누상동 하숙집

윤동주에게 누상동 9번지에서의 하숙 생활이 중요한 이유를 더 생각해 봅시다. 김송의 일대기에 관한 논문을 보면, 그가 굉장히 활달한 성격으로 여러 문인과 빈번하게 교류했던 사람이라는 사실을 알 수 있습니다. 그러면서도 문단 내부에 정식으로 진입한 시기는 매우 늦었습니다. 김송은 1941년 11월 김동인이 운영했던 잡지 《야담》에 소설을 발표하면서 소설가로 문단에 나옵니다. 그 전까지는 희곡과 연극에 집중하다가 윤동주가 떠난 즈음 정식으로 문단 활동을 시작한 것이지요. 그때까지 김송은 이태준, 이용악, 이근영, 이기영, 이주홍, 송영, 박세영, 엄흥섭 등 카프 계열의 작가들뿐만 아니라 순문학 작가들과도 폭넓게 교류했습니다. 그의 하숙집에 많은 손님이 드나들었을 것으로 추측되는 이유지요. 그러나 일찍부터 일제의 감시를 받던 김송의 집에는 고등계 형사들의 방문 또한 잦았습니다. 윤동주의 침착하고 내성적인 성격을 고려할 때, 이러한 환경을 오래 견디기 어려웠을 것입니다. 당시 학제에 따르면 1학기는 4월에 시작했고 10월이 되어야 2학기가 시작되었습니다. 방학을 맞아 고향에 다녀온 윤동주는 짐을 꾸려 다른 하숙집으로 옮깁니다.

새로운 거처로 옮기기 전까지 짧은 기간을 보낸 하숙집이었지만, 누상동 9번지는 여전히 문제적 공간으로 남습니다. 다섯 달 남짓 동안 열 편의 시를 쓸 정도로 윤동주 시의 산실 역할을 했기 때문입니다. 그가 쓴 시의 총 분량을 고려할 때, 하숙하는 동안 창작에 상당한 노력을 기울였다고 볼 수 있습니다. 김송의 집을 드나드는 문인을 통해 문단의 흐름을 유심히 지켜보며 창작 열정을 키웠을지도 모릅니다. 그 시기에 윤동주는 어떤 문학의 길을 가야 할지에 대해 깊이 고민하지 않았을까요?

인왕산을 떠올리면, 저는 김동인의 예술주의적 단편소설 「광화사」(1935)가 떠오릅니다. 인왕산 꼭대기에 올라간 주인공이 경성 시내를 내려다보며, 얼굴이 못난 화가가 눈먼 처녀를 만나 미인도를 그리려다 좌절하는 이야기를 상상하는 내용이지요. 개연성보다는 공상과 상상에 의해 만든 이야기로, 마치 아쿠타가와 류노스케의 예술 소설 「지옥변地獄變」(1918)을 연상케 합니다. 「광화사」는 김송의 소설과 함께 잡지 《야담》의 마지막 편에 실렸습니다. 이러한 사실을 보면 윤동주와 그 시대의 문학이 연결되어 있음을 확인할 수 있습니다. 비록 연희전문학교의 학생이었으나, 윤동주는 단순한 문학청년이 아니었습니다. 김송의 하숙집에 드나든 문학인들을 매개로 당시 문단의 흐름을 잘 알고 있었을 것입니다.

최근 누상동 9번지로 가는 길가에는 '백석, 흰 당나귀'라는 카페가 생겼더군요. 시인 박미산이 운영하는 곳입니다. 그녀뿐만 아니라 고려대학교에도 백석을 좋아하는 연구자가 많습니다. 최동호 교수는 이동순, 김문주 교수 등과 함께 『백석 문학전집』(서정시학, 2012)을 펴냈고, 고형진 교수는 『백석 시의 물명고』(고려대학교출판부, 2015) 같은 저서를 내기도 했습니다.

윤동주를 이야기하면서 백석이 등장해 의아해하실지 모르겠습니다. 하지만 백석과 윤동주는 연결된 부분이 있습니다. 그들의 시에서는 19세기 말부터 20세기 초에 활동한 프랑스 시인 프랑시스 잠Francis Jammes의 시풍을 떠올리게 하는 면이 발견됩니다. 프랑시스 잠은 생애 대부분을 전원적인 세계에 숨어 살며 시를 썼던 인물로, 그의 삶의 방식에는 백석의 모습이 서려 있습니다. 백석은 해방후 북한에서 삼수갑산三水甲山에 들어가 30여 년 동안 농사를 지으며 살았지요. 또 해방 이전에는 만주보다 더 먼 장춘으로 귀농해 그곳에서 쓴 시 「귀농」(1941)을 떠올려 보면, 프랑시스 잠과 백석의 작품

세계가 겹쳐 보입니다. 윤동주의 시 또한 소박하지요. 그의 삶도 가난했고요. 그들은 작은 짐승이나 자연물에 의미를 부여하는 시풍을 보여 줍니다. 이 점에서 윤동주와 백석은 서로 연결되는 부분이 있습니다. 윤동주는 자신의 시 「별 헤는 밤」(1941)에서 프랑시스 잠을 직접 언급하기도 했습니다.

백석이 『사슴』(경성문화인쇄사, 1936)을 100부만 발행해 지인들에게 나눠 준 탓에 시집을 구할 길이 없자, 윤동주는 도서관에서 그 시집을 필사했습니다. 그만큼 윤동주는 백석의 시를 좋아했던 것이지요. 윤동주의 하숙집 가는 길에 백석의 이름을 딴 카페가 생긴 것이 단순한 우연은 아닐 것입니다.

카페를 지나쳐 다시 윤동주의 하숙집을 향해 길을 나서면 정자가 하나 보입니다. 이 정자가 누각이라는 지명의 유래가 되는 정자인지는 확실하지 않습니다. 정자를 기점으로 왼쪽으로 돌아 위로 올라가면 누상동이 모습을 드러냅니다. 필운대로 쪽과 마찬가지로 누상동 골목에도 가게들이 우후죽순 들어서고 있습니다. 서촌이 서울의 명소가 된 지 이미 오래지요. 자본의 흐름에 따라 평범한 동네가 상업화되는 현상을 젠트리피케이션gentrification이라고 합니다. 그 한 예로 문래동을 들 수 있지요. 철공소와 맛집이 전부였던 그곳에 예술인들이 모여 작업 공간을 만들었고, 이로 인해 동네가 예술인들의 공간으로 부상하며 상권이 몰려들고 땅값이 오르기 시작했습니다. 서촌도 이와 비슷하게 10여 년 전부터 각광받기 시작했지요. 시간의 흔적이 새겨진 골목을 더 걸어가자, 윤동주의 하숙집이 모습을 드러냈습니다.

## 윤동주와 송몽규의 운명적 탄생

이곳에 서자 윤동주와 처음 마주쳤던 시간이 떠올랐습니다. 어렸을 때부터 「서시」(1941), 「별 헤는 밤」을 책받침에 끼워 넣고 다니며 늘 함께하다시피 했지만, 전공으로 소설을 택하고 난 뒤로는 윤동주를 가깝게 느껴 본 적이 없었습니다. 그런데 바로 그때, 2013년 7월 그의 고향 명동촌을 다녀온 기억이 뇌리를 스치는 게 아닙니까.

연변 조선족 자치주의 주요 도시인 연길에서 조금 더 들어가면 또 다른 주요 도시 용정이 나오고, 거기서 다시 버스로 30~40분 달리면 윤동주가 출생한 명동촌이 나타납니다. 용정은 "일송정 푸른 솔을 늙어 늙어 갔어도"로 시작하는 조두남의 가곡 〈선구자〉(윤혜영 작사, 1933)가 탄생한 곳이기도 합니다. 1931년은 만주사변이 일어나 만주 일대가 일본의 영토가 되다시피 한 때였지요. 일본은 만주사변을 일으킨 뒤 청나라 왕조의 마지막 황제 푸이溥儀를 명목상 통치자로 내세워 만주국을 만들었고, 그 수도가 세워진 때가 1932년입니다. 독립운동의 연원을 간직한 사람들은 북간도로 가 땅을 개척하며 살아갔지요. 바로 그 당시 조두남이 용정으로 향했습니다. 1932년은 윤동주가 은진중학교에 입학한 해이기도 합니다. 거기서 얼마 떨어지지 않은 곳에 명동촌이 있습니다.

윤동주(윗줄 오른쪽)와 윤동주의 고종사촌 송몽규(아랫줄 가운데).

윤동주 집안의 북간도 이주는 증조부 윤재옥 때로 거슬러 올라갑니다. 1886년 윤재옥은 부인과 4남 1녀의 자식들을 이끌고 함경북도 종성군 동풍면 상장포를 떠났습니다. 두만강 건너편 자동에 처음 자리 잡으며 북간도 생활이 시작됩니다. 이준익 감독의 영화 〈동주〉(2016)는 그의 고향 명동촌에서 시작하지요. 그곳에서 1917년 12월 30일 윤동주가 태어나고, 그보다 석 달 전 윤동주의 고종사촌인 송몽규가 태어납니다. 송몽규는 활발한 기질의 소유자이면서 문학을 좋아했습니다. 그는 연희전문학교 시절 문과 학생회 문학 동아리가 발간하던 잡지 《문우》의 운영진으로 활동하며 윤동주와 함께했고, 일본 유학 기간 동안에도 그 인연을 이어 갔습니다. 송몽규는 교토 대학에, 윤동주는 릿쿄 대학에 입학했지만, 윤동주가 교토에 있는 도시샤 대학으로 편입하면서 동고동락했지요.

송몽규는 연희전문학교 문과에 입학하기 전, 김구가 광복군 무관 양성을 위해 만든 중국중앙육군군관학교에 설치한 한인 특별반 2기생으로 입학해 군사 훈련을 받았습니다. 후에 독립운동을 하다 다시 중국으로 가던 중 1936년 4월 산동 제남에서 체포된 뒤 압송된 바 있지요. 본적지인 함경북도 웅기 경찰서에서 조사를 받고 석방된 전력이 있어 일찍부터 요주의 인물이었습니다. 이 사건으로 송몽규의 자세한 궤적은 지금까지 남아 있으며, 그런 전력 때문에 윤동주 또한 감시는 물론 미행까지 당했습니다. 결국 두 사람은 재교토 조선인 학생 민족주의 그룹 사건으로 체포되어 조사를 받은 뒤 후쿠오카 형무소로 보내집니다. 독립운동에 관련된 조선인들을 수감하는 그곳에서 온갖 노역과 모진 고문, 생체 실험을 당해 생을 마감하지요.

이 운명적인 두 사내가 석 달 차이로 세상에 태어난 명동촌에 닿아 동네를 이곳저곳 둘러보던 때였습니다. 평일이고 혼자 간 여행이라 그 시간에 한국 사람이 별로 없을 줄 알았는데, 소형 버스가 한 대 오더군요. 문에서 사람들이 우르르 쏟아져 내렸습니다. 관광객이려니 하고 그들과 떨어진 채 지금은 기념관이 되어 버린 윤동주의 생가 쪽으로 눈길을 돌리려는데, 귀에 익은 한국말이 들렸습니다. 그들이 가까워지자 한 얼굴이 선명하게 눈에 들어오는 게 아닙니까? 그곳에서 난데없이 고 신경림 시인을 만난 거예요. 그제야 다산연구소 바서무 선생도 눈에 들어왔지요. 백두산 가는 여행길에 명동촌을 들르셨던 것입니다. 그때 신경림 시인 또한 백석의 시풍을 이어받았다는 사실이 떠올랐습니다. '다 연결되는구나' 하는 생각이 들면서, 윤동주를 새롭게 인식하게 된 계기가 되었지요.

저는 용정에 남아 있는 윤동주의 은진중학교와 명동촌을 돌아보며, 광활하지만 한반도와 멀리 떨어진 격절된 공간에서 태어난 그의 운명을 되새겼습니다. 그 이후 윤동주는 서울에서 학교에 다니던 중 일본으로 유학을 갔다가, 결국 이 민족의 일원이라는 운명을 간직한 채 죽음을 맞았습니다. 그 사실을 떠올리자 생생한 감회가 저를 스치고 지나갔습니다. 그 기억을 뒤로하고 살다, 이번에 누상동 9번지 하숙집 가는 길을 걷게 된 것입니다. 저와 윤동주의 인연도 이 정도면 그리 간단하지만은 않은 듯싶습니다.

## 윤동주는 정지용의 미래

　윤동주를 생각할 때 빼놓을 수 없는 시인이 또 하나 있습니다. 바로 정지용입니다. 1935년 9월 윤동주가 평양 숭실중학교에 3학년으로 편입한 당시, 정지용의 시집이 출간되었습니다. 이때 윤동주는 7개월 동안 객지 생활을 하며 시 열 편과 동시 다섯 편을 써냈지요. 학생 청년회에서 발행하던 《숭실활천》(1935년 10월)에 실린 「공상」은 그의 시 가운데 최초로 활자화된 작품입니다. 『윤동주 평전』(서정시학, 2014)의 저자 송우혜는 정지용의 시집에 심취한 윤동주가 쉬운 말로 진솔한 감정을 표현하는 새로운 시 세계를 열어 나갔다고 말합니다. 1935년 12월에 쓴 「조개껍질」을 시작으로, 1938년 연희전문학교 1학년까지 계속된 그의 동시 쓰기는 그러한 변화를 보여 주는 하나의 사례입니다. 윤동주의 동시 세계가 아동문학가 강소천의 영향을 받은 것이라 주장하는 이들도 있습니다. 그러나 송우혜는 정지용의 영향을 강조하며, 1939년 3월 잡지 《문장》에 실린 「백록담」을 언급합니다.

　그 1년 전인 1938년은 조선어가 필수 과목에서 탈락하고 일본이 조선의 언어 교육을 탄압하려는 움직임을 보인 해입니다. 결국 1939년 8월 《동아일보》와 《조선일보》가 강제 폐간되기에 이르지요. 일제가 1941년 4월 《문장》마저도 폐간시키자, 잡지 《인문평론》은 일본어로 창작된 작품만 발표 가능한 친일 협력지 《국민문학》으로 변신하게 됩니다. 다시 말해 1939년은 민족어가 위기에 처한 시기였

습니다. 그 무렵 백석 같은 시인은 만주로 떠나고, 정지용은 그 시
대의 험난한 파고를 겪을 수밖에 없었습니다. 그때 쓴 시가「백록
담」입니다.

「백록담」은 한라산을 올라가는 여정을 담은 시로, 유장하면서
도 깊은 고뇌를 담고 있습니다. 9연으로 구성된 시 첫 연에서 화자
는 '뻐꾹채꽃'을 봅니다. 이 연을 한번 인용해 볼까요?

> 절정에 가까울수록 뻐꾹채 꽃키가 점점 소모된다. 한 마루 오르
> 면 허리가 슬어지고 다시 한 마루 위에 모가지가 없고 나중에는 얼
> 굴만 갸웃 내다본다. 화문처럼 판박힌다. 바람이 차기가 함경도 끝
> 과 맞서는 데서 뻐꾹채 키는 아주 없어지고도 팔월 한천엔 흩어진
> 성진처럼 난만하다. 산 그림자가 어둑어둑하면 그러지 않아도 뻐꾹
> 채 꽃밭에서 별들이 켜든다. 제자리에서 별이 옮긴다. 나는 여기서
> 기진했다.

한라산은 고산 지대입니다. 아래는 아열대, 위는 냉대에 가까
워 위로 올라갈수록 뻐꾹채꽃이 잘 자라지 못합니다. 정지용의 시
를 보면, 이 뻐꾹채꽃은 고도가 높아질수록 허리가 꺾이고 모가지
가 스러집니다. 얼굴만 갸웃 내다보다가, 마침내 뻐꾹채 키는 아예
없어질 정도가 됩니다. "바람이 차기가 함경도 끝과 맞서는 데서 뻐
꾹채 키는 아주 없어지고도"라는 시구는 역사의 험난한 길을 거슬
러 올라가는 시인의 내면적 고뇌를 나타냅니다. 시인의 정신세계가

반영된 객관적 상관물인 뻐꾹채꽃을 통해, 정지용 시인은 역사의 험난한 길을 오를 때마다 지식인, 시인 들의 내면세계가 위축되는 양상을 보여 줍니다. 그 시기가 바로 1939년의 시절인 것이지요. 산 그림자가 어둑해지자, 화자는 꽃밭에서 기진맥진한 몸을 눕힙니다. 8월 한철 밤하늘에 켜진 별이 꽃과 화자를 비춥니다. 지상의 타락하고 험난한 세계와 밤하늘의 별이 대비됩니다.

　2연에서는 이틀째 여정이 펼쳐집니다. 화자는 아침밥을 먹고 다시 산행길을 나섭니다. 이것을 시인은 시적으로 "암고란巖古蘭, 환약丸藥같이 어여쁜 열매로 목을 축이고 살아 일어섰다"고 표현했습니다.

　윤동주가 남겨 놓은 장서들을 살펴보니 많은 책 가운데『정지용시집』과『백록담』이 눈에 띄었습니다. 윤동주는《인문평론》과《문장》을 매달 읽었습니다. 정지용이《문장》에 발표한「백록담」을 읽었을 것입니다. 시집『백록담』은 문장사에서 1941년에 간행되었습니다. 그러니까 윤동주가 이 시를 시집으로 보았다면 그의「자화상」과「백록담」을 직접 연결시키는 것이 무리일 수도 있습니다. 그런데 시「백록담」이 잡지《문장》에 실린 것은 1939년 3월이고, 윤동주가「자화상」을 쓴 것은 그해 9월입니다. 윤동주가 백석과 더불어 정지용을 매우 존경했다는 주장은 뒷받침할 만한 근거로 충분해 보입니다.

　잡지에 실린 정지용의「백록담」을 읽은 학생 윤동주의 눈동자에는 뻐꾹채꽃이 피어 있는 역사의 오르막길을 힘겹게 올라가는 지

1939년 민족어가 위기에 처한 시기에 쓰인
정지용의 『백록담』 표지.

식인이자 시인의 내면과 그 내면세계를 비춰 주는 밤하늘의 별이
차올랐을 것입니다. 타락하고 험난한 지상과 밤하늘의 별이라는 이
원성의 세계가 윤동주에게 깊이 인식되었을 것이라고 생각합니다.
저는 「백록담」의 마지막 연의 시구들과 「자화상」 속의 성찰적인 모
습을 함께 놓고 보고 싶습니다. 「백록담」 마지막 연인 9연에서 화자
는 바야흐로 한라산 정상에 가 닿습니다.

> 가재도 기지 않는 백록담 푸른 물에 하늘이 돈다. 불구에 가깝
> 도록 고단한 나의 다리를 돌아 소가 갔다. 쫓겨온 실구름 일말에도
> 백록담은 흐리운다. 나의 얼굴에 한나절 포긴 백록담은 쓸쓸하다.
> 나는 깨다 졸다 기도조차 잊었더니라.

여기서 화자는 백록담에 비친 하늘을 봅니다. 그 연못에 비친
자기 모습을 봅니다. 백록담 맑은 물은 실구름 한 조각에도 흐려지
듯, 거울과 같은 성찰적 매개 역할을 합니다. 이 시구는 어딘지 모
르게 윤동주의 「자화상」 속에서 거울의 역할을 떠맡고 있는 '우물'
을 떠올리게 하지 않습니까? 윤동주의 시를 한번 같이 읽어 봅시다.

> 산모퉁이를 돌아 논가 외딴 우물을 홀로 찾아가선 가만히 들여
> 다봅니다.

> 우물 속에는 달이 밝고 구름이 흐르고 하늘이 펼치고 파아란

바람이 불고 가을이 있습니다.

그리고 한 사나이가 있습니다.
어쩐지 그 사나이가 미워져 돌아갑니다.

돌아가다 생각하니 그 사나이가 가엾어집니다. 도로 가 들여다
보니 사나이는 그대로 있습니다.

다시 그 사나이가 미워져 돌아갑니다.
돌아가다 생각하니 그 사나이가 그리워집니다.

우물 속에는 달이 밝고 구름이 흐르고 하늘이 펼치고 파아란
바람이 불고 가을이 있고 추억처럼 사나이가 있습니다.

「자화상」은 누상동 시절에서 약간 앞선 1939년 9월에 쓰인 시
입니다. 송우혜는 아현동 하숙 당시 쓰인 것으로 추측하지요. "산모
퉁이를 돌아 논가 외딴 우물을 홀로 찾아가선 가만히 들여다봅니
다"라는 시구 때문입니다. 외딴 우물에 얼굴을 비춰 보는 모습은 정
지용의 시와 매우 비슷합니다. 실구름에 가려지는 백록담은 자기
내면의 모습이며, 실구름은 자기에게 드리워진 부끄러움일 수 있지
요. 「자화상」에서 화자는 홀로 외딴 우물을 찾아갑니다. 이것은 정
지용의 「백록담」에서 화자가 한라산 백록담을 찾아가는 것에 비견

됩니다. 윤동주의 우물은 정지용의 백록담인 것입니다. 정지용의 백록담에 하늘이 비치고 쫓겨 온 실구름이 비치는 것처럼 윤동주의 우물에도 하늘과 달과 구름과 파아란 바람과 가을이 비칩니다. 정지용의 백록담에 화자의 고뇌가 찬 내면세계가 비치는 것처럼 윤동주의 우물에도 화자의 내면세계를 상징하는 '사나이'의 모습이 비칩니다.

어떻습니까? 두 시가 아주 깊은 관계를 맺고 있는 것 같지 않나요. 마음을 비추는 세계가 서로 닮아 있지요. 백록담이라는 정지용의 명경(매우 맑은 거울)이 역사에 대해 처절히 고민하던 윤동주에게서는 자기 모습을 비추는 우물의 형태로 아로새겨져 있는 것입니다.

수입해 온 외국 문학과 문예 사조를 살펴보기에 앞서, 우리 문학의 중요한 흐름부터 짚어 볼 필요가 있습니다. 김소월은 자연과 낭만적 사랑의 세계를, 정지용은 청신한 감각과 자아 성찰의 세계를 만들었습니다. 그 뒤를 이은 윤동주는 1941년 5월부터 9월까지 누상동 9번지 시절을 전후로 하여, 정지용 「백록담」의 세계와 아주 밀접한 연관을 맺으며 자신만의 시 세계를 구축해 나갔다고 할 수 있습니다.

이 연장선상에서 윤동주가 1942년 1월 24일에 쓴 시 「참회록」을 생각해 볼 수 있습니다. 1942년 1월 19일 윤동주는 일본 유학길에 오르기 위해 히라누마平沼로 성을 바꾼 창씨계를 연희전문학교에 제출합니다. 송몽규는 소무라 무게이宋村夢奎로 창씨개명을 신고합니다. 그 며칠 후 윤동주가 쓴 시가 바로 「참회록」입니다. 이 시의

전문을 인용해 봅니다. 밤마다 청동거울을 손바닥으로 닦는 화자를
한번 떠올려 보세요.

파란 녹이 낀 구리 거울 속에
내 얼굴이 남아 있는 것은
어느 왕조의 유물이기에
이다지도 욕될까.

나는 나의 참회의 글을 한 줄에 줄이자.
— 만 이십사 년 일 개월을
　　무슨 기쁨을 바라 살아 왔던가.

내일이나 모레나 그 어느 즐거운 날에
나는 또 한 줄의 참회록을 써야 한다.
— 그때 그 젊은 나이에
　　왜 그런 부끄런 고백告白을 했던가.

밤이면 밤마다 나의 거울을
손바닥으로 발바닥으로 닦아보자.
그러면 어느 운석 밑으로 홀로 걸어가는
슬픈 사람의 뒷모양이
거울 속에 나타나온다.

창씨개명 후 유학을 앞두고 쓴 「참회록」은 자아 성찰의 응시와 자기 객관화가 두드러집니다. 이러한 시풍 또한 정지용과 윤동주를 연결시키기에 부족함이 없습니다. 시구 "밤이면 밤마다 나의 거울을/ 손바닥으로 발바닥으로 닦아보자"라는 표현은 「자화상」에 나타나는 자아 성찰의 맥락이 한층 심화된 것이라 할 수 있겠지요.

## 내 이름자 묻힌 언덕 위에도 자랑처럼 풀이 무성할 게외다

누상동 9번지 시절의 시를 보면 윤동주가 자신도 모르게 죽음을 예감하고 있었음이 나타나는 것 같습니다. 이상이 자신의 죽음을 예감하는 소설 「종생기」를 쓴 것처럼, 자신의 문학 세계와 시대의 아픔에 골몰하고 몰두했던 윤동주 또한 자기 운명을 직감한 것이 아닐까 생각해 봅니다.

누상동 시절인 1941년은 세계가 태평양전쟁으로 나아가는 시기였습니다. 게다가 윤동주 스스로도 학문의 길을 갈 것인지, 아니면 다른 삶을 선택할 것인지 고민하던 때였지요. 역사의 진폭이 너무나도 큰 시대에 진로마저 갈림길에 처해 있던 당시, 그의 내적 고민은 최고조에 달했을 것입니다. 자기 자신의 운명을 예감하는 듯한 시만 보아도, 인생의 중요한 갈림길에서 청년 윤동주의 시 세계는 거의 완성 단계에 이른 듯 보입니다. 누상동 시절 이전인 1941년 2월 7일에 쓴 「무서운 시간」이라는 시가 있습니다. "거 나를 부르는

것이 누구요"라는, 시대의 그림자와 자기 자신의 내면을 향해 내뱉
는 의문이 드러난 시입니다. 송우혜는 이 시를 보고 '무서운 시'라
고 했는데, 저는 이 시에서 자기 앞에 닥친 운명을 끌어당겨 보고
있는 시인의 투지력을 발견할 수 있었습니다.

거 나를 부르는 것이 누구요.

가랑잎 이파리 푸르러 나오는 그늘인데,
나 아직 여기 호흡이 남아 있소.

한 번도 손들어보지 못한 나를
손들어 표할 하늘도 없는 나를

어디에 내 한 몸 둘 하늘이 있어
나를 부르는 것이오.

일이 마치고 내 죽는 날 아침에는
서럽지도 않은 가랑잎이 떨어질텐데……

나를 부르지 마오.

하나 더, 1941년에 방학을 맞아 북간도 고향에 간 그는 「또 다

른 고향」이라는 시를 씁니다. 이 시도 죽음을 예감하는 시로 읽힙니다. 시에 등장하는 '백골'은 정지용의 「백록담」 3연 "백화 옆에서 백화가 촉루가 되기까지 산다. 내가 죽어 백화처럼 흴 것이 흉 없지 않다"와 관련이 있는 듯 보입니다. 여기서 촉루髑髏는 바로 해골을 말합니다. 백화나무가 해골처럼 하얗게 변해 죽는 현상을 시인은 이와 같이 표현했습니다. 백화나무는 산속에서 초탈해 사는 자작나무를 이릅니다. 자작나무가 촉루가 되기까지 천수를 누리며 사는 것은 좋은 일입니다. 그런데 정지용 자신이 죽어 백화처럼 희게 되는 것은 흉이 됩니다. 왜냐하면 자신은 그렇게 결백한 삶을 살아오지 못했다고 생각하기 때문입니다. 삶이 결백하지 못했는데 자신의 해골만 희게 남는다는 것은 분명 부끄러운 일입니다.

> 고향에 돌아온 날 밤에
> 내 백골이 따라와 한방에 누웠다
>
> 어두운 방은 우주로 통하고
> 하늘에선가 소리처럼 바람이 불어온다.
>
> 어둠 속에서 곱게 풍화 작용하는
> 백골을 들여다보며
> 눈물짓는 것이 내가 우는 것이냐
> 백골이 우는 것이냐

아름다운 혼이 우는 것이냐

지조 높은 개는
밤을 새워 어둠을 짖는다.
어둠을 짖는 개는
나를 쫓는 것일 게다.

가자 가자
쫓기우는 사람처럼 가자.
백골 몰래
아름다운 또 다른 고향에 가자.

이 시에서 윤동주는 정지용의 「백록담」에서처럼 자기 자신의
죽음을 내다봅니다. 그러면서도 정지용보다 훨씬 더 일찍, 젊어서
세상을 떠나야 했기에 그는 「종생기」의 이상처럼 임박한 죽음의 운
명에 관한 예감을 보여 주는 것으로 보입니다. "가자 가자/ 쫓기우
는 사람처럼 가자./ 백골 몰래/ 아름다운 또 다른 고향에 가자"라는
구절을 음미해서 읽어 보면 더욱 그러합니다. 이상향의 세계인 또
다른 고향을 갖고 싶다는 말의 울림이 심상치 않게 느껴지는 것은
그 때문일 것입니다.

「별 헤는 밤」은 1941년 11월 5일 누상동을 떠나 북만주에 다녀
온 뒤 쓴 시입니다. 이 시와 더불어 「하늘과 바람과 별과 시」에도

별이 등장하지요. 우리는 이 '별'을 음미해야 합니다. 당시 다른 시인들에게도 별은 단골 소재였지요. 그것은 오로지 시인 자신을 위해서만 존재하는, 또는 자기 자신에만 관계하는 비밀스러운 이상이나 동경을 의미합니다.

　소설가 김남천의 작품 「등불」(1942)에는 이 별이 스탠드의 '불광'으로 변형되어 나타나기도 합니다. 윤동주의 '별'은 자연물로서의 깨끗하고 순정한 별이기도 하지만, 자연물과 인간의 운명이 연결되어 있다는 일종의 상응론의 관점으로 읽어야 합니다. 루카치 Geörg Lukács가 쓴 『소설의 이론 Die Theorie des Romans』(1916)의 첫 대목은 유명하지요. "별이 빛나는 창공을 보고 갈 수가 있고 또 가야만 하는 길의 지도를 읽을 수 있던 시대는 얼마나 행복했던가? 그리고 별빛이 그 길을 훤히 밝혀 주던 시대는 얼마나 행복했던가?" 이때의 별은 어떤 이상이자, 삶이 지향해야 할 방향의 표지를 이릅니다. 그러나 오늘날 현대인에게는 모든 이가 바라볼 하나의 별빛 같은 지향점은 사라졌지요. 정지용도 「백록담」에서 "제자리에서 별이 옮긴다"고 별의 상징을 환기시켰으며, 후에 윤동주 또한 제목부터 「별 헤는 밤」이라는 시를 썼습니다. 「백록담」과 「별 헤는 밤」에서 '별'은 자기만의 삶의 이상과 고향을 찾아야 하는 문제를 상징합니다. 그런데 이 시도 참 묘하지요. 다음 대목이 더욱 그러합니다.

　　나는 무엇인지 그리워

　　이 많은 별빛이 내린 언덕 위에

내 이름자를 써보고,

흙으로 덮어버리었습니다.

딴은 밤을 새워 우는 벌레는

부끄러운 이름을 슬퍼하는 까닭입니다.

'이름'은 '생명'입니다. 흙으로 이름을 덮는다는 행위는 곧 죽음을 뜻하겠지요. 이 시를 다시 읽으며 생각했습니다. '이렇게 깊게 자기 운명을 의식했구나!' 윤동주의 시에는 시대의 험난한 파도를 넘어 극복하려는 인간의 모습이 담겨 있습니다. 그는 타협할 생각이 없고, 조금이라도 타협해야 할 때에는 '참회록'을 쓸 수밖에 없는 정신의 소유자였습니다. 윤동주는 시집을 내려 하면서도 삶의 위태로움을 느꼈을지 모릅니다. 언제든지 자신을 주시하고 위협을 가할 수 있는 세력을 늘 감지했을 것이기 때문이지요. 아마도 절체절명의 위기를 예감하며 자신의 운명에 대한 직관이 피어난 것은 아닐까요?

그러나 겨울이 지나고 나의 별에도 봄이 오면

무덤 위에 파란 잔디가 피어나듯이

내 이름자 묻힌 언덕 위에도

자랑처럼 풀이 무성할 게외다.

이 얼마나 무서운 구절인지요! 윤동주의 시는 그리 간단하지 않습니다. 그는 정지용처럼 험난한 시대의 파고를 극복하고자 하는 강렬한 열망 속에서 살았습니다. 자기 자신의 삶과 정신적 상태를 정확히 응시하면서도, 임박한 죽음의 서슬을 꿰뚫어 보는 놀라운 자각을 보여 주었습니다. 이 시를 읽으면, 그 정신적 긴장이 어디에 까지 다다랐는가를 확인할 수 있습니다.

누상동 시절을 마감하며 하숙집을 옮긴 윤동주는 1942년 12월 27일 연희전문학교를 졸업합니다. 송몽규와 함께 진로를 고민하던 그 시기는 일본의 진주만 공격으로 태평양전쟁이 발발한 때입니다. 그들은 일본이 반드시 패배할 것이라고 생각했고, 언젠가 찾아올 독립을 위해 지적 연마를 서둘러야겠다고 결심하지요. 이러한 유학의 동기는 당시 송몽규를 심문했던 특별고등검찰의 조서에 남아 있습니다. 더 멀리 보고자 하는 마음으로 일본 유학을 위한 도항 증명서를 받기 위해 창씨개명이라는 현실과 타협할 수밖에 없었던 것입니다.

## 순수를 향한 처절한 고투 속에서

윤동주문학관은 청운동에 자리하고 있습니다. 윤동주 하숙집에서 수성동 계곡으로 올라가 인왕산 스카이웨이를 돌아 20분 정도 걸어가면 문학관 표지판이 보입니다. 버려지다시피 했던 옛 수도 가압장 시설과 물탱크를 문학관으로 탈바꿈한 공간입니다. 그곳에 들

청운동에 자리한 윤동주문학관.

누상동 9번지 윤동주 하숙집의 현재 모습.

어가면 정병욱이 가지고 있던 윤동주의 시집도 전시되어 있고, 윤동주의 생애를 영상으로 볼 수 있는 공간도 있습니다. 철문처럼 생긴 입구로 들어가면 사방이 벽으로 둘러싸여 교도소 감방을 연상시키는 어두운 공간이 나옵니다. 저는 그곳을 걸으며 윤동주의 「서시」를 떠올렸지요. 1941년 11월 20일에 쓰인 「서시」에는, 아시다시피 시대의 운명 속에서도 죽어 가는 것을 사랑하려는 마음이 담겨 있습니다. 이 완벽하고 감당하기 어려운 순수는 어떻게 해석해야 할까요.

윤동주를 아마추어 청년 시인쯤으로 여기는 사람이 많습니다. 등단하여 문단 교류를 하지 않았고, 죽은 뒤에야 시집이 나왔기 때문일 것입니다. 그러나 누상동 9번지 하숙집에서의 이야기나 백석과 정지용 등 당대 최고의 문학에 깊이 심취하며 꾸준히 연마해 온 사실을 떠올려 보면, 그를 단지 아마추어 시인이라고 치부할 수는 없습니다. 이미 그는 시인으로서 자신의 세계를 견고하게 만들어 가고 있었던 것입니다. 다만 조금 더 높은 세계로 나아가고자 하는 결벽주의 때문에 작품 활동을 꺼렸고, 내성적인 성격으로 인해 섣불리 문단에 끼어들지 못했을 뿐입니다.

윤동주가 젊었다는 이유로, 그 순수가 젊은이의 치기 어린 무구함이라고 생각하는 경향이 있습니다. 앞에서도 살펴봤지만, 윤동주는 젊어서 이미 말년의 경지에 이르렀습니다. 그렇기에 그의 순수를 젊은이의 유치함이나 어리숙함이나 서투름이라는 테두리에 가두어서는 곤란합니다. 그것은 완전한 순수입니다. 천재적 시인, 비범한 시인이 지닌, 이른 시기에 이미 완전성과 무한에 도전하는 사람만이 얻을 수 있는 순수입니다. 바이런George Gordon Byron, 셸리 Percy Bysshe Shelley, 존 키츠John Keats, 랭보Arthur Rimbaud처럼 이른 나이에 시를 쓰다 그만두거나 세상을 등진 전설적인 이들만이 품은 순수는, 그 스스로 무한한 세계에 맞서 자신을 바쳐 투신한 사람만이 도달할 수 있는 정신의 경지입니다.

그것이 시가 될 때에야 비로소 "잎새에 이는 바람에도/ 나는 괴로워했다./ 별을 노래하는 마음으로/ 모든 죽어가는 것을 사랑해야지" 같은 「서시」의 구절이 나올 수 있습니다. 이는 단순히 젊은이의 무구함이 아니며, 무한에 도전한 사람만이 얻을 수 있는 순수 그 자체라 할 것입니다.

윤동주의 작품 중 「간肝」(1941)이라는 시가 있습니다. 프로메데우스의 신화를 차용한 이 시에서 화자는 독수리에게 간을 내줍니다. 이 시를 보며 저는 윤동주의 순수란, 초인적인 노력을 기울인 사람만이 얻을 수 있는 순수라는 것을 깨달았습니다. 이런 인식이 깨질까 봐 저는 오랫동안 영화 〈동주〉를 보지 못했습니다. 영화가 윤동주와 그의 시에 대한 저의 인식을 감상적으로 훼손할까 봐 무서웠기 때문입니다.

윤동주는 단지 젊었기 때문에 순수했던 것이 아닙니다. 그는 순수를 향한 처절한 고투를 통해 비로소 절대 순수에 이르렀고, 젊음을 간직한 채 죽음으로 영원을 향해 나아간 시인이었던 것입니다.

# 3장
## 인력거꾼 김첨지의 낙원의 꿈은 어디로
어둠의 시대에 지조를 잃지 않은 작가
현진건, 운수 좋은 날

김첨지는 연해 코를 들이마시며,

"우리 마누라가 죽었다네."

"뭐, 마누라가 죽다니, 언제?"

"이놈아 언제는, 오늘이지."

"엣기 미친놈, 거짓말 말아."

"거짓말은 왜, 참말로 죽었어, 참말로……
마누라 시체를 집에 뻐들쳐 놓고 내가 술을 먹다니,
내가 죽일 놈이야, 죽일 놈이야."

하고 김첨지는 엉엉 소리를 내어 운다.

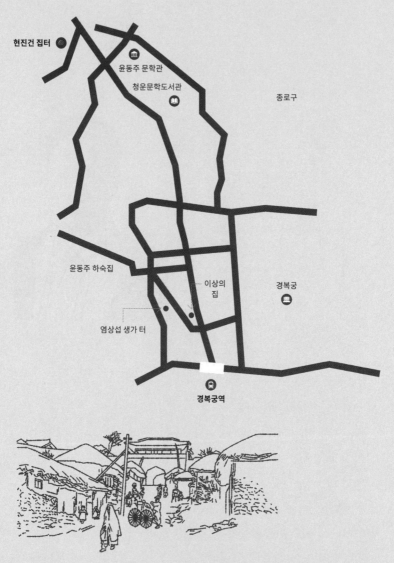

현진건 집터

윤동주 문학관

청운문학도서관

종로구

윤동주 하숙집

이상의 집

경복궁

염상섭 생가 터

경복궁역

동소문 안에서 인력거를 끌며 하루하루를 살아가는 '김첨지'라는 인물을 통해 민중의 비극적 삶을 그리고 있다.

## 창의문(자하문)과 그 바깥세상

일제강점기의 암울한 시대를 밝힌 등불 같은 작가, 현진건을 떠올리며 시작하는 이번 여정은 서울 북쪽의 창의문에서 출발합니다. 조선 시대에는 서울에서 북쪽으로 나가려면 창의문(근처 계곡의 이름을 따서 자하문이라고도 불린다)을 통과해야 했지요. 이 문은 한양 도성의 네 개 소문 중 오늘날까지 가장 잘 보존된 문으로, 태조 5년(1396)에 세워졌습니다. 과거에는 북한산과 양주 방면으로 이어지는 중요한 관문이었습니다.

가람 이병기가 1933년 4월 《별건곤》에 발표한 「연재 장편강담, 연산주燕山主」에서 연산군의 나쁜 정치를 이야기하는데, 여기에 창의문이 등장합니다.

경복궁 후원에다도 서총대瑞葱臺, 창의문彰義門 밖에는 탕춘대蕩春臺, 서교西郊에는 연희궁을 지어 두고 또는 돌구유를 큼직하게 만들어 놓고 궁녀를 데리고 그 안에서 갖은 희롱을 하였으며, 어느 때는 익선관翼蟬冠, 곤룡포도 다 치워 버리고 광대 옷에 탈박아지를 뒤집 어쓰고 기생들과 함께 신이 나도록 처용무도 추어 보았다.

곡절 많고 논란이 많은 문제적 작가 이광수가 홍지동에 별장 을 지으며 창의문을 언급한 것도 흥미롭습니다. 그는 「성조기成造記」 (1936)에서 "창의문 밖에 아마도 가장 아름다운 수석水石이라고 할 백사실의 폭포가 나를 향하고 날아드는 경치가 있음이었다"고 썼습 니다. 이는 이광수가 홍지동에 별장을 짓게 된 이유를 설명한 동시 에, 창의문에서 백사실 계곡으로 이어지는 자연의 아름다움을 생생 히 묘사한 대목입니다.

이처럼 역사의 사연을 간직한 창의문 옆에는 불멸의 시인 윤동 주를 기리는 문학관이 자리하고 있습니다. 여기서 버스로 한 정거 장 거리만큼 걸어 부암동에 이르면, 과거의 집은 사라지고 호화로 운 별장이 대신 들어선 곳을 만나게 됩니다. 그곳에는 한때 이곳이 현진건의 집터였음을 알리는 표지석 하나만 남아 있습니다.

창의문 바깥은 훗날 이광수를 비롯한 여러 문학예술인들이 거 처를 둔 곳이지만, 이곳에 가장 먼저 자리를 잡은 인물 중 하나는 작가 빙허 현진건이었습니다. 그는 창의문 바깥 부암동의 능금밭 옆에 집을 마련했으며, 뒤이어 프롤레타리아 작가 이기영이 그곳 에 정착했고, 이광수는 그 아래 소림사 근처에 별장을 지었습니다. 1935년 1월 《개벽》에 실린 「문단왕래」라는 글에는 한동안 성북동이

창의문 바깥에 삶의 터를 잡은 현진건.

문사촌으로 불리더니 최근에는 창의문 바깥이 문사촌이 되어 가고 있다는 기록이 있습니다. 성북동에는 김억, 이태준, 노자영, 김기진 등이 거주했고, 창의문 바깥에는 이광수, 현진건, 엄흥섭, 송영 같은 작가들이 머물렀다고 합니다.

현진건은 일찍이 창의문 바깥에 거처를 마련했으며, 문단에서의 평판도 매우 좋았습니다. 그는 산문 「애인과 안해」(1929)에서 "우리 부부의 사이는 물에 오리 사이 같아서 아마 이후에 애인 같은 이가 따로 생길 근심이라고 조금치도 없습니다"라고 표현할 만큼 자신의 아내를 끔찍이 사랑한 인물이었습니다. 또한 술을 즐기고 활달하며 시원스러운 성격으로도 잘 알려져 있었습니다. 이화학당을 졸업하고 일본으로 유학을 다녀와 배우이자 성우로 활동했던 복혜숙은 1937년 1월 《삼천리》에 실린 「장안 신사숙녀 스타일 만평」에서 현진건에 대해 이렇게 평가했습니다. "살결 희고 눈빛이 맑고 몸만 좀 뚱뚱하게 가로 퍼지지 않았으면 선풍도골仙風道骨 감인데 아차 그만 탈이야. 그래도 아마 누구누구 해도 《동아일보》 축에선 스타일 좋기로 일당백일걸?" 이를 통해 현진건이 풍채 좋고 쾌활한 성품을 가진 사람이었음을 엿볼 수 있습니다. 또한 그가 잡지 《동명》과 신문 《시대일보》를 거쳐 《동아일보》에서 기자로 일한 이력도 알 수 있지요.

## 통역관 가계의 넷째 아들

호탕하고 활달한 성품으로 누구에게나 호감을 샀던 현진건은 경상북도 대구부 명치정 2정목(현재 대구광역시 중구 계산동2가)에서 태어났습니다. 사람들이 흔히 '뽕나무골'이라 부르던 동네였지요. 생애의 마지막은 서울 제기동 자택에서 맞이했으며, 지병인 폐결핵과 장결핵으로 삶을 마감했습니다. 현진건의 아버지는 현경운, 어머니는 이정효이지요. 그는 다섯 형제 중 넷째로 태어났으며, 위로는 형 현홍건, 현석건, 현정건이 있었고, 아래로는 막냇동생 현성건이 있었습니다.

현진건의 가문인 연주 현씨는 역관과 같은 잡과 출신이 많았던 중인 집안으로 알려져 있지만, 구한말에는 개화파로서 나름의 입지를 다졌다는 연구도 있습니다. 하지만 이 집안의 역사는 결코 순탄치 않았어요. 그의 형 현정건은 독립운동에 투신하기 위해 상해로 떠났지만, 일제 경찰에 체포되어 국내로 압송된 뒤 3년간 옥고를 치러야 했습니다. 감옥에서의 가혹한 생활은 그의 건강을 크게 해쳤고, 출소 후 복막염으로 세상을 떠나고 말았지요. 하지만 비극은 여기서 그치지 않았습니다. 현정건의 아내 윤덕경은 남편이 세상을 떠난 지 불과 41일 만에 현진건에게 유서를 남기고 남편의 영정 앞에서 스스로 목숨을 끊었습니다. 옥중 생활의 후유증으로 남편을 잃은 뒤, 끝내 그 슬픔을 견딜 수 없었던 것이지요. 이 가슴 아픈 이야기는 현진건이라는 작가가 짊어져야 했던 시대적 비극과 가족사의 무게를 고스란히 보여 줍니다.

대구에서 태어난 현진건의 삶은 그의 배경만큼이나 다채롭고 흥미로웠습니다. 어린 시절, 그는 마을에서 한학을 배우며 기초를 쌓았고, 당숙이 세운 학교에서 신학문을 접하며 새로운 세계로 나아가기 시작했습니다. 그의 집안은 대대로 통역관 벼슬을 지낸 중인 계급으로, 언어와 외국 문화를 접할 기회가 많았던 환경 덕분에 학문에 대한 관심과 세계에 대한 열린 시각을 키울 수 있었지요. 열여섯 살이 되던 1915년, 그는 경주 이씨 이순득과 결혼한 뒤 그해 11월 보성고보에 입학하며 본격적으로 학업의 길을 걸었습니다. 이후 일본 도쿄로 유학을 떠나 세이소쿠 영어학교正則英語學校에서 공부하며 시야를 넓혔지요.

1917년에 귀국한 그는 대구에서 백기만, 이상화 등과 함께 동인지《거화》를 발간하며 문학에 대한 열정을 불태웠습니다. 그러나 문학과 학문에 대한 갈망은 멈추지 않았습니다. 같은 해 4월 다시 일본으로 건너가 세이조成城 중학교 3학년에 편입해 학업을 이어 갔습니다. 1918년에는 형 현정건이 머물던 중국 상하이의 후장 대학滬江大學 독일어 전문부에 입학했지만, 이듬해 다시 귀국하며 그의 삶은 새로운 전환점을 맞게 됩니다. 귀국 후 그는 아들이 없던 당숙 현보운의 양자가 되어 서울 관훈정(현재의 종로구 관훈동)에서 살게 되었고, 당숙이 세상을 떠난 뒤에는 가계를 이어받으며 가문의 중심 역할을 맡았습니다. 현진건의 서울살이는 단순히 생활의 터전을 옮긴 것이 아니라, 문학과 삶의 새로운 장을 열어 가는 과정이었습니다.

현진건의 집안 배경은 그의 세계관과 문학적 성숙에 깊은 영향을 미쳤습니다. 대대로 통역관을 배출한 가문은 외국 문화를 이해하고 개화에 앞장선 전통을 가지고 있었고, 이런 환경에서 성장한 그는 어린 시절부터 언어와 세계를 배우는 기회를 풍부하게 가질수 있었지요. 또한 그는 일본과 중국을 오가며 쌓은 다양한 경험을 통해 자신만의 관점을 정립하고 작가로서의 길을 준비했습니다. 조혼 풍습에 따라 일찍 결혼했지만, 당시 많은 작가들이 조혼의 폐해로 방황하던 것과는 달리 그는 아내를 사랑하며 가문의 명예를 지키는 균형 잡힌 삶을 살았습니다. 이러한 태도는 그가 삶과 작품 모두에서 '떳떳한' 문학의 길을 걸을 수 있는 원동력이 되었어요.


## '운수 좋은 날'의 불행한 사내여


현진건이 문단에 첫발을 디딘 것은 1920년 11월《개벽》에 단편소설 「희생화犧牲花」를 발표하면서부터입니다. 하지만 그보다 앞서그는 같은 잡지에 번역소설 「행복」(아르치바셰프)과 「석죽화」(쿠르트 뮌체르)를 게재하며 번역 활동을 시작한 것으로 알려져 있습니다. 「희생화」는 현진건에게 일종의 통과의례 같은 작품이었습니다. 이 단편소설은 당시 젊은 세대가 겪었던 고뇌 중 하나인 조혼 풍습을 다루고 있죠. 작품 속에서 남성 주인공은 가문의 전통이라는 벽을 넘지 못하고 사랑하는 여인을 포기해야만 합니다. 결국 여성 주인공은 절망 속에서 스스로 생을 마감하고 맙니다. 현진건은 이 작품을 통해 조혼이라는 문제를 비교적 정석적인 방식으로 풀어내며, 당대 젊은이들의 고민을 담아내고자 했습니다.

「희생화」에서 비극적 결말을 보여 준 현진건은 한층 더 왕성한 창작 활동을 이어 나갔습니다. 1921년 1월에는 《개벽》에 「빈처」를 발표했고, 같은 해 11월에는 「술 권하는 사회」를, 1922년 초에는 「타락자」를 연이어 선보였어요. 또한 1921년에는 휘문고등보통학교 출신의 박종화, 나빈, 홍사용, 이상화, 박영희 등과 함께 동인지 《백조》의 동인으로 활동하며 문학적 교류를 이어 갔습니다. 《백조》는 1900년대 초에 태어나 3·1운동을 겪으며 청년기를 보낸 세대의 문학적 요람이자 산실로, 그들의 열정과 이상이 녹아 있는 중요한 장이었습니다.

1923년에는 《개벽》에 장편소설 『지새는 안개』를 연재했으며, 1933년 말부터 1934년 중반까지는 《동아일보》에 『적도』를 연재했습니다. 『적도』는 그의 형 현정건이 투옥되고 사망한 개인적 경험과 연결되어 있어, 그만의 깊은 울림을 담고 있는 작품이지요. 기자로서, 그리고 사회부장으로서의 바쁜 활동을 이어 가던 중 잠시 공백기를 갖기도 했지만, 현진건은 문학 작가로서의 길을 묵묵히 걸어 갔습니다. 그의 대표작인 「빈처」, 「술 권하는 사회」, 「타락자」 등은 자전적 요소가 짙은 작품으로, 지금까지도 많은 독자들에게 사랑받고 있습니다.

1931년 《동광》에 실린 현진건의 인물 삽화.

그러나 현진건 문학의 진수를 이야기할 때 빠뜨릴 수 없는 작품은 바로「운수 좋은 날」입니다. 1924년 6월《개벽》에 발표된 이 단편소설은 동소문 안에서 인력거를 끌며 하루하루를 살아가는 '김첨지'의 비극적인 삶을 그리고 있습니다. 저는 이 작품을 읽을 때마다 현진건이 가진 진정한 문학적 가치를 새롭게 발견하곤 합니다. 단순한 이야기처럼 보이지만, 그 안에 담긴 현실의 냉혹함과 인간의 복잡한 감정이 한 편의 소설로 이렇게도 완벽히 형상화될 수 있다는 점에 매번 감탄하게 됩니다.「운수 좋은 날」은 그의 이름을 문학사에 깊이 새겨 넣은 작품이며, 지금도 수많은 독자들에게 강렬한 여운을 남기고 있습니다.

그럼「운수 좋은 날」의 작품 속으로 들어가 볼까요. 소설의 배경은 겨울이지만 눈 대신 비가 내리고 있습니다. 이날, 김첨지는 운수 좋은 하루를 맞습니다. 동소문 안 동네에서 혜화동 전차 정거장까지 앞집 마님을 모셔다 드리고, 이어 양복을 입은 교원처럼 보이는 손님을 명륜동 동광학교까지 태워다 줍니다. 참고로 동광학교는 불교계 학교로, 작가 이상이 다닌 곳으로도 잘 알려져 있지요. 집에 앓아누워 있는 병든 아내를 생각하며, 오늘 번 돈으로 설렁탕이라도 사 갈 생각에 김첨지는 기분이 한껏 들떠 있습니다. 그의 행운은 계속되지요. 동광학교를 나온 그는 남대문 정거장까지 가려는 학생 손님을 태워 1원 50전이라는 거금을 벌고, 거기서 다시 인사동까지 60전을 받고 또 다른 손님을 태웁니다. 하루 종일 사람들을 태우며 몸이 지칠 대로 지친 그는 이제 집으로 돌아가려던 참이었습니다. 그런데 창경원 앞에서 친구 치삼을 만납니다. 치삼은 김첨지를 선술집으로 이끕니다. 추운 겨울날, 선술집은 따뜻한 온기와 고소한 냄새로 가득 차 있었습니다. 김첨지는 추어탕과 막걸리, 석쇠에 구운 떡을 안주 삼아 실컷 먹고 마십니다. 그는 이날 번 돈이 무려 30원이나 된다고 허풍을 떨며, 심지어 '아내가 죽었다'는 섬뜩한 농담까지 내뱉습니다. 이 대목이 아주 압권입니다. 그 말은 단순한 농담처럼 보이지만, 이후 다가올 비극을 암시하는 강렬한 복선 역할을 합니다.

마음껏 먹고 마신 후, 그는 병든 아내를 위해 설렁탕을 포장해 들고 집으로 향합니다. 한 달 월세 1원을 내고 사는 좁은 행랑방에 도착했을 때, 그는 왠지 모를 이상한 정적을 느낍니다. 집 안은 무덤처럼 고요했고, 유일하게 들리는 소리는 어린아이가 어미의 젖을 빠는 소리뿐이었습니다. 불길한 예감에 방으로 들어간 김첨지는 아내를 흔들어 깨워 보지요. 하지만 그녀는 이미 싸늘하게 식어 버린 상태였습니다. 김첨지가 그렇게 믿고 싶었던 "운수 좋은 날"은 사실 '운수 사나운 날'이었던 셈입니다. 하루 종일 번 돈, 들뜬 기분, 그리고 설렁탕을 들고 집으로 돌아가는 그의 걸음걸이조차 비극의 서막이었지요.

「운수 좋은 날」은 비록 짧은 분량이지만, 1920년대 초반 서울을 배경으로 가난하게 살아가는 민초, 인력거꾼 김첨지의 괴로운 삶을 함축적으로 그려 낸 수작입니다. 특히 주목할 점은 소설이 지닌 아이러니 구조입니다. 아이러니란 예상치 못한 결말이나 사건의 진행이 독자의 기대와 크게 어긋나는 상황을 말하며, 사건의 진실이 나중에 가서야 드러나는 특징을 가집니다. 「운수 좋은 날」은 '무지와 그 깨달음의 구조'를 통해, 아내가 죽어 가는 운수 사나운 날을 오히려 운수 좋은 날로 착각하며 하루를 보내는 김첨지의 아이러니한 상황을 생생하게 묘사합니다. 특히 가난한 이들의 심리적 흐름, '하루벌이'의 운수에 따라 미친 듯이 기뻐하고 초조해하는 김첨지의 내면은 지식인의 시선에서 민중의 삶으로 시선을 옮겨 가던 당대 소설적 경향 속에서도 단연 돋보이는 수준을 보여 줍니다.

「운수 좋은 날」은 1920년대 초반 서울의 모습을 생생히 담아낸 작품으로 평가받습니다. 작품에서 김첨지는 동소문 안 집을 나와 혜화동 전차 정거장으로 향하고, 숭일동(현재의 명륜동) 동광학교를 거쳐 남대문 정거장까지 갔다가 다시 인사동을 지나 선술집을 들른 후 집으로 돌아오는 여정을 보여 줍니다. 인력거꾼인 김첨지는 도시 교통을 담당하는 일원으로, 그의 행로를 따라가다 보면 당시 서울을 살아가는 다양한 사람들의 모습이 압축적으로 드러납니다. 마님, 학교 교원, 학생, 기생인지 여학생인지 모를 젊은 여성, 큰 짐 가방을 든 사내 등 여러 계층과 직업군의 인물들이 등장하며 이들이 김첨지를 매개로 하나의 도시 풍경으로 연결됩니다. 이를 통해 1920년대 초반을 살아가는 사람들의 다양한 형상을 보여 줍니다.

김첨지가 동소문 안에 산다고 했을 때, 그의 집은 어떤 모습일지 상상해 보는 데 참고할 만한 자료로 1921년 5월 18일 자《동아일보》신문 기사가 있어 이를 잠시 소개하고자 합니다.

동소문 내 청계천과 훈련원 사이에 있는 조산에는 날부터 집 없는 빈민들이 움을 묻고 기어들고 기어 나가며 비와 바람을 막고 지내던 곳으로 작년까지도 그 움의 호수가 오십여 호나 되고 인구가 일백십여 명에 이르렀었는데…….

동소문 안의 열악한 환경 속에서 살아가는 김첨지는 초가집 행랑채에 월세를 살고 있습니다. 그는 동소문 전차 전거장에서 한동네 마님을 태운 뒤, 교원으로 보이는 사내를 태워 동광학교로 향합니다. 동광학교는 과거 북묘가 있던 자리에 세워진 학교이고, 북묘는 촉한 장수 관우를 숭상해 세운 사당을 의미합니다. 임진왜란 직후에는 숭례문 밖 남묘와 흥인지문 밖 동묘만 세웠으나, 고종 때 혜화동에 북묘를, 서문 밖 천연동에 서묘를 추가로 세웠습니다. 그러나 1908년 칙령으로 관왕묘에 대한 국가 관리가 폐지되면서 공식적인 제사는 중단되었고, 1910년 북묘는 철거되었습니다. 이후 그 자리에 동광학교가 세워지며 김첨지가 작품 속에서 오가는 배경의 일부가 되었습니다.

「운수 좋은 날」은 동소문에서 혜화동 전차 정거장, 동광학교, 남대문 정거장을 거쳐 인사동과 창경원을 지나 다시 동소문 안 자신의 동네로 돌아오는 김첨지의 행로를 따라갑니다. 이 여정을 통해 당대 민중의 고단하고 참담한 생활상을 응축하여 보여 줍니다. 작품 곳곳에는 조선 민중에 대한 현진건 작가의 깊은 연민이 짙게 배어 있습니다. 특히, 김첨지가 친구 치삼을 만나 선술집에서 하루

동안의 일을 회상하며 미친 듯이 이야기하는 장면은 그 가련한 모습이 너무나 생생하게 전해져 소름이 돋을 지경입니다. 그 절박하고 애달픈 모습은 독자에게 깊은 여운과 동시에 가슴 저미는 슬픔을 남깁니다.

김첨지의 눈은 벌써 개개 풀리기 시작하였다. 석쇠에 얹힌 떡 두 개를 숭덩숭덩 썰어서 볼을 불룩거리며 또 곱배기 두 잔을 부어라 하였다.

치삼은 의아한 듯이 김첨지를 보며,

"여보게 또 붓다니, 벌써 우리가 넉 잔씩 먹었네, 돈이 사십 전 일세."

라고 주의시켰다.

"아따 이놈아, 사십 전이 그리 끔찍하냐. 오늘 내가 돈을 막 벌었어. 참오늘 운수가 좋았느니."

"그래 얼마를 벌었단 말인가."

"삼십 원을 벌었어, 삼십 원을! 이런 젠장맞을 술을 왜 안 부어…… 괜찮다 괜찮다, 막 먹어도 상관이 없어. 오늘 돈 산더미같이 벌었는데."

"어, 이 사람 취했군, 그만두세."

"이놈아, 그걸 먹고 취할 내냐, 어서 더 먹어."

하고는 치삼의 귀를 잡아 치며 취한 이는 부르짖었다. 그리고 술을 붓는 열다섯 살 됨직한 중대가리에게로 달려들며,

"이놈, 오라질 놈, 왜 술을 붓지 않어."

라고 야단을 쳤다. 중대가리는 희희 웃고 치삼을 보며 문의하는 듯이 눈짓을 하였다. 주정꾼이 이 눈치를 알아보고 화를 버럭 내며,

"에미를 붙을 이 오라질 놈들 같으니, 이놈 내가 돈이 없을 줄 알고."

하자마자 허리춤을 훔칫훔칫하더니 일 원짜리 한 장을 꺼내어 중대가리 앞에 펄쩍 집어 던졌다. 그 사품에 몇 푼 은전이 잘그랑 하며 떨어진다.

"여보게 돈 떨어졌네, 왜 돈을 막 끼얹나."

이런 말을 하며 일변 돈을 줍는다. 김첨지는 취한 중에도 돈의 거처를 살피는 듯이 눈을 크게 떠서 땅을 내려다보다가 불시에 제하는 짓이 너무 더럽다는 듯이 고개를 소스라치자 더욱 성을 내며,

"봐라 봐! 이 더러운 놈들아, 내가 돈이 없나, 다리뼉다구를 꺾어 놓을 놈들 같으니."

하고 치삼의 주워 주는 돈을 받아,

"이 원수엣돈! 이 육시를 할 돈!"

## 언론인 현진건과 일장기 말살 사건

이처럼 「운수 좋은 날」을 통해 1920년대 일제강점기 조선 민중의 척박하고 고단한 삶을 사실적으로 그려 내며 당대 사회에 대한

깊은 현실 인식을 보여 준 현진건은, 작가로서뿐만 아니라 기자로서도 활발히 활약했습니다. 1920년 11월《조선일보》에 입사한 그는 1922년 9월 최남선이 이끄는 동명사에 합류해《동명》의 편집 동인으로 활동했고, 이어 1924년 3월 창간된《시대일보》(《동명》의 후신)에도 입사해 사회부장으로 일했지요. 이후《시대일보》가 폐간되자《동아일보》로 자리를 옮겨 1928년에는 사회부장이 되었고, 1936년 일장기 말살 사건日章旗抹殺事件이 발생할 때까지 재직하며 언론인으로서도 시대의 목소리를 기록했습니다.

일장기 말살 사건은 단순한 언론 사건이 아니라, 일제 식민 통치에 대한 항거의 의미를 담은 상징적인 의거라고 볼 수 있습니다. 1936년 8월 13일 자《동아일보》지방판 조간 2면과《조선중앙일보》4면, 그리고 같은 해 8월 25일 자《동아일보》2면에는 베를린 하계 올림픽 남자 마라톤에서 우승한 손기정 선수의 업적이 보도되었습니다. 이 과정에서 손기정 선수의 유니폼에 있던 일장기를 삭제해 보도한 것이 사건의 발단이었습니다. 이로 인해《동아일보》는 일제의 강압과 탄압을 받았으며, 이는 당시 한국인들이 일본의 식민지 통치에 저항한 상징적인 사례로 역사에 기록되었습니다.

이 사건으로《동아일보》는 일제에 의해 8월 29일부터 무기정간 처분을 받았습니다. 이는 1920년 4월 창간 이후《동아일보》가 네 번째로 겪은 무기정간이었습니다. 한편《조선중앙일보》는 9월 4일 자 지면에 "근신의 뜻을 표하며, 당국의 처분이 있을 때까지 휴간한다"는 내용의 사고社告를 게재하고 휴간에 들어갔습니다. 그러나 재

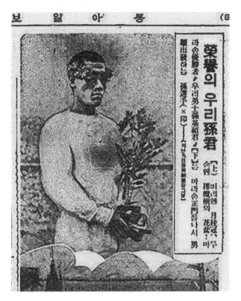

손기정 선수의 유니폼에 있던 일장기를 삭제해 보도한
신문 기사.

정적 어려움으로 인해 이 휴간은 사실상 폐간으로 이어지고 말았지요.

당시 조선총독부는 일장기 말살 사건을 법적으로 처벌할 조항을 찾았으나, 마땅한 항목이 없어 형법 이상의 처벌은 이루어지지 않았습니다. 그러나 1936년 11월 《삼천리》에 실린 '삼천리 기밀실'이라는 기사에 따르면, 사건 관계자들이 체포와 구금을 당했고, 그 과정에서 심한 고문을 겪었다는 사실이 밝혀졌습니다. 당시 체포와 구금은 고문을 수반하는 것이 일반적이었던 시대였습니다. 한편 인터넷에 현진건이 이 사건으로 1년 동안 투옥되었다는 내용이 자주 보이지만, 이는 사실과 다를 가능성이 높습니다. 정확한 사료를 통해 확인된 바는 없으며, 현진건이 이 사건으로 투옥 생활을 했다는 기록은 현재까지 명확히 입증되지 않았습니다.

《동아일보》 사회부장 현진건 씨 이하 기자 8인이 이번 사건으로 경기도 경찰부에 검거되었다 함은 별항 상보와 같거니와 취조의 결과 별반 재판소에 넘길 사건도 못 되어 29일간의 구류를 끝내고 모다 9월 하순에 석방이 되었는데 석방된 익일 《동아일보》에서는 8인 모다 인책 면직케 하였다고 한다. 더욱 《조선중앙일보》 사원 4인도 29일 만에 모다 석방이 되었다고.

## 역사소설로 나아간 작가 현진건

현진건의 업적 중 단편소설 발표 외에 주목할 만한 부분은 그의 역사소설가로서의 면모입니다. 그가 역사소설로 나아가게 된 이유는 아마도 당시 일제의 검열과 억압으로 인해 현실을 직접적으로 다루는 데 한계가 있었기 때문일 것입니다. 이러한 문학적 확장은 과거의 사건과 인물을 통해 현재의 현실을 우회적으로 비판하는 동시에, 역사소설을 통해 민족적 자긍심을 고취하려는 목적도 있었던 것으로 보입니다.

다음은 역사소설과 관련된 현진건의 주요 활동을 정리해 본 것입니다. 1926년 1월《개벽》에 「조선혼과 현대정신의 파악」을 발표했고, 1929년 7월 8일부터 12일까지 신라의 고도 경주를 답사하고, 그 경험을 바탕으로《동아일보》에 7월 18일부터 8월 19일까지 기행문 「고도순례 경주」를 연재했습니다. 이후 1932년 7월 8일부터 23일까지 단군 전승이 남아 있는 안주, 묘향산, 평양, 황해도, 강화도 등을 답사하고, 기행문 「단군성적聖跡 순례」를《동아일보》에 7월 29일부터 11월 9일까지 연재했습니다. 이처럼 현진건은 역사적 장소와 전승을 답사하고 이를 기록함으로써, 역사적 가치와 민족의 정체성을 문학적으로 재조명하는 데 크게 기여했습니다.

이러한 답사와 기행문을 바탕으로 현진건은 1938년 7월 20일부터 1939년 2월 7일까지《동아일보》에 역사소설『무영탑無影塔』을 연재했습니다. 1939년 7월《동아일보》학예부장으로 복직한 그는 같은 해 10월 25일부터 역사소설 『흑치상지黑齒常之』를 연재했으나, 52회 만에 일제의 탄압으로 중단되고 말았습니다. 같은 해 12월에는 평론 「역사소설 문제」를 《문장》에 발표하며 역사소설의 의미를 되짚었고, 1940년에는 《춘추》에 『선화공주』를 4월부터 9월까지 연재했으나 이 작품 역시 미완으로 끝나게 되었습니다.

현진건의 이러한 이력에서 주목할 만한 점 중 하나는 그가 최남선이 주도한 《동명》과 그 후속지 《시대일보》에서 활동한 것입니다. '시사 주보' 형식으로 발행된 잡지 《동명》은 1922년 9월 3일 진학문이 편집 겸 발행인으로 창간했으며, 동명사에서 발행되었습니다. 그러나 실질적인 주도자는 3·1운동 이후 출옥해 동명사를 설립한 최남선이었습니다. 최남선은 새로운 매체 노선을 모색하며 《동명》을 통해 민족적 단결과 자조 정신을 강조했습니다. 《동명》의 표지 겸 목차가 실린 1면에는 "조선 민족아 일치합시다", "민족적 자조에 일치합시다"라는 구호가 담겨 있었습니다. 주요 기고문으로는 국어학자 권덕규의 「조선어의 연원과 성립」, 변영로의 시 「날이 새입니다」 등이 있었으며, 염상섭, 김동인, 오상순, 나혜석, 홍난파 등 당대 저명한 문인들이 필자로 참여했습니다.

현진건이 《조선일보》를 떠나 《동명》의 동명사로 자리를 옮긴 시기는 1922년경으로 추정되며, 이는 그의 문학적·사회적 활동에 중요한 전환점이 되었다고 여겨집니다. 보다 자세한 내용은 이희정의 논문 「1920년대 잡지 『동명』의 매체 담론과 문예물 연구」(2016)를 참조하면 좋습니다.

현진건의 이러한 행보는 최남선의 영향과 깊은 연관이 있습니다. 남상권의 논문 「현진건의 문학적 후견인과 개인적 재능」(2020)에 따르면, 최남선은 현진건의 재종숙으로, 한어 역관으로 출사한 현정운의 여섯 번째 사위입니다. 최남선의 아버지 최헌규는 고종 16년(1229)에 음양과 지리를 전공하며 출사한 인물로, 최영의 직계 후손인 동주(철원의 옛 이름) 최씨로 알려져 있지만 중인 가계로 자리 잡은 시기는 명확히 밝혀지지 않았습니다. 그러나 이 시기에 현진건의 집안과 같은 역관 가계와 혼인을 통해 관계를 맺은 것으로 보입니다.

현진건은 최남선과 오랜 기간 함께 일하며 그의 영향을 깊이 받았습니다. 《동명》, 《시대일보》 그리고 《동아일보》에 이르기까지 그는 최남선의 인척 중에서도 가장 오래 협력하며 사상적 영향을 주고받았습니다. 편집 기자로 활동한 현진건은 최남선이 역사학자이자 민속학자로서 집필하는 과정을 가까이에서 지켜보며 그의 글을 직접 접할 수 있었습니다. 현진건의 장편 역사소설 『흑치상지』, 『무영탑』, 『선화공주』 그리고 단군 유적과 고도 순례, 국토 기행 같은 활동은 최남선의 영향을 받은 결과로 볼 수 있습니다.

1920년대에 최남선은 불함문화론과 단군론을 비롯한 역사와 문화에 관한 다수의 글을 《동아일보》에 발표했으며, 이는 현진건의 존재와 지원이 크게 기여한 결과로 볼 수 있습니다. 최남선의 《동아일보》 기고는 1928년 10월에서 12월 사이 그의 조선사편수회 활동과 함께 대체로 마무리되었습니다. 같은 시기인 1928년, 현진건은《동아일보》에 입사해 본격적인 언론 활동을 시작한 지 3년 만에 사회부장 자리에 오르며 기자로서 두각을 나타냈으며, 형 현정건이 독립운동으로 투옥된 후 세상을 떠나는 비극 속에서도 고적 순례와 국토 기행을 지속했습니다. 이러한 활동은 1932년 7월 8일부터 23일까지 단군 유적지를 답사하고, 그 경험을 바탕으로 기행문「단군성적 순례」를《동아일보》에 연재하며 그 절정을 이루었습니다.


## 『무영탑』, 『흑치상지』로 구현한 민족 정체성

현진건의 역사소설『무영탑』과『흑치상지』는 그의 고적 답사와 국토 순례의 산물이라 할 수 있습니다. 특히 '무영탑'의 유래담과 설화의 형성사는 매우 흥미롭습니다. 정호섭의 논문「문학적 서사의 역사화와 기억의 전승」(2021)에 따르면, 불국사 석가탑을 무영탑으로 보고 이에 얽힌 이야기를 제시한 것은 의외로『삼국사기』나『삼국유사』가 아닙니다. 이와 관련된 기록은 조선 후기의『불국사고금역대기』에서 처음으로 나타난 것으로 알려져 있습니다.

언전諺傳에, 절을 창건할 때 장인은 당나라로부터 온 사람이었다. 한 누이가 있어 이름이 아사녀였는데, 방문하여 석공을 만나기를 요구하였으나 큰 공사가 완료되지 않아 누추한 몸을 들이는 것을 허락할 수 없다고 하였다. 다음 날 아침 근방으로 십여 리 떨어진 곳에 천연의 못이 있어서 그곳에 가면 볼 수 있을 것이라고 하였다. 그 여자가 쫓아가서 보니 과연 거울처럼 비쳤으나 탑에 그림자가 없어서 그런 때문에 이름하였다.

더욱 흥미로운 점은 무영탑 전설이 관광산업과 관련해 더욱 극적으로 전개된 것이 일제강점기 일본인들에 의해 이루어졌다는 사실입니다. 『불국사고금역대기』에 기록된 무영탑 전설을 바탕으로, 오사카 긴타로大坂金太郞와 오사카 로쿠무라大坂六村가 쓴 「경주의 전설 영지慶州の傳說影池」에서 이 이야기를 확장했다고 합니다. 이들은 석가탑의 석공을 당나라 사람으로 설정하고, 탑의 그림자가 보이지 않자 석공을 기다리던 부인이 연못에 몸을 던지는 비극적인 이야기를 덧붙였습니다. 이는 강석근의 논문 「무영탑 전설의 전승과 변이과정에 대한 연구」(2011)에서 자세히 논의되었습니다.

물론 이러한 이야기가 일본인들에 의해 전적으로 새로 창작된 것은 아닙니다. 당시 한국인들 사이에 구비 전승되어 오던 이야기를 일본인들이 채록하고 극적으로 가공하여 소개했을 가능성이 높습니다. 그렇다면 이러한 무영탑 전설에서 현진건의 장편소설 『무영탑』은 어떤 의미와 가치를 지니고 있을까요? 논문의 저자는 현진건의 『무영탑』이 단순히 전설을 재현한 데 그치지 않고, 한국 전통과 역사적 유산을 문학적으로 재구성하여 새로운 의미를 부여한 작품이라고 평가합니다. 이는 전통의 계승뿐만 아니라, 당시의 시대적 맥락 속에서 민족적 정체성을 고민한 현진건의 문학적 의도를 반영하는 작품이라 할 수 있습니다.

현진건은 무영탑에서 석공의 이름을 백제인 아사달로 창안했고, 아사녀를 백제 석공의 부인으로 바꾸고 신라의 정치 세력인 당학파唐學派와 국선도파國仙徒派의 대립을 상정하면서 석수쟁이 아사달이 높은 예술정신으로 탑을 이룩해 가는 과정을 그렸다. 탑의 완성만을 위하여 정성을 다하고 있는 고독한 장인 아사달과의 갈등, 신라 귀족의 딸 주만과 부여에 두고 온 아사녀와의 사이에서 번민하는 아사달의 내면적 갈등, 아사달에게 사랑이 쏠려 있는 주만을 차지하기 위하여 폭력으로 아사달을 제거하려는 금성의 음모, 주만을 가운데 두고 경신과 금성이 벌이는 정치적 갈등, 경신과 아사달 중 어느 한쪽을 선택해야 하는 주만의 갈등 등이 이 소설의 핵심적인 플롯이 되고 있다. 일제의 검열 때문에 이 소설의 주제를 사랑과 예술로 수렴시키고 있지만, 당시의 정치적 상황을 배경으로 두고 우리의 아름다운 문화재를 부각시킴으로써 민족혼을 고양시키고자 하였다. 이처럼 현진건은 소설『무영탑』창작 과정에서 이들 텍스트를 저본으로 삼아 아사달과 아사녀를 부여 사람으로 수정한 후 신라 여인인 주만과 그를 연모한 귀족 경신, 그리고 삼각관계에 민족주의 이념을 투영시키는 등 서사의 변화가 나타났다.

이러한 논의는 현진건의 『무영탑』이 원래 전설과 일본인들의 경주 관련 기록에서 어떻게 변화했는지를 잘 보여 줍니다. 영조 때

전설에서는 당나라 석공의 누이 아사녀가 석가탑을 축조하는 오라
버니를 찾아왔다는 이야기가 등장합니다. 이후 일본인들이 이를 채
록하며 석공의 부인이 그를 찾아왔다가 탑의 그림자가 보이지 않자
연못에 몸을 던지는 비극적 이야기로 확장했습니다. 현진건은 이
러한 전승을 바탕으로 『무영탑』을 창작하는 과정에서, 석공을 백제
출신 아사달로, 그의 부인을 백제 출신 아사녀로 재구성했습니다.
이는 그의 강렬한 민족주의적 의식을 반영한 결과입니다. 소설 속
에서 현진건은 당학파를 배척하고 국학파를 옹호하는 민족 중심의
관점을 견지하고 있습니다.

이처럼 현진건이 당나라 석공의 누이 또는 부인으로 설정된 아
사녀의 이야기를 백제 석공 아사달과 그의 아내 아사녀의 이야기로
전유한 것은, 그의 민족주의적 신념과 밀접한 관련이 있습니다. 『무
영탑』의 연재를 시작하며, 현진건은 자신의 역사소설에 대한 논리
를 다음과 같이 밝히고 있습니다.

> 이 소설은 시대를 신라에 잡았으니 소위 역사소설이라 하겠으
> 나, 만일 독자 여러분이 이 소설에서 역사적 사실을 찾으신다면 실
> 망하시리라.
>
> 이 소설의 골자는 몇 줄의 전설에서 출발하였을 뿐이요, 역사적
> 사실이란 도모지 없다 하여도 과언이 아닌 까닭이다.
>
> 기록적 실화적 역사상 사실의 나열만이 역사소설이라 할진대
> 이 소설은 물론 그 부류에 속하지 않을 줄 안다.

어떤 한 시대, 그 시대의 색채와 정조를 작자로서 어떻게 재현시키느냐, 작자의 의도하는 주제를 그 시대를 통하여 어떻게 살리느냐, 하는 것이 더욱 중요할 줄 믿는다.

이 말의 진의는 마지막 문장에 담겨 있습니다. 특히 "작가가 의도하는 주제를 그 시대를 통해 어떻게 살리느냐"가 가장 중요한 과제로 여겨졌으며, 이를 위해 '한 시대의 색채와 정조를 재현하는 것'이 필요하다고 현진건은 보았습니다. 그는 역사소설 『무영탑』을 집필하면서 "역사적 사실"에 얽매이지 말라고 언급하며, 다만 "몇 줄의 전설"에서 출발해 자신이 의도하는 주제를 살리기 위해 "그 시대의 색채와 정조"를 재현했다고 밝혔습니다. 이는 일제의 압력으로 연재를 중단해야 했던 『흑치상지』에서도 마찬가지로, 사실의 조각보다 주제 구현을 더 중시한 접근이라고 볼 수 있습니다.

최남선과의 오랜 관계에서도 알 수 있듯, 현진건은 일제 식민사학의 관점과는 다른 입장에서 역사적 진실을 탐구하는 데 깊은 관심을 가진 작가였습니다. 그는 단군조선이나 통일신라 같은 상고사를 다루며 민족적 이상을 제시하려 했습니다. 그는 현대에 이르러서야 민족(네이션)이 형성되었다고 보는 현대주의 민족론자는 아니었습니다. 대신, 최남선과 신채호의 역사관을 따라 역사를 거슬러 올라가 민족의 기원을 찾으려는 논리를 택했습니다. 이러한 접근은 일제강점기 당시 민족의 시원과 정체성을 탐구하려는 시도와 맞물려, 현대에서 다루기에는 다소 '불편한' 주제들에 대한 탐구로 이어졌습니다. 그는 백제 멸망 직후를 배경으로 한 흑치상지의 이야기나, 무영탑이 축조되던 시기로 거슬러 올라가 이를 통해 역사적 진실과 민족적 정체성을 문학적으로 구현하려 했습니다. 이러한 작가적 의도는 특히 『흑치상지』 연재를 앞두고 발표한 「작가의 말」에서 명확히 드러납니다.

맹자의 말씀에 불의하며 귀하고 부함은 나에게 뜬구름과 같다 하였습니다. 부귀와 영화란 사람마다 원하고 바라는 나머지, 자칫하면 옳지 못한 그것도 탐낸다는 뜻을 풍기신 듯합니다.

물론 부귀에의 길이란 순탄치 못할 뿐 아니라 실상인즉 옳지 못한 그 길이 더 빠듯하고 위태하고 험악합니다. 그렇습니다. 불의의 부귀일수록 더욱 악착한 희생을 요구합니다.

믿음과 옳음은 벌써 바쳤거니와 애닲은 사랑도 탐탁한 부부애도 뼈가 저린 육친의 정도 도려내야 합니다.

이렇듯이 자욱자욱이 피를 흘리고 허덕지덕 부귀의 절정에 올랐을 제 그 손에 얻어 쥔 것은 뜬구름보다 더 하잘것없을 뿐 아니라, 뜻하였으리까! 제가 디디고 선 땅이 그대로 꺼지어 지긋지긋한 무저 나락의 지옥으로 거꾸로 떨어질 줄이야!

아뿔싸, 작자가 너무 수다스러워서 하마터면 천기를 누설할 뻔하였습니다. 아무튼 우리 가련하고 가증한 주인공이 가는 길을 눈여겨 보아 주시기 바랄 뿐입니다.

이러한 「작가의 말」은 현진건이 『흑치상지』를 통해 어떤 주제를 전개하려 했는지 가늠할 수 있게 합니다. 그에게 역사 속 흑치상지는 부귀와 영화를 추구하며 불의한 길을 선택한 인물로 그려집니다. 흑치상지는 "믿음과 옳음"을 버리고 "불의의 부귀"를 쫓은 대가로 "악착한 희생"을 치러야 했던 존재입니다. 그 과정에서 그는 "애달픈 사랑", "부부애", "육친의 정"까지 모두 단념해야 했습니다. 모든 것을 희생하며 마침내 "허덕지덕 부귀의 절정에 올랐을 때" 그가 손에 쥔 것은 "뜬구름"처럼 하잘것없는 것뿐이었으며, 결국 자신이 딛고 선 땅마저 꺼지며 "무저 나락의 지옥"으로 떨어지고 맙니다. 즉, 『흑치상지』의 초반부에서 아무리 흑치상지를 영웅적으로 묘사하더라도, 이 인물의 운명은 모든 것을 희생하며 부귀영화를 쫓다가 결국 비극적으로 몰락하는 결말로 귀결될 수밖에 없다는 점을 암시하고 있습니다.


## 변절을 거부한 쓸쓸한 말년

현진건의 『흑치상지』 구상은 그가 과거의 역사를 통해 어떤 메시지를 전하려 했는지를 잘 보여 줍니다. 이 작품이 연재된 시기는 1939년에서 1940년으로 넘어가는 때로, 한때 민족주의 지도자를 자처했던 최남선과 이광수가 모두 일본에 협력하며 자기보호를 위해 민족의 이상을 저버린 때였습니다. 그러나 이들과 깊은 관계를 맺

1939년 10월 24일 자《동아일보》신문
기사에 실린 『흑치상지』 연재 안내.

었던 현진건은 그와는 전혀 다른 길을 선택했습니다.

현진건은 1936년 베를린 올림픽에서 손기정이 금메달을 획득했을 때, 일장기 말살 사건에 연루되어 신문사를 떠나야 했습니다. 이 시련 속에서 그는 장편소설『무영탑』을 통해 친당 세력에 맞서는 국선도파의 대립을 그리며, 일제강점기의 사상적 상황을 환기시키려 했습니다.『흑치상지』에서는 부귀영화를 추구하는 옳지 못한 선택이 "뜬구름"처럼 덧없을 뿐 아니라, 결국 그것조차 지키지 못한 채 파멸의 나락으로 떨어질 수밖에 없다는 무서운 '예언'을 담아내고자 했습니다. 이를 통해 현진건은 민족적 정체성과 도덕적 가치를 역사 속 이야기를 빌려 강렬하게 전하고자 했던 것입니다.

흑치상지에 대한 논의는 일제강점기 당시 이병도, 신채호, 남일평 등 여러 학자에 의해 분석되고 언급되었습니다. 이 가운데 현진건의 시각에 가장 근접한 인물은 단연 신채호입니다. 신채호는 1931년 6월 10일부터 10월 14일까지《조선일보》에 103회에 걸쳐 연재된『조선사』, 즉 오늘날『조선상고사』로 알려진 저작을 통해 식민사학과는 뚜렷이 대비되는 자신의 역사 인식을 드러냈습니다. 이 논의에서 신채호는 흑치상지의 역사적 과오를 신랄하게 비판하며, 그의 선택과 행적이 가져온 결과를 날카롭게 지적합니다. 이러한 신채호의 비판적 태도는 현진건의『흑치상지』가 담고 있는 메시지와 밀접하게 맞닿아 있습니다.

백제 중흥의 대업을 이같이 창피하게 만든 자는 곧 부여풍扶餘豊,

상좌평 복신을 죽인 부여풍이니, 부여풍은 곧 중흥의 백제를 멸한 제1의 죄인이다. 풍이 비록 죄인이나, 풍의 악한 까닭에 백제에 반하여 당의 노예가 됨에 이르렀으니, 흑치상지는 곧 백제를 멸한 제2의 죄인이다. 전사前史에 오직 당서의 포폄襃貶을 따라 흑치상지를 비상히 찬미하였으니 이 어찌 치아痴兒의 붓이 아니냐.

신채호는 상좌평 복신을 죽인 부여풍을 백제 부흥운동 실패의 제1의 죄인으로, 당나라에 굴복한 흑치상지를 제2의 죄인으로 단죄하고 있습니다. 이러한 시각은 『흑치상지』를 통해 메시지를 전하려 했던 현진건의 역사 인식과 일치한다고 볼 수 있습니다. 역사 속 인물들의 배신과 변절을 준엄하게 꾸짖었던 현진건은 자신과 동시대에 활동했던 선배들의 변절에도 비판적인 태도를 견지했습니다. 그러나 1940년대 들어 그는 개인적으로 큰 시련을 겪게 됩니다. 양계업 경영 실패와 미두(현물 없이 쌀을 팔고 사는 일로 쌀의 시세를 이용한 일종의 투기 행위) 투자 실패로 부암동 자택을 처분하고, 신설동의 초가집(현재 서울시 동대문구 제기동 137번지 61호)으로 이사하게 됩니다. 이후 뇌졸중으로 고통받던 그는 1942년 제기동으로 거처를 옮겼으며, 결국 1943년 4월 25일 자택에서 지병인 폐결핵과 장결핵으로 생을 마감했습니다.

섬세한 문체와 강인한 역사의식을 겸비했던 훌륭한 작가 현진건의 쓸쓸한 말년은 안타까움을 자아냅니다. 현진건이 세상을 떠난 날, 그의 동향 시인 이상화도 위암으로 대구에서 세상을 떠났다는 사실은 더욱 깊은 여운을 남깁니다. 현진건이 머물렀던 부암동의 집터는 그가 조선 민족의 이상을 꿈꾸며, 상고사의 세계로 돌아가 직접 말하기 어려운 자신의 생각을 역사소설을 통해 표현했던 공간이었다고 할 수 있습니다. 지금은 표지석만 남아 있는 이 부암동 현진건 고택은 단순한 거처를 넘어, 아름다운 꿈을 품었던 공간이었습니다. 그런 의미에서 자연스럽게 떠오르는 이야기는 안평대군 이용이 머물던 무계정사武溪精舍와 그의 꿈 이야기를 그림으로 옮긴 안견의 〈몽유도원도〉입니다. 흥미롭게도 현진건의 집터 바로 옆에는 무계정사가 있었으며, 이를 기리는 무계원이 지금 그 자리에 세워져 있습니다. 이러한 공간은 역사의 흥망과 그 무상함을 새삼 일깨워 줍니다.

하지만 이 귀한 작가를 기리는 문학관이 아직 없다는 점은 아쉽기만 합니다. 현재로서는 동대문구에 세워진 제기동감초마을 현진건기념도서관이 그를 기리는 유일한 공간입니다. 그의 문학적 유산을 기억하고 계승하기 위해 더 많은 노력이 이루어지길 바랍니다.

4장

# 한 개의 기쁨을 찾아 걷다
서울의 호흡과 감정
박태원, 소설가 구보씨의 일일

구보는 고독을 느끼고,
사람들이 있는 곳으로,
약동하는 무리들이 있는 곳으로,
가고 싶다 생각한다.
그는 눈앞에 경성역을 본다.
그곳에는 마땅히 인생이 있을 게다.
이 낡은 서울의 호흡과 또 감정이 있을 게다.

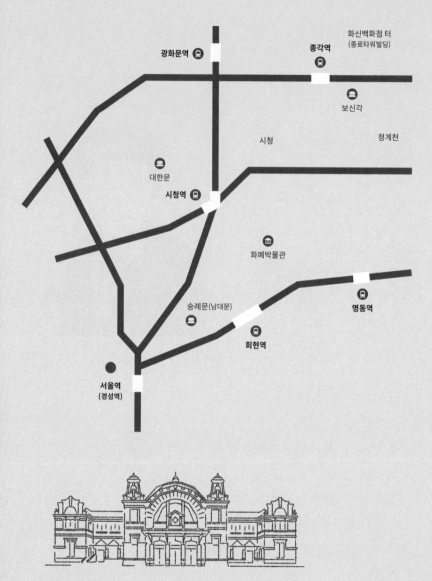

광화문역 🚇

종각역 🚇

화신백화점 터
(종로타워빌딩)

🏛 보신각

시청

청계천

🏛 대한문

시청역 🚇

🏛 화폐박물관

숭례문(남대문) 🏛

명동역 🚇

회현역 🚇

서울역
(경성역)

구보는 도시를 관찰하기 위해 대학 노트를 끼고 도시를 걷는다.
남대문을 나선 구보는 태평통을 지나 경성역(현재 서울역)으로 간다.

## 일상 밖으로 걸어 들어간 구보씨

박태원은 이상과 마찬가지로 '경성 보이'였습니다. 박태원의 둘째 아들 바다니엘(박재영)이 작성한 연보를 보면 알 수 있습니다. 아버지에 대한 자료를 얼마나 정성스럽게 모았는지 감탄을 자아내게 합니다. 이에 따르면 박태원은 경성부 다옥정 7번지(현재 중구 다동)에서 태어났다고 되어 있어요. 다옥정은 옛날부터 다방골이라 불렸고, 기생이 많이 살았던 곳입니다. 지금의 청계천변으로, 서울 한복판에서 태어난 셈이지요.

박태원은 한약방을 운영하는 집안에서 태어났습니다. 중인 계급에 속하며, 전통적인 지식의 태내에서 자랐다고 할 수 있지요. 그는 일찍부터 『소대성전』이나 『춘향전』 같은 고전 소설을 탐독하며 한문을 공부했습니다. 당시 종로구 화동 1번지에 있던 경성제일공립고등보통학교(현재 강남구의 경기고등학교)에 다녔는데, 위치상으로 보자면 아마 청계천을 가로질러서 학교를 다녔을 것으로 추정됩니다.

당시 친척 어른의 소개로 한국 근대 문학의 개척자인 이광수를 만나게 되는데, 박태원은 이때부터 그에게서 문학에 대한 가르침을 받습니다. 1938년 12월 7일 문장사에서 출판된 창작집 『소설가 구보 씨의 일일』을 보면, 이광수를 위한 헌사를 찾아볼 수 있을 정도지요. 박태원이 모더니즘 문학의 대표자임을 고려할 때, 이 둘의 관계는 매우 특이하게 여겨집니다.

대개 '박태원' 하면, 전통과 단절된 세계에서 자란 모더니스트일 것이라 생각하기 쉽지만, 사실 그렇지 않습니다. 1910년생인 그는 이상과 유사한 궤적을 밟았습니다. 1925년 전후 경성의 변화는 그들의 삶에 중요한 영향을 미쳤습니다. 1925년에는 경성역사와 경성부청이 완공되었고, 1926년 10월 1일에는 경복궁을 가로막고 4층짜리 조선총독부 건물이 들어섰습니다. 바닥은 철근 콘크리트로, 외부는 화강암으로 만든 동양 최대의 건축물이 웅장한 모습으로 경성 한복판에 세워졌지요. 조선총독부 건물도 1916년에 착공을 시작했습니다. 마치 제가 대학 입학을 위해 1984년 서울에 올라와 생활하며 도로와 지하철, 아파트 재건축 등 끝없는 건설 공사를 통해 도시 전체가 완전히 탈바꿈하는 과정을 지켜본 것과 다름없는 경험을 100년 전 경성 사람들도 겪은 것이지요. 한쪽에는 전근대식 가옥들이 길게 늘어섰지만, 새로운 도시계획에 의해 현대적인 건축물들이 여기저기 들어서는 세계 속에서 박태원은 이상과 비슷한 10대를 보냈습니다.

경성역 준공 당시의 모습.

경성부청 준공 당시의 모습.

그렇다면 이상과 박태원 중 현대 도시 공간의 변화와 그로 인한 삶의 방식에 먼저 눈을 뜬 이는 누구였을까요? 이상이 파격적인 모더니스트로 알려져 있지만, 사실 도시 공간의 역학에 먼저 관심을 가진 이는 박태원이었습니다. 1934년 소설가 이태준이 《조선중앙일보》 학예부 기자로 있을 당시, 그는 8월 1일부터 9월 19일까지 「소설가 구보씨의 일일」을 연재합니다. 이상은 당시 가명 '하융河戎'으로 소설의 삽화를 그렸는데, 그 수준이 상당했지요. 이는 한국 모더니즘 문학과 미술의 만남을 보여 주는 중요한 장면 가운데 하나입니다. 그때만 해도 이상은 1929년경 경성고공을 졸업한 뒤 조선총독부 토목과 기사로 일하며 잡지 《조선과 건축》과 《조선》에 일본어 시를 발표하던 시기였습니다. 이태준의 소개로 1934년 7월 24일부터 8월 8일까지 《조선중앙일보》에 「오감도」를 연재했으나, 독자들의 항의로 15회 만에 연재를 중단하기도 했습니다. 물론 그의 데뷔작은 1930년 《조선》에 실린 중편소설 「12월 12일」이지만, 이는 아직 미숙한 편이었으며 주로 시를 써 왔다는 점에서 도시 공간의 역학을 이야기로 전개하는 능력을 갖추지는 못했다고 평가됩니다. 「날개」는 1936년 9월에야 세상에 나오는데, 박태원의 「소설가 구보씨의 일일」이 큰 영향을 준 것으로 알려져 있습니다.

「소설가 구보씨의 일일」에 대한 전통적인 비평적 견해는 어땠을까요? 박태원은 6·25전쟁 중 월북한 작가였기에, 얼마 전까지만 해도 그의 연구는 거의 금지되다시피 했습니다. 월북 작가들은 이름 가운데 한 글자를 복자(인쇄물에서 내용을 밝히지 않으려고 일부러

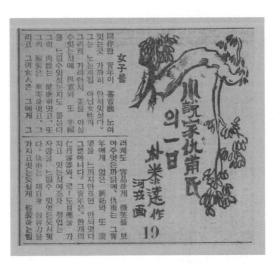

「소설가 구보씨의 일일」 연재 당시 이상이 '하융'이라는 필명으로
그린 삽화.

비운 자리에 찍은 'ㅇ', 'ㅇ' 등의 표)로 대체하는 제약 속에서 연구되었지요. 「소설가 구보씨의 일일」 같은 작품도 1980년대 중반까지는 충분히 연구되지 못했습니다. 1988년에 이르러서야 월북 및 납북 작가에 대한 해금 조치가 단행되면서, 그들에 대한 연구와 작품 출간이 가능해졌고, 박태원에 대한 연구도 비로소 활기를 띠게 되었습니다.

「소설가 구보씨의 일일」이 관심의 대상으로 떠오르게 된 것도 바로 이 시기부터예요. 1990년대에 접어들면서 박태원 연구는 더욱 활기를 띠게 되었고, 이 과정에서 두 가지 주요한 경향으로 나뉘었습니다. 하나는 박태원을 모더니즘 작가로 보는 견해였고, 다른 하나는 그가 나중에 리얼리즘으로 나아갔다고 보는 견해였습니다. 1980년대 초부터 1990년대 초까지는 국문학계가 주로 카프 문학 연구 쪽으로 상당히 기울어 있었는데, 박태원 연구를 계기로 학문적 분위기에 변화의 바람이 불기 시작했습니다. 좌익 문학 중심의 리얼리즘 문학과 대비되는 모더니즘 문학의 형태로 박태원 연구가 수용되었으며, 이에 학계의 이목이 집중되었습니다.

모더니즘은 어떻게 정의할 수 있을까요? 모더니즘에는 '반복되는 현재'라는 개념이 있습니다. 그 핵심은 바로 일상성이지요. 일상성이란 어제와 오늘이 같고, 오늘이 내일과 같다는 인식을 말합니다. 이상을 다룬 1장에서 미셸 푸코의 『감시와 처벌』을 언급하며 규율과 통제에 관해 이야기했는데요. 감옥, 학교, 공장, 회사, 군대 등의 시설과 구조는 현대 세계의 메커니즘으로서, 사람들이 규율을 스스로 받아들이고 사회의 안정과 균형을 유지하는 항상성을 목적으로 합니다. 자본주의적 현대 세계는 삶의 반복성과 규율의 내면화를 중심으로 조직된 것입니다. 이와 관련된 대표적인 연구로 최혜실의 논문 「한국 현대 모더니즘 소설에 나타나는 '산책자'의 주제」(1994)가 있습니다.

그는 자본주의적 일상성으로 구성된 현대 세계의 바깥을 살아가는 '산책자' 개념을 중시합니다. 보들레르Charles Pierre Baudelaire의 산책자, 베냐민Walter Benjamin의 산책자, 그리고 베냐민이 이야기한 보들레르의 산책자까지······. 산책자는 시간을 본인의 의지대로 쓸 수 있으며, 자기가 보고자 하는 것을 바라볼 수 있습니다. 이로써 구조화된 도시의 모습과 일상적 세계를 거리를 두고 관찰하지요. 그 결과 산책자는 도시라는 반복적 일상의 외부를 살아갈 수 있게 되지요. 이러한 산책자라는 관념을 연구에 도입한, 당시로서는 신진 학자가 바로 최혜실입니다.

제가 박태원을 연구하기 시작하면서 발견한 점이 있습니다. 그의 소설은 리얼리즘 소설과는 아주 다른 형식으로 이루어져 있으면서도 독특한 리얼리티 효과를 추구한다는 것인데요. 저는 이 문제를 중심으로 제 나름의 '소설가 구보씨의 일일론'을 쓴 셈입니다.

박태원의 호를 이름으로 한 주인공 '구보'는 한낮에 다옥정의 집을 나섭니다. 어슬렁어슬렁 청계천변을 걸어 광교 모퉁이에 다다라 종로 네거리를 향해 걷습니다. 거기서 구보는 전찻길을 건너 화신백화점 쪽으로 갑니다. 당시 전찻길이 있었는데, 이 전차 노선도는 매우 중요합니다. 「소설가 구보씨의 일일」의 산책자가 걸었던 경로와 여정을 파악하는 데 도움을 주기 때문입니다. 신명직의 『모던뽀이, 경성을 거닐다』(현실문화연구, 2003)는 이러한 연구의 최종판이라는 평가를 받은 바 있습니다. 구보는 전찻길을 넘어 화신백화점에 올라갔다 내려옵니다. 이후 종로 앞에서 전차를 타고 동대문을 지나 훈련원으로 향합니다. 다시 전차를 타고 조선은행으로 가, 그 앞에 있는 커피숍에 들어갑니다.

## 제국의 경성, 야만의 민낯

커피숍에서 나온 구보는 경성부청 앞을 지나 덕수궁 대한문 앞을 걷습니다. 태평통(태평로)을 걷는 산책자 구보가 하는 생각은 매우 중요합니다. 여러분이 여행지에서 한 왕조의 궁궐 앞을 지나간다고 가정해 봅시다. 자연스럽게 장엄하고 웅장한 궁궐을 상상하게 되지요? 저도 그렇습니다. 외국에서 궁궐을 관람하다가 예상보다 훨씬 커서 놀란 적이 한두 번이 아닙니다. 반면 우리나라의 궁궐은 어떤가요? 과장된 표현이긴 하지만, 솔직히 미니어처 같은 느낌이 들 때가 있습니다. 중국의 자금성이나 일본의 황궁과 견주면 경복궁이나 창경궁이 규모에서 상대적으로 열세에 있어 심란하게 느껴질 때도 있고요. 누군가는 작은 궁궐을 보고 조선 왕조는 백성을 위한 통치를 했다고 말하기도 합니다. 백성들을 괴롭히지 않고 덕치를 베풀다 보니, 크고 화려한 궁궐을 짓지 않았다는 것이지요.

하지만 문제는 시대적 상황입니다. 구보가 살던 시절은 식민지 시대였습니다. 구보는 경성부청을 지나 대한문을 바라봅니다. 대한문은 500년 조선 왕조의 상징물입니다. 그러나 조선은 일제 통치 하의 식민지로 전락하였고, 경성 한복판에는 조선총독부 건물이 들어섰습니다. 소설에는 나오지 않지만, 경성부청의 위용 또한 얼마나 대단했겠습니까. 이 소설은 경성부청이 완공된 1926년에서 8년이 지난 1934년에 쓰인 작품이 아닙니까. 박태원은 경성부청에 이어 본 대한문의 모습을 매우 초라하게 그립니다. 그 둘의 대비가 놀라운 방식으로 표현된 것이지요. 그의 주요한 소설 작법이 바로 이러힌 대조법입니다.

그렇게 구보는 남대문(국보 정식 명칭은 숭례문)을 통과해 갑니다. 당시에는 오늘날과 달리 문을 직접 통과할 수 있었습니다. 그러나 이 문을 지나가도 구보에게는 아무 일도 일어나지 않습니다. 옛날 같으면 도성 안에서 바깥으로 나아가는 것이 되겠지만, 식민지 경성이 되어 도시가 확장된 구보의 시대에는 아무 일도 벌어지지 않으며, 도성 안과 밖이라는 개념도 사라져 버렸습니다. 이렇듯 남대문을 통과해도 아무 일도 일어나지 않는다는 사실에서 구보는 몰락한 왕조의 현실을 생생하게 실감하는 것입니다.

우리는 일제 계획 아래 진행된 식민 도시의 형성 과정을 공부해야 합니다. 언젠가 앤서니 킹Anthony D. King의 『도시 문화와 세계 체제Urbanism, Colonialism, and the World-Economy』(1990)에서 제국주의적 자본주의의 세계화 과정에서 식민지에 도시가 형성되는 과정을 묘사한 대목을 읽었습니다. 대표적인 예로, 인도는 영국의 식민지가 되는 과정에서 많은 변형을 겪었습니다.

식민지 도시가 형성되는 과정에는 여러 형태가 있습니다. 첫 번째는 전통적인 중심지에 제국주의 권력이 침투해 도시를 변형시키는 경우입니다. 두 번째는 전통적인 도시 옆에 신시가지를 조성하는 것입니다. 세 번째는 아예 신도시를 건설하는 것이고요. 여기서 그 첫 번째 형태의 대표적 예가 서울, 즉 경성입니다. 일제는 500년 도읍지 한양에 들어와 조선총독부 건물은 물론 경성부청과 경성역을 지어 올렸습니다. 직접 도시계획을 세워 새로운 신시가지로 만든 것입니다. 그들이 야만적이라 여겨지는 이유가 바로 여기에 있습니다. 대개 500년이라는 긴 세월에 걸쳐 전통적 도시 공간이 형성되어 있으면, 그 도시의 원형을 가급적 파괴하지 않는 범위 내에서 다른 곳에 새로운 도시계획을 세우는 형태로 신시가지를 조성하는 것이 일반적입니다. 그러나 일제는 그러한 점은 고려하지 않은 채, 폭력적인 방식으로 서울의 전통적인 중심지를 심하게 훼손시켰지요.

식민지 도시의 형성 과정은 어떻게 결정되었을까요? 아마도 전통이 얼마나 큰 힘을 가지고 있느냐에 달려 있었을 것입니다. 결국 도시란, 한 사회가 갖고 있는 물질적·정신적 힘이 모여 표현됩니다. '조선 왕조가 어느 정도의 물질적·정신적 힘을 갖고 있었는가'는 한양이라는 전통적 도시의 모습을 통해 표현됩니다. 그러나 식민지

1930년대 전차와 사람이 지나다니는 남대문의 전경.

도시 건설 당시 일제는 이를 폭력적인 방식으로 변형시켰습니다. 우리는 이 과정을 자세히 들여다봐야 합니다.

일본인들은 몇 단계에 걸쳐 서울에 뿌리를 내렸습니다. 그들의 이주는 1876년 개항 때 시작해, 1894년 청일전쟁을 거쳐 지속적으로 이루어졌습니다. 갑오농민전쟁 또는 동학농민운동이라고도 하는 동학혁명이 일어나자 청나라 군대와 함께 톈진 조약에 의거해 일본군이 한반도에 진주했습니다. 아산 앞바다 전투를 시작으로 한 청일전쟁은 평양성 전투를 통해 결판이 났지요. 청과 일본이 우리 땅 평양에서 전쟁을 치렀으니 당연히 피난민은 우리 민족이었습니다. 이를 소설로 쓴 것이 이인직의 『혈의 누』(1906)입니다. 청일전쟁에서 일본이 승기를 잡자 그때부터 일본인들의 이주가 본격화했습니다.

더 나아가 조선에 일본인이 증가하게 된 결정적인 계기는 바로 러일전쟁입니다. 러일전쟁에서 일본이 승리하자 조선은 이제 일본의 식민지나 다름없어졌습니다. 이렇듯 일본 세상이 되어 버리자 자국에서 삶의 터전이나 기회를 찾지 못한 일본인들이 물밀 듯이 조선으로 들어왔던 것입니다. 대개 그런 상황에 처한 사람들은 식민지로 거처를 옮겨 크게 한몫 잡았습니다. 1930년대 조선인들이 만주국으로 많이 이주해 간 것도 비슷한 이유에서입니다. 만주사변으로 만주 일대가 일본 세력권에 들어서자 관료나 군대가 그곳으로 진주해 간 것은 물론이고, 상인들과 자국에서 가난하게 살던 일본인과 조선인들 역시 대거 만주로 옮겨 갔던 것입니다. 제 나라에서 변변한 직업이 없어 밥벌이를 하지 못한 하층민들이 새로운 기회를 꿈꾸며 만주 심양으로 이주했던 것이지요. 1894년 청일전쟁과 1904년 러일전쟁 이후 한일강제병합의 과정을 통해 조선이 전부 일본 땅이 되자 이와 똑같은 현상이 일어난 것입니다.

## 미쓰코시 백화점은 왜 명동 초입에 세워졌을까?

서울이 근대 도시로 처음 출발했을 당시, 일본 공사관은 성곽 사대문 안에서도 가장 외곽에 해당하는 남산 기슭에 자리 잡고 있었습니다. 이로 인해 일본 사신이나 이주민들은 땅이 질고 언덕이 많은 이른바 진고개 지역에 터전을 잡아야 했지요. 이로써 일본인들은 조선 왕조의 중심지인 종로와 경복궁 근처로 진입하지 못하고, 외곽 지역인 명동, 소공동, 퇴계로, 충무로 일대에서 생활하게 되었는데, 이곳이 오늘날 명동의 기원이 됩니다. 현재는 중국 방문객이 많아졌지만, 여전히 일본 관광객도 즐겨 찾는 곳입니다. 그렇다면 당시 미쓰코시 백화점은 왜 명동 초입에 세워졌을까요? 이는 1904년 러일전쟁에서 일본이 승리하면서 경성이 완전히 일본의 지배하에 들어간 데서 비롯됩니다. 이전에는 중심부로 들어오지 못했던 일본인들이 전쟁 이후 점차 경성 중심부로 영향력을 확대하기 시작했던 것입니다.

김영작의 『한말 내셔널리즘 연구』(청계연구소, 1989)에 따르면, 일본이 청일전쟁에서 승리한 1894년 당시만 해도 조선은 자주적 근대화를 이룰 가능성을 지니고 있었습니다. 그러나 이 기회를 살리지 못했고, 10년 후 러일전쟁이 일어났던 것이지요. 한말(대한 제국의 마지막 시기) 역사가 복잡하게 느껴지지만, 몇 가지 주요 사건을 중심으로 역사적 흐름의 맥을 짚어 볼 수 있습니다. 1876년 개항 다음으로 1884년 갑신정변이 매우 중요합니다. 그 후 10년 단위로 1894년 청일전쟁, 1904년 러일전쟁이 발발하지요. 러일전쟁으로 인해 일본이 한반도에서 지배권을 확립하면서, 자주적으로 근대화를 이룰 수 있는 모든 가능성이 사라져 버렸습니다. 그 직접적인 결과로, 을사조약을 통해 통감 정치가 시작되었지요. 외교권을 박탈당한 지 5년 뒤 한일병합조약이 체결되지 않았습니까? 이러한 과정을 거쳐 일본인의 이민이 쇄도했고, 남산 기슭에 일본식 가옥이 들어섰던 것이지요.

'남산골 샌님'이라는 말이 있을 정도로, 남산골은 양반이 많이 모여 살던 지역이었습니다. 그러나 일본인들은 이곳의 주택을 매입하여 일본식 건물로 바꾸어 갔지요. 이 과정을 흥미롭게 그린 신소설이 이인직의 『혈의 누』와 유사한 차상찬의 『절처봉생』(1914)입니다. 『절처봉생』은 매우 흥미로운 자료로, 저 역시 이를 주제로 논문을 한 편 쓰기도 했습니다. 소설에는 일본인이 남산골의 전통 조선 가옥을 매입한 뒤, 일본식 건물을 짓기 위해 측량하는 장면이 등장합니다. 이는 일본의 도시계획이 단적으로 드러나는 사례라 할 수 있습니다. 일본은 경성에서 지배권을 확립한 뒤 조선총독부를 세우고, 전면적인 도시계획을 수립하기 시작했습니다. 이 과정은 김백영의 사회학 논문 「일제하 서울에서의 식민 권력의 지배 전략과 도시 공간의 정치학」(2005)에서 상세히 다루고 있습니다. 논문에는 1914년부터 수립되기 시작한 서울 도시계획이 명확히 정리되어 있으며, 그 과정은 섬뜩할 정도로 치밀하게 진행되었습니다.

일본은 경성을 청계천을 기준으로 남촌과 북촌으로 명확히 구분했습니다. 남산 쪽은 남촌, 종로와 경복궁 쪽은 북촌으로 구획된 것이죠. 서울은 원래 자연적 지형을 따라 형성된 공간으로, 직교형 도시가 아니었습니다. 언덕과 계곡, 하천을 따라 사람들이 모여 사회를 이룬 공간이었죠. 조선 왕조의 도시계획을 통해 지어진 경복궁과 종로만 보아도 이 같은 전통적 도시 구조를 확인할 수 있습니다. 그러나 일본은 직교형 도시계획을 도입하여 경성을 바둑판 모양으로 변형시켰습니다. 오늘날 청계천로 옆 을지로와 퇴계로가 그 결과물입니다.

일본은 여기서 그치지 않고, 원래 계획에 없었던 조선총독부 건물을 경복궁 앞에 세우는 등 조선 왕조의 상징적 도시 구조와 건축물을 의도적으로 훼손하며 조선인의 자존심을 꺾으려 했습니다. 경성부청을 남대문 안으로 이전한 것 역시 이 같은 의도에서 비롯된 것입니다. 결국 근대 서울의 형성사는 일본이 오랜 시간에 걸쳐 경성 중심부로 점진적으로 침투하며 전통적 도시 구조를 변형해 온 역사라 할 수 있습니다. 특히 1925년과 1926년에 진행된 변화가 이 과정에서 가장 핵심적인 전환점이었으며, 1916년부터 1926년까지의 도시계획 과정이 근대 서울 형성사에서 중요한 의미를 지닙니다.

「소설가 구보씨의 일일」에서 구보는 바로 이러한 과정을 거쳐 세워진 경성부청을 지나 대한문으로 걸어갑니다. 그 역사의 소용돌이 속에서 대한문은 얼마나 초라해 보였을까요? 지금처럼 정부 사업을 통해 복원된 모습도 아니었을 테고, 아마 방치된 상태였겠지요. 이어 남대문을 통과하며 구보는 이렇게 말합니다.

> 한 개의 기쁨을 찾아, 구보는 남대문을 안으로 밖으로 나가 보기로 한다. 그러나 그곳에는 불어드는 바람도 없이 양옆에 웅숭그리고 앉아 있는 서너 명의 지게꾼들의 그 모양이 맥없다. 구보는 고독을 느끼고, 사람들 있는 곳으로, 약동하는 무리들이 있는 곳으로, 가고 싶다 생각한다.

조선 왕조 시대였다면 남대문을 통과해 한양 바깥으로 나갈 수 있었겠지만, 이제는 그 오랜 세월 동안 기대어 온 삶의 관습과 제도가 허물어져 버린 당시의 현실을 상징합니다. 이 대목은 매우 중요합니다. 전통이 무력화된 가운데 새로운 세계가 도래했으나, 그 과정이 폭력적이었다는 점을 시사하기 때문입니다.


**경성역에서 대학 노트를 꺼내다**

남대문을 나선 구보는 태평통을 지나 서울역, 당시의 경성역으

로 향합니다. 그는 어슬렁거리며 걷습니다. 일본어로 '부라부라ぶら ぶら'라 표현되는 이 행동은 단순히 유유자적 거니는 것이 아닙니다. 우리나라 모더니즘은 정치적 함축이 강한 특징을 지니고 있습니다. 그러나 1990년대까지의 박태원 연구에서는 이러한 지점을 제대로 밝혀내지 못했어요. 예컨대『천변풍경』(1936~1937)에 대해서도 현대 세계의 일상성을 체현한 작품으로 해석하는 관점이 우세했습니다. 물론 일상성의 측면이 없는 것은 아니지만, 박태원이 단지 일상적 인 세계만을 그리는 작가는 아니라는 점은 분명합니다. 소설 속 구 보는 대학 노트를 끼고 도시를 걷습니다. 이는 도시를 관찰하기 위 한 행동입니다.

제가 대학원생이었을 때 김윤식 선생께서「소설가 구보씨의 일일」을 연구하며 발표한「고현학의 방법론:박태원을 중심으로」 (1989)라는 평론을 읽었는데, 선생님은 이 작품의 소설 창작 방법론 을 고현학考現學으로 규명했습니다. 당시 그 개념이 얼마나 어렵게 느껴졌는지 모릅니다. 고현학은 현대를 연구하는 학문, 즉 모더놀 러지modernology를 뜻합니다. 일본의 삽화가이자 도시 및 민속 연구 자였던 곤 와지로今和次郎가 관동대지진 이후 도시를 자유롭게 돌아 다니며 연구하는 방법에서 비롯된 용어로, 도시를 탐구하는 한문적 방법론이 고현학입니다.「소설가 구보씨의 일일」에서 구보가 대학 노트를 끼고 다니며 도시를 걸은 것도 이러한 고현학적 태도를 반 영한 것으로 볼 수 있습니다.

구보는 최첨단 유행을 따른 세련된 옷을 입은 여자가 지나가면 그녀의 옷차림을 기록했습니다. 이는 단순한 관심이 아니라 현재의 도시가 어떤 모습이며, 어떻게 움직이는지를 관찰하고 기록하려는 시도였습니다. 이를 통해 박태원은 아케이드를 매개로 현대 자본주의를 분석한 베냐민의 『아케이드 프로젝트Arcades Project』(1989)와 같은 작업을 자신의 방식으로 실천했다고 볼 수 있습니다. 그러나 곤 와지로의 고현학과 비교했을 때, 박태원의 「소설가 구보씨의 일일」에는 분석적 요소가 더 풍부하다고 할 수 있습니다. 박태원은 이 작품을 통해 자신의 고현학적 관점을 완성했습니다.

구보는 대학 노트를 끼고 경성역으로 향하며, 그곳을 '도회의 항구'라고 표현합니다. 저는 이 표현이 매우 중요한 의미를 담고 있다고 생각해요. 항구란 떠나기 위한 장소이지요. 항구라는 이미지는 언제든 '떠날 수 있다'는 가능성을 상징합니다. 하지만 흥미롭게도 구보는 이 항구에서 떠나지 않고 돌아섭니다. 마치 위화도 회군처럼 말입니다. 이 장면은 중요한 전환점입니다. 소설 도입부에서 구보는 두통에 시달리는 인물로 등장합니다. 그는 청계천변을 거닐다 광교에 다다랐을 때 두통과 신경 쇠약 증세를 호소하며, 정신적 피로가 신체적 병리로까지 전이되는 모습을 보입니다. 그 고통의 근원은 무엇일까요? 바로 도시에 감춰져 있지만 공공연히 드러나 있는 식민지적 현실, 그리고 자신을 둘러싼 정치·경제적 음산함 때문입니다. 경성역에 도착한 구보는 다양한 인물 군상을 눈에 담습니다. 쇠약해 보이는 노파, 중년의 시골 신사, 바제도병을 앓고 있는 노동자, 아이를 업은 젊은 여성까지, 누구나 오갈 수 있는 역이야말로 도시가 어떤 모습을 하고 있는가를 가장 단적으로 보여 주는 공간입니다.

현대 도시는 공간적으로 구획되어 있지만, 게토나 금지 구역처럼 명시적으로 분리된 영역을 표시하지는 않습니다. 그럼에도 불구하고 계급적·계층적·인종적 분리가 존재하며, 보이지 않는 권력의 메커니즘에 의해 사람들이 접근하지 않는 공간이 형성됩니다. 하지만 역은 예외입니다. 역은 가난한 사람에게도 부자에게도 열려 있는 공간입니다. 물론 열차의 등급에 따라 좌석이 나뉘면서 다시 계급적 분리가 이루어지지만, 이동을 위해 모두가 모일 수밖에 없는 장소라는 점에서 특별합니다. 경성역의 대합실은 도시가 어떤 모습을 하고 있으며, 어떻게 움직이는지를 한눈에 보여 줍니다. 어떤 계층의 사람들이 경성을 구성하고 있는지 잘 보여 주지요. 다양한 계층의 사람들이 모여 있는 역사驛舍는 고현학을 하기에 결정적 역할을 하는 장소로, 도시 탐구를 위한 중요한 공간입니다.

구보는 경성역에서 흥미로운 것을 발견하고는, 그것을 묘사하기 위해 대학 노트를 펼칩니다. 그 순간, 리넨 스탠드칼라linièreつめ えり 양복을 입은 일본인 순사와 눈이 마주치지요. 조선인인지 일본인인지 모를 순사는 어디에나 버티고 있습니다. 일본 권력의 끄나풀 앞에서 구보는 대학 노트를 접을 수밖에 없습니다. 일견 자유로워 보이던 구보의 고현학이 바로 거기서 가로막혀 버립니다. 더 이상 펜을 들 수 없는 상태가 됩니다. 그 시선이야말로 최종의 장애물, 장벽과 울타리인 것입니다. 구보는 거기서 돌아섭니다.

경성역은 기차를 타고 부산으로, 부산에서 일본으로, 다시 태평양 너머로 떠날 수 있는 교두보 같은 곳입니다. 그러나 구보는 역을 떠나 '도회의 항구'를 등지고 돌아섭니다. 이 장면은 식민지 도시의 폐쇄성을 보여 줍니다. 도시가 내포한 구심적 힘은 쉽게 벗어날 수 없도록 구보를 가둡니다. 이는 병들고 음산한 세계에서 벗어날 수 없다는 현실을 암시합니다.

역에서 돌아선 구보는 금광업으로 졸부가 된 중학교 동창을 만납니다. 1930년대는 금광열이 극에 달했던 시기로, 채만식의 장편소설 『금의 정열』(1939) 역시 이 시기를 배경으로 삼고 있습니다. 금광업은 일종의 투기 산업으로, 큰 자본이 투입될수록 성공 가능성이 높아지는 사업입니다. 금맥을 찾으려면 지질을 분석하고, 땅을 매입하거나 임대한 뒤 채굴권을 확보해야 합니다. 이후 구멍을 뚫는 채굴 작업을 진행해야 하는데, 이 과정에서 상당한 비용이 소요됩니다. 자본이 많을수록 금맥을 발견할 가능성이 높아지지만, 자본이 부족하면 실패할 위험이 커지는 구조입니다. 구보가 동창을 만나는 장면은, 당시 경성이 자본과 배금주의적 열망에 의해 지배되고 있음을 상징적으로 보여 줍니다. 「소설가 구보씨의 일일」은 이러한 도시적·경제적·정치적 현실을 다각도로 드러내며, 매우 정치화된 구조를 지닌 작품이라 할 수 있습니다.

## 남촌과 북촌으로 구획된 이중 도시

구보는 경성역에서 나와 김기림을 만납니다. 두 사람의 만남은 이 소설이 일종의 사소설이라는 점을 상기시켜 줍니다. 우리 학계는 대개 신비평적인 작품 평가에 익숙해서, 작품은 작품 자체로 평가해야 한다는 관점이 우세합니다. 작가와 작품의 관계를 논하지 않고, 작품 그 자체의 내적 논리를 중시하는 태도가 1960~1980년대 연구의 주류를 이루었지요. 그러나 텍스트가 과연 작가나 현실로부터 완전히 닫혀 있을까요? 저는 그렇지 않다고 봅니다. 요즘에는 저와 비슷한 관점을 가진 연구자가 점차 늘어나고 있습니다. 「소설가 구보씨의 일일」에서 구보는 끊임없이 움직이며 행동합니다. 그런데 구보가 실존적 존재인 박태원임을 인식하는 순간, 텍스트는 외부를 향해 열립니다. 바로 이것이 자전적 소설, 특히 사소설의 흥미로운 지점입니다. 작품이 놓여 있는 현실 세계와 사람들과의 관계 속에서 논의될 수 있는 가능성을 열어 주는 것이지요.

구보의 '벗'으로 등장하는 김기림은 제임스 조이스James Joyce의 『율리시스Ulysses』(1922)가 얼마나 훌륭한 작품인지 열정적으로 논합니다. 이 대화에서 김기림과 박태원의 차이가 드러나지요. 김기림은 서구 문예 사조를 수용하는 데 열중하며 매우 이론적인 태도를 보였던 것으로 추정됩니다. 그러나 구보는 이에 대해 심드렁하고 냉소적인 태도를 보이지요. 이처럼 다른 두 사람의 태도는 중요한 의미를 가집니다.

같은 구인회(순수문학의 가치 아래 결성된 단체) 회원이었던 두 사람이지만, 김기림은 박태원을 높이 평가하지 않았습니다. 반면에 이상에 대해서는 그의 작품과 인물 모두를 높게 평가했지요. 이상은 김기림을 좋아했지만, 박태원은 작가로서 김기림에 불만을 품었을 가능성이 높습니다. 이런 대조적인 평가와는 별개로, 이상과 박태원은 서로를 깊이 존중하며 친밀한 관계를 유지했습니다. 이들이 최고의 작가가 될 수 있었던 이유는 단순히 서구 모더니즘 이론을 수입하는 데 머무르지 않고, 그것이 지닌 함의를 자신들이 속한 경성이라는 모던한 세계 속에서 성찰했기 때문입니다. 이 점은 '무엇을 어떻게 써야 하는가'라는 문학적 고민의 흔적을 보여 줍니다.

구보는 또 한 명의 벗을 만나기 위해 한밤중에 종로로 향합니다. 그의 진정한 벗은 누구일까요? 작품에서 명확히 밝히고 있지 않지만, 이는 바로 이상임을 암시합니다. 이를 통해 「소설가 구보씨의 일일」이 서사적으로도 매우 정교한 구조를 가졌음을 알 수 있습니다. 소설의 도입부에서의 한낮과 끝부분의 한밤의 대조는 이를 더욱 두드러지게 만듭니다.

소설은 한낮에 청계천변 다옥정의 집에서 시작됩니다. 당시 박태원은 미혼으로, 자신을 염려하는 홀어머니와 함께 살고 있었습니다. 그는 청계천변에 위치한, 남촌과 북촌의 경계 지역에 위치한 집을 나서며 이야기를 시작합니다. 이는 단순한 설정이 아니라, 그가 태어난 집의 위치 자체가 운명적이라 할 수 있습니다. 저는 다옥정의 집을 '의식의 점이 지대'(인접한 두 지역의 특성이 모두 나타나는 지대)로 봅니다. 청계천변은 남촌과 북촌을 가르는 이분법적 식민지 도시 구획의 점이 지대이자, 조선인의 의식의 점이 지대인 것입니다.

이러한 구분은 도시적 공간에만 해당되는 것은 아닙니다. 전정은의 「문학 작품을 통한 1930년대 경성 중심부의 장소성 해석 : 박태원 「소설가 구보씨의 일일」을 바탕으로」(2012)라는 논문에서 인용한 1932년의 통계에 따르면 경성의 인구는 약 37만 명으로, 71퍼센트가 조선인, 28퍼센트가 일본인, 나머지 1퍼센트가 기타 외국인이었습니다. 거의 완벽한 이중 도시였던 것이지요.

당시 조선어와 일본어가 공용 언어였지만, 공식 언어는 일본어였습니다. 이광수의 『무정』에서도 선차가 동대문에 닿았을 때 "도오다이몬 슈텐, 동대문이올시다" 하고, 기차가 평양에 도착했을 때 "헤이조" 하고 일본어 안내가 먼저 나오고, 조선어가 뒤따라 나오는 장면이 나옵니다. 배우지 못한 사람도 제때 내리려면 일본어로 지명을 알아들어야 했던 것입니다. 아마 전보도 일본어로 작성해야 했을 테지요. 경성은 공식적으로 1938년까지 조선어와 일본어가 공용 언어로 인정되었고, 민족적으로도 조선인과 일본인이 대다수를 차지했으며, 도시계획상으로도 남촌과 북촌으로 구획된 이중적인 도시였던 셈입니다.

그렇다고 해서 이 두 집단이 완전히 담을 쌓고 살아간 것은 아니었습니다. 이상, 김기림, 박태원 등은 일본에서 발간된 신간 서적이나 세련된 물건을 구입하기 위해 남촌으로 향하곤 했습니다. 화신백화점에서도 물건을 살 수 있었지만, 더 고급스러운 물건이 필요할 때는 미쓰코시 백화점을 찾았습니다. 흥미로운 점은 「소설가 구보씨의 일일」에서 남촌이 전혀 등장하지 않는다는 것입니다. 마음대로 활보하는 것처럼 보이는 구보가 왜 남촌에 가지 않았을까요? 그곳에는 더 화려하고 번화한 장소도 많고, 신간 서적이나 다양한 물건이 판매되고 있었을 텐데 말입니다.

저는 박태원이 의식적으로 남촌을 그리지 않았다고 봅니다. 구보가 흔히 말하는 '식민지적 무의식'으로 인해 남촌으로 가지 못한 것이 아니라, 북촌이 상징하는 조선인의 의식 내부를 탐구하고자 했던 박태원의 소설적 목적에 따라 구보가 남촌으로 가지 않는 것으로 설정되었다고 생각합니다.

「소설가 구보씨의 일일」은 작가가 서울을 두루 돌아본 뒤 쓴 작품입니다. 작가가 자신의 삶이나 직접 취재한 내용을 바탕으로 소설을 쓸 때에는 대체로 두 가지 중요한 원리를 고려합니다. 하나는 '삭제'이고, 다른 하나는 '첨가'이지요. 경험을 바탕으로 소설을 쓸 때, 그것이 직접 경험이든 간접 경험이든 이 두 가지 원리에 입각해 구성됩니다. 박태원이 하루 동안 갔던 모든 장소를 그 경로 그대로 소설에 옮겼을까요? 결코 그렇지 않습니다.

또 다른 구인회 회원인 이태준은 비슷한 시기 에드거 앨런 포 Edgar Allan Poe의 시 「까마귀 The Raven」(1845)를 읽고, 특정 정서를 자아내기 위해 특정 요소를 사용해 효과를 만들어야겠다는 생각으로 실험적인 소설 「까마귀」(1936)를 썼습니다. 박진숙 교수의 논문

소설 속 구보가 승강기 앞의 젊은 내외를 바라보며 행복에 대해 생각한 곳.
최초로 승강기를 도입한 화신백화점.

「이태준 문학 연구 : 텍스트와 내포 독자 중심으로」(2003)에 따르면, 「까마귀」는 철저히 구성주의 개념에 기반해 창작된 작품입니다. 이태준은 문학적 효과를 목표로 하고, 그 효과를 얻기 위해 작품이 엄격하게 구성되어야 한다는 입장을 견지했습니다.

박태원은 이태준보다 더 강력한 구성주의 작가였습니다. 그는 플롯을 정교하게 짜야만 의도한 효과를 얻을 수 있다고 믿었지요. 임화가 주도하던 카프는 이를 기교주의에 함몰되었다고 비난했지만, 박태원은 형식주의자가 아니고서야 어떻게 소설을 잘 쓸 수 있겠느냐고 반박했습니다. 소설가는 기교주의자여야 한다고 믿었던 이가 바로 박태원이었습니다. 이런 작가는 붓 가는 대로 거칠게 쓰지 않습니다. 작가는 갔던 장소를 빼고 가지 않았던 장소를 첨가하는 방식으로, 엄격한 구성법에 따라 작품을 완성했을 것입니다.

따라서 구보는 의식의 점이 지대라 할 수 있는 청계천을 지나 식민 도시 경성, 그리고 조선인들의 삶의 의식 지대인 북촌으로 넘어옵니다. 이후 화신백화점과 동대문을 거쳐 경성부청과 경성역으로 향한 뒤 종로로 돌아오지요. 다시 말해 구보는 한낮에 두통과 피로를 안고 의식의 점이 지대에서 출발해 북촌으로 진입한 뒤, 그 경로를 거쳐 한밤의 종로에 도달합니다.

## 세계의 본질을 드러내는 산책자

구보는 벗과 함께 여급이 있는 카페(술집)에 들어갑니다. 그곳 여급들의 이름은 어땠을까요? 일본인은 좀처럼 가지 않는 그곳에서 여급들의 이름은 모두 '코子' 자로 끝납니다. 일본식 예명을 지은 것 이지요. 일제강점기 시대는 그러했습니다. 구보는 그 여급들과 수작 을 부리며 술을 마십니다. 당대 남자들이 이국적인 분위기에서 술 을 마시고 유흥을 즐기고 싶어 했는지는 모르겠지만, 이는 매우 흥 미로운 지점이지요.

이러한 문화적 혼종성이라는 주제 때문에 종로를 분석해야 할 필요가 있습니다. 종로를 배경으로 한 작품 중에 김사량의 소설 「천 마」(1940)가 있습니다. 매우 훌륭한 작품이지만, 안타깝게도 일본어 로 쓰인 작품입니다. 소설은 퇴계로의 한 창녀촌에서 잠을 깬 주인 공 현룡이 하루 종일 서울 곳곳을 돌아다니는 이야기로, 종로의 모 습이 상세하게 묘사되어 있습니다. 주인공 현룡은 조선인이지만 일 본인의 의식으로 완전히 전도된 인물입니다. 김사량은 대단한 작가 입니다. 그는 일제 말기 중국으로 탈출해 화북조선독립동맹 한인 유격대에서 활동하다 독립을 맞았습니다. 김사량의 「천마」 속 종로 를 보면, 마치 북촌의 운명이 조선인들의 운명과 같다는 느낌을 받 게 됩니다.

생각해 봅시다. 경복궁 앞에는 조선총독부 건물이 보란 듯이 들어서 있습니다. 북촌은 조선인의 의식 지대이지만, 순수한 전통적 의식으로 견고하게 무장되어 있을 수 없었습니다. 북촌은 갑옷처럼 조선인을 보호하거나 정신적 의미의 해방구가 되어 주지 못했습니다. 총독부의 권력은 경성 전체를 압도적으로 지배하고 있었으며, 언어부터 사소한 행정까지 조선인의 삶을 침습했습니다. 조선의 전통은 끝내 순수하게 보존되지 못했고, 불가피하게 혼종성이 발생할 수밖에 없었습니다. 북촌에 들어선 서양식, 화양(일본과 서양) 절충식 건축물처럼, 북촌은 외래적인 것, 일본적인 것과 끝없이 뒤섞일 수밖에 없었던 것입니다. 「천마」 속 종로의 풍경은 이러한 시대적 양상을 잘 보여 줍니다.

다시 「소설가 구보씨의 일일」로 돌아와서, 구보는 대낮에 두통과 피로를 느끼며 집을 나섰습니다. 혼미했던 의식의 점이 지대인 청계천변을 걷기 시작한 그는 저녁이 되어 벗과 만나 밤새도록 술을 마십니다. 그리고 한밤의 종로에서 벗과 헤어집니다. 온 세상이 캄캄하게 잠든 새벽 2시에 말입니다. 얼마나 상징적인 순간입니까?

많은 이들이 이 작품의 주제가 무엇인지 궁금해합니다. 한낮에 산책을 시작한 구보는 두통으로 고통스러우면서도 끊임없이 '행복'에 대해 골몰합니다. '이 식민 도시에서 어떻게 행복할 수 있을까?' 구보가 말하고자 하는 해법은 무엇이었을까요? 한밤중에 집으로 돌아가던 구보는 물로 씻은 것처럼 깨끗해진 정신으로 이렇게 말합니다.

내일, 내일부터, 내 집에 있겠소, 창작하겠소—.

4장 한 개의 기쁨을 찾아 걷다
박태원, 소설가 구보씨의 일일

좋은 소설을 쓰면 행복해지리라 믿었던 것입니다. 헤어지기 전 벗 또한 그에게 "좋은 소설을 쓰시오"라고 하지 않았던가요? 그렇게 해서 집으로 돌아간 구보가 쓰기 시작한 소설이 바로 「소설가 구보씨의 일일」입니다.

그렇다면 결국 이 작품은 「소설가 구보씨의 일일」을 쓰게 된 경위를 밝히는 소설이라고 할 수도 있습니다. 한낮에 경성을 산책한 구보는 이 불행한 도시를 분석하고 소설을 쓰는 것만이 이 세계의 본질을 드러내는 길이라고 생각합니다. 그리하여 그는 가장 명징한 의식 상태로 집으로 돌아가 그러한 목적의 소설을 씁니다. 그는 하릴없이 흐리멍덩한 상태로 걷기만 하는 산책자가 아닙니다. 그저 취향이나 혹은 행동의 자유를 느끼는 자도 아니지요. 구보는 조선인이 사는 세계의 모습을 그리겠다는 의지를 가진 산책자이자 작가입니다. 「소설가 구보씨의 일일」을 '1930년대 공간 정치'로 부르고 싶은 이유가 바로 여기에 있습니다.

5장

**세월은 가고 오는 것**

삶의 허무를 깊이 호흡하다

박인환, 목마와 숙녀

한 잔의 술을 마시고
우리는 버지니아 울프의 생애와
목마를 타고 떠난 숙녀의 옷자락을 이야기한다
목마는 주인을 버리고 거저 방울 소리만 울리며
가을 속으로 떠났다 술병에서 별이 떨어진다
상심한 별은 내 가슴에 가벼웁게 부서진다

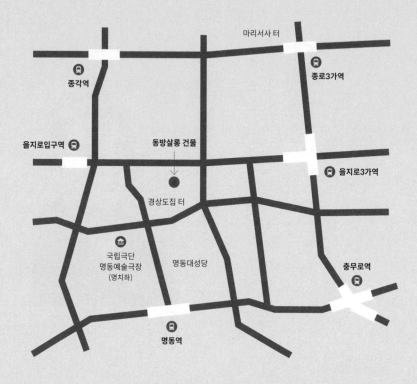

마리서사 터

종로3가역

종각역

을지로입구역

동방살롱 건물

을지로3가역

경상도집 터

국립극단
명동예술극장
(명치좌)

명동대성당

충무로역

명동역

동방살롱에서 박인환은 문인들과 만나
시대의 시적 주제를 놓고 격렬하게 토론했고,
맞은편 선술집인 경상도집에서 쓸쓸한
사랑의 노래 「세월이 가면」을 완성했다.

## 명동 동방살롱과 박인환

이 장의 주제는 박인환 시인과 명동입니다. 어디서부터 시작해야 할까요. 박인환의 자취를 찾아 명동으로 떠났던 날의 이야기부터 해 볼까요? 그 옛날, 6·25전쟁의 비극적 참화가 아직 진정되지 못했던 시절에 박인환은 명동에서 살다시피 했다고 하지요. 명동에서도 동방살롱에 주로 머물렀다고 합니다. 동방살롱은 어디에 위치했을까요? 요즘에는 인터넷이 뭐든 손쉽게 알려 주니 포털 사이트에서 정보를 찾아보았습니다. 의외로 찾기 쉽지 않을까 생각했어요. 대학 다닐 때부터 명동에는 그래도 몇 번씩은 드나들었으니가 보면 금방 알아볼 수 있을 것 같았습니다. 주소는 중구 명동1가 10-5번지(명동9길 10)입니다.

동방살롱을 찾아가려면 먼저 지하철 2호선을 타야 합니다. 2호선 을지로입구역 5번 출구 위로 올라오면 바로 하나금융그룹 명동 사옥이 보입니다. 이 건물을 앞에 두고 오른쪽 골목으로 접어들면 명동 거리가 나옵니다. 그 초입에 관광객들에게 안내 서비스를 제공하는 명동관광정보센터가 있습니다. 거기서부터 명동으로 들어가는 길은 두 갈래로 나눠집니다. 오른편 길은 옛 명동국립극장을 리모델링한 명동예술극장으로 통하는 골목입니다. 왼편 길이 지금부터 이야기하려는 동방살롱으로 통하는 골목인데요. 박인환의 자취를 찾아가던 날, 이 골목 안에서 꽤 헤맸습니다. '하동관'이라는 오래된 곰탕집 옆에 동방살롱의 흔적이 있다는 인터넷 정보를 믿고 가 봤는데, 막상 건물이 보이지 않았으니까요.

우여곡절 끝에 동방살롱이 있던 골목으로 접어들었지만 새로 올린 건물에 상업 시설들이 들어서서 옛 동방살롱의 자취를 찾을 길이 없었지요. 70년 전통을 자랑한다는 곰탕집 하동관은 원래 청계천 쪽에 있었던 것이 나중에 동방문화회관 옆자리로 옮겨 왔다고 했어요. 그 자리를 찾아간 것이고, 확실히 하동관 건물은 보이는데 동방살롱 건물은 온데간데없는 것 같았습니다. 가만 보니 옛 동방살롱 건물을 리모델링했더군요. 그러니까 외관상 전혀 다른 건물인 것처럼 보였지만 옛 건물이 그대로 남아 있었던 거지요.

'아하, 여기로구나' 하고 저는 감회 어린 눈으로 박인환의 옛 동방살롱을 올려다보았습니다. 동방살롱은 동방문화회관 1층에 있던 문인들을 위한 사교 공간이었습니다. 원래 이곳은 3층짜리 건물이었지요. 한국의 문화 예술 진흥을 염원하던 35세 젊은 실업가 김동근이 1955년 8월 25일에 준공한 공간으로, 2층에는 문인들의 집필실을, 3층에는 회의실을 마련했습니다. 이 의미 있는 공간을 앞장

박인환문학관에 재현된 '동방살롱'의 모습.

서서 마련한 김동근은 이듬해 여름 한강 마포 인근 밤섬에서 '문화
인 사육제'(문화예술인의 축제)를 성대하게 개최했으나, 보트 전복
사고로 세상을 떠나는 불행을 겪고 말았습니다.

저는 리모델링으로 몰라보게 변한 동방문화회관 건물을 앞에
두고 이런저런 일을 떠올리며 상념에 잠겼습니다. 한때 3개 층 전
체를 문학인들에게 제공했던 회관 건물이 이제는 모두 음식점으로
쓰이고 있으니 격세지감이라 해야 할까요. 기록에 따르면 동방살롱
건물 맞은편에 '경상도집'이라는 선술집이 있었는데, 이곳에서 박인
환이 쓴 시에 이진섭(극작가·작곡가)이 곡을 붙여 〈세월이 가면〉이
라는 명곡이 탄생했다는 설도 있습니다. 하지만 경상도집의 정확한
위치조차 알 수 없으니 역사의 무대 속으로 사라져 버린 셈입니다.
70년이 훌쩍 넘는 세월이 지나 동방문화회관은 물론 박인환의 자취
조차 찾기 어려워졌다는 사실이 씁쓸할 따름입니다.

자, 동방살롱 골목에서 명동성당으로 가는 길로 들어가 봅니다.
길을 따라가다 보니 골목길 바닥에 놀랍게도 '이상의 거리'라는 동
판이 붙어 있습니다. 길바닥에 옛 사진을 동판으로 떠서 부조로 붙
여 놓았는데 이상, 김소운, 박태원이 함께 찍은 사진입니다. 의아
했습니다. 이상이 명동을 거닐었다는 이야기를 들어 본 적이 없는
데, 이 길이 언제 무슨 이유로 '이상의 거리'가 되었는지 묘하더군
요. 이 골목길은 동방살롱 단골손님이었던 박인환이 다니던 길이고,
골목 어딘가에서 〈세월이 가면〉이 탄생한 아름다운 이야기가 숨 쉬
고 있습니다. 그러나 정작 그 주인공은 잊히고, 「소설가 구보 씨의

일일」에도 나오듯이 종로와 더 깊은 인연을 가지고 있는 듯한 이상이 자리를 잡고 있다니 아이러니합니다. 이상이라면 아무래도 소설 「날개」와 관련된 신세계백화점이나 서울역, 종로가 더 어울린다는 생각이 드는 것도 사실입니다.

아무튼 이 동판이 서 있는 자리를 지나치면 명동성당으로 가는 길이 나옵니다. 왼쪽으로 가면 명동성당이, 오른쪽으로 가면 명동예술극장이 나오지요. 명동성당 길로 나오니 인파가 넘쳐납니다. 어느 쪽으로 가야 할지 갈피를 잡기 어려울 정도입니다. 명동은 박인환의 시대에도 지금처럼 사람의 물결로 가득했을 것 같더군요. 그런 인파 속에서 박인환은 어딘가로 떠나고 싶어 했을 것입니다. 그리고 실제로 그는 멀리, 태평양 건너 미국의 해안선까지 항해를 떠났다 돌아오기도 했습니다.


### 태평양 건너 미국으로 : '아메리카 저니'


박인환의 미국행, 그것은 정말 멋진 항해였다고 생각합니다. 기록에 따르면 1955년, 박인환은 30세의 나이에 대한해운공사의 상선 남해호를 타고 미국을 다녀왔습니다. 이동하 교수의 책 『목마와 숙녀와 별과 사랑 : 박인환 평전』(문학세계사, 1986)에서도 이 사실을 확인할 수 있습니다. 박인환의 이 미국행은 매우 의미심장합니다. 왜냐고요? 일제강점기에 일본을 경유해서만 서양 문화를 받아들이던 당대 문인들과 달리, 그는 직접 미국에 가서 그 세계를 경험한 사람이었기 때문입니다.

물론 일제강점기에도 일본을 통하지 않고 직접 서양을 경험한 이들은 있었습니다. 교육가이자 정치가인 무호 백성욱은 독일에서 유학하며 대학에서 철학 박사학위를 받았지요. 국어학자 이극로와 교육자 안호상 같은 이들도 일찍이 독일에 다녀왔습니다. 고등학교 국어와 문학 교과서에 작품이 가끔 실리는 한흑구 수필가는 미국에서 유학해 영문학을 공부한 것으로 잘 알려져 있습니다. 그러나 일제 말기로 치달으면서 강압적 체제 속에 학문과 문화적 상황은 크게 악화되었고, 한국 지식인들의 활동에는 많은 제약이 가해졌습니다. 더군다나 이 시기에 서양의 근대는 파산한 상태와 다름없어서 이제는 동양주의로 회귀해야 한다는 구호가 곳곳에서 울려 퍼졌습니다. 일제가 아시아를 하나로 통합해 서구 열강에 맞서자는 명목의 대동아주의와 천황 중심의 강력한 통제 체제를 만들고자 신체제론을 강화해 나가고 있을 때였지요. 그럼에도 당시 저항적 지식인들은 유럽을 지향했습니다. 이상은 랭보와 보들레르의 시론과 시풍을 따랐으며, 박태원과 김남천도 제임스 조이스나 발자크Honoré de Balzac를 새롭게 탐구했습니다. 채만식 또한 서양행을 꿈꾸는 인물을 주인공으로 「명일」(1936)이라는 소설을 썼습니다. 그럼에도 모든 것이 일본이라는 프리즘을 통해 들어올 수밖에 없는 상황은 심화되어 갔지요. 일제 말기 한반도가 서양의 영향을 마치 보이지 않는 장막에 가려진 듯 받아들일 수밖에 없었던 이유가 바로 거기에 있습니다.

그러다 해방을 맞았습니다. 박인환은 해방이 우리 문학에 선사한 새로운 기린아(전설 속 상서로운 동물인 기린처럼 특별하고 뛰어난 인재라는 의미)로 문단에 출현했습니다. 1955년에 그는 부산에서 배를 타고 일본 내해를 지나 고베에 가 닿았습니다. 세토나이카이라는, 우리 식으로 이야기하면 한려수도 같은 아름다운 뱃길을 통과하여 그곳에 도착했다고 합니다. 그는 여기에 잠시 머문 뒤 태평양 건너 미국으로 향하게 되는데요. 이 과정을 저는 「박인환 산문에 나타난 미국」(2006)이라는 글에서 이렇게 설명했습니다.

1955년 3월 5일 성오에 부산을 떠난 남해호는 8시간 후에 일본의 시모노세키와 모지 사이를 빠져나가고 다음 날인 6일 새벽 5시경에 세토나이카이를 따라가서 오전 11시에는 고베에 입항하게 된다. 여기서 그는 4일 동안 고베, 오사카, 교토 등지를 전차를 타고 다니며 관광을 하다가 9일 야반에 태평양을 향해 나아가 13일에 걸친 긴 항해 끝에 마침내 22일 오전, 그로서는 "아메리카 최초의 항구"가 되는 올림피아에 입항하게 된다. 22일 새벽 4시께 빅토리아섬과 워싱턴주의 좁은 해협을 통과한 남해호는 시애틀항 앞을 지나쳐서 22일 오전 11시 45분경에 워싱턴주의 주도인 올림피아에 도착했던 것이다. 여기서 이틀을 머문 그는 남해호가 차례로 기항하게 되는 터코마, 시애틀, 에버렛을 거쳐 3월 28일에는 아나코테스와 포트엔젤레스, 4월 4일에는 포틀랜드까지 가게 되며 이들 항구를 따라 인근 도시와 부락 10여 개소를 함께 방문하게 된다.

어떻습니까? 이 항해가 참 멋져 보이지 않나요. 박인환은 단지 현해탄을 건너 일본에만 간 것이 아니라 태평양 너머 미국 땅에 실제로 발을 디디고 그곳의 공기를 맛본 것입니다. 굉장한 모험이 아닌가 싶습니다. 저는 가끔 그의 산문에 등장하는 미국을 떠올려 봅니다. 문명사적으로 봤을 때, 일제 말기에 대두된 동양으로의 회귀 담론에 정면으로 맞서는 것이었지요. 박인환의 미국행이야말로 서구로의 새로운 지향을 웅변하듯 보여 준 시도라고 할 수 있습니다.

아메리카니즘은 우리 문학에도 그 뿌리가 깊습니다. 미국적인 것을 추구하고, 어떤 식으로든 미국과 관계를 맺고자 하는 태도는 일찍이 이인직의 『혈의 누』나 이광수의 『무정』에서조차 찾아볼 수 있을 정도입니다. 『혈의 누』의 주인공 옥련은 워싱턴까지 가서 유학하지 않습니까? 『무정』의 주인공 형식은 선형과 함께 시카고에서 대학을 다니지 않던가요? 한국 사람들은 오래전부터 일본보다 미국을 문명사적으로 더 높게 평가하는 경향이 있었고, 지금도 그렇습니다. 그럼에도 이를 실제로 태평양 횡단이라는 방식으로 실천한 예는 해방 직후의 박인환이 유일하다시피 합니다. 이 점이 굉장히 흥미롭습니다. 그러나 현재 문학을 하는 사람들, 심지어 시를 쓰는 이들조차 박인환의 진정한 의미나 가치를 잘 알지 못합니다. 그저 낭만적이고 치기 어린 시를 쓰다 일찍 세상을 뜬 문인으로 기억할 뿐입니다. 왜 이렇게 되었을까요? 그 해답은 김수영에게 있습니다.

## 인환을 가장 경멸한 사람의 한 사람

김수영은 박인환 생전에 그를 높게 평가하지 않은 대표적인
문학인입니다. 예를 들어 박인환 사후 10년이 지났을 때, 김수영은
「박인환」(1966)이라는 산문에서 다음과 같이 썼습니다.

나는 인환을 가장 경멸한 사람의 한 사람이었다. 그처럼 재주가
없고 그처럼 시인으로서의 소양이 없고 그처럼 경박하고 그처럼 값
싼 유행의 숭배자가 없었기 때문이다. 그가 죽었을 때도 나는 장례
식에를 일부러 가지 않았다.

(……)

인환! 너는 왜 이런, 신문 기사만큼도 못한 것을 시라고 쓰고 갔
다지? 이 유치한, 말발도 서지 않는 후기. 어떤 사람들은 너의 「목마
와 숙녀」를 너의 가장 근사한 작품이라고 생각하는 모양인데, 내 눈
에는 '목마'도 '숙녀'도 낡은 말이다. 네가 이것을 쓰기 20년 전에 벌
써 무수히 써먹은 낡은 말들이다. '원정園丁'이 다 뭐냐? '베고니아'가
다 뭣이며 '아폴론'이 다 뭐냐?

시 「죽은 아폴론」(1956)을 비판하는 김수영의 태도는 매우 단정
적입니다. 그는 박인환을 향해 "인환! 너는 왜 이런, 신문 기사만큼
도 못한 것을 시라고 쓰고 갔다지?"라고 힐난합니다. 그런데, 어쩐
지 공정해 보이지 않습니다.

박인환은 세상을 떠나기 직전에 이상이 죽은 날을 기리며 '이상 그가 떠난 날에'라는 부제가 붙은 시 「죽은 아폴론」을 썼지요. 이는 당시 일던 이상 붐을 적극적으로 수용한 포즈였습니다. 이 시의 전문은 다음과 같습니다.

오늘은 삼월 열이렛날
그래서 나는 망각의 술을 마셔야 한다
여급 '마유미'가 없어도
오후 세시 이십오분에는
벗들과 '제비'의 이야기를 하여야 한다

그날 당신은
동경제국대학 부속병원에서
천당과 지옥의 접경으로 여행을 하고
허망한 서울의 하늘에는 비가 내렸다.

운명이여
얼마나 애타는 일이냐
권태와 인간의 날개
당신은 싸늘한 지하에 있으면서도
성좌를 간직하고 있다.

5장 세월은 가고 오는 것
박인환, 목마와 숙녀

정신의 수렵을 위해 죽은
랭보와도 같이
당신은 나에게
환상과 흥분과
열병과 착각을 알려 주고
그 빈사의 구렁텅이에서
우리 문학에
따뜻한 손을 빌려 준
정신의 황제.

무한한 수면.
반역과 영광
임종의 눈물을 흘리며 결코
당신은 하나의 증명을 갖고 있었다
'이상'이라고.

이상이 세상을 떠난 날은 1937년 3월 17일이 아니라 4월 17일이었으니, 사실 박인환은 이상의 기일을 착각한 것이었습니다. 하지만 이상의 기일이라고 여긴 3월 17일로부터 사흘 후인 1956년 3월 20일에 박인환은 갑작스럽게 세상을 떠나고 맙니다. 어떻게 보면 박인환은 자신의 죽음을 장식하기 위해 이상의 기일을 한 달 앞당겨 쓴 것 같습니다. 이상을 알아보았다는 것, 그리고 이상 문학이 한국 현대 문학사에서 차지하는 위상을 간파한 눈, 이것이야말로 박인환의 비범성을 말해 준다고 할 수 있습니다.

하지만 김수영은 그런 박인환을 알아보지 못했습니다. 「박인환」뿐만 아니라 「마리서사」(1966)에서도 박인환에 대한 혹평은 멈추지 않습니다. '마리서사'는 박인환이 종로에 낸 책방의 이름인데, 지금은 그곳에 다른 가게가 들어서 있고 마리서사의 자취는 아무것도 찾을 수 없습니다. 이 책방의 이름은 안자이 후유에安西冬衛라는 일본 시인의 시집 『군칸마리軍艦茉莉』에서 따왔다는 설도 있고, 화가 마리 로랑생Marie Laurencin의 이름에서 따왔다는 설도 있습니다. '말리'는 재스민꽃을 의미하는데, 박인환은 이를 한글 '마리'로 표기함으로써 피카소 시대에 독자적인 미술 세계를 구축했던 여성 화가 마리 로랑생을 중의적으로 표현한 것으로 보입니다. 박인환이 세상을 뜬 후 김수영은 『박인환 선시집』(산호장, 1955)의 「후기」와 「밤의 미매장未埋葬」, 「센티멘털 저니」 같은 시를 다시 읽으며 그에 대한 자신의 판단이 틀리지 않았다고 확신하기까지 합니다.

『박인환 선시집』은 박인환 생전에 출판된 유일한 시집입니다. 그런데 제목이 눈에 띕니다. '박인환 선시집'이라니, 왜 하필 '선시집'일까요? 조지훈 또한 1956년에 펴낸 자신의 첫 시집에 『조지훈 시선』이라는 제목을 붙인 바 있습니다. 《백지》 동인으로 문학을 시작해 정지용의 추천을 받아 《문장》으로 등단한 조지훈은 일제 말기까지 꾸준히 시를 써 왔습니다. 그러나 해방 전후의 격변 속에서 혼자만의 시집을 낼 여유를 갖기는 쉽지 않았습니다. 해방 후에는 박

박인환이 스무 살의 나이로 종로에 차린 책방 '마리서사'.

목월, 박두진과 함께 『청록집』(을유문화사, 1946)을 내며 활동했지만, 습작 시대와 동인 활동을 거쳐 등단 후까지 여러 문학적 경향을 거치는 동안 개인 시집을 엮는 일은 미뤄졌습니다. 그는 『풀잎 단장』(창조사, 1952)이라는 첫 시집을 내기는 했지만, 시대가 변하고 문제의식도 변하는 과정에서 묵혀 두었던 시들 중 중요한 작품을 추려 한 권에 담아 보고 싶은 마음이 들었겠지요. 박인환의 첫 시집이 『박인환 선시집』이라는 이름을 갖게 된 것도 비슷한 이유에서였습니다.

박인환에게 신랄한 비평을 마다하지 않았던 김수영은 누구일까요? 그는 참여문학의 대표 시인으로 평가받으며, 1950년대 후반 대한민국 문단에서 벌어진 '불온시 논쟁'의 주요 인물이었습니다. 김수영은 서랍 속에 들어 있는 불온시를 발표할 수 있어야 진정한 현대 사회라고 주장했고, 반면 이어령은 위대한 문학은 자유가 억압당한 상황에서도 얼마든지 창조될 수 있는 것이어야 한다고 반박하며 두 사람 간의 논쟁이 이어지게 되었습니다. 이러한 불온시 논쟁이 한창이던 1968년 6월, 술을 마시고 밤늦게 귀가하다 교통사고로 급작스럽게 세상을 떠났습니다. 그의 사후, 한국 문단은 유고 시 「풀」과 산문 「시여, 침을 뱉어라」를 내세우며 그를 하나의 상징적 존재로 만들고자 했습니다. 창작과비평사, 민음사, 문학과지성사 등 주요 문학 출판사들은 '김수영 쟁탈전'을 벌였고, 이 과정에서 김수영의 신격화가 급속도로 이루어졌습니다.

김수영의 이른바 '온몸시론'이 오독되어 온 역사에 대해서는

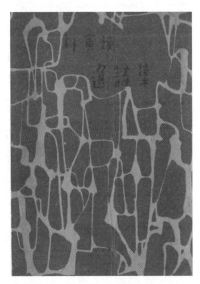

박인환 생전에 출판한 유일한 시집인 『박인환
선시집』.

6장에서 김수영을 다루며 자세히 살펴보겠지만, 핵심은 그가 좌익적 참여문학에 관한 시론이 아니라, 새로운 세계를 찾아 나가기 위한 시인의 부단한 자기 혁신을 말하고자 했다는 점입니다. 그러나 김수영을 참여문학론 쪽으로 지나치게 끌어당겨 우상화하고 신격화하려는 경향이 나타났습니다. 동시에 김수영이 비난했던 박인환은 어릿광대에 지나지 않는 시인으로 폄하되기까지 했습니다.

김수영은 「마리서사」에서 박인환을 두고, 진정한 의식이라고는 없는 시인이라며 강하게 비판했습니다. 그는 박인환이 서구적 지성을 흡수한 초현실주의자이자 미래파 화가인 박일영에게 예술론을 배웠지만, 그것을 부정확하게 되풀이하는 데 그쳤다고 말했습니다. 김수영은 박인환이 겉멋과 댄디즘, 딜레탕티슴('즐기는 사람'이라는 뜻으로, 예술이나 학문을 치열한 직업의식 없이 취미로 즐기는 것을 말한다)에 빠져 체화되지 않은 문학론을 자신의 이론으로 삼고, 그저 그런 시를 쓰다 생을 마감했다고 주장했습니다.

많은 이들이 김수영의 소시민적인 솔직함과 자신의 부끄러움까지 낱낱이 드러낼 줄 아는 지식인적 양심을 칭송합니다. 예컨대 4·19혁명 이후 이승만을 규탄한 시 「우선 그놈의 사진을 떼어서 밑씻개로 하자」(1960)나, 조선을 방문한 영국의 지리학자 겸 여행가 이저벨라 버드 비숍Isabella Bird Bishop을 소재로 한 「거대한 뿌리」(1964)를 예로 들며 그의 정신세계가 넓고 깊으며 혁명적이고 지식인의 양심으로 가득 차 있다고 찬양합니다. 그러나 그럴수록 박인환의 문학적 위치는 점차 낮아져 온 것이 사실입니다.

5장 세월은 가고 오는 것
박인환, 목마와 숙녀

## 목마를 타고 떠난 숙녀의 옷자락

이제 저는 김수영의 광휘에 가려진 박인환의 진면목을 찾아볼 때라고 생각합니다. 그러려면 어디서부터 시작해야 좋을까요? 그의 대표 시 「목마와 숙녀」가 적당할 것 같습니다. 저는 아직도 이 시에 관해 많은 의문을 품고 있습니다만, 이 시가 그 시대의 어떤 시들보다 문제적이라는 판단은 변하지 않을 듯합니다. 탐구할 거리가 많은 이 시에서 무엇보다 '목마'라는 시어는 무엇을 뜻할까요?

> 한 잔의 술을 마시고
> 우리는 버지니아 울프의 생애와
> 목마를 타고 떠난 숙녀의 옷자락을 이야기한다
> 목마는 주인을 버리고 거저 방울 소리만 울리며
> 가을 속으로 떠났다 술병에서 별이 떨어진다
> 상심한 별은 내 가슴에 가볍게 부서진다
> 그러한 잠시 내가 알던 소녀는
> 정원의 초목 옆에서 자라고
> 문학이 죽고 인생이 죽고
> 사랑의 진리마저 애증의 그림자를 버릴 때
> 목마를 탄 사랑의 사람은 보이지 않는다
> 세월은 가고 오는 것
> 한때는 고립을 피하여 시들어 가고

이제 우리는 작별하여야 한다

술병이 바람에 쓰러지는 소리를 들으며

늙은 여류 작가의 눈을 바라다보아야 한다

……등대에……

불이 보이지 않아도

거저 간직한 페시미즘의 미래를 위하여

우리는 처량한 목마 소리를 기억하여야 한다

모든 것이 떠나든 죽든

거저 가슴에 남은 희미한 의식을 붙잡고

우리는 버지니아 울프의 서러운 이야기를 들어야 한다

두 개의 바위틈을 지나 청춘을 찾은 뱀과 같이

눈을 뜨고 한 잔의 술을 마셔야 한다

인생은 외롭지도 않고

거저 잡지의 표지처럼 통속하거늘

한탄할 그 무엇이 무서워서 우리는 떠나는 것일까

목마는 하늘에 있고

방울 소리는 귓전에 철렁거리는데

가을바람 소리는

내 쓰러진 술병 속에서 목메어 우는데


참으로 해석하기 어려운 시어입니다. 이런저런 궁리 끝에 저는
이 '목마'가 버지니아 울프 Virginia Woolf 의 소설 중 어느 하나에 나오

는 소품이거나 장치일지 모르겠다는 생각에 다다랐습니다.

　박인환은 왜 자신의 시에 버지니아 울프를 끌어들였을까요? 1954년 11월, 박인환은 잡지《여성계》에 「버지니아 울프, 인물과 작품」이라는 글을 발표했습니다. 거기에는 "『등대로To the Lighthouse』에 와서 버지니아 울프의 문학이 빛을 발하게 되었다"는 대목이 있지요. 아직 더 해석해야 할 부분이 남아 있지만, 「목마와 숙녀」는 당시 문학성이 뛰어났던 버지니아 울프의 작품을 모티브로 삼았을 가능성이 높습니다. 그렇다면 박인환은 왜 하필 버지니아 울프의 생애를 제재로 삼았을까요? 문제가 간단치 않습니다. 저는 그녀에 관한 평전도 읽어 보았고, 대표작『등대로』를 비롯한 몇몇 소설도 살펴보았지만 아직 명확한 근거는 찾을 수 없었습니다. 하지만 박인환이 버지니아 울프의 작품을 읽은 것은 명백합니다. 「목마와 숙녀」는 1955년 《시작》이라는 잡지에 실린 작품입니다. 시간상 박인환은 「버지니아 울프, 인물과 작품」을 먼저 발표한 뒤 「목마와 숙녀」를 썼습니다. 그러므로 이 시는 버지니아 울프의 문학 세계에 대한 박인환의 탐구의 산물이라고 할 수 있습니다.

　그렇다면 버지니아 울프는 어떤 작가였을까요? 그녀는 어린 시절 어머니를 잃고, 제1차 세계대전을 겪으며 성장했습니다. 이복 오빠들에게서 성적 학대를 당했다는 기록도 있습니다. 이 과정에서 버지니아 울프는 세상을 어둡고 부정적으로 인식하는 염세적인 세계관을 형성한 것 같습니다. 죽음이 그녀 문학의 중요한 테마로 자리 잡을 수밖에 없는 환경에서 성장했다고나 할까요. 우리는 『등대로』를 통해 버지니아 울프의 내면세계를 가늠해 볼 수 있습니다. 이 소설에 등장하는 등대는 생의 희망이나 염원 같은 것을 상징하며, 울프는 그 등대에 도달하는 것이 얼마나 어렵고 불가능에 가까운지를 말하고 있습니다. 소설 전체에 끊임없이 들려오는 파도 소리도 매우 인상적입니다. 이 소설적 장치는 삶의 허무와 시간의 허무를 말해 줍니다. 울프는 자기 삶 깊숙이 자리한 죽음의 공포를 이기지 못하고 제2차 세계대전 중 스스로 생을 마치고 말았습니다.

이렇듯 버지니아 울프가 전쟁 중 자신의 삶을 자살로 마감했다는 사실은 「목마와 숙녀」를 해석하는 데 중요한 의미를 지니고 있는 것 같습니다. 버지니아 울프와 마찬가지로 박인환도 6·25전쟁의 참화를 직접 겪지 않았던가요? 그의 시 「검은 신이여」(1952)는 그가 6·25전쟁을 얼마나 고통스럽게 받아들였는지를 잘 보여 줍니다.

저 묘지에 우는 사람은 누구입니까.

저 파괴된 건물에서 나오는 사람은 누구입니까

검은 바다에서 연기처럼 꺼진 것은 무엇입니까

인간의 내부에서 사멸된 것은 무엇입니까.

일 년이 끝나고 그 다음에 시작되는 것은 무엇입니까.

5장 세월은 가고 오는 것
박인환. 목마와 숙녀

전쟁이 뺏어 간 나의 친우는 어디서 만날 수 있습니까.

슬픔 대신에 나에게 죽음을 주시오.

인간을 대신하여 세상을 풍설로 뒤덮어 주시오.

건물과 창백한 묘지 있던 자리에

꽃이 피지 않도록.

하루의 일 년의 전쟁의 처참한 추어은
검은 신이여
그것은 당신의 주제일 것입니다.

　이 시는 한 행 한 연으로 길게 이어집니다. 연과 연 사이의 여백을 저는 전쟁의 심연을 상징하는 기호로 읽습니다. 이 심연, 즉 파괴와 죽음의 기억을 박인환은 너무도 고통스럽게 겪었으며, 그로 인해 전쟁의 트라우마에서 벗어날 수 없었다고 생각합니다. 그는 버지니아 울프의 페시미즘적 세계관, 즉 삶을 본질적으로 고통스럽고 비참한 것으로 여기는 염세주의에 깊이 공명했을 것입니다. 박인환은 6·25전쟁에서 겪은 고통과 버지니아 울프가 제1차, 제2차 세계대전에서 겪은 비극을 동등한 수준에서 이해하고 받아들일 수 있는 감각과 감정을 지닌 인물이었습니다. 전쟁의 참화를 겪으며 죽음과 함께 살아가다가 결국 역설적으로 저항의 한 형태로 죽음을 선택했던 버지니아 울프에게 박인환은 깊은 동질감을 느꼈던 것으로 보입니다. 「목마와 숙녀」는 바로 이러한 강렬한 동일시의 미학 위에 세워진 작품입니다.

이 시는 6·25전쟁을 통해 박인환이 통찰한 버지니아 울프와 자신의 삶의 이야기를 바탕으로, 근원적인 허무와 인간이 벌이는 무의미하고 부조리한 살상을 노래했다고 할 수 있습니다. 그러나 사람들은 이 시에 대해 '리듬감이 있다', '센티멘털하다'는 식의 단편적인 평가에 그치고 맙니다. 이제는 박인환의 지적인 감수성을 제대로 바라볼 때가 되지 않았을까요?

그런 탐구 없이 "목마를 타고 떠난 숙녀의 옷자락"을 이야기할 수는 없습니다. 저는 이 시를 『등대로』를 바탕으로 읽어야 한다고 제안합니다. "목마는 주인을 버리고 거저 방울소리만 울리며/ 가을 속으로 떠났다"는 구절도 마찬가지입니다. 주인을 버렸다는 점에서 죽음을 암시할 가능성이 있지 않을까요?


**한 세대를 앞서간 '한낮의 이카로스'**


요즘 저는 박인환에 대한 생각을 조금씩 더 가다듬고 있습니다. 생각을 정리하는 데 중요한 참고 자료 중 하나는 시인 최하림의 관점입니다. 최하림은 박인환을 가장 많이 언급한 연구자 중 한 명이지요. 그는 박인환을 일제강점기 시단의 상황 속에서 폭넓게 진단할 수 있는 통찰력을 지니고 있었습니다. 최하림은 박인환을 '한낮의 이카로스'라고 명명했습니다. 태양을 향해 비상하다가 날개를 붙인 아교가 녹아 떨어지며 추락한 그리스 신화 속 이카로스를 말이지요. 이는 이상의 소설 「날개」와도 연결됩니다. 「날개」에서 언급된 '인공의 날개'가 바로 이카로스의 날개를 가리키는 것이니까요.

앞서 언급했듯이, 박인환은 이상의 기일을 3월 17일로 착각하고 추도식을 준비했습니다. 그는 사흘 동안 내리 술을 마셨습니다. 둘째 날에는 친구에게 백지수표 보증을 받아 중국집에서 술을 마셨습니다. 그렇게 밤낮없이 마시다 세종로 집으로 돌아온 그는, 당시 신문 보도에 따르면 1956년 3월 20일 오전 9시경 심장마비로 세상을 떠났습니다. 그의 나이 불과 30세였습니다. 죽기 직전 그는 가슴을 쥐어뜯으며 '생명수'(보명수, 월명수 같은 드링크제의 이름)를 달라고 했다고 합니다. 이상이 세상을 떠나기 전에 멜론을 달라고 했던 것처럼, 박인환은 생명수를 달라고 했습니다. 멜론이든 생명수든 생명의 풍요로움을 상징하는 것처럼 들리지 않나요? 요절을 앞두고 그들 모두 자신의 생명을 회복하려는 간절함을 표현했던 것은 아닐까요?

박인환은 김수영이 생각한 것처럼 단순한 인물이 아니었습니다. 새로 익힌 지식을 무심코 늘어놓는 것처럼 보였을지 모르지만,

그는 서구와 일본의 문학적 조류를 빠르게 소화하며 천재적인 직관과 통찰로 시대가 요구하는 시의 본질을 꿰뚫어 보았습니다. 이러한 비범함은 이상의 가치를 일찍 알아본 그의 관심에서도 드러납니다.

1953년 11월 22일, 박인환은 「이상 유고 이유이전理由以前」을 발표하며 새로 발굴한 이상의 유고 시를 소개했습니다. 해방 후 이상의 재발견으로는 1955년 9월 이어령이 서울대학교 《문리대학보》에 발표한 「순수의식의 뇌옥牢獄과 그 파벽」이 유명하고, 1956년 고려대학교 문학회에서 펴낸 임종국의 『이상 전집』도 중요한 자료입니다. 그러나 이어령과 임종국을 비롯한 고석규, 송기숙 같은 당시 젊은 연구자들보다 박인환이 이상의 가치를 먼저 알아보았습니다. 그가 이상의 죽음을 기리며 쓴 「죽은 아폴론」은 그의 마지막 시가 되지 않았던가요. 박인환의 이상에 대한 이러한 의식을 단순히 객기나 겉멋으로 축소할 수는 없습니다. 1955년 전후의 이상 기념은 일종의 지적 유행이었다고도 할 수 있지만, 박인환은 이 유행을 앞서 남들보다 먼저 깨어 있었습니다.

이 점에서 하나의 흥미로운 가설을 세워 볼 수 있습니다. 박인환은 1926년에 태어나 1956년에 세상을 떠났고, 김수영은 1921년에 태어나 1968년에 세상을 떠났습니다. 출생 연도로 보면 김수영이 박인환보다 앞섭니다. 그러나 문학사의 측면에서는 박인환이 김수영보다 앞서 있었다고 생각합니다. 해방 후 박인환은 스무 살의 나이에 평양의전을 중퇴하고 서울로 내려왔습니다. 종로 낙원상가 옆에 책방 '마리서사'를 열고 자신이 읽던 책들로 서점을 꾸려 갔습니다. 그 과정은 이상이 경성고공 건축과를 졸업하고 조선총독부 기수로 일하다 돌연 공무원 생활을 청산한 뒤 본격적으로 문학 활동에 나섰 던 궤적을 떠올리게 합니다. 박인환도 이상처럼 학생 생활을 청산하 고, 읽던 문학책들을 밑천 삼아 서점 주인으로 변신해 주위의 쟁쟁 한 선배 문학인들을 끌어모았습니다. 이곳에는 김기림을 비롯한 모 더니스트 문학인들이 모여들었고, 덕분에 박인환은 장 콕토Jean Coc- teau, 기욤 아폴리네르Guillaume Apollinaire, 마리 로랑생뿐 아니라 서 구적 사조를 받아들였던 일본 시인들의 작품까지 접할 수 있었습니 다. 이를 통해 그는 자신만의 문학 세계를 구축해 나갔습니다.

어리지만 조숙했던 이 청년은 나이 많은 프로 문인들과도 스스 럼없이 반말하듯 대화를 나누며 타고난 오만함으로 사람들을 대했 다고 합니다. 키도 크고 거침없는 태도로 당시 많은 이들의 기분을 상하게 했다는 이야기도 있습니다. 그런 면에서 그는 이미 제도를 넘어선 청년이었으며, 문학인 이상이었다고 할 수 있습니다. 이 젊 은이를 대하는 김수영의 심정이 편치 않았던 것도 이해됩니다. 그 러나 박인환은 그런 것에는 전혀 개의치 않는 사람이었습니다.

1948년 4월, 박인환은 김경린, 김경희, 김병욱, 송지영, 임호권 등과 함께 모더니즘 계열의 젊은 시 동인지《신시론》을 발간했습니 다. 이어 1949년에는 김병욱이 탈퇴한 대신 김수영, 양병식 등이 가 세해《새로운 도시와 시민들의 합창》을 내기에 이릅니다.《새로운 도시와 시민들의 합창》은《신시론》동인들의 두 번째 동인지입니다. 이뿐만 아니라 박인환은 '후반기' 동인으로서도 숨 가쁘게 활동했지요. 비록 이 '후반기'는 동인지를 내지는 못했지만, 이러한 과정의 각 단계를 모두 견실한 성숙의 경로로 해석해 볼 수 있습니다. 박인환은 어떻게 이러한 놀라운 시대적 대응력을 지닐 수 있었을까요? 이를 이해하려면 박인환이 등장하던 시기의 시단을 고찰해 볼 필요가 있습니다.

박인환이 등장한 것은 해방 직후였으니 일제 말기, 특히 1939년경으로 돌아가 보아야 합니다. 이 시기는 나중에 청록파 시인으로 알려지게 되는 박두진, 박목월, 조지훈이 정지용의 추천을 받아《문장》을 통해 등단하던 때였습니다. 그보다 앞서 1937년에는 동인지《자오선》의 오장환이, 1936~1937년까지는 동인지《시인부락》의 서정주가 활동했습니다. 그러나 이들 중 상당수는 일제 말기 일본에 협력하는 시를 쓰며 문단에서 사라지게 됩니다.

해방 후, 시단은 새롭게 구성됩니다. 1946년에 발간된 청록파 시인들의 『청록집』은 해방기의 기념비적인 시집으로 꼽힙니다. 이는 일제 말기의 암흑기에도 한국어로 된 시를 쓴 덕분에, 광복 후 모국어의 해방에 크게 기여했기 때문입니다. 『청록집』 외에도 문학사적으로 의미 있는 시집이 몇 가지 더 있습니다. 특히 윤동주와 이육사가 주목받습니다. 윤동주의 유고 시집 『하늘과 바람과 별과 시』는 1948년 출간되었고, 이는 정병욱에 의해 민족 시인으로 재발견된 사례입니다. 이육사의 경우도 『육사시집』(서울출판사, 1946)이 사후에 출판되었지요. 그는 1904년생으로, 이전 세대에 속합니다.

이육사와 함께 《신조선》 동인으로 활동했던 신석초는 해방 후에
『석초시집』(을유문화사, 1946)을 출간했으며, 오장환의 네 번째 시집
『나 사는 곳』(헌문사, 1947)은 일제 말기에 쓴 시들을 수록하고 있습
니다. 이렇듯 해방기의 시단은 박인환보다 한 세대 혹은 두 세대 앞
선 이들이 일제 말기에 썼던 시들을 간행하는 형태로 채워졌습니
다. 새로운 세대의 시인은 아직 출현하지 않은 상황이었다고 할 수
있지요.

바로 그때 박인환이 등장했습니다. 그의 선배 시인들은 일제의
대동아주의에 포섭되지 않기 위해 조선적 정체성에 대해 고민했던
사람들이었습니다. 그러나 박인환은 해방된 조국이라는 새로운 토
양 위에서 등장했습니다. 그는 새로운 시를 주장하며, 일본 유학 시
절 모더니즘 동인으로 활동하던 김경린을 끌어와 동인지 《신시론》
을 발간했고, 《새로운 도시와 시민들의 합창》에 김수영을 영입했습
니다. 김경린의 시는 오늘날 크게 주목받지 못하지만, 당시 김수영
은 나이가 박인환보다 많았음에도 아직 풋내기 시인이었습니다. 결
국 당대의 문학사적 가치와 의미를 지닌 시인으로 존립하는 이는
박인환뿐입니다. 그는 새로운 시의 기획자이자 연출자였습니다. 박
인환의 시대는 해방 후부터 6·25전쟁 이후 그가 세상을 떠날 때까
지 이어집니다. 김수영의 시대는 박인환의 시대가 막을 내린 후에
야 시작된다고 볼 수 있지 않을까요?

이렇게 본다면 자연사적 세대로는 김수영이 앞서 있었을지 모
르지만, 문학사적 세대 측면에서는 박인환이 오히려 앞섰다고 해석

할 수 있겠습니다.


## 병든 문명을 투시하는 견자

그 무렵만 해도 김수영의 시는 아직 둔중했습니다. 그러나 박인환의 시는 그렇지 않았습니다. 그는 이상과 마찬가지로 제도와 생활을 미리 버린 사람이었기 때문입니다. 그의 짧은 산문 속 문장들에서도 이러한 태도는 분명하게 드러납니다.

> 나는 불모의 문명 자본과 사상의 불균정한 싸움 속에서 시민 정신에 이반離反된 언어 작용만의 어리석음을 깨달았었다.

매우 놀라운 발언입니다. 자본과 사상이라고 할 때, 여기서 말하는 사상은 사회주의나 공산주의를 의미합니다. 그는 자본주의 세력과 사회주의 세력 모두를 불모 세력으로 판정하고 있습니다. 박인환이 보기에 그의 시대는 자본주의와 사회주의를 주장하는 세력이 서로 적대하고 대립하며 상쟁하는 시대였습니다. 그러나 그들에게서 그는 '시민 정신에 이반된 언어 작용'만을 발견했을 뿐이었습니다. 시 동인지《새로운 도시와 시민들의 합창》이 나온 1949년경은 어떤 때였을까요? 해방 후 3년 동안 좌우익으로 나뉘어 격렬하게 다툰 끝에 남북한 양쪽에서 단독정부가 수립된 시기였고, 남쪽에서는 좌익 색출이 한창이던 때였습니다. 그때까지 우익은 민족과 국민을, 좌익은 민족과 인민을 내세웠습니다. 그러나 박인환이 보기에 국민이나 인민의 주장은 자신이 생각하는 시민 정신과는 거리가 멀었습니다. 그는 '시민'이라는 말을 통해 이데올로기에 휩쓸리지 않는 주체적이고 자립적인 존재를 의미하고자 했습니다. 자본주의의 노예도, 공산주의적 전체주의의 노예도 아닌 어떤 존재를 가리키고 싶어 했던 것이지요.

그가 예견했듯, 사회주의와 공산주의는 오늘날 북한과 같이 독재로 귀결되었습니다. 남한의 자본주의는 이승만, 박정희, 전두환 같은 독재자들의 시대를 거치며 이윤 논리에 의해 인간성이 침윤당하는 상황을 오랫동안 겪어야 했습니다. 박인환은 그러한 엄혹한 현실 '위에' 시가 서야 한다고 선언했다고 볼 수 있습니다. 그는 자신이 시로써 그러한 사회 세력들과 맞서 싸워야 한다고 말합니다. 이러한 그의 태도는 1955년에 출간된 『박인환 선시집』 후기에서도 명확히 드러납니다.

　　　나는 십여 년 동안 시를 써 왔다. 이 세대는 세계사가 그러한 것과 같이 참으로 기묘한 불안정한 연대였다. 그것은 내가 이 세상에 태어나고 성장해 온 그 어떠한 시대보다 혼란하였으며 정신적으로 고통을 준 것이었다.

　　　시를 쓴다는 것은 내가 사회를 살아가는 데 있어서 가장 의지할 수 있는 마지막 것이었다. 나는 지도자도 아니며 정치가도 아닌 것을 잘 알면서 사회와 싸웠다.

 "지도자도 아니며 정치가도 아닌 것을 잘 알면서 사회와 싸웠다."이 문장은 결코 단순히 넘어갈 수 없는 의미를 담고 있습니다. 박인환이 새로운 시를 쓸 당시, 정치권뿐 아니라 문단에서도 자본주의와 사회주의를 내세운 두 세력이 첨예하게 대립하고 있었습니다. 이러한 경향은 6·25전쟁 이후에도 지속되었습니다. 문학인들은 참여문학과 순수문학의 이름 아래 파당을 이루어 싸웠습니다. 이러한 시대에 박인환은 시와 시를 쓰는 사람이 바로 그 '불모의 문명'위에 서야 한다고 선언하며, 지도자도 정치가도 아니지만 그 불모의 문명을 낳은 '사회'와 싸우고자 했습니다.
 젊은 박인환은 20대의 강렬한 투시력으로 세상을 보고 시를 썼습니다. 마치 랭보가 「취한 배」(1871)에서 모든 것을 버리고 떠나는 인간의 모습을 항해와 투시력으로 이야기한 것처럼 말입니다. 랭보를 흔히 '견자見者', 즉 '보는 자'라고 하지요. 그런데 랭보가 현실을 구체적으로 또 이론적으로 인식하여 자본주의 세계를, 파리 코뮌의 세계*를, 보불전쟁의 세계**를 꿰뚫어 보았을까요? 그렇지 않습니

* 1871년 파리에서 약 두 달간(3월 18일~5월 28일) 일어났던 민중 봉기로, 파리 시민들이 세운 혁명적인 자치 정부인 파리 코뮌에서 내세웠던 새로운 사회 체제와 그 이상을 말한다.
** 1870~1871년까지 프로이센(독일 제국의 전신)과 프랑스 사이에 벌어진 전쟁을 중심으로 형성된 정치적·사회적·문화적 변화를 가리킨다.

3층까지 일자로 이어지는 계단의 형태.
외관은 전혀 다르지만 내부는 그대로임을
추측할 수 있는 동방살롱 건물.

다. 그는 강렬한 시 정신과 고전적 언어 능력을 통해 자신의 방식으로 세계를 투시했습니다. 랭보는 사회과학적 지식에 능통하지 않았습니다. 그 대신 라틴어를 매우 잘 구사했을 뿐입니다. 랭보가 젊은이의 명징한 정신력으로 병든 파리를 꿰뚫어 보며 현대 문명을 투시했듯이, 박인환 또한 해방 이후 병든 문명과 정치적 불모성들이 대립하는 시대를 통찰하며, 그 위에 서고자 했던 시인이었습니다.

이제 박인환과 관련된 현대 시사의 이해를 새롭게 정리할 필요가 있습니다. 한국 현대 시가 일제 말기에서 해방의 시기로 어떻게 전환되었는지를 설명할 때, 박인환은 가장 중요한 시인 중 하나로 손꼽힙니다. 더불어 해방과 함께 맞이한 서구 문학과의 동시대성을 확보하는 문제에서도 박인환의 역할은 빼놓을 수 없겠지요. 그는 젊은이의 열정과 정신력으로 이러한 과제를 감당하기 위해 피나는 노력을 기울였고, 그렇게 바람처럼 살다 떠나간 시인이었습니다.

여러분은 박인환을 좋아하시나요? 박인환의 삶과 작품에 대해 얼마나 알고 계시는지 궁금합니다. 저의 경우, 그 계기는 명확하지 않습니다. 고등학생 때 박인환의 시를 좋아했지만, 이후에는 그에 대한 관심을 접었지요. 그러다 우연히 박인환 타계 50주년이었던 2006년에 출간된 박인환 전집 『사랑은 가고 과거는 남는 것』(문승묵 엮음, 예옥)에 해설을 쓰게 되었습니다. 이전에 출간되었던 박인환 작품 모음집에는 수록되지 않았던 미발굴 자료가 포함되어 있었고, 규모 면에서도 훨씬 방대했지요. 이 작업은 헌책과 골동품을 수집하며 박인환에 깊은 관심을 갖고 있던 문승묵 씨의 도움으로 이루어졌습니다. 그는 관련 자료를 모아 책으로 엮고 싶어 했고, 저는 현대 문학 자료들을 그를 통해 여러 차례 구한 인연이 있었습니다. 이를 바탕으로 전집의 해설을 쓰면서 박인환에 대한 관심이 다시금 생겨났습니다.

이제 저는 명동 거리를 빠져나가고 있습니다. 이곳 동방살롱에서 박인환은 문인들과 만나 시대의 시적 주제를 놓고 격렬히 토론했을 것입니다. 바로 이 골목 안 선술집에서 「세월이 가면」이 탄생했을지도 모르지요. 또한 「목마와 숙녀」를 읽다 보면 이 시 역시 인파 속에서 느껴지는 쓸쓸함과 외로움을 담고 있는 듯합니다. 박인환에게 명동은 과연 어떤 곳이었을까요? 전쟁의 폐허 위에서도 삶과 문화를 느낄 수 있는 곳이었을까요? 아니면 어둠 속에서 등대처럼 빛나는 장소였을까요? 이곳 명동의 인파 속에서, 버지니아 울프를 읽으며 삶의 허무를 깊이 호흡하던 박인환이 서 있었을 것 같은 기분이 듭니다. 키가 큰 그가 저만치 인파 위로 불쑥 솟아오를 것 같습니다.

# 6장
## 날이 흐리고 풀뿌리가 눕는다
참여의 시가 아닌 존재의 시
김수영, 풀

날이 흐리고 풀이 눕는다
발목까지
발밑까지 눕는다
바람보다 늦게 누워도
바람보다 먼저 일어나고
바람보다 늦게 울어도
바람보다 먼저 웃는다

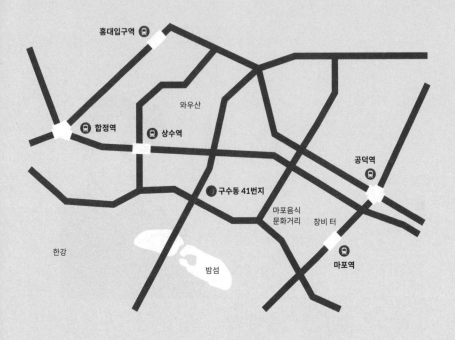

홍대입구역

와우산

합정역   상수역

공덕역

구수동 41번지

마포음식
문화거리   창비 터

한강

밤섬

마포역

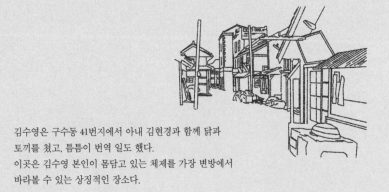

김수영은 구수동 41번지에서 아내 김현경과 함께 닭과
토끼를 쳤고, 틈틈이 번역 일도 했다.
이곳은 김수영 본인이 몸담고 있는 체제를 가장 변방에서
바라볼 수 있는 상징적인 장소다.

## 현실의 무거움을 감당한 시인

김수영, 하면 그 누구보다도 서울 사람입니다. 이상도 그랬고, 임화도 그랬던 것처럼, 김수영 역시 서울의 시인이지요. 그는 1921년 11월 27일, 서울시 종로구 종로2가 관철동 158번지에서 태어났습니다. 서울 한복판에서 태어난 것입니다. 이번에 김수영을 다시 조용히 읽어 보면서, 지금까지 그를 왜 서울 사람으로 생각해 본 적이 별로 없는지 의아할 정도였습니다. '참여 시인'이라는 이미지가 너무 강렬해서였겠지요.

관철동이라 하면 보신각에서 종로2가, 그리고 청계천로 사이의 동네를 말합니다. 제가 대학생 때 술을 마시러 자주 갔던 곳이 바로 이 동네였지요. 대학 2학년 때의 일이 떠오릅니다. 인문대 연극회에서 활동하며 워크숍 공연을 하던 중, 졸업한 선배들이 학교에 오셨습니다. 공연이 끝난 뒤 저희의 뒤풀이 모습을 보시더니, "안 되겠다, 제대로 노는 게 뭔지 보여 줘야겠다" 하시는 것이었지요. 그날 밤 신림 사거리부터 이끌려 다니며 술을 마셨고, 무려 2박 3일을 이어 갔습니다. 그때 교보문고 뒤쪽에 있던 서울 토박이 선배 집에서 잠을 자고, 점심 무렵 기어 나와 관철동에 있는 지하 막걸릿집에서 다시 술을 마셨던 기억이 납니다. 지금도 그 동네에는 '젊음의 거리'가 있어서 음식점과 술집이 빼곡합니다. 김수영이 태어난 곳이 바로 이 동네라는 사실을 떠올리면, 그가 얼마나 서울 한복판의 사람인지 실감할 수 있습니다.

김수영이 태어난 이듬해, 그의 가족은 종로6가 116번지(현재 종로43길 7-2)로 이사했습니다. 집 뒤에는 고모가 살았는데, 김수영은 자신을 친자식처럼 아끼던 고모의 집에서 자주 지냈다고도 합니다. 해방 후 김수영의 부친은 이곳에서 지물포를 열었고, 김수영의 글에도 종로6가가 자주 등장합니다. 이후 어머니는 충무로4가에 '유명옥'이라는 빈대떡집을 차려 생계를 이어 갔습니다. 이런 배경을 보면, 김수영의 정신에 흐르는 상인의 꼼꼼함 같은 면모를 느낄 수도 있습니다.

그런데 종로6가 하면 저는 곧바로 임화가 떠오릅니다. 종로6가에 위치한 효제동은 임화의 출생지이기 때문입니다. 임화의 출생 공간과 김수영의 유소년기 성장 공간이 놀랍도록 겹친다는 사실은 김수영의 삶과 문학에 임화의 그림자가 비친 것과 깊은 관련이 있어 보입니다. 이 둘 사이의 중요한 공통점이 몇 가지 있습니다. 첫째, 김수영의 산문 「낙타과음駱駝過飮」(1953)을 보면 이런 구절이 나옵니다. "오늘 아침에 일어나 보니 내가 누워 있는 곳은 나의 집이

종로구 관철동에 위치한 '김수영 생가 터'
표지석.

아니라 동대문에 있는 고모의 집이었고, 목도리도 모자도 어디서 어떻게 잃어버렸는지 기억이 전혀 없다." 이 산문을 쓸 당시, 김수영은 고모 집을 자기 집처럼 드나들며 살았던 것으로 보입니다. 이어지는 문장에서 그는 이렇게 말합니다. "나는 지금 낙타산이, 멀리 겨울의 햇빛을 받고 알을 낳는 암탉 모양으로 유순하게 앉아 있는 것이 무척이나 아름다워 보이는 다방의 창 앞에서 이 글을 쓰고 있다." 밤늦게까지 술을 마시고 눈을 떠 보니 고모네 집이었고, 그곳 다방에서 글을 쓰고 있다는 이 산문은 임화의 고향인 낙타산 밑을 떠올리게 합니다. 김수영도 종로의 아이였던 것이지요. 1908년생인 임화와 1921년생인 김수영은 13년의 나이 차이가 있습니다. 문학에 이끌린 김수영이 임화의 존재를 모르고 자랐을 리 없습니다. 김수영 역시 낙타산 밑 종로에서 성장기를 보내며 임화라는 걸출한 시인이자 평론가를 의식하지 않을 수 없었을 것입니다.

두 번째, 임화는 젊어서 영화배우로 활동하기도 하고 연극에도 깊은 관심을 보였습니다. 물론 시를 썼지만, 그는 시인보다도 영화배우가 되고 싶어 하던 사람이었습니다. 김수영도 마찬가지였습니다. 김수영은 대대로 부유했던 중인 집안의 맏아들로 태어났습니다. 시골에 상당한 토지를 소유하기도 했던 그의 집안은 중인이 북적이는 상인의 세상, 종로를 근거지로 살아갔습니다. 김수영은 어려서부터 자존심이 매우 강했고 공부 또한 잘했습니다. 하지만 체질적으로 무척 약해서 장티푸스, 뇌막염, 폐렴 따위에 시달리는 바람에 당시 명문고에 입학하지 못했다고 하지요. 시인 최하림의 『김수영 평전』(실천문학사, 2001)을 보면, 김수영의 고교 입시가 악전고투였음을 알 수 있습니다. 결국 그는 선린상고 전수과(특정 분야의 기술을 집중적으로 교육하던 과정) 야간부에 들어갔으나, 자존심에 큰 상처를 입었을 것입니다. 이러한 일련의 사건들이 그를 고집 세고 자존심이 강한 동시에 자학적이고 내향적인 존재로 만든 것이 아닌가 합니다.

그런 김수영은 야간부에서 늘 수석을 차지하다시피 했습니다. 그는 일본 도쿄 상대에 입학했다고 알려져 있으나, 이에 대해서는 명확하지 않습니다. 평전에 따르면, 김수영은 일본에 건너가 도쿄 상대 입학을 목표로 열심히 공부하려 했지만, 일본 학생들의 수준이 너무 높아 보였다고 합니다. 그는 준비가 부족한 자신에게 자괴감을 느꼈고, 결국 입시 공부를 제대로 하지 못하다가 연극에 관심을 갖게 되지요. 아예 쓰키지築地 소극장에서 연극을 관람하며 연극 공부를 시작합니다. 해야 할 공부는 하지 않고 연극과 관련된 친구들과 어울리다 보니 대학에 입학하지 못하고 귀국하게 되었지요. 그러나 귀국 후에도 연극 활동을 멈추지 않았습니다.

태평양전쟁이 막바지에 이르며 가세가 기울기 시작하자, 김수영은 어머니가 장사를 하던 만주로 떠납니다. 이는 징집을 피하기 위한 의도도 있었겠지만, 그는 그곳에서도 약 10개월 동안 연극에 몰두했습니다. 당시 만주국에서는 국민 연극이라는 체제 연극이 성행했는데, 김수영은 국민 연극과 상업 연극을 구분하지 않고 빠져들었던 것으로 보입니다. 178센티미터의 훤칠한 키에 뚜렷한 이목

구비와 각진 턱을 가진 김수영은 연극 무대에서 주연급 배우로 활동했다고 합니다. 당시 그는 대학도 마치지 않은 10대 후반의 젊은이였으나, 연극에 투신했다고 할 정도로 몰두한 것으로 보아 열정적인 성격의 소유자였음을 알 수 있습니다. 전하는 이야기에 따르면, 술을 좋아했던 그는 흥이 나면 탁자 위에 올라가 젊은 시절 외우던 연극 대사나 의용군에서 배운 북한 노래를 부르며 '날뛰었다'고 합니다. 전쟁의 불안한 분위기 속에서 언제 징집될지 모른다는 두려움이 그로 하여금 절망과 자학을 과도한 연극 열정으로 돌파하게 만들었을지도 모른다고 생각합니다.

김수영은 도대체 어떻게 '김수영'이라는 존재가 되었을까요? 이에 대하여 거듭 생각했지만 역시 풀기 어려운 문제입니다. 어쩌면 그것은 그가 겪어 온 역사적 경험의 무거움 때문이 아닐까 싶습니다. 태평양전쟁 말기의 불안과 공포가 그의 삶에 첫 단추였을지도 모릅니다.

이야기가 길어졌지만, 다시 임화와 김수영의 공통점으로 돌아가 보겠습니다. 두 사람의 세 번째 공통점은 시로 전향했다는 점입니다. 김수영은 《신시론》 동인 중에서도 좌익 성향의 문학청년 김병욱과 특히 가까웠습니다. 김수영에게는 이념가적 기질이 있었습니다. 그는 현실이 어디로 가야 하는지, 그 현실을 이끌어 갈 동력은 무엇인지, 남북으로 갈린 상황에서 남이 맞는지 북이 맞는지, 미국이 맞는지 소련이 맞는지, 좌익이 맞는지 우익이 맞는지와 같은 문제를 자기 문제로 삼고 끌어안고 고민했습니다.

어떻게 김수영에게 이러한 사상적 체질이 있었을까요? 시인들은 대개 명상적이고 낭만적이며, 현실의 중력을 뛰어넘은 이상의 세계에서 노닐 줄 압니다. 그런 낭만적 기질을 타고납니다. 하지만 임화와 김수영은 현실에 관여할 수밖에 없는 무거운 체질 또한 안고 태어난 것으로 보입니다. 이는 단순히 기질의 문제가 아닙니다. 그들은 타고난 기질과 더불어 일련의 역사적 사건들을 차례로 경험하지 않을 수 없었고, 그 과정에서 자신들만의 독특한 세계관을 형성해 나갔습니다.

김수영의 삶이 바로 그러합니다. 만주 길림에서 해방을 맞은 그는 어머니와 함께 해방된 한국으로 돌아옵니다. 당시 만주에서 한국으로 돌아오려면 신의주와 평양을 거쳐야 했습니다. 돌아오는 길에 김수영은 소련군의 존재를 목도하고, 북한에 새로운 체제가 성립된 것을 알게 됩니다. 해방을 맞을 즈음에는 소련군의 폭격도 경험했지요. 고향 서울로 내달려 가고 있긴 했지만, 만주와 북한에 새롭게 대두한 질서를 직접 보고 들은 것들이 그의 세계관에 체제에 관한 판단을 요청했던 것으로 보입니다.

김수영은 공부를 잘한 수재형 인물이었지만, 입시에 실패한 이후 연극에 매달리는 행동파적 면모를 지니고 있었습니다. 그가 비난했던 박인환의 문학주의와는 차원이 다른 성향이지요. 이 때문에 일본의 《시와 시론》이나 《황지》 등의 동인지를 구해 읽던 박인환과는 달리, 일본 시단의 흐름을 전면적으로 흡수하는 데는 오히려 뒤늦었던 것으로 보입니다. 현실 문제에 대해 고민하고 사색하며 자신의 행동파적 기질을 조율하는 데 많은 에너지를 사용했을 것입니다. 사상이나 체제를 선택하는 현실적 문제가 그로 하여금 아방가르드 시를 문학 속의 놀이로 보게 했을 법합니다.

태평양전쟁 동원의 불안 속에서 만주국을 경험하고, 일본의 패전과 함께 귀국하여 북한 사회주의 체제를 목도한 김수영은 남한의 현실과 사상에 대해 깊이 고민할 수밖에 없었을 것입니다. 그러면서도 그는 박인환이 주도한 동인 그룹《신시론》의 2기《새로운 도시와 시민들의 합창》에 합류합니다. 그러나 김수영은 확실히 박인환과 체질이 달랐지요. 그는 《새로운 도시와 시민들의 합창》 내에서 아웃사이더였으며, 박인환이 주도하는 아방가르드와는 달리 현실과 전통에 관심을 가질 수밖에 없는 존재였습니다. 그런 연유로 김수영은 박인환에게 젊은 시단의 주도권을 넘겨준 채 1948~1949년을 보내고 6·25전쟁을 맞이합니다.

6·25전쟁 전에 이미 김수영은 김현경과 결혼했으나 식은 올리지 않고 바로 동거에 들어갔지요. 당시로서는 파격적인 결혼 생활이었습니다. 집안의 반대 때문이 아니라 그저 사랑하기에 동거로써 결혼 생활을 한다는 것이었습니다. 그 점이 또 특이합니다. 예를 들어 1980년대 학생운동 당시 어떤 이들은 결혼을 부르주아 제도라고 보고, 결혼식을 거부하거나 혼인신고를 하지 않은 채 살림을 차리기도 했습니다. 부부처럼 살더라도 결혼식을 올리지 않고 바로 동거하는 것이 유행이었습니다. 사르트르Jean-Paul Sartre와 보부아르 Simone de Beauvoir 또한 그러한 이유로 계약 결혼을 했지요. 결혼 제

행동파적 면모를 지닌 김수영과 문학주의 박인환.

도를 부르주아적인 관습으로 인식하고, 그와는 다른 비제도적 동거를 선택하는 흐름이 마르크시즘 진영에 있었습니다. 급진파들에게 그것은 하나의 중요한 흐름이었습니다.

김수영과 김현경의 동거는 마르크시스트 투사들이 행하는 방식과 유사했습니다. 김수영은 자신이 마르크시스트나 혁명가가 될 수 없는 체질을 타고났다고 고백했지만, 실제로는 마르크시스트의 행위를 동경하거나 모방적으로 실천하는 단계를 거쳤습니다. 흥미로운 것은 그가 해방 공간에서 평소 존경하던 임화를 만난 사실입니다. 임화가 연극운동을 주도하며 영화계에서도 중요한 인물이었던 만큼, 만주에서 연극을 했던 김수영은 임화를 먼발치에서라도 보아 왔을 것입니다. 임화도 이귀례와 첫 결혼을 할 때 결혼식을 올리지 않았습니다. 김수영에게 임화란 고향 선배 이상의 마르크시즘 사상가이자 예술가이고, 혹은 그 이상의 존재였을 것이라고 생각합니다.


## 죽음을 뼛속 깊이 추체험한 시인

그 시대의 모든 사람에게 그랬겠지만, 김수영에게 6·25전쟁은 크나큰 역사적 경험이었습니다. 서울이라는 공간에서 이 전쟁이 남긴 중요한 문제 가운데 하나는 도강파와 잔류파의 대립입니다. 전쟁 발발 이후 이승만은 1950년 6월 28일 홀로 피난하면서 한강 인도교를 폭파했고, 그 결과 서울 시민들의 발이 묶이게 됩니다. 도망하지 못한 잔류파와 한강을 넘어가서 피신할 수 있었던 도강파 사이에는 심리적 거리감이 이루 말할 수 없이 컸습니다. 남아 있던 사람들은 인민군 패퇴 후 자신의 사상적 결백을 증명해야 했기에, 이념 대립의 양상이 매우 심각해졌던 것이지요. 전쟁이 끝난 후 김수영은 양쪽 중 어느 쪽에 자신의 심정을 연결했을까요?

6·25전쟁이 발발했을 당시, 임화는 종로의 한청빌딩에 해방 직후 조직했던 조선문학가동맹을 다시 내걸고 피난 가지 못한 문학인들을 불러 모았습니다. 그때 그곳에 모여든 문인들의 명단이 최하림의 『김수영 평전』에 나옵니다. 시인 최정희도 눈에 띕니다. 문단의 말석에 있던 김수영도 그곳에 출석했는데, 이는 임화에 대한 관심과 이념 혹은 체제 문제에 대한 일종의 호기심 때문이었을 것입니다. 이미 귀환 과정에서 북한 사회의 단면을 엿볼 수 있었으니까요. 그러나 막상 나가 보니, 지루한 사상 강좌와 북한 노래 교습의 반복이 전부였습니다. 임화의 부름에 응한 사람들의 심리는 이중적이었을 것입니다. 무엇보다 숨어 다니는 문학인이라는 사실이 발각되면 자신에게 돌아올 위해가 두려웠을 테고, 다른 한편으로는 임화를 비롯해 남한으로 내려온 '정복자'들의 호의를 얻고 싶은 마음도 있었을 것입니다. 어떤 부류는 세상이 어떻게 돌아가고 있는지, 거기 모여든 사람들로부터 시대의 추이를 엿보려 했을지도 모르지요. 그 외에도 여러 가지 동기가 있었을 것으로 추정됩니다. 무명 시인 김수영은 그곳에서 사상 교육을 받고 인민군 노래를 배웁니

다. 인민군이 밀고 내려간 남쪽 전선에 다녀온 임화의 이야기도 듣고, 전세가 낙동강 전선에 교착됐다는 소식도 듣습니다.

이 과정에서 문학인들은 문화선전대를 조직하여 전쟁에 실제로 참여할 것을 권유받습니다. 50여 명이 명단을 적어 냈는데, 거기에는 김수영도 포함되어 있었습니다. 그는 처음에는 낙동강 전선이 보고 싶었지만 두려움을 느낀 나머지 경기도 안성으로 자원지를 적어 냈다고 합니다. 그런데 막상 부대는 안성이 아닌 수유리를 넘어 북으로 향합니다. 전세가 급격히 뒤바뀌었기 때문이지요. 그는 그저 세상이 어떻게 돌아가는지 보고 싶었을 뿐인데, 문화선전대라는 명목으로 지원서를 쓰게 하고는 북으로 끌고 가 버린 거예요. 그런 사람들 중에는 소설가 박계주, 박영준 등도 포함되어 있었습니다. 이들도 김수영처럼 우여곡절 끝에 다시 남쪽으로 귀환할 수 있었지만, 그때 끌려간 사람 중에는 돌아오지 못한 사람이 훨씬 더 많았겠지요.

아무튼 경기도 연천을 거쳐 북상하여 평안남도 개천까지 간 김수영의 부대는 그곳에서 혹독한 군사 훈련을 받습니다. 김수영은 이 훈련소의 경험을 글로 남기기도 했지요. 그에 따르면 10대에 지나지 않는 인민군들이 자기보다 나이가 훨씬 많은 장년층의 문학인들을 마구 다루었습니다. 나이 어린 인민군들은 아는 것도 없고, 배운 거라곤 오로지 군대에서 받은 사상 교육과 전투 훈련밖에 없었습니다. 이렇게 모진 취급을 받은 문학인들은 이제 평양으로 진격하던 국군과 전투를 벌이게 됩니다. 이 대목에서 저는 의문 하나를 품습니다. 김수영은 과연 실제로 전투에 참여했을까요?

김수영은 그런 말은 어디에서도 쉽게 하지 않았습니다. 이것은 저의 추측인데요, 아마도 김수영은 전투에 참여했을 가능성이 아주 높습니다. 평전을 보면 그가 전투 당시 극적으로 탈출했다고 이야기하고 있으나, 실제 전투 참여 여부에 대해서는 불분명하게 서술하고 있습니다. 또 다른 이야기로는 그가 전투 직전에 도망갔다고도 하는데, 꼭 그렇게만 보기는 어려워요. 부대가 편성되고 전투에 투입되려는 상황에서 쉽게 도망갈 수 있었을까요? 그보다는 전투에 투입되었다 퇴각·퇴주하는 과정에서 부대를 이탈해 도주했을 테지요. 그는 전투 대열에서 이탈한 뒤 총과 러시아 군복을 땅속에 묻고 도망갑니다. 무작정 감행한 이탈이니 방향도 제대로 알 수 없었겠지요. 그러다 그만 북한 내무성 부대에 붙잡히고 맙니다. 「조국에 돌아오신 상병포로傷病捕虜 동지들에게」(1953)라는 시에서 김수영은 자신이 인민군이었다는 것을 입증하지 못하면 그들에게 총살형을 당할 수도 있었음을 말해 줍니다. 그는 사흘이나 걸려 달아나던 날 새벽에 파묻어 두었던 총과 러시아 군복을 찾아내고서야 총살을 겨우 면할 수 있었습니다.

내가 6·25 후에 개천 야영훈련소에서 받은 말할 수 없는 학대
를 생각한다
북원 훈련소를 탈출하여 순천 읍내까지도 가지 못하고
악귀의 눈동자보다도 더 어둡고 무서운 밤에 중서면 내무성 군

대에게 체포된 일을 생각한다

　　그리하여 달아나오던 날 새벽에 파묻었던 총과 러시아군복을
사흘을 걸려서 찾아내고 겨우 총살을 면하던 꿈같은 일을 생각한다
　　그리고 나는 평양을 넘어서 남으로 오다가 포로가 되었지만
　　내가 만일 포로가 아니 되고 그대로 거기서 죽어버렸어도
　　아마 나의 영혼은 부지런히 일어나서 고생하고 돌아오는
　　대한민국 상병포로와 UN상병포로들에게 한마디 말을 하였을
것이다
　　「수고하였습니다」


　　이번에 『김수영 평전』을 다시 읽으며, 김수영이 바로 그때 죽
을 고비를 넘겼다는 사실을 새삼 깨달았습니다. 그러자 김수영이
6·25전쟁 중에 이렇게 죽음 직전에까지 내몰렸던 체험을 중시하여
그의 시를 분석하거나 평가하는 데 활용한 사례가 거의 없었다는
사실이 너무나 놀라웠습니다. 다시 말하자면 김수영은 북으로 끌려
가 전투에 투입되었다가 인민군 소속으로 퇴주했음을, 땅에 묻은
총과 군복을 찾아내어 스스로 입증하지 않으면 금방이라도 총살형
당할 상황에 몰려 있었음을 알 수 있습니다. 얼마나 공포스러웠을
까요?
　　이 상황은 마치 도스토옙스키 Fyodor Mikhailovich Dostoevsky가 미
하일 페트라솁스키 Mikhail Vasilievich Petrashevsky가 주도하는 사회주
의 성향의 비밀 그룹에 참여했다가 사형을 언도받은 사건을 떠올리

6장 날이 흐리고 풀뿌리가 눕는다
김수영, 풀

게 합니다. 도스토옙스키는 이미 문단에 이름을 알린 뒤였지만 차르 정권의 감시망에 걸려 사형 선고를 받았습니다. 세묘노프스키 연병장에서 총살형이 집행되기 직전, 차르 니콜라이 1세의 특별 사면령이 도달하여 극적으로 사형을 면했습니다. 그때 도스토옙스키는 어떤 심정이었을까요?

저는 도스토옙스키가 일종의 '임사 체험'을 겪었을 것이라 생각합니다. 임사 체험이란 죽음에 이르렀다가 다시 살아난 체험을 의미하지요. 말하자면 그것은 죽음 문턱에까지 다가서 그 문턱을 밟고 죽음의 세계로 향하다가 무슨 이유에선지 다시 극적으로 삶의 세계로 돌아온 것이라 할 수 있습니다. 도스토옙스키에게 있어 사형 직전에서야 풀려난 경험은 삶과 세상에 대한 그의 생각을 완전히 뒤바꾸어 놓았을 것입니다. 비록 차르는 이미 사면을 결정해 놓고 그런 연극을 펼쳤다고 하지만, 도스토옙스키에게 이는 신과 운명을 생각하게 하는 결정적 사건으로 작용했을 터입니다. 그리고 바로 그런 의미에서 김수영 또한 임사 체험을 겪었다고 생각해야 맞습니다.

4·19혁명 직후에 김수영은 이승만 전 대통령을 날 선 시어로 규탄하는 시 「우선 그놈의 사진을 떼어서 밑씻개로 하자」를 씁니다. 하지만 그렇게 과격했던 김수영은 5·16군사정변 이후에 급작스럽게 전원시인, 비정치적인 시인으로 변모하는 듯합니다. 저는 대학생 시절 『김수영 전집』을 읽으면서 이러한 전회를 지식인의 비겁함이라고 여겼습니다. 대학생 때 얻은 그 인상이 오랜 시간이 지난

지금까지도 남아 있지요. 그러나 이번에 『김수영 평전』을 통독하면서, 그것은 결코 지식인의 경솔함과 과격함, 비겁함의 문제만이 아니라는 사실을 깨달았습니다. 김수영은 죽음을 뼛속 깊이 추체험한 시인입니다. 그는 전쟁 중에 총알 한 방으로 생명을 잃을 수도 있는 위기에 처했던 것입니다. 그런 김수영의 문학에는 일종의 히스테릭한 요소가 잠복해 있음을 알아차리는 것이 중요합니다. 그는 북한과 남한, 두 체제 모두에서 존재의 위기를 느낄 수밖에 없었던 사람입니다.

김수영 자신은 이 경험을 심중에 꼭꼭 감추어 놓고 여간해서는 발설하지 않았습니다. 그 때문인지 많은 김수영 연구자들도 이 문제를 별로 중요시하지 않고 넘어갑니다. 오로지 최하림이 쓴 평전에만 이 문제가 김수영의 시와 관련하여 거론되고 있을 뿐입니다. 『김수영 평전』에 이와 같은 임사 체험에 관련된 일화가 또 하나 나옵니다. 어머니는 살아 돌아온 아들에게 너도 사람을 죽였느냐고 묻습니다. 이에 관련된 내용은 다음과 같습니다.

> "김 형! 내가 의용군으로 나갔다가 반공포로로 석방돼 왔을 적에, 우리 어머니가 무어라 한지 알아요? 너도 사람을 죽였냐고 물었어요. 사람을 죽였냐고?"
>
> "……"
>
> "김 형! 내가 무어라 한지 알아요?…… 나는 이렇게 말했어요. 어머니, 전쟁에서는 남을 죽이지 못하면, 내가 죽어요. 내가……."

6장 날이 흐리고 풀뿌리가 눕는다
김수영, 풀

김수영은 개천, 그중에서도 북원에서의 혹독한 훈련 과정에 대해서는 시에서 지명만으로 그 존재를 언급했을 뿐, 위의 인용에서 볼 수 있는 전투 체험이나 패주의 기록은 남겨 두지 않았습니다. 순천도 못 가 개천군 중서면에서 내무성 군대에 체포되었던 사실을 개천과 북원에서의 훈련에 곧바로 이어 놓음으로써 자신은 전투라고는 한 번도 치르지 않은 사람처럼 '꾸며' 놓았습니다. 왜 그랬을까요? 말할 것도 없이 남한에서 살아가야 했기 때문입니다. 잔류파의 감각을 가지고 도강파가 지배하는 세계에서 살아가려면 이러한 은폐를 피할 수 없었을 테니까 말입니다. 그럼에도 불구하고 바로 위의 대목에서 김수영이 얼마나 극적인 경험을 했는지가 드러납니다. 그는 남을 죽이지 않으면 죽임을 당하는 극한적이고 실존적인 전쟁을 경험했습니다. 그렇게 서울에 돌아온 그는 체포 당시 의용군이었던 전력이 드러나 거제포로수용소로 잡혀 들어가지요. 반공포로석방 때 풀려났다는 설도 있습니다. 어떤 의사의 이야기에 따르면 영어에 능통했던 김수영은 통역으로 근무하다 의사의 호의로 풀려나 부산 문단에 합류한 후 서울에 올라옵니다.

6·25전쟁 전사를 보면 국군은 인천상륙작전 후 북으로 밀고 올라가 1950년 10월 19일에 평양을 접수했고, 10월 25일에는 평안북도 박천, 선천 등지를 점령했습니다. 개천은 평안남도에 속해 있으므로 김수영이 과연 훈련소를 탈출한 것인지 의문이 있습니다. 우리는 만주에서 해방과 소련 체제를 목도한 경험과 6·25전쟁 중 이른바 잔류파가 되어 의용군에 편입돼 생사의 고비를 넘긴 경험을 반드시

짚고 넘어가야 합니다. 그러지 않으면 어째서 김수영이 4·19혁명과 5·16군사정변을 그런 방식으로 이해했는지, 그리고 1962년경에 왜 일종의 '전향시'를 썼는지 이해하기 어렵기 때문입니다. 이 경험은 동시에 그의 죽음이 임박한 1968년에 있었던 이어령과의 '불온시 논쟁'과도 연결됩니다. 이 문제가 충분히 조명되지 않았기 때문에, 우리는 여전히 김수영을 '참여 시인'이라는 한정된 테두리 안에서 이해할 수밖에 없었던 것입니다. 그러나 잘 알려진 바와 달리, 그의 참여시는 훨씬 더 복잡한 맥락과 다층적인 의미를 내포하고 있습니다.


### 인류 전체로 향한 눈, 구수동 41번지

김수영이 1960년대를 보낸 마포구 구수동으로 가 봅시다. 지하철 5호선 마포역에서 내리면 길 건너편 좌측에 불교방송국이 있습니다. 그곳은 당시 버스 종점이자 전차 종점이었습니다. 김수영은 신구문화사에서 번역 일을 하며 생활했지요. 어느 토요일, 절친한 시인 유정에게 전화를 걸었으나 월요일에 만나자는 대답만 듣고, 대신 신동문과 당시 신인에 가까웠던 소설가 이병주와 함께 청진옥에서 술을 마셨습니다. 밤이 깊어 을지로2가에서 마포로 가는 버스를 탔고, 종점에 내려 구수동 41번지까지 한참을 걸어갔습니다. 1968년 6월 15일 밤 11시 20분경, 술에 취해 비틀거리던 김수영은 엇

갈리던 버스 두 대 중 한 대가 인도로 뛰어드는 바람에 머리에 치명상을 입고 쓰러졌습니다. 곧바로 적십자병원으로 이송되었으나 다음 날 아침 숨을 거두었습니다.

구수동 41번지에서 김수영은 아내 김현경과 함께 닭을 치고 토끼를 기르며 살았습니다. 번역 일도 병행했지요. 그는 매일같이 꼿꼿하게 번역해서 원고를 채우면 출판사에 가져가 번역료를 내놓으라고 닦달했다고 합니다. 출판사에서는 번역료를 독촉하러 오는 김수영을 보면 무서웠을 정도였다고 해요. 번역료를 주지 않으면 난리를 쳐서라도 꼬박꼬박 받아 갔다고 합니다. 그러면서도 큰돈을 벌기 위해 메추리를 기르자는 식의 일확천금주의는 철저히 거부했습니다. 김수영은 이를 '역경주의力耕主義'라 불렀습니다. 힘써 밭을 갈듯 열심히 일해서 얻는 보람을 중시하는 태도로, 이는 자본주의적 방식과는 거리가 멀었습니다. 구수동 41번지에서의 양계와 번역 일은 역경주의와 맞닿아 있으며, 병든 체제와 거리를 두면서도 비판적 정신을 유지하려는 그의 의지와 밀접한 관련이 있습니다. 구수동 41번지는 김수영 문학에서 어떤 의미를 가질까요?

그는 직업을 갖는 것을 싫어했습니다. 이는 체제의 구속에 얽매이지 않으려는 그의 의지에서 비롯된 것이지요. 구수동 41번지는 김수영이 몸담고 있는 체제를 가장 멀리서, 변방에서 바라볼 수 있는 지점이었습니다. 왜 그는 끊임없이 바깥으로 나가려고 했을까요? 김수영은 산문 「모기와 개미」(1966)에서 지식인을 "인류의 문제를 자기 문제처럼 생각하고, 인류의 고민을 자기 고민처럼 고민하는 사람"으로 정의했습니다. 인류 전체의 문제를 바라볼 수 있는 지점은 어디일까요? 그것은 바로 바깥, 가장자리에 위치한 자리일 것입니다.

10장에서 살펴보겠지만, 소설가 손창섭 또한 외부자로서 방법론적으로 바깥의 위치에 서서 내부의 세계를 바라봤습니다. 사실 김수영이 위치한 교외보다 훨씬 더 고독한 거리 두기인 셈이지요. 이렇게 본다면 한국사의 현실 안쪽에 한 발을 들여놓고 있으면서도 아웃사이더로서 최대한 바깥에서 바라볼 수 있는 위치, 그곳이 바로 김수영의 구수동 41번지라고 할 수 있겠습니다. 번역과 양계 일 역시 이 점을 상징하고요. 그렇다면 왜 김수영은 그런 세계에서 살아갈 수밖에 없었을까요?

김수영의 상황을 다시 한번 정리해 봅시다. 길림에서 해방을 맞은 그는 진주해 오는 소련군과 사회주의 체제가 수립되는 과정의 북한을 목도하며 남한으로 내려옵니다. 어떤 체제가 옳은지에 대해 고민하던 중 6·25전쟁을 겪지요. 이후 북쪽으로 끌려가 죽을 고비를 넘긴 경험을 통해, 그는 자신이 절대로 공산주의자가 될 수 없다는 확신을 가지게 됩니다. 그러나 의용군에 편입되어 안성으로 시찰 가겠다고 나선 김수영은 북으로 끌려갔다 돌아오게 되었고, 남한에서는 거제포로수용소에 수용되는 일까지 겪게 됩니다.

이 과정에서 김수영은 깊은 의문에 사로잡히고, 체제에 대한 탐구의 필요성을 절감합니다. 도대체 내게 죽음을 강요할 수 있는, 지금 당장 나를 없앨 수 있는 북한 체제와 사회주의란 무엇인가?

6장 날이 흐리고 풀뿌리가 눕는다
김수영, 풀

그리고 그 반대편에 있는 남한과 자본주의, 이승만 체제는 또 무엇인가? 당시 그에게 문학은 사상 탐구보다 우선순위가 낮았습니다. 바로 이러한 두 체제 사이에서 무엇이 옳은지에 대한 무거운 질문으로 그의 문학이 금방 꽃피지 못했던 것이지요.

1956년에 박인환이 세상을 떠난 후 김수영의 문학은 두 갈래로 갈라집니다. 한쪽에는 「눈」(1956), 「사령死靈」(1959)으로 대표되는 고독한 혼의 흐느낌이 있습니다. 「눈」을 한번 살펴볼까요?

눈은 살아 있다
떨어진 눈은 살아 있다
마당 위에 떨어진 눈은 살아 있다

기침을 하자
젊은 시인이여 기침을 하자
눈 위에 대고 기침을 하자
눈더러 보라고 마음 놓고 마음 놓고
기침을 하자
눈은 살아 있다
죽음을 잊어버린 영혼과 육체를 위하여
눈은 새벽이 지나도록 살아 있다
기침을 하자
젊은 시인이여 기침을 하자

눈을 바라보며
밤새도록 고인 가슴의 가래라도
마음껏 뱉자


　　다른 한편에는 구수동 41번지에서 채소를 기르고 양계를 하는
전원적 삶에 관한 따뜻하고 조용한 노래가 있습니다. 「여름 아침」
(1956), 「채소밭 가에서」(1957), 「꽃」(1957), 「초봄의 뜰 안에」(1958)
등의 시가 그렇습니다. 이 가운데 「초봄의 뜰 안에」를 살펴보도록
하지요.


초봄의 뜰 안에 들어오면
서편으로 난 난간문 밖의 풍경은
모름지기
보이지 않고


황폐한 강변을
영혼보다도 더 새로운 해빙의 파편이
저 멀리
흐른다


보석 같은 아내와 아들은
화롯불을 피워가며 병아리를 기르고

짓이긴 파 냄새가 술 취한
내 이마에 신약처럼 생긋하다

흐린 하늘에 이는 바람은
어제가 다르고 오늘이 다른데
옷을 벗어놓은 나의 정신은
늙은 바위에 앉은 이끼처럼 추워라

겨울이 지나간 밭고랑 사이에 남은
고독은 신의 무재조와 사기라고
하여도 좋았다


## 더 높은 차원으로 나아가기 위하여

「사령」에는 "나의 영靈은 죽어 있는 것이 아니냐"라는 구절이
등장합니다. 이 구절이 어떤 의미를 담고 있는지, 시 전체를 통해
살펴보도록 합시다.

······활자活字는 반짝거리면서 하늘 아래에서
간간이
자유를 말하는데

나의 영靈은 죽어 있는 것이 아니냐

벗이여
그대의 말을 고개 숙이고 듣는 것이
그대는 마음에 들지 않겠지
마음에 들지 않아라

모두 다 마음에 들지 않아라
이 황혼도 저 더 돌벽 아래 잡초도
담장의 푸른 페인트빛도
저 고요함도 이 고요함도

그대의 정의도 우리들의 섬세도
행동이 죽음에서 나오는
이 욕된 교외에서는
어제도 오늘도 내일도 마음에 들지 않아라

그대는 반짝거리면서 하늘 아래에서
간간이
자유를 말하는데
우스워라 나의 영은 죽어 있는 것이 아니냐

6장 날이 흐리고 풀뿌리가 눕는다
김수영, 풀

김수영의 고민은 이렇게 요약할 수 있습니다. '이 썩어 빠진 세계와 정치판을 당장 뒤엎을 수도 없고, 그렇다면 어떻게 살아가야 하나.' 6·25전쟁 중 부역자라는 꼬리표를 달고 포로로 잡혀 갔다가, 겨우 살아 돌아온 그의 복잡한 내면이 이 질문에 담겨 있습니다. 김수영은 완전한 시민으로 살아갈 수 없는 존재, 체제에 대해 마음껏 발언할 수 없는 존재였습니다. 바로 그때 4·19혁명이 일어났습니다. 당시 김수영이 느낀 해방감은 대단했어요. 그는 부역자라는 과거에도 불구하고, 말하고 글을 쓸 자유를 누릴 수 있는 시대가 도래했다고 느꼈던 것입니다. '정말 자유민주주의 국가라면 나에게도 자유가 주어져야 하지 않겠는가. 마음껏 구체제를 비판하고, 부정해야 할 것을 부정하는 자유가 주어져야 한다.'

그런 자유를 제약하는 움직임이 일어났을 때, 김수영은 의식의 혼란을 겪으며 고통스러워했습니다. 동시에 이 체제가 어디로 가야 하는지에 대한 깊은 고민에 빠졌지요. 그러나 그는 북한 체제가 답이 될 수는 없다고 생각했습니다. 4·19혁명 직후에 쓴 시 「저 하늘이 열릴 때」(1960)를 보면, 김수영은 김병욱에게 이렇게 말합니다. "나는 이북의 정치에 장점이 있다는 것을 인정하는 사람이지만 그것만 가지고 통일을 할 수는 없소. 비록 통일이 된다 할지라도 그 후에 여전히 불편한 점이 해소되지 않고 남아 있을 것이오." 바로 여기서 김수영의 고민이 드러납니다. 그는 북한 체제의 정치적 이점이나 장점에 동의하면서도 그것을 옳다고 말할 수는 없었던 것이지요. 이 인지부조화의 밑바닥에는 깊은 '레드 콤플렉스'가 자리하고 있습니다. 동시에 이는 일종의 잔류파적인 감각이기도 하지요.

김수영은 북한 체제에 대한 두려움을 가지고 있으면서도 독재에 대한 저항과 자유에 대한 열정을 품고 있었습니다. 그러던 중 5·16군사정변이 닥치자 자신이 가장 먼저 검속 대상이 되어 감옥에 끌려갈지도 모른다고 판단하고는, 신변의 안전을 도모하기 위해 소설가 김이석의 집에 숨어 일주일을 보냈습니다. 김이석은 검색당할 이유가 없는 월남 작가였으며, 절친한 사이였기에 자신을 친히 숨겨 줄 것이라는 계산이 있었던 것입니다.

1956년 구소련의 흐루쇼프Nikita Khrushchyov는 전임자 스탈린Joseph Stalin의 죄상을 낱낱이 고발하며 스탈린 격하 운동을 시작했습니다. 이로 인해 잠깐 해빙 분위기가 조성되었으나, 다시 원상태로 돌아가고 말았지요. 미국의 좌익 성향 작가 피터 비렉Peter Viereck는 소련에 들어가 직접 그 여울목의 국면을 목격하고 기행문을 작성했습니다. 김수영은 이 기행문을 번역해 1962년 6월과 10월, 두 번에 걸쳐 《사상계》에 실었습니다. 이 기행문을 번역하며 그는 도대체 어떤 체제가 옳은지에 대해 심각한 고민에 빠지게 됩니다.

1962년 3월, 김수영은 시 「전향기」를 발표합니다. 당시 소련은 스탈린주의를 넘어선 해방기, 즉 흐루쇼프의 자유사회주의가 도래한 것처럼 보였으나, 결국 다시 폐쇄적인 방향으로 돌아서고 말았습니다. 문학인들은 이러한 상황을 매우 심각하게 받아들였습니다. 김수영은 사회주의 체제를 들여다보기 위한 수단으로 해외의 원서를 뒤지다가 소련의 상황을 담고 있는 피터 비렉의 기행문을 발

견했을 가능성이 큽니다. 그는 이 기행문을 읽으며 많은 깨달음을
얻었을 것입니다. 비록 비렉 기행문의 번역 발표가 같은 해 6월과
10월로, 「전향기」 발표보다 늦었지만요.

그럼 김수영의 시 「전향기」를 잠깐 살펴볼까요?

> 일본의 '진보적' 지식인들은 소련한테는
> 욕을 하지 않는다고 한다 나도 얼마 전까지는
> 흰 원고지 뒤에 낙서를 하면서
> 그것이 그럴듯하게 생각돼서
> 소련을 내심으로도 입밖으로도 두둔했었다
> ─당연한 일이다

김수영은 이전까지 소련에 대해 잘 몰랐기 때문에 이렇게 주
장할 수 있었습니다. 어쩌면 이 시가 1962년 3월에 발표된 만큼,
1961년 5월 16일의 쿠데타로 태동한 새로운 박정희 체제에 아부하
기 위해 쓴 것일지도 모릅니다. 그럼에도 이 시는 매우 중의적으로
읽힙니다. 의용군 전적이 있기에 자신이 빨갱이가 아니라는 것을
증명하기 위한 보호색일 수도 있고, 실제로 소련과 북한의 체제에
이점이 있다고 생각했던 과거의 자신을 표현하고 있는 것일 수도
있지요. 다른 연을 보면, 그는 정신적인 괴로움과 치질을 앓고 피를
쏟는 육체적인 고통 속에서 전향을 감행합니다. 그렇다면 김수영에
게 전향이란 무엇일까요? 그것은 좌익 사회주의에 대한 미련을 버

리는 행위일 것입니다.

아마도 마르크시즘에 대한 관심이 점차 사그라지면서, 김수영은 이른바 전향의 필요성을 느꼈을 것입니다. 그때 비로소 릴케 Rainer Maria Rilke 와 하이데거 Martin Heidegger 의 형이상학이 그의 시야에 들어오기 시작했지요. 더 이상 좌익과 우익의 문제가 본질적으로 중요하지 않다는 것을 깨달은 것입니다. 그는 시란 체제를 비판하는 것이 아니라, 더 함축적이고 더 높은 차원으로 나아가야 한다고 생각했을 것입니다. 그 징표 중 하나가 바로 사랑의 등장이었습니다. 사랑과 열정 같은 추상적 언어가 구체적 언어보다 더 현실적일 수 있다는 자각이 이 시점에서 이루어진 것이지요.

## 유작 「풀」로 완성된 김수영의 시 세계

이번에 김수영을 다시 읽으면서 놀란 이유가 하나 더 있습니다. 그의 삶을 잠시 최인훈의 삶과 비교해 볼까요? 최인훈은 1945년 해방부터 6·25전쟁 중 원산 철수 작전을 수행하던 미군 함정을 타고 부산으로 피난하기 전까지 북한 체제를 경험했습니다. 김수영은 서울 한복판 출신임에도 불구하고, 비록 잠시였지만 6·25전쟁 중에 최인훈처럼 북한 체제를 경험하고, 임사 체험에 가까운 사건을 겪었지요. 이러한 과정을 거치며 그는 북한의 체제 선전으로부터 비롯된 이상적 사회에 대한 막연한 관심을 잃게 되었고, 잔류파이자 인민군에 끌려갔던 경험에서 비롯된 죄의식과 부채감 속에서 자신은 절대로 사회주의자가 될 수 없다는 자의식을 굳히게 됩니다. 그에게 사회주의와 북한 체제란, 임사 체험이 가리키는 죽음을 의미했을 것으로 추정됩니다. 그런 점에서 김수영은 레드 콤플렉스에 깊이 사로잡힌 인물이었다고 할 수 있지요. 이런 맥락에서 김수영을 바라볼 때 비로소 그의 문학을 이해할 수 있습니다.

1959년 들어 김수영은 사랑에 대해 말하기 시작합니다. 그의 산문「생활의 극복」(1959)에는 이런 표현이 등장해요. "나는 사랑을 배우기 시작하는 단계에 있다." 물론 최인훈도『광장』(1960)에서 사랑을 이야기합니다. 밀실에서의 윤애와의 사랑만이 이명준의 고독을 해결해 줄 수 있는 유일한 도피처였지요. 사랑이라는 문제가 중요하게 대두되는 또 다른 작품인『회색인』(1963~1964)도 빼놓을 수 없습니다. 이렇게 본다면 김수영과 최인훈 모두 비슷한 시기에 사랑이라는 주제를 작품에 등장시키고 있음을 알 수 있습니다. 이상적 사회를 사랑이라는 테제를 통해 제시한다는 것은 사회주의의 지향점과 사뭇 다릅니다. 개인이 서로 유대를 맺고 사회 공동체로서 삶을 같이하는 사회주의로 사랑을 표현할 수 있다고 생각합니다. 개인과 개인이 적대적이지 않은 관계 구조를 통해 공동체적 사회를 이루려는 것이 사회주의라면, 그것 또한 사랑의 정치적 표현으로 볼 수 있겠지요.

그러나 마르크시즘에는 어떤 모순이 있습니다. 체제 비판과 계급 투쟁이라는 적대적 사상에 기반하고 있기 때문입니다. 인류가

고안한 사회주의의 현재적 형태는 마르크시즘이었지만, 그 현실적 구현은 구소련, 중국, 북한에서의 소셜리즘 체제였습니다. 그렇다면 강압적이지 않은 체제이면서도 자본주의를 넘어설 수 있는 사회 체제는 과연 가능한 것일까요? 무엇이 정답인지는 인류가 아직 창조하지 못했지만, 그 사회의 원리가 사랑에 기초해야 한다는 것만은 분명합니다. 이를 작품으로 보여 준 이들이 바로 최인훈과 김수영이었지요. 최인훈론의 맥락에서 김수영의 시를 바라봐야만, 김수영의 사랑이 무엇인지 이해할 수 있습니다. 그러한 인식이 잘 드러나는 명시가 바로 유작 「풀」(1968)입니다.

제가 보기에, 6·25전쟁 중 겪은 체험의 의미를 깊이 성찰하며 끊임없이 고민을 거듭한 김수영은 보잘것없는 '풀'이 지닌 존재론적 의미를 발견하는 데까지 나아갔습니다. 「풀」에는 자본주의도, 사회주의도 없습니다. 오로지 풀이라는 살아 있는 생명, 그 존재만이 남아 있지요. 이를 체제 선택의 문제에서 존재의 발견이라는 문제로 이행했다고 표현할 수 있을 것입니다. 김수영은 풀을 둘러싼 세계가 아니라 풀 그 자체를 바라봅니다. 이 시에서처럼 풀이 살아 있는 존재로서, 살아 있는 생명으로서 읽는 이들 앞에 생명의 자태를 드러내는 시는 매우 드뭅니다. 어떻게 이런 시가 가능했을까요? 시 창작의 가장 중요한 방법 중 하나는 리듬이 이미지로 변하고, 이미지가 리듬으로 변하는 것입니다. 「풀」은 김수영이 쓴 시 중에서도 리듬의 이미지화와 이미지의 리듬화가 가장 생생하게 살아 있는 작품입니다.

풀이 눕는다
비를 몰아오는 동풍에 나부껴
풀은 눕고
드디어 울었다
날이 흐려서 더 울다가
다시 누웠다

풀이 눕는다
바람보다도 더 빨리 눕는다
바람보다도 더 빨리 울고
바람보다 먼저 일어난다

날이 흐리고 풀이 눕는다
발목까지
발밑까지 눕는다
바람보다 늦게 누워도
바람보다 먼저 일어나고
바람보다 늦게 울어도
바람보다 먼저 웃는다
날이 흐리고 풀뿌리가 눕는다

**어떤가요? 시의 리듬이 바람에 나부끼는 풀의 이미지를 연상시**

키지 않습니까? 동시에 그 풀의 이미지가 리듬을 만들어 내고 있지 않습니까? 이 시만큼 시가 가진 음악성과 이미지가 하나로 합일된 상태를 보여 주며, 존재 내부 깊숙한 생명의 움직임을 예민하게 포착하는 시는 없습니다. 체제에 대한 고민과 회의가 심화되는 과정에서 김수영은 이렇듯 살아 있는 존재와 생명력에 대한 발견을 이루어 낸 것입니다. 여기에 더해 그는 진정 사랑의 시와 생명적 존재론의 시에 도달한 것입니다.

이제 김수영은 체제를 문제 삼지 않습니다. 왜냐하면 존재의 그 살아 있음이란 원래 자기를 둘러싸고 있는 외부, 즉 체제로부터 생명의 원천을 수혈받는 것이 아니라 무엇보다 자기 자신으로부터 생명의 작동을 이루어 내기 때문입니다. 이 시에서 풀은 '동풍'에 나부낍니다. 이 동풍을 시련이라 해석한 이도 있고, 생명력을 앙양시키는 계기라고 해석하는 경우도 있습니다. 그러나 동풍에는 좋은 것도, 나쁜 것도 없습니다. 바람 속에서, 바람과 감응하며 풀은 자기의 생명적 존재를 드러낼 뿐입니다.


## 다시 시를 쓰기 위하여

저에게도 시에 관한 생각이 있습니다. 어쩌면 사르트르가 말했듯이, 시는 존재를 창조하는 양식인지도 모릅니다. 시는 세상에 참여하기 위해서가 아니라 존재하기 위해, 존재를 생성시키기 위해

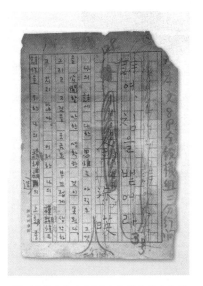

김수영문학관에 보관된 「시여, 침을 뱉어라」의
육필 원고.

존재한다고 생각합니다. 그러므로 시는 존재 자체가 행동이 됩니다. 존재 자체가 행동이 되는 시야말로 시가 나아가야 할 길이라고 봅니다. 사람들은 이를 전부 오해하고 있지만, 바로 이런 맥락에서 김수영의 '온몸시론'을 이해해야 합니다.

「시여, 침을 뱉어라 : 힘으로서의 시의 존재」(1968)를 살펴볼까요? 많은 이들이 다음 문장을 즐겨 인용합니다.

> 말을 바꾸어 하자면, 시작詩作은 '머리'로 하는 것이 아니고 '심장'으로 하는 것도 아니고 '몸'으로 하는 것이다. '온몸'으로 밀고 나가는 것이다. 정확하게 말하자면, 온몸으로 동시에 밀고 나가는 것이다.

이 문장은 어딘지 모르게 스크럼을 짜고 나아가는 인간 행렬을 떠오르게 합니다. 이러한 이미지 때문에, 이러한 이미지를 선입견으로 가지고 읽기 때문에, 많은 사람들은 이 문장이 포함된 산문 「시여, 침을 뱉어라」를 참여문학론의 경전으로 이해합니다. 그러나 제가 보기에 이 글은 김수영이 '온몸'을 걸고 변신해 온 자기 자신의 시적 변신 과정을 논리화한 것으로 읽어야 합니다. 위에 인용한 문장 바로 앞에 다음과 같은 문장이 있습니다.

> 다음 시를 쓰기 위해서는 여태까지의 시에 대한 사변思辨을 모조리 파산破算을 시켜야 한다. 혹은 파산을 시켰다고 생각해야 한다.

6장 날이 흐리고 풀뿌리가 눕는다
김수영, 풀

그러니까 이 문장이 있고 나서야 흔히 알려진 문장, 즉 시는 "'온몸'으로 밀고 나가는 것"이라는 문장이 따라오는 것입니다. 그런데 사람들은 먼저 온 문장은 간과하고 흔히 알려진 문장만을 눈을 크게 뜨고 바라봅니다. 논술 강의식으로 말하자면, 주지에 해당하는 문장은 건너뛴 채 흔히 알려진 문장, 즉 보충 설명에 해당하는 문장만을 가지고 의미를 해석하려는 셈입니다.

"다음 시를 쓰기 위해서는 여태까지의 시에 대한 사변을 모조리 파산시켜야 한다." 이것이 김수영 '온몸시론'의 요체인 것입니다. 예를 들어 어떤 시인이 지금까지 마르크시즘적인 시를 썼다면, 그런 시에 대한 인식과 가치 판단, 시작법을 완전히 버리고 새로운 시의 사고로 무장해야만 다른 시를 쓸 수 있다는 것입니다. 그래야만 형이상학적인 시로 나아갈 수 있지요. 완전히 새로운 시를 쓴다는 것은 바로 그런 것입니다. 시작은 머리로 하는 것이 아니고, 심장으로 하는 것도 아니며, 온몸으로 하는 것입니다. 머리나 심장 같은 일부가 아닌 내 몸 전체가 완전히 뒤바뀔 때 비로소 내게서 새로운 시, 완전히 혁명적인 시가 나올 수 있는 것입니다.

여기서 김수영이 말하는 '온몸'은 들뢰즈 Gilles Deleuze 가, 『감각의 논리 Francis Bacon : Logique de la sensation 』(1981)에서 논의한 '히스테리'론의 맥락에서 이해할 수도 있을 듯합니다. 들뢰즈가 말하는 히스테리란, 각 기능을 담당하는 기관이 유기적으로 연결된 신체 이전의, 하나의 '통'으로 상정된 전체로서의 신체가 외적인 환경의 자극에 반응하는 방식을 의미합니다. 히스테리는 자기 외부와 '온몸'

으로 교감합니다. 김수영의 '온몸시론'에는 하나의 생명적 존재로서의 시인이 자신의 전부를 걸고 자기 외부와 만들어 가는 존재의 논리가 담겨 있습니다.

그렇다면 '불온시 논쟁'은 김수영 시론의 전개에서 어떤 의미를 가지고 있을까요? 김수영은 어느덧 자신도 의식하지 못하는 사이 삶의 막바지에 이르렀습니다. 이 시점에서 그는 채 다 버리지 못한 과거 시론의 그림자를 안고 새로운 시론으로 나아가야 했습니다. 그 새로운 시론은 물론 '온몸시론'입니다. 과거로부터 미래로 나아가는 시론의 변혁기에 그가 고통스럽게 치러 내야 했던 싸움이 바로 불온시 논쟁입니다.

김수영에게 이 논쟁은 처음에는 문학과 정치 체제의 관계를 묻는 것이었습니다. 그는 자유롭지 못한 체제 속에서 살고 있기 때문에 책상 서랍 속에 불온시를 보관해 두고 있다며, 문제는 그러한 불온시를 발표하지 못하게 하는 체제라고 주장합니다. 자유롭지 못한 체제에서는 좋은 문학이 만개할 수 없으며, 불온시를 쓸 수 없게 만드는 사회 풍토를 바꿀 때 비로소 훌륭한 문학도 배태될 수 있다는 것입니다. 그는 당시 사회에 자유를 억압하는 분위기가 팽배하고, 공산주의의 위협을 핑계 삼아 이런 억압을 정당화하려는 논리가 퍼지고 있음을 지적했습니다. 나아가 "문화에 대한 간섭과 위협과 탄압이 바로 독재적인 국가의 본질과 존재 그 자체"라고 주장하며, 당시 강압적인 한국 정치 체제에 맞서 발언했습니다.

그러나 이어령은 김수영과 달리 문학의 총체적인 위기를 짚어

2차선 도로가 되어 버린 김수영이 말년까지 살았던 구수동 41번지 터.

냈습니다. "문화를 바라보는 위정자들의 시선", "문화 스폰서들의 노골화된 상업주의 경향", 그리고 "문화를 수용하는 대중들의 태도" 모두에서 문학의 위기가 찾아오고 있다고 보았습니다. 불온시 논쟁이 전개되던 1967~1968년은 민간복을 입은 군인 박정희가 재선 후 장기 집권을 겨냥하던 시기였습니다. 어쩌면 이어령의 발언은 그 시점에서 지나치게 편하게 들렸을 수도 있습니다. 그러나 이어령이 타당하지 않았다고는 할 수 없습니다. 그는 자유롭지 못한 체제하에서도 훌륭한 문학이 나올 수 있다고 주장했습니다. 도스토옙스키나 톨스토이Lev Nikolaevich Tolstoy 같은 위대한 문호의 작품들이 모두 제정 러시아의 혹독한 검열과 자유의 억압 속에서 등장했다는 역사를 우리는 알고 있습니다. 자유가 억압된 체제에서도 위대한 문학은 나올 수 있고, 나와야 한다는 것입니다. 그런 의미에서 김수영의 주장이 꼭 맞는 것만은 아니었습니다.

김수영은 "최근에 써 놓기만 하고 발표하지 못하고 있는 작품을 생각하며," 또한 "신문사의 신춘문예 응모 작품 속에 끼어 있던 '불온한' 내용의 시"를 떠올리며, 자신의 작품이나 그 '불온한' 응모 작품이 "아무 거리낌 없이 발표될 수 있는 사회가 되어야만 현대 사회라고 할 수 있다"고 말합니다. 또 "그런 영광된 사회가 반드시 머지않아 올 것이라고 굳게 믿고 있다"고 덧붙입니다. 또 나아가 그는 "모든 전위 문학은 불온하다. 그리고 모든 살아 있는 문화는 본질적으로 불온한 것이다"라고 선언합니다. 다시 말해 불온시의 함의를 넓혀 정치적인 것을 넘어선 아방가르드적이고 전위적인 것으로 정의함으로써 그것을 형이상학적 개념으로 승화시키려 한 것입니다. 그러한 시도의 정점에 시 「풀」이 있었던 것이라 말할 수 있습니다.

이제 저는 김수영이 말년을 보냈던 구수동 41번지에 서 있습니다. 아파트가 들어섰다고 알려졌는데, 실제로 와 보니 휑한 2차선 도로로 변해 버렸습니다. 아파트는 이 번지에서 조금 비껴 있는 것 같습니다. 김수영의 말년 거처가 길로 변해 버렸다고 생각하니 마음이 아픕니다. 하지만 도봉구에 어엿한 김수영문학관이 세워져 있으니 위안이 됩니다. 김수영의 문학은 잘 알려져 있지만, 어느 의미에서는 고답적이고 관례적으로 읽히고 마는 경우도 많은 것 같습니다. 서울 토박이 시인 김수영의 문학 세계가 새롭게 이해되기를 간절히 바랍니다.

7장

**이것이 선이오? 악이오?**

욕망과 죄의식의 이중국적자
이광수, 유정

딸 정임아! 나는 간다.
어딘지 모르는 곳으로 나는 간다.
나는 조선을 버리고 내가 지금까지 위해서 살고,
속에서 살고, 더불어 살던 모든 것을 떠나서
나는 지향 없이 간다.
내 딸아, 나는 네 일기를 보았다.
네가 나를 얼마나 사모해 주는지를 잘 알았다.
그리고 아까 네가 울면서
내 가슴에 안기던 정을 내가 안다.
부모도 없는 너, 외로운 너, 병든 너의
그 형언할 수 없는 적막을 내가 안다.

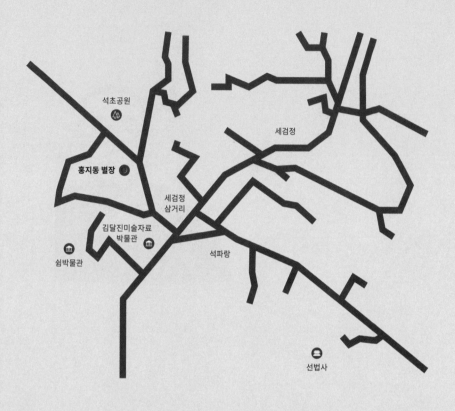

석초공원

세검정

홍지동 별장

세검정
삼거리

김달진미술자료
박물관

쉼박물관

석파랑

선법사

이광수의 홍지동 별장을 통해 인생의
온갖 희로애락과 일제강점기의
우여곡절을 겪으면서도, 풍광 좋은
곳에 별장을 짓고 경치를 즐긴 그의
삶을 엿볼 수 있다.

## 논란의 진원지, 춘원의 별장

이번에는 이광수의 별장을 따라가는 여정으로 그의 작품 세계를 살펴보도록 하겠습니다. 지하철 3호선 경복궁역에서 자하문터널을 통과해 서울 외곽으로 나오면, 완연히 자연에 가까워진 느낌이 듭니다. 자하문터널을 빠져나와 약 700~800미터 정도 직진하면 삼거리가 나오는데요. 여기서 오른쪽으로 꺾으면 국민대학교로 가는 길입니다. 계속 가다가 왼쪽으로 꺾으면 구기터널 방향이고, 앞선 삼거리에서 왼쪽으로 돌아가면 홍지동으로 가는 길이 나옵니다. 이 길을 따라 홍제천이 흐르고 있습니다. 이 삼거리 앞에 서 있다고 가정해 봅시다. 홍제천 건너편으로는 산이 둘러싸고, 언덕 위에는 상명대학교가 자리 잡고 있습니다. 상명대로 올라가는 길을 잠시 따라가다가, 왼편에 난 작은 샛길로 접어들면 이광수 별장으로 가는 길이 시작됩니다. 이 길은 차 한 대가 겨우 지나갈 정도로 좁고 경사가 가파릅니다. 길을 따라 약 20미터 정도 올라가면 '이광수의 홍지동 별장'이라는 표지판을 쉽게 발견할 수 있습니다.

홍지동 별장은 현재 등록문화재 제87호로 지정되어 있습니다. 골목에서 계단을 조금 올라가면 안으로 들어가는 대문이 있고, 높지 않은 담벼락 너머로 기와집이 보입니다. 다만 당시의 건물이 그대로 보존된 것은 아니라고 합니다. 지금 남아 있는 건물은 한옥으로 지어졌으며, 대청마루에는 유리창을 덧붙여 놓았습니다. 이는 일제강점기 당시 조선식과 서양식을 결합한 '조양' 절충식이라고 할까요? 이광수의 홍지동 별장은 그 시절의 모습 그대로 남아 있지는 않지만, 옛 건축 양식의 일부는 여전히 살려 놓은 듯합니다.

정원에는 이광수가 살던 시절의 감나무와 향나무가 여전히 대문 옆 담장을 지키고 있습니다. 이 향나무는 이광수에게 매우 중요한 의미를 지닙니다. 그는 가야마 미쓰로香山光郎, 즉 '향산광랑'으로 창씨개명을 했는데, 이 이름의 '향香'은 향나무를 의미하며, 일본 초대 천황인 진무천황이 즉위한 가구야마香久山를 가리킨다는 설이 있습니다. 그러나 역사적으로 이 '향' 자는 유서 깊은 묘향산妙香山의 '향' 자와도 같다는 점에서, 국사학자 김원모는 이광수가 창씨개명을 위장으로 했다고 주장하기도 했습니다. 이렇듯 이광수는 단순한 '향' 자 하나만으로도 논란의 대상이 됩니다. 그가 어떤 마음으로 마당에 향나무를 심고 이름에 '향' 자를 넣었는지는 불분명하지만, 그의 이름뿐 아니라 그의 일생 자체가 불투명성과 모호성 속에 잠겨 있다고 할 수 있습니다.

그 앞에 서서 사진을 찍고 별장을 바라보았습니다. 초인종을

옛날의 건축 양식을 그대로 살려 놓은 모습의 이광수 홍지동 별장.

누르고 싶었지만, 얼마나 많은 사람들이 이곳을 찾아와 주인을 괴롭혔을까 하는 생각이 들어 차마 누를 수 없더군요. 허전한 마음을 달래고자 가파른 언덕길을 따라 조금 올라가 보았습니다. 그런데 거기서 왼편으로 '춘원 빌라'가 서 있는 것을 발견했습니다. 누가 아파트 이름을 춘원으로 지었는지는 모르겠지만, 이광수의 존재를 의식한 사람일 것이라는 확신이 들었지요. 다시 언덕을 내려와 벤치에 앉아 이광수의 행적에 대해 곰곰이 생각해 보았습니다. 그는 왜 홍지동에 별장을 짓고 살았던 것일까요?

이광수는 어려서 부모를 여의고 고아와 다름없이 자랐습니다. 가진 것 없이 맨손으로 이력을 쌓아 간 그는 1907~1910년까지 일본 도쿄에 있는 메이지 중학에 유학하며 생활했습니다. 이 학교는 지금의 메이지학원 대학인데, 우리가 흔히 들어 알고 있는 메이지 대학과는 다른 학교입니다. 메이지 대학은 일본 도쿄의 6대 사립 명문 중 하나로 널리 알려져 있는 반면, 메이지학원 대학은 기독교 계통의 미션스쿨로 규모는 작지 않으나 상대적으로 덜 알려져 있습니다.

메이지 중학을 졸업할 무렵, 이광수는 고향으로 돌아와 백혜순이라는 여인과 결혼했습니다. 이후 독립운동가이자 교육자인 이승훈이 세운 오산학교에서 교사로 재직했으나, 완고한 기독교주의자들 사이에서 자신이 꿈꾸던 교육의 이상을 실현하지 못하고 내내 괴로워했던 것으로 보입니다. 더군다나 선을 봐서 결혼한 아내와의 사랑도 확신할 수 없는 상황이었습니다. 둘의 결혼에 대해서는 여러 설이 있는데, 그중 하나는 아버지가 혼인을 결정지어 어쩔 수 없었다는 것입니다. 이 이야기는 이광수의 장편소설『그의 자서전』(1936~1937)에 고스란히 등장합니다. 소설 속에서 그는 이미 정한 약속을 깨지 못해 결혼했다고 밝힙니다. 그러나 해방 이후에 쓴 또 다른 자전적 소설에서는 이 결혼을 전혀 다르게 설명합니다. 해방 이후 그는 자신의 삶을 성찰적으로 돌아보며『나:소년편』(1947)과『나:스무살 고개』(1948)를 집필했습니다. 이 소설의 주인공은 명백히 이광수 자신으로 설정되어 있습니다. 여기서 그는 인생의 고비마다 대의명분을 내세우곤 했지만, 실은 자신의 욕망에 사로잡혀 선택해 왔음을 고백합니다. 고해성사적인 태도를 표방한 이 소설에서 가난한 주인공은 아내가 될 여인의 집안 땅을 손에 넣기 위해 결혼을 결심합니다. 그러나 원하던 재산을 얻지 못하고 아내를 사랑할 수도 없게 되어 결국 그녀를 버리게 됩니다. 설상가상으로 친구의 누님과 불편한 관계를 맺게 되면서, 결국 고향을 떠나 드넓은 세상으로 나아가게 되는 이야기로 전개됩니다.

### 양심의 가책으로 돌아온 사랑

이광수는 실제로 스물두 살이던 1914년 2월부터 8월까지 반년간 바이칼 호수 인근 시베리아의 도시 치타에서 머문 기록이 있습니다. 그의 대표작 중 하나로 꼽히는『유정』(1933)에도 이 시기의 흔적이 담겨 있습니다. 『유정』의 주인공 최석에게는 독립운동을 하는 친구가 있습니다. 이 친구와 중국인 여자 사이에는 딸 정임이 있는데, 뜻밖에 친구가 죽자 최석은 정임을 의붓딸로 데려옵니다. 그 무렵 최석과 그의 부인 사이에도 순임이라는 딸이 태어납니다. 최석은 두 아이를 친자매처럼 똑같이 사랑하려 노력하지만, 정임이 훨씬 아름답고 공부도 잘하자 부인과 친딸 순임은 정임을 질투하기 시작합니다. 나아가 부인은 정임과 최석 사이의 관계를 의심하기까지 하지요. 결국 최석은 정임을 일본으로 떠나보냅니다. 하지만 그 선택은 오히려 사랑하는 여자를 일본으로 도피시켰다는 새로운 의혹을 불러일으킵니다. 그러던 중 정임이 독감에 걸려 사경을 헤매게 되자, 전보를 받은 최석은 일본으로 건너가 정임을 열성으로 간호하며 그녀의 목숨을 구합니다. 이 과정에서 최석은 정임의 일기장을 통해 그녀의 마음을 알게 되고, 동시에 억눌러 왔던 자신의 감정을 비로소 깨닫게 됩니다.

　　'나도 너를 사모……'
　라는 것은 물론 말이 아니 되고,
　　'나는 너를 사랑……'
　이라고 하면? 하고 하는,
　　'아니! 아니!'
　하고 힘 있게 몸을 흔들었소.
　　나는 '사랑'이란 말에 이르러서 힘 있게 몸을 흔들고는 붓대를

7장 이것이 선이오? 악이오?
이광수, 유정

내어던지고 황송한 망상을 떨어 버리려고 문을 열고 루프로 났소. 한참이나 인적 없는 루프로 거닐다가 빗방울이 내 뜨거운 뺨을 치는 것을 깨달았소. 동풍인지 북풍인지 모르나 바람이 부오. 입김 모양으로 혹 불고는 그치고 혹 불고는 그치고, 그럴 때마다 빗발이 가로 뿌리오.

긴자의 네온사인 빛이 『파우스트』에 나오는 요귀의 불빛 모양으로 푸르무레하게 허공을 비추오. 동경의 물바다는 내 마음을 더욱 음침하게 하였소.

병중의 정임과 간신히 헤어져 일본에서 학교로 돌아온 최석은 여자를 찾아갔다는 소문으로 더욱 고초를 겪게 됩니다. 그런데 그제야 최석은 자신이 정말로 정임을 사랑하는지도 모르겠다고 생각하게 됩니다. 그는 자신의 의식으로는 정임과 순임을 딸로서 똑같이 아꼈다고 믿었지만, 실은 정임을 사랑해 왔음을 깨닫게 됩니다. 그렇다면 이것은 순수하고 중립적이어야 할 교육자가 도덕적 의무를 저버린 파렴치한 행동이라 할 수 있지 않을까요? 결국 최석은 교육자로서의 양심의 가책을 떨쳐 내지 못하고 교장직에서 물러나 정처 없는 방랑의 길을 떠납니다. 그는 하얼빈을 지나 바이칼 호숫가 숲에 이르러 오두막집에서 하루하루를 견디며 살아갑니다. 아버지가 떠난 뒤에야 자신의 잘못을 깨달은 순임은 정임을 찾아가 사과하고, 둘이 함께 아버지의 행적을 따라 나섭니다. 순임과 정임이 바이칼 호수의 오두막집에 도착했을 때는 이미 최석이 숨을 거둔 직후였지요. 소설은 이처럼 독자들에게 안타까움을 남기며 흥미를 더해 갑니다. 그 대목은 다음과 같습니다.

나는 최석의 자리옷 가슴을 헤치고 귀를 가슴에 대었다. 그 살은 얼음과 같이 차고 그 가슴은 고요하였다. 심장은 뛰기를 그친 것이었다.

나는 최석의 가슴에서 귀를 떼고 일어서면서,

"네 아버지는 돌아가셨다. 네 손으로 눈이나 감겨 드려라."

하였다. 내 눈에서는 눈물이 흘렀다.

"선생님!"

하고 정임은 전연히 절제할 힘을 잃어버린 듯이 최석의 가슴에 엎어졌다. 그러고는 소리를 내어 울었다. 순임은,

"아버지, 아버지!"

하고 최석의 베개 곁에 이마를 대고 울었다.

아라사 노파도 울었다.

방 안에는 오직 울음소리뿐이요, 말이 없었다. 최석은 벌써 이 슬픈 광경도 몰라보는 사람이었다.

최석이가 자기의 싸움을 이기고 죽었는지, 또는 끝까지 지다가 죽었는지 그것은 영원한 비밀이어서 알 도리가 없었다. 그러나 이것만은 확실하다. 그의 의식이 마지막으로 끝나는 순간에 그의 의식에 떠 오던 오직 하나가 정임이었으리라는 것만은.

7장 이것이 선이오? 악이오?
이광수. 유정

한마디로 안타까운 사랑 이야기입니다. 정情이 있다는 뜻의 제목인『유정』은 그보다 앞서 연재된 소설『무정』의 대구對句라고 볼 수 있습니다.『무정』은 정말로 정이 없는 무정한 주인공의 이야기이고,『유정』은 반대로 정을 끊지 못해 자신의 삶을 나락으로 내모는 사람의 이야기입니다.

먼저『무정』에는 이광수가 마치 자신을 모델로 삼은 듯한 주인공 이형식이 등장합니다. 고아처럼 자란 이형식은 경성학교의 영어 교사로, 김 장로의 집에 가정교사로 들어갑니다. 김 장로는 구한말(조선 말기에서 대한 제국까지의 시기)의 미국 외교관 출신이자 기독교 장로입니다. 시세에 밝은 김 장로는 딸 선형과 이형식을 약혼시켜 똑똑한 사위를 얻고자 합니다. 그러던 중 이형식 앞에 과거 신세를 졌던 박 진사의 딸 영채가 나타납니다. 어머니를 일찍 여읜 데다 아버지와 오빠들마저 잃고 기생으로 전락했던 영채는 형식을 찾아옵니다. 이형식은 중대한 기로에 놓입니다. 출세와 안락이 보장된 선형과의 약혼을 택할 것인가, 아니면 의리와 신의를 지키기 위해 영채를 받아들일 것인가.

형식이 고뇌하던 찰나, 영채는 경성학교 교주의 아들 김현수와 배 학감에게 겁탈당할 위기에 처합니다. 그녀의 비참한 상황은 이형식과 기자 신우선에게 전달되지만, 영채는 수치심 때문에 이형식 앞에 설 면목이 없다고 판단합니다. 결국 그녀는 스스로 목숨을 끊으려 평양으로 향합니다. 그러나 그곳에서 유학생 병욱이라는 여성을 만나 마음을 돌리고, 황주에 있는 병욱의 집에서 신세를 집니다.

이 사실을 모르는 이형식은 영채를 찾기 위해 뒤늦게 평양을 뒤집니다. 하지만 영채를 찾지 못한 그는 오히려 선택의 고뇌에서 벗어났다는 안도감을 느끼며 경성으로 돌아옵니다. 결국 이형식은 선형과 약혼을 성사하고 미국 유학길에 오르는데, 같은 기차에 일본으로 공부하러 떠나는 병욱과 영채가 함께 타고 있었습니다. 기차 안에서 형식과 영채는 다시 조우하게 됩니다.

『무정』은 이형식의 계몽사상에 영채, 선형, 병욱이 공명하게 되는 결말로 이어집니다. 이 소설의 제목이 '무정'임을 쉽게 지나쳐서는 안 됩니다. 형식은 영채가 자살하려는 것으로 알고 평양으로 가지만, 얼마 지나지 않아 곧 영채를 찾는 것을 쉽게 단념해 버립니다. 결국 신의를 저버리고, 명리와 출세가 보장된 여자 선형을 선택하게 되지요.

> 그는 영채를 생각하였다. 영채의 시체가 대동강으로 둥둥 떠나가는 모양을 생각하였다. 그러나 형식은 슬픈 생각이 없었고 곁에 서 있는 계향을 보며 한량없는 기쁨을 깨달을 뿐이다.

소름 돋을 정도로 무정한 형식의 모습은, 첫 번째 아내와 이혼하려 했던 이광수의 내면 풍경이 투영된 것이라고 볼 수 있습니다. 첫 아내를 버리고 의학을 공부한 신여성 허영숙과 결혼한 이광수는 《조선일보》에 『유정』을 연재합니다. 『유정』과 『무정』의 차이는 무엇일까요? 『무정』의 주인공 형식은 영채를 버리고 선형과 약혼하

허영숙과 결혼한 상태에서 이광수가 사랑한 모윤숙의 모습.
왼쪽부터 이광수, 이선희, 모윤숙, 최정희, 김동환.

여 미국으로 떠났습니다. 그러나 『유정』에서 교장 최석은 의붓딸을 사랑하는 자신의 마음을 인정하고, 그 죄를 스스로에게 물어 '유배형'을 떠나지요. 소설 속 최석은 마치 그리스 비극 『오이디푸스 왕』의 주인공처럼 스스로를 처벌하기 위해 방랑의 길을 떠나지요. 이광수는 왜 이런 이야기를 쓰게 되었을까요? 이에 대한 답변을 구하기 위해서는 또 다른 여인을 떠올려야 합니다. 바로 시인 모윤숙입니다.

모윤숙은 1910년생으로, 함경도 원산에서 태어났습니다. 북간도 용정의 명신여학교 교사로 재직하던 그녀는 1932년 배화여자보통학교 교사로 자리를 옮기며 시집 『빛나는 지역』(조선창문사, 1933)을 출간했습니다. 일제강점기에 출간된 시집 중 100편이 넘는 시를 담은 것은 제가 기억하기로 단 두 권뿐입니다. 하나는 1935년에 출간된 정지용의 『정지용시집』(시문학사)이고, 나머지 하나가 바로 모윤숙의 『빛나는 지역』이지요. 당시 그녀는 일제 말기의 변신을 무색하게 할 만큼 순결한 민족주의적 열정을 지닌 인물이었습니다. 아내 허영숙의 증언에 따르면, 이광수는 나이 어린 모윤숙과 사랑에 빠졌던 것 같습니다. 그러나 아내 허영숙이 이 관계를 알아차리고 문단에서도 둘의 관계에 대한 소문이 퍼지자 이광수는 진퇴양난의 상태에 빠지게 됩니다. 이광수는 이미 첫 번째 아내 백혜순과의 사이에 아들이 있었음에도 이혼 후 허영숙과 결혼한 상태였습니다. 『무정』을 집필하던 도쿄에서 그는 허영숙과 또 다른 신여성 나혜석 사이에서 갈등하다가 산부인과 의학도였던 허영숙과 결혼했다고 전해집니다. 이미 두 번 결혼한 상태에서 공공연히 또 다른 애정 행각을 벌일 수는 없었을 것이라 짐작됩니다.


## 죄의식을 품고 살아갈 운명

이제 모윤숙과 이광수의 관계가 더욱 궁금하실 겁니다. 하지만 그에 앞서 잠시 이광수가 어떤 사람이었는지 조금 더 살펴볼까요. 이광수는 1892년생입니다. 한 해 위로는 가람 이병기(국문학자·시조 시인)가 출생했고, 평생 그와 노선을 같이하다시피 한 시인 최남선 은 그보다 두 해 위입니다. 부모를 일찍 여의고 고아나 다름없던 그 는 친척 집을 떠돌며 신세를 지던 소년이었습니다. 그러던 중 동학 대령의 눈에 띄어 그의 집에서 기식하다가 서울로 올라가게 되었 고, 일진회* 계열의 야학에 들어갔다가 이것이 계기가 되어 관비 유 학생으로 일본 유학길에 오르게 됩니다.

이 첫 번째 유학에서 그는 앞서 말했듯이 메이지 중학을 다녔 습니다. 졸업할 즈음 나라가 국권을 빼앗겼고, 그 무렵에 결혼한 뒤 오산학교 선생으로 부임했으나 결국 정처 없이 방랑의 길에 오르게

---

\*　광무光武 8년(1904)에 일제의 대한 제국 강점을 도운 친일적 정치 단체. 1905년에 일제 가 을사조약을 강요할 때 이에 앞장섰고, 1909년에 통감統監 이토 히로부미에게 국권 강탈을 제안하는 따위의 친일 활동을 하다가 1910년 국권 강탈 후에 해산했다.

되었습니다. 고향 산천을 떠나 중국 땅을 떠돌던 이광수는 상하이에서 독립운동가들을 만나기도 했습니다. 그러던 중 미국에서 발간되던《신한민보》라는 신문의 주필직을 제안받고 유럽을 거쳐 미국으로 갈 계획을 세웁니다. 그러나 그 여행은 그가 중앙아시아 치타에 머물렀을 때 발발한 제1차 세계대전으로 좌절되고 말지요. 치타에서 약 7개월간 머물며 그는《대한인정교보》라는 신문을 발간하기도 했습니다. 이후 귀국한 그는 인촌 김성수의 도움으로 두 번째 일본 유학길에 오릅니다.

이광수가《매일신보》에『무정』을 연재한 것은 바로 이 시기입니다. 와세다 대학 철학과에 적을 두고 있던 그는 도쿄의 하숙집에서《매일신보》편집국장 도쿠토미 소호德富蘇峰의 주선으로 우리나라 신문학사에서 가장 중요한, 최초의 근대 장편소설인『무정』을 집필하게 됩니다. 이광수는 조선총독부 체제 내에서 성장한 지식인으로 볼 수 있습니다. 그런 그가 1919년 3·1운동을 앞두고 2·8독립선언*을 기초하고 상하이로 망명해 도산 안창호를 만나게 되는 것은 이채로운 이력이라 하지 않을 수 없습니다. 그는 중학생 시절 도쿄에서 안창호의 강연을 듣고 감화받았으며, 상하이에서 안창호와 함께 생활하며 흥사단(안창호가 창립한 민족부흥운동 단체) 원동 지부의 최초 단원이 되었습니다. 이후 국내로 돌아온 그는 수양동우

---

\*    2·8독립선언은 1919년 2월 8일 일본 도쿄에서 조선 유학생들이 조선의 독립을 선언한 사건으로, 도쿄 히비야 공원에서 이광수가 2·8독립선언을 낭독했다.

회를 만들어 도산 사상이 국내에 자리 잡도록 하는 데 중요한 역할
하게 되지요.

하지만 이광수의 국내 귀환은 뭇 사람의 비난을 불러일으켰습
니다. 독립운동을 한다며 상하이로 떠났던 자가 귀순증을 들고 국
내로 돌아온 것 자체가 비난거리였으며, 귀환 후 발표한 논설이 「민
족개조론」(1922)이었던 점도 비난의 대상이 되었습니다. 또한 유학
길에 도움을 준 김성수의 《동아일보》에 둥지를 틀고 수많은 소설을
발표했음에도, 1933년경 《조선일보》로 자리를 옮긴 행보 역시 비난
을 자초했습니다. 이광수의 일생을 살펴보면, 이처럼 민족주의적 이
상가의 모습을 보이는 한편, 자신의 안위를 우선시하는 등 이해하
기 어려운 불투명한 행적이 많습니다.

그렇다면 나이 어린 모윤숙과의 관계 역시 세간의 비난을 사고
도 남을 일이 아니었을까요? 모윤숙과의 소문이 세인의 입에 오르
내리는 동안, 이광수는 한없이 아끼던 아들 봉근이 패혈증으로 세
상을 떠나는 비극을 겪습니다. 1934년 당시 여덟 살밖에 되지 않았
던 아들의 죽음은 이광수에게 큰 충격을 주었을 것입니다. 그는 아
들의 죽음을 자신의 죄 때문이라고 생각했을 가능성이 큽니다. 평
생 자신의 생존과 신분 상승 욕구를 단호히 끊어 버릴 수 없었던 이
광수는, 태생적으로 마음속 깊이 죄의식을 품고 살아가야 했던 운
명을 타고난 사람이었던 듯합니다.

과연 이광수는 모윤숙과의 사랑을 어떻게 처리했을까요? 이미
사회적 지탄에 노출된 명사였던 이광수가 또다시 아내 허영숙을 버

리고 열여덟 살이나 나이 차이가 나는 모윤숙과 관계를 지속하기는 매우 어려웠을 것입니다. 1930년대 초반, 이광수는 마흔 살을 넘긴 나이였습니다. 당시 기준으로는 상당히 나이 든 사람이라고 볼 수 있지요. 인생의 새로운 모험을 감행하기에는 너무 멀리 와 있었고, 생의 피로감도 이미 많이 누적되어 있었을 것입니다. 그는 좌중 앞에서 자신의 사랑이 단순히 애욕의 결과라는 것을 부정하고 싶어 했습니다. 그러나 세인의 지탄이 자아낸 죄의식과 막다른 골목에 선 중년 남성에게 찾아온 절망감에서 헤어나지 못한 이광수는 결국 《조선일보》 부사장직을 사직하고, 스님이 되겠노라 선언하며 금강산으로 떠납니다.

흥미로운 점은, 이광수의 금강산행에 모윤숙이 몰래 동행했다는 사실입니다. 이는 두 사람 사이에 이미 돌이킬 수 없는 관계가 성립되었음을 시사하는 것 아닐까요? 그러나 금강산까지 찾아온 아내의 설득으로 이광수는 다시 서울로 돌아옵니다. 그 후 짓기 시작한 것이 바로 세검정 인근 홍지동의 별장이었습니다. 자하문터널을 빠져나와 닿은 삼거리에서 국민대 방향으로 300~400미터쯤 올라가면, 옛날 세검정으로 불리던 정자가 있습니다. 인조반정 때 이곳에서 칼을 씻었다는 유래로 '세검정洗劍亭'이라는 이름이 붙었다는 설이 유명합니다. 영조나 연산군과 관련된 유래담도 있지만, 어찌 되었든 오늘날의 아스팔트가 깔린 홍제천보다는 옛 홍제천이 훨씬 아름다웠음은 분명합니다. 이광수가 홍지동에 별장을 지은 이유도 이 근처의 수려한 풍광 때문이었을 것입니다. 그는 1934~1939년

이광수 별장 근처에 있는 홍제천 세검정의 현재 모습.

까지 약 5년 동안 홍지동 별장에서 거주했습니다.

6년 만에 홍지동 별장을 당시 돈 6,000원에 처분한 이광수는 1939년 9월, 중편에 가까운 단편소설 「육장기」를 《문장》에 발표합니다. 당시 채만식이 국유지인 안양천 뚝방 위에 지어진 집을 270원에 산 것과 비교하면, 홍지동 별장은 꽤 비쌌음을 알 수 있습니다.

언젠가 허영숙이 자하문 바깥으로 산파 일을 하러 갔다가 돌아오는 길에 이 별장에 들렀다고 합니다. 남편이 어떻게 지내나 궁금해 들여다보았는데, 마침 그가 모윤숙과 함께 있는 모습을 마주하게 되었다고 해요. 생전에 허영숙 여사의 말씀을 접한 분들의 전언에 따르면, 당시 그녀는 화가 나서 어쩔 줄 몰라 했다고 합니다. 분명 둘이 함께 있었는데도 아무 일도 없었고 아무 사이도 아니라니, 미칠 노릇이었다는 것이지요. 그러나 이는 전해 들은 이야기에 불과하니, 지금 세상에 없는 분들에게 괜한 누가 되지 않기를 바랍니다.

이광수는 모윤숙과의 관계가 도덕적 금제를 넘어선 애인 관계로 비칠 가능성을 극도로 꺼렸습니다. 이러한 상황은 모윤숙에게도 마찬가지였습니다. 그녀 역시 이광수와의 사랑을 공개하거나 선언할 수 없었던 것이지요. 후에 허영숙은 모윤숙을 찾아가, 이 문제를 해결하기 위해서는 다른 남자와 결혼하는 수밖에 없다고 설득했다고 합니다. 결국 모윤숙은 이광수의 주선으로 민족사학자 안호상과 부부의 연을 맺게 됩니다. 안호상은 이광수와 함께 독일어로 『파우스트』를 읽었다는 기록이 있을 만큼 학문적으로 교류가 있었던 인물입니다. 그는 민족의식이 투철한 학자로, 1929년 독일 국립 예나 대학에서 철학 박사학위를 받은 뛰어난 지식인이었습니다. 모윤숙과 안호상은 슬하에 딸 하나를 두었으나, 후에 이혼한 것으로 알려져 있습니다. 추측하건대, 그녀는 이광수에 대한 사랑을 끝내 버리지 못했던 것 같습니다.

모윤숙은 1936년 4월부터 잡지 《여성》에 『렌의 애가』를 연재해 1937년에 단행본으로 펴냈습니다. 당시에는 시집으로 알려졌으나, 후에 보완을 거쳐 일종의 산문집이 되었습니다. 이 작품은 한국전쟁 이후 폐허와 같은 당시의 시대적 분위기와 모윤숙의 애국주의 행보가 호응을 얻어 베스트셀러로 각광받았습니다. '렌Wren'은 아프리카 밀림 속에서 홀로 우는 새의 이름이라고 합니다. 이 작품 속에서 렌은 시몬을 향해 애절한 사랑의 노래를 부릅니다. 시몬은 베드로의 속명이기도 하지요. 성경에서 예수는 베드로에게 "새벽닭이 울기 전 네가 나를 세 번 부인하리라"고 말씀하셨다지요? 이러한 시몬을 상대로 사랑을 이야기하는 서정적 산문이 바로 『렌의 애가』입니다.

『렌의 애가』의 마지막 구절은 이렇게 끝납니다. "시몬! 우리가 범죄함이 없이 청춘의 면류관을 벗었으니 재앙의 잔이 우리 앞에 오지 않으리다." 과연 그랬을까요? 모윤숙은 이광수와의 사랑이 육체적 욕망이 아닌 순수하게 정신적 사랑이었음을 암시하며, 이를 통해 면죄부를 얻고자 했습니다. 즉, 사랑하는 사람과 결혼하지 않고, 오로지 정신적으로 사랑의 관계를 지속하는 것이 진정한 사랑

이라는 독특한 사랑론을 펼친 것입니다. 이 점에서 『렌의 애가』는
이광수와의 사랑에 대한 일종의 알리바이인 셈이라고 할까요.


## 사랑의 소설을 완성한 홍지동 별장


이러한 모윤숙의 '플라토닉 러브'를 반박하고 나선 이가 바로
나혜석입니다. 나혜석은 시인 최승구와의 사랑이 좌절된 후, 오빠
나경석의 소개로 외교관이자 변호사였던 김우영과 결혼합니다. 이
후 남편을 따라 프랑스에 머무는 동안, 민족 대표 33인이자 천도교
지도자였던 최린과의 관계로 인해 이혼당하지요. 홀로 가시밭길 같
은 삶을 살아온 나혜석은 모윤숙의 정신적 사랑론에 날카로운 비판
을 가합니다. 『렌의 애가』를 펴낸 모윤숙이 결혼 없는 정신적 사랑
을 주장한 데 대해, 나혜석은 사랑이란 영혼과 육체의 조화로 이루
어지는 것이며, 육체를 부정하는 정신적 사랑은 성립할 수 없다고
반박했습니다.

도쿄에서의 제2차 유학 시절에 인연이 이어졌을 수도 있는 나
혜석과 사랑하는 여성 모윤숙의 논쟁을 두고, 이광수는 과연 누구
의 손을 들어 주었을까요? 1938년에 출간된 『사랑』(박문서관)을 통
해 이광수의 태도를 유추해 볼 수 있습니다. 이 소설 속에서 안식교
도인 석순옥과 의학박사 안빈이 나눈 사랑은 종교적 성향이 짙습니
다. 안빈은 법화경을 믿는 대승불교 신자이자 왕년의 저명한 작가

로, 문학으로는 사람을 구할 수 없다며 절망한 뒤 의술을 배워 실질
적으로 사람을 구하는 길에 나섭니다. 그런 안빈을 존경한 석순옥
은 간호사로 자원해 그와 함께 병든 사람들을 구제하는 헌신적인
사랑의 길을 걷습니다. 안식교도는 기독교의 한 종파이며, 기독교의
정신은 사랑이지요. 대승불교의 정신은 자비입니다. 안빈의 병든 부
인 천옥남은 죽기 전 석순옥에게 자신의 남편을 부탁합니다. 그러
나 석순옥은 천옥남의 청을 받아들이지 않고 안빈과의 결합을 피합
니다. 오히려 시인 허영의 값싼 구애를 받아들여 안빈으로부터 멀
어지는 길을 택하지요. 석순옥이 안빈을 향한 자신의 마음을 행동
으로 표현하지 않은 이유는, 그 사랑이 순수한 것이자 병든 인류를
구제하고자 하는 이상적인 사랑임을 보여 주기 위해서였습니다. 이
는 모윤숙과 나혜석의 논쟁에 대한 이광수의 소설적 응답으로 해석
됩니다. 즉, 『사랑』은 모윤숙의 알리바이에 손을 들어 준 작품으로
볼 수 있습니다.

　이러한 『사랑』의 이념에 도달하는 과정은 바로 홍지동의 별장
에서 이루어졌습니다. 이광수는 《조선일보》를 사직한 후 직접 지은
별장에서 법화경 행자 생활을 표방하며, 모윤숙과의 사랑이 오로지
정신적인 관계이자 일종의 사제 관계임을 보여 주려 했지요.

　이광수는 이 시기에 《조선일보》에 『그의 자서전』(1936~1937)이
라는 독특한 유형의 자전적 소설을 발표합니다. 줄거리는 이광수의
일생을 떠올리게 하지만, 서울 인근 출신의 남궁석이라는 주인공의
인적사항은 그와 다소 거리가 있습니다. 자신의 일생을 표방하며

자전적인 이야기를 쓰면서도, 이중 삼중으로 자신의 본질을 감추고 드러내기를 반복합니다. 자신을 되돌아보고 성찰하려 하지만, 허구라는 소설적 형식으로 인해 자기 고백이 불투명해지는 모순적인 글쓰기의 양상을 보이는 작품이 바로 『그의 자서전』이라고 할 수 있습니다.

바로 이즈음, 수양동우회 사건이 터집니다. 1931년 만주사변, 1937년 중일전쟁, 그리고 1941년 12월 8일부터 1945년 8월 15일까지 진행된 태평양전쟁에 이르는 일련의 전쟁을 일본의 비판적 지식인들은 '15년 전쟁'이라고 부릅니다. 그 15년간 가장 중대한 기로로 꼽히는 것이 중일전쟁이었으며, 이 시기에 일제는 수양동우회 사건을 치안유지법, 오늘날로 치면 국가보안법으로 다스렸습니다. 일제는 독립운동가와 지식인들을 중죄인으로 취급하고, 민족주의를 철저히 억압하는 조치를 통해 조선 지식인들의 기상을 꺾으려 했습니다. 국외에서 체포된 도산 안창호는 국내로 압송되었으며, 이광수를 비롯한 많은 이들이 투옥되었습니다. 특히 병약했던 이광수에게 이 사건은 매우 파멸적인 영향을 미쳤습니다.

운 좋게 병보석으로 풀려난 이광수는 병원에 입원해 있는 동안 『사랑』을 집필했습니다. 『사랑』은 평소 이광수를 흠모하며 비서 역할을 했던 박정호가 병석에서 그의 구술을 받아 적어 완성한 작품입니다. 이 소설에서 이광수는 태평양전쟁, 즉 대동아전쟁으로 나아가는 일본의 전쟁 정책에 반대하며 종교적 통합을 통해 인류를 구제하자는 평화 사상을 설파합니다. 사회적이고 거시적인 관점에서 보면, 『사랑』은 전쟁 앞에서 무너지는 사랑과 평화의 복원을 주창한 셈입니다. 개인적이고 미시적인 관점에서는 육체적 욕망이 절제된 순수한 사랑의 공유, 즉 정신적 사랑을 핵심으로 하고 있다는 점에서 주목할 만합니다.

이광수는 민족지사의 길을 표방했음에도 불구하고 끊임없이 일제와 타협하지 않을 수 없었던 언론인이기도 했습니다. 결국 그는 지식인의 한계를 완전히 극복하지 못하고, 일제에 대한 직접적이고도 노골적인 협력 행위로 빠져듭니다. 온몸에 오물을 뒤집어쓰며 타락과 변절의 길로 나아가는 과정에서, 이광수는 홍지동 별장을 매각했습니다.

「육장기」를 보면, 이광수가 홍지동 별장 시절에 불교 경전인 법화경을 날마다 통독하였음을 알 수 있습니다. 친일 협력에 지친 이광수는 해방 직전 사릉 부근으로 은거에 들어갑니다. 사릉은 단종비 정순왕후 송씨의 능으로, 현재 경기도 남양주시입니다. 해방 직후에는 민족 반역자로 대중의 지탄을 받게 되자, 그는 세조와 정희왕후 윤씨의 광릉을 관리하는 봉선사로 피신해 팔촌 동생인 승려 운허転虛를 의지합니다. 운허의 속명은 이학수입니다. 일제강점기에 이광수가 쓴 장편소설 『단종애사』(1928~1929)와 『세조대왕』(1940)은 운허와 봉선사와의 관계 없이는 탄생할 수 없는 작품이었습니다. 운허는 평생 독립운동가이자 승려로서 절개를 지켰던 인물로, 불교사와 독립운동사의 맥락에서 아주 중요한 위치에 있었습니다.

그에 반해 이광수는 민족주의자의 자존과 변절자의 유혹 사이에서 늘 우유부단하게 행동하며 쉽게 동요하는 나약한 지식인이었습니다. 그런 그가 불경을 번역하겠다고 하니, 운허 대사가 이를 반대하고 나섰습니다. 「육장기」에 따르면, 운허는 올연兀然 선사를 불러 이광수에게 법화경을 강의하게 했는데, 이는 이광수로 하여금 법화경 번역을 삼가게 하려는 의도가 담겨 있었습니다. 이 올연은 우리가 잘 아는 청담 선사로, 계율승으로 유명한 인물입니다. 올연은 연배로 보면 자기보다 10년 선배인 운허와 손을 맞잡고 일제강점기의 조선불교개혁운동을 이끌었습니다. 두 사람은 민족주의적이면서도 불교적 구도의 세계에 충실한 길을 함께 걸었던 동지적 관계였습니다. 이후 청담 선사는 선승으로 널리 알려진 성철과 함께 1947년 봉암사 결사를 이끌었습니다. 성철은 청담보다 10년 아래 세대입니다. 운허나 청담의 눈에 이광수는 불경을 번역할 능력과 정신적 바탕이 턱없이 부족한 인물이었습니다. 결국 이광수는 불경 번역의 뜻을 접고, 이후 홍지동 별장에서 나와 다시 세속으로 돌아갑니다.

## 파란만장한 봄을 살다

이광수 별장 탐사를 마치고 내려오는 길, 언덕 오른편으로 홍제천이 펼쳐집니다. 천을 따라 약 150미터 정도 내려가면 홍지문과 탕춘대성이 나타나는데, 여기서 저는 다시 한번 깊은 상념에 잠깁

이광수의 풍류를 유추해 볼 수 있는 홍지문 및 탕춘대성.

니다.

　홍지문은 숙종 41년(1715)에 방위 시설을 보완하기 위해 세운 문으로, 서울 도성과 북한산성을 연결하는 중요한 관문입니다. 한편 탕춘대는 연산군 11년(1505)에 연산군이 풍류를 즐기기 위해 마련한 장소인데, 중종 1년(1506) 신하들이 연산군을 몰아내고 성종의 둘째 아들인 진성 대군(중종)을 왕으로 추대한 사건인 중종반정으로 연산군은 왕의 지위를 잃고 군으로 격하되었습니다. 이로 인해 탕춘대와 관련된 기록은 『조선왕조실록』이 아닌 『연산군일기』에 남아 있습니다.

　『연산군일기』에서는 연산군이 매우 방탕한 폭군으로 묘사됩니다. 이는 중종반정에 의해 연산군이 폐위된 이후 작성된 기록이기 때문에, 반정을 주도한 신하들의 관점이 강하게 반영되었을 가능성이 높습니다. 그러나 연산군 연구자 중 일부는 그 이미지가 실제 모습과 크게 다르지 않다고 평가합니다. 어머니인 폐비 윤씨의 죽음으로 인해 깊은 트라우마를 안고 성장한 연산군은 정서적으로 섬세하고 예민한 성격을 지녔으며, 시인적 기질이 풍부한 인물이었습니다. 이준익 감독의 영화 〈왕의 남자〉(2005)에 등장하는 왕이 바로 연산군이지요. 『연산군일기』 12권에는, 정월에 탕춘대가 완성된 후 연산군이 신하들을 데리고 그곳을 방문한 장면이 나옵니다. 연산군은 봄과 풍류를 즐길 줄 알아야 참된 선비의 자세를 갖춘 것이라고 여겼지요. 그는 탕춘대에서 자신이 지은 시를 신하들에게 하사하며, 대구시를 짓게 하기도 했습니다.

탕춘대蕩春臺의 '탕蕩'은 '흐르다', '쓸어 버리다', '탕진하다'를 뜻합니다. '봄을 탕진하는 누대'로 해석되니, 이는 곧 연산군의 삶과 연결되는 듯도 합니다. 연산군은 재위 말년에 이르러 완전히 고립무원의 상황에 빠졌음에도 불구하고 자신의 삶의 태도나 통치 방식을 끝내 버리지 않았지요. 연산 12년(1506)은 그의 마지막 재위년이 었고, 탕춘대를 짓던 바로 그해 그는 임금으로서의 지위와 인생을 탕진하며, 결국 폐위된 해에 죽음을 맞이하게 되었습니다.

저는 여기까지 생각하다가 다시 이광수의 삶을 떠올려 봅니다. 그 또한 얼마나 파란만장한 인생을 살았던가요. 인생의 온갖 희로애락과 일제강점기의 우여곡절을 겪었으면서도, 풍광 좋은 홍지동에 별장을 짓고 멋과 경치를 즐겼습니다. 고뇌 속에서도 풍류를 놓지 않았던 것입니다. 일장춘몽처럼 그 시절을 보낸 이광수는 1950년 6·25전쟁 이후 북한으로 끌려가 그해 10월 13일에 죽음을 맞이합니다. 탕춘대성 앞 벤치에 앉아 연산군과 이광수의 삶을 반추하며 생각했습니다. '봄만 봄이 아니다. 한평생 다 살아서 이미 나이가 많이 든 뒤에라도 살아 있기만 하다면 인생은 아직도 여전히 봄인 것이다. 그렇게 봄과 같은 시절을 탕진하고 나면 우리는 어디론가 사라지게 된다. 그것을 가리켜 죽음이라 하니, 봄날의 인생 뒤에는 죽음이 있는 것이다.'

바람에 날려 가는 모래처럼, 탕춘대에서 풍류를 즐기던 연산군도, 풍광 좋은 홍지동 별장에서 삶을 보낸 이광수도 결국은 어딘가로 사라졌습니다.

벤치에서 일어나 걷다 보니 '쉼'이라는 박물관이 보입니다. 우리나라 장례 문화와 관련된 유물과 풍습, 의식 절차에 쓰이는 집기, 상복 등이 전시된 박물관입니다. 이광수의 삶과 탕춘대 그리고 쉼 박물관이 하나의 길로 이어져 있는 듯한 느낌이 왠지 심상치 않게 다가왔습니다.

이렇게 걷다 보니 문득 1920년대 사람들의 마음속에는 분명 봄이 깊게 자리하고 있었을 것이라는 생각이 들었습니다. 춘원春園 이광수를 비롯해 춘계春溪 허영숙, 소설가이자 시인이었던 춘해春海 방인근, 그리고 그의 아내 춘강春江 전유덕까지. 절친했던 이광수와 방인근은 서로의 호에 '춘春' 자를 돌려 넣으며 우정을 나눴습니다. 전유덕의 오빠 전영택 역시 빼놓을 수 없습니다. 그의 호는 '늘봄'이었지요. 하지만 그 시절의 봄이란, 슬픔으로 차오르는 봄이었습니다. 춘원이라는 이름만 해도 '봄의 들'을 뜻하지만, 이상화의 유명한 시 「빼앗긴 들에도 봄은 오는가」(1926)를 떠올려 보세요. 봄은 아름답고 기쁜 계절임과 동시에 비애를 품고 있다는 것을, 그들은 너무나 잘 알고 있었습니다.

역사적으로 이광수의 변절과 친일 협력 행위는 반드시 책임을 물어야 할 문제입니다. 그러나 한 인간이자 문학가로서 살아간 이광수의 처절한 삶은 우리의 이해와 동정을 구할 수 있다고 생각합니다. 그는 결코 평범한 소설가가 아니었습니다. 홍지동 별장을 팔아 받은 6,000원이라는 큰돈으로 안락하게 살 수도 있었겠지요. 하지만 그는 평생 글을 쓰며, 글에 매달려 살아간 사람이었습니다. 처

절하게 문학을 갈구하며 살아간 것이지요. 이광수가 없는 근대 한
국 문학사는 상상하는 것만으로도 깊은 허전함을 남깁니다.

8장
**가슴속에 응결된 뜨거운 정념**
하층민의 인간적 감정과 의식의 회복
나도향, 벙어리 삼룡이

색시를 자기 가슴에 안았을 때
그는 이제 처음으로 살아난 듯하였다.
그는 자기의 목숨이 다한 줄 알았을 때
그 색시를 내려놓을 때는
그는 벌써 목숨이 끊어진 뒤였다.
집은 모조리 타고 벙어리는 색시를 무릎에 뉘고 있었다.
그의 울분은 그 불과 함께 사라졌을는지.
평화롭고 행복스러운 웃음이
그의 입 가장자리에 엷게 나타났을 뿐이다.

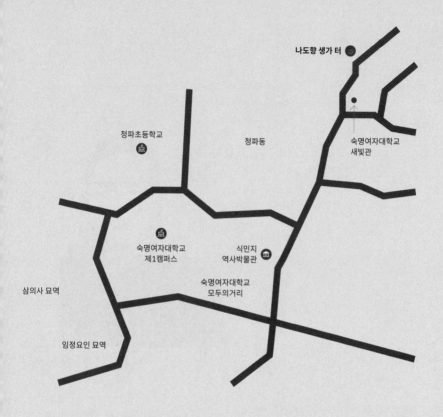

나도향 생가 터

청파초등학교

청파동

숙명여자대학교
새빛관

숙명여자대학교
제1캠퍼스

식민지
역사박물관

삼의사 묘역

숙명여자대학교
모두의거리

임정요인 묘역

청파동은 화려한 도시 이면에
존재하는 가난한 사람들의 생활
터전으로, 고단하지만 그들이 가진
뜨거운 생명력을 탐구할 수 있는
특별한 장소이다.

## 나를 아프게 하는 사내

나도향을 생각하면 마음부터 아파 옵니다. 어떻게 그렇게 일찍 떠날 수 있을까요? 나도향은 1902년 5월 7일에 태어나 1926년 8월 26일에 세상을 떠났습니다. 불과 스물다섯 살 나이에 어떻게 삶을 '놓을' 수 있었을까요? 스물일곱 살에 세상을 떠난 이상보다도 더 이른 나이에 생을 마감한 이 작가를 생각하면 그 빛나는 슬픈 청춘에 아픈 마음을 가라앉히기 어렵습니다.

춘해 방인근은 1929년 9월 《삼천리》에 실린 「나도향 군을 추억함」이라는 글에서 나도향을 회상하며 이렇게 적었습니다.

군君은 몹시 다정다한多情多恨하였다. 싹싹할 때는 연한 배 맛이 들다가도 쌀쌀할 때는 서울 사람의 근성이 발로發露되고 찬바람이 돈다. 군이 늘 유쾌하게 싱긋싱긋 웃고 지내지만, 마음 한 귀퉁이에 커다란 돌과 같은 번민이 매달리었으며 〈사자수 내린 물에〉란 노래를 늘 즐겨서 부르며 눈물을 머금은 것을 나는 여러 번 보았다.

나도향은 이렇듯 겉으로는 늘 웃고 지내는 것처럼 보였지만, 내면에는 번민과 눈물이 많은 사람이었습니다. 나도향을 사랑했던 친구이자《백조》동인이었던 안석영 또한 「요절한, 나도향」(1938)이라는 글에서 나도향의 눈물과 슬픔을 이야기합니다.

> 정이 많으니 눈물도 많은 그다.
>
> (……)
>
> 여인과 사랑을 해도 그는 슬펐고 벗에게 이바지해도 슬펐고 어버이도 그를 집에 들이지 않았으니 세상에 나서 쓸쓸히 살다 간 그다. 그는 웃음이 많았으나 눈물 대신 웃은 것이요 그는 노래를 좋아했으나 모든 괴롬을 이기고자 한 바다. 왜, 그는 괴로움과 슬픔을 좋아했는가. 좋아한 것이 아니라, 왜 그에게 괴로움과 슬픔이 많았던고. 이것은 그가 너무도 총명해서 그렇고 또한 그런 까닭에 일찍이 이 세상을 떠난 바다.

마치 일찍 세상을 떠날 것을 예견이라도 한 듯 슬픔과 눈물이 많았던 나도향은 결국 매우 이르게 세상을 떠났습니다. 너무나 강렬한 아름다운 작품들을 세상에 남겨 놓고.

나도향이 남긴 글 가운데, 사람들에게 널리 읽히는 수필이 하나 있습니다. 「그믐달」(1925)이라는 이 수필에는 그가 겪었던 깊고

羅稻香氏長逝

쟝편소셜환히(幻戲)의작가로표
션문단의총아(寵兒)도향리쉬빈
(稻香纎彬)씨는그몽안롱셩에쩨
문긔의연구에몰몰낭이더니쩬
핑(肺結核)에걸니여두어달쳔에
시내마뭇동오청목(南大門通
五丁目)삼십이번지자퇴쉬라청
양하엿스나텬재는요쳘하지라
작이십륙일미명에약셕이무효하
야이십오셰를일괴로사거하엿다
더라.

1926년 8월 27일 자《매일신보》에 실린 나도향의
부고 기사.

도 많은 슬픔과 눈물이 담겨 있는 것 같습니다.

나는 그믐달을 몹시 사랑한다.

그믐달은, 요염하여 감히 손을 댈 수도 없고 말을 붙일 수도 없이 깜찍하게 예쁜 계집 같은 달인 동시에 가슴이 저리고 쓰리도록 가련한 달이다.

서산 위에 잠깐 나타났다 숨어 버리는 초승달은 세상을 후려 삼키려는 독부毒婦가 아니면 철모르는 처녀 같은 달이지마는, 그믐달은 세상의 갖은 풍상을 다 겪고 나중에는 그 무슨 원한을 품고서 애처롭게 쓰러지는 원부怨婦와 같이 애절하고 애절한 맛이 있다.

보름의 둥근 달은 모든 영화와 끝없는 숭배를 받는 여왕과 같은 달이지마는, 그믐달은 애인을 잃고 쫓겨남을 당한 공주와 같은 달이다. 초승달이나 보름달은 보는 이가 많지마는 그믐달은 보는 이가 적어 그만큼 외로운 달이다.

객창한등客窓寒燈에 정든 임 그리워 잠 못 들어 하는 분이나 못 견디게 쓰린 가슴을 움켜잡은 무슨 한恨 있는 사람이 아니면, 그 달을 보아 주는 이가 별로 없을 것이다. 그는 고요한 꿈나라에서 평화롭게 잠들은 세상을 저주하며, 홀로이 머리를 풀어뜨리고 우는 청상靑孀과 같은 달이다.

내 눈에는 초승달 빛은 따뜻한 황금빛에 날카로운 쇳소리가 나는 듯하고, 보름달은 치어다 보면 하얀 얼굴이 언제든지 웃는 듯하지마는, 그믐달은 공중에서 번뜩이는 날카로운 비수와 같이 푸른 빛이 있어 보인다.

내가 한 있는 사람이 되어서 그러한지는 모르지마는, 내가 그 달을 많이 보고 또 보기를 원하지만, 그 달은 한 있는 사람만 보아 주는 것이 아니라, 늦게 돌아가는 술주정꾼과 노름하다 오줌 누러 나온 사람도 보고, 어떤 때는 도적놈도 보는 것이다.

어떻든지, 그믐달은 가장 정情 있는 사람이 보는 중에, 또는 가장 한 있는 사람이 보아 주고, 또 가장 무정한 사람이 보는 동시에 가장 무서운 사람들이 많이 보아 준다.

내가 만일 여자로 태어날 수 있다 하면, 그믐달 같은 여자로 태어나고 싶다.

이 수필에서 나도향은 그믐달을 여성에 비유하여 표현합니다. 그는 그믐달이 "요염"하고 "깜찍하게 예쁜" 여성 같은 달이라고 하면서도, "가슴이 저리고 쓰리도록 가련한 달"이라 말합니다. 막 일어나는 초승달은 "독부"거나 "철모르는 처녀" 같은 달이라 묘사한다면, 져 가는 그믐달은 "원한"을 품은 "원부"처럼 "애절"한 달이라 합니다.

또한 그믐달은 영화를 누리며 숭배를 받는 "여왕" 같은 보름달과 달리, 애인을 잃고 쫓겨난 "공주" 같은 달입니다. 그믐달은 많은 이들이 바라보는 초승달이나 보름달과 달리 보는 이가 적어 외로운 달이기도 합니다. 그리하여 그믐달은 "한" 많은 달, 홀로 우는 "청상" 같은 달입니다. "날카로운 비수와 같이 푸른 빛"을 간직한 달이라 묘사합니다.

늘 슬프고 눈물 많았던 나도향은 그믐달에서 자신의 외롭고 쓸쓸한 모습을 보았던 것 같습니다. 그는 스스로 "내가 한 있는 사람이 되어서 그러한지는 모르지마는"이라고 말하며 자신의 내면의 슬픔을 드러냅니다.

이렇게 많은 눈물과 슬픔을 안고 이르게 세상 떠난 나도향은 이태원의 공동묘지에 묻혔었습니다. 그의 묘 앞에 있는 흑요석 비에는 '고 나도향 지묘'라고 새겨 놓았습니다. 하지만 현재 우리는 그 무덤이 어디 있는지 알 수 없습니다. 이태원의 공동묘지 자체가 오래전에 사라져 버렸기 때문입니다. 망우역사문화공원 관계자가 말하길 이태원 공동묘지는 미아리로 옮겨졌다가 다시 옛날의 망우리로 옮겨졌다고 합니다. 이 과정에서 많은 무덤이 흔적도 없이 사라졌고, 나도향의 묘소 또한 그 수난을 피하지 못했습니다. 《월간조선》의 김태완 기자의 취재에 따르면, 이태원 공동묘지가 사라지는 과정에서 "화장한 후 어느 절간으로 옮겨졌다"는 이야기가 있지만, 그곳이 정확히 어디인지는 알 수 없다고 합니다.


## 한강 넘어 용산 청파동으로

나도향은 본명은 나경손羅慶孫이었습니다. 그의 필명은 빈彬이었으며, 도향稻香은 그의 호였습니다. 우리는 그의 호에서 유래한 나도향이라는 이름으로 그를 기억하고 있는 것이지요. 나도향은 서울 태생으로, 당시 한성부 용산방 청파계에서 태어났습니다. 우리가 흔히 말하는 청파동입니다. 작가 탐구로 잘 알려진 김태완 기자에 따르면, 나도향의 생가는 호적상 '경성부 청엽정 1정목 56번지'로 기재되어 있다고 합니다. 이는 현재의 용산구 청파동 1가 56번지(청파로47나길 101)입니다. 김태완 기자가 인터넷에 검색해 보니 이곳이 '대진비닐사업사'로 나와 있다고 덧붙였습니다.

과연 어떤 동네일까? 나도향의 기억과 흔적을 더듬으며 이곳을 찾아가 봅니다. 지금도 옛 집터에 그 회사가 그대로 남아 있는지 확인해 보고 싶었습니다.

서울대학교에서 '시내'인 서울역이나 광화문 쪽으로 가려면 한강대교를 건너가야 합니다. 한강대교를 남에서 북으로 건너가면 바로 용산이 나옵니다. 용산은 상전벽해桑田碧海라는 말처럼, 지금 불과 10여 년 전과는 완전히 다른 세상이 되었습니다. 제가 처음 서울에 올라와 보았던 옛 용산의 모습은 거의 찾아볼 수 없을 정도입니다.

일제강점기와 해방 이후의 용산은 어떤 곳이었을까요? 아래에 소개된 《조선일보》 1959년 6월 13일 자 기사 '풍토순람 : 용산구'는 당시 구 용산과 신용산에 대해 우리에게 많은 것을 알려 줍니다.

용산구는 일찍이 고양 땅이었으며 지금에 와서도 원효로 일대를 구 용산, 한강로 일대를 신용산이라 부르고 있는데, 용산이라고 불리게 된 유래는 한강에서 용이 나타났기 때문이라고도 하며, 서울을 용의 머리로 친다면 용산은 그 꼬리에 해당하고 동시에 고개 바지도 있는 까닭이라 한다.

옛날 막막한 모래사장이었던 한강로 일대에다 4252년 왜놈들이 들어와서 한 부락을 이루면서 신구의 구별이 생긴 것으로, 8·15해방 이전에는 이태원을 중심으로 청파동 등에 일본 사람들이 많이 살고 있었던 고장이기에 귀속재산이 많기로도 손꼽을 수 있는 지역이다. 이와 같이 일본 사람이 많이 살고 있다가 돌아가자 각처에서 모여든 주민들로 말미암아 원주민보다도 우리나라 각처에서 모여든 사람들이 인구 18만 5천 명 중 그 7, 8할을 점하고 있다는 것이며 이들의 생활력이 강하기 때문에 주민의 생활 정도는 일부 서민층을 제외하고는 중류에 속하며 부과세율로 보아 중구와 종로구 다음인 세 번째에 속한다는 것이다.

여기에서는 단기 4252년, 즉 1919년에 대해 이야기하고 있습니다. 당시 일본인들이 용산에 많이 이주하면서 구 용산과 신용산의 구별하는 방식이 생겼다는 것인데요. 특히 청파동에는 일본인들이 다수 거주하고 있었다고 합니다.

구 용산 지역은 옛날부터 수해가 빈번했던 곳으로 알려져 있습니다. 《조선일보》 1925년 7월 13일 자 기사 '노도는 구룡산에'에서도 이러한 내용을 다루고 있습니다.

12일 오전 11시 이후로 한강 물은 점점 구 용산 방면으로 돌기 시작하여 대도정大島町 산수정山手町 경정京町 도화정桃花洞 등지는 각 각으로 침수되기 시작하여 매우 불안한 중에 있다.

한강 물이 점점 구 용산 방면으로 들기 시작한 이후로 영정榮町 신용산 사이와 대도정 도화동 사이는 12일 오후 1시부터 전부 교통 이 두절되었다.

여기에서 언급되는 대도정은 현재 용산의 용문동을 가리키며, 산수정은 현재 용산 산천동의 일제강점기 당시 명칭입니다. 또한 영정은 지금 용산의 신계동입니다. 그러니까 한강변에서 산천동, 용 문동, 신계동, 청파동 순으로 이어지는 이 지역들이 전통적으로 구 용산이라 불리는 곳입니다.

예로부터 수해가 잦은 지역은 빈민이나 가난한 사람들이 주로 거주하는 곳인 경우가 많습니다. 가난 때문에 상대적으로 환경이 열악한 지역에서 살 수밖에 없었던 것이지요. 일제강점기 당시 '대 경성'이라는 말이 유행했는데, 이는 화려하고 성장하는 경성을 뜻 하는 동시에 희망찬 도시 이미지를 내포하고 있었습니다. 그러나 이 '대경성'의 이면에는 가난한 사람들의 생활 터전이 곳곳에 펼쳐 져 있었습니다. 이 빈민 지대를 언급하는 대목에서 용산의 여러 동 네의 이름이 등장하는 점은 주목할 만합니다. 이러한 내용은《조선 일보》1929년 6월 19일 자 기사 '황폐 그러나 예찬되는 경성'에서도 찾아볼 수 있습니다.

연화봉의 청엽정 부근으로부터 경성의 외곽 산복 지대에는 나날이 이러한 적빈자의 부락이 불어 가는 형편이니, (……) 패잔한 부락민이 있건 없건 한편으로 늘어가는 것은 바다 건너온 진입자들의 화사한 건물이니, 황폐화하면서 한편으로 예찬받는 대경성은 너무나 비극적인 해학을 담고 있는 것이다.

## 용산 청파동에서 일어난 이야기, 「벙어리 삼룡이」

그런데 가난한 사람들이 모여 사는 지역을 언급하는 대목에서 "연화봉의 청엽정", 즉 오늘날의 청파동이 거론되는 점이 눈에 띕니다. 이에 청파동에 대한 신문 기사('빈민촌 탐방기 4 : 처참한 유년 직공', 《동아일보》, 1924. 11. 10)를 찾아보니, 다음과 같은 기록이 남아있었습니다.

　　"청파靑坡"라는 말만 들으면 즉시 "미나리"와 "콩나물"을 생각하게 되는 것은 서울 사람들이 보통 전하는 말이며 이로부터 일반 세상에서는 자연히 '청파'라는 동리에는 가난한 사람이 많이 살고 콩나물과 미나리 장사들이 많이 사는 것을 알게 된다.
　　예전에야 모다 청파라고 불러 왔지만 새로 서울 안의 골목과 동리 이름이 변경된 뒤부터는 이곳을 청엽정이라 하고, 또다시 이것을 1, 2, 3의 세 정목丁目으로 나누었다. 유명한 효창원孝昌園을 등지고

1920년대 용산의 생활상을 짐작할 수 있는 사진.

그 산비탈로부터 고시정古市町 부근까지가 모다 그 동리의 구역이며 총 호수는 대략 7천 호가량이나 된다.

백과사전에 따르면 고시정은 지금의 동자동, 서울역 뒤편 서부역 부근을 가리키는 말입니다. 청엽정은 이 동자동 옆에 있는 청파동의 일제강점기 당시 이름이었던 것이지요. 위에 언급된 신문 기사에서는 이 지역에 미나리와 콩나물이 많았다고 전하고 있습니다. 미나리와 콩나물은 전통적으로 서민들이 가장 많이 먹는 나물과 채소로, 이를 팔아 생계를 유지하던 사람들 또한 가난한 이들이었습니다.

흥미롭게도 이 신문 기사에 언급된 청엽정, 즉 청파동 그리고 그곳에 있는 연화봉이라는 봉우리와 청파동에서 많이 난다는 콩나물, 미나리에 대한 이야기가 등장하는 소설이 있습니다. 바로 청파동에서 태어난 작가 나도향의 소설 「벙어리 삼룡이」입니다.

　내가 열 살이 될락 말락 한 때이니까 지금으로부터 십사오 년 전 일이다.
　지금은 그곳을 청엽정青葉町이라 부르지마는 그때는 연화봉蓮花峰이라고 이름하였다. 즉 남대문에서 바로 내려다보면 오정포가 놓여 있는 산등성이가 있으니, 그 산등성이 이쪽이 연화봉이요, 그 새에 있는 동네가 역시 연화봉이다.
　지금은 그곳에 빈민굴이라고 할 수밖에 없이 지저분한 촌락이 생기고 노동자들밖에 살지 않는 곳이 되어 버렸으나 그때에는 자기네 딴은 행세한다는 사람들이 있었다.

집이라고는 십여 호밖에 있지 않았고 그곳에 사는 사람들은 대개 과목밭을 하고 또는 채소를 심거나 그렇지 아니하면 콩나물을 길러서 생활을 하여 갔었다.

여기에 그중 큰 과목밭을 갖고 그중 여유 있는 생활을 하여가는 사람이 하나 있었는데, 그의 이름은 잊어버렸으나 동네 사람들이 부르기를 오 생원吳生員이라고 불렀다.

1925년 7월 《여명》에 발표된 「벙어리 삼룡이」의 도입부로, 앞으로 전개될 이야기가 당시 청엽정이라 불리던, 그리고 옛날에는 연화봉이라고 불렸던 동네에서 일어난 일임을 알려 줍니다. 이 소설은 나도향이 자신이 태어난 용산, 그중에서도 청파동에서 전해져 내려오는 이야기를 소설화한 것입니다. 이 이야기는 매우 비극적입니다.

연화봉 아랫동네에 오 생원이라 불리는 하층 양반이 살고 있었습니다. 오 생원에게는 열일곱 살의 삼대독자인 아들이 있었는데, 이 아들은 망나니처럼 못된 성격을 가진 인물이었습니다. 이 소설의 주인공인 삼룡이는 오 생원의 집에서 충직하게 일하는 하인입니다. 삼룡이는 외모가 볼품없고 말을 하지 못하지만, 진실하고 충성스럽고 부지런한 사람으로 그려집니다.

이야기의 비극 씨앗은 오 생원의 아들이 가진 인성적 결함에서 비롯됩니다. 가을이 되자 오 생원은 남촌의 가난한 과수집 딸을 며

느리로 맞이하여 아들과 혼인을 시킵니다. 도련님보다 두 살 위인 이 신부는 비록 구식 교육을 받았지만, 배운 것도 많고 행동거지나 외모에 흠잡을 데 없는 품격 있는 여성입니다.

속된 말로 '돼지 목에 진주목걸이'라 할까요? 아니면 옛 여성 시인 허난설헌의 못난 남편을 떠올리게 한다고 할까요? 못된 도령 은 참한 색시를 감당하지 못하고 온갖 패악을 저지릅니다. 이에 망 나니 도령의 행패를 참고 숨죽이며 무한한 인내 속에서 살아온 삼 룡이가 달라지기 시작합니다. 그는 감정과 의식의 눈을 뜨게 된 것 입니다.

이 소설의 진정한 가치는 바로 삼룡이의 변화를 극적으로 그려 낸 데 있습니다. 어떤 작품보다도 이 소설은 하층민인 삼룡이가 인 간적 감정과 의식을 회복하는 과정을 강렬하게 묘사합니다. 삼룡이 의 이러한 변화는 도령에게 핍박받는 아씨의 고통 속에서 자기 자 신의 고통을 발견했기 때문일 것입니다.

현재 '벙어리'라는 단어는 장애인을 비하하는 표현으로 여겨져 사용을 삼가고 있습니다. 그러나 나도향은 작품에서 삼룡이가 겪는 냉대와 차별을 역설적으로 드러내기 위해 이 표현을 사용하고 있 습니다. 삼룡이는 비록 말을 하지 못하지만, 그는 엄연히 인격을 가 진 한 사람이며, 사람이라면 누구나 지니고 있는 마음과 감정을 가 지고 있습니다. 나도향은 삼룡이의 이러한 인간적인 마음과 감정을 다음과 같이 섬세하게 묘사합니다.

그날 저녁 밤은 깊었는데 멀리서 닭이 우는 소리와 함께 개 짖는 소리뿐이 들린다. 난데없는 화염이 벙어리 있던 오 생원 집을 에워쌌다. 그 불을 미리 놓으려고 준비하여 놓았는지 집 가장자리로 쪽 돌아가며 흩어놓은 풀에 모조리 돌라붙어 공중에서 내려다보면 집의 윤곽이 선명하게 보일 듯이 타오른다.

불은 마치 피 묻은 살을 맛있게 잘라먹는 요마妖魔의 혓바닥처럼 날름날름 집 한 채를 삽시간에 먹어 버리었다. 이와 같은 화염 속으로 뛰어 들어가는 사람이 하나 있으니 그는 다른 사람이 아니라 낮에 이 집을 쫓겨난 삼룡이다. 그는 먼저 사랑에 가서 문을 깨뜨리고 주인을 업어다가 밭 가운데 놓고 다시 들어가려 할 제 얼굴과 등과 다리가 불에 데이어 쭈그러져드는 것을 알지 못하였다.

그는 건넌방으로 뛰어들었다. 그러나 색시는 없었다. 다시 안방으로 뛰어들었다. 그러나 또 없고 새서방이 그의 팔에 매달리어 구원하기를 애원하였다. 그러나 그는 그것을 뿌리쳤다. 다시 서까래가 불이 시뻘겋게 타면서 그의 머리에 떨어졌다. 그러나 그는 그것을 몰랐다.

부엌으로 가 보았다. 거기서 나오다가 문설주가 떨어지며 왼팔이 부러졌다. 그러나 그것도 몰랐다. 그는 다시 광으로 가 보았다. 거기도 없었다. 그는 다시 건넌방으로 들어갔다. 그때야 그는 색시가 타죽으려고 이불을 쓰고 누워 있는 것을 보았다. 그는 색시를 안았다. 그리고는 길을 찾았다. 그러나 나갈 곳이 없었다.

그는 하는 수 없이 지붕으로 올라갔다. 그는 비로소 자기의 몸이 자유롭지 못한 것을 알았다. 그러나 그는 자기가 여태까지 맛보지 못한 즐거운 쾌감을 자기의 가슴에 느끼는 것을 알았다. 색시를 자기 가슴에 안았을 때 그는 이제 처음으로 살아난 듯하였다.

그는 자기의 목숨이 다한 줄 알았을 때 그 색시를 내려놓을 때는 그는 벌써 목숨이 끊어진 뒤였다. 집은 모조리 타고 벙어리는 색시를 무릎에 뉘고 있었다. 그의 울분은 그 불과 함께 사라졌을는지. 평화롭고 행복스러운 웃음이 그의 입 가장자리에 엷게 나타났을 뿐이다.

이 결말은 참으로 가슴 아픈 비극입니다. 그러나 이 비극을 그려 내는 나도향의 필력은 놀라울 따름입니다. 그는 자신의 목숨을 바쳐 아씨를 구해 낸 삼룡이의 최후를 박진감과 긴장감 넘치게, 그러면서도 담담하게 그려 내고 있습니다. 삼룡이는 끝내 아씨를 구해 내고, 그제야 "평화롭고 행복스러운 웃음"을 "입 가장자리에 엷게" 띄운 채 자신의 삶을 마감합니다. 그의 마지막 모습은 독자의 가슴에 깊은 여운을 남기지요.

### 「벙어리 삼룡이」, 「물레방아」, 「뽕」에 나타나는 '정념'

나도향은 이야기를 전개하며 삼룡이 또한 한 인간임을 다음과 같은 방식으로 드러내고 있습니다.

벙어리가 스물세 살이 될 때까지 그는 물론 이성과 접촉할 기회가 없었다. 동네의 처녀들이 저를 '벙어리, 벙어리' 하며 괴상한 손짓과 몸짓으로 놀려먹음을 받을 적에 분하고 골나는 중에도 느긋한 즐거움을 느끼어 본 일은 있었으나 그가 결코 사랑으로써 어떠한 여자를 대해 본 일은 없었다.

그러나 정욕을 가진 사람인 벙어리도 그의 피가 차디찰 리는 없었다. 혹 그의 피는 더욱 뜨거웠을는지도 알 수 없었다. 뜨겁다 뜨겁다 못하여 엉기어 버린 엿과 같을지도 알 수 없었다. 만일 그에게 볕을 주거나 다시 뜨거운 열을 준다면 그의 피는 다시 녹을는지도 알 수 없었다.

나도향은 삼룡이도 한 인간임을 강조합니다. 그는 삼룡이가 이성을 그리워하고 사랑을 갈구하며, 모든 사람과 마찬가지로 "정욕"을 지니고 있음을 말합니다. 여기서 나도향이 언급한 "정욕"은 '정념情念'이라는 표현으로 이해하는 것이 더 정확할 듯합니다. 사전적으로 '정념'은 '감정에 따라 일어나는 억누르기 어려운 생각'을 의미합니다. 이를 조금 더 구체적으로 설명하자면 정념은 단순히 관념적이고 정신적인 것만도 아니며, 물질적이고 육체적인 것만도 아닙니다. '정념'은 정신과 육체를 동시에 지닌 인간에게서 이 둘이 교차하며 일어나는 복잡하고도 강렬한 감정의 소용돌이라고 할 수 있습니다. 이는 육체와 정신이 뒤얽혀 나타나는, 인간다움을 드러내는 본질적인 증표이기도 합니다. 누구나 이 정념을 가지고 있으며,

그것이야말로 그가 인간임을 증명하는 것입니다.

「벙어리 삼룡이」는 다른 모든 이들과 마찬가지로 뜨거운 정념을 지닌 '벙어리' 삼룡이가 주인집 아들에게 핍박당하는 새아씨를 동정하면서 한껏 고양된 '정념'의 움직임을 보여 줍니다. 이 정념으로 인해 삼룡이는 자신이 핍박받을 때조차 드러내지 않았던 인간으로서의 반항과 저항을 향해 나아가게 됩니다.

나도향의 대표작으로 손꼽히는 세 작품, 즉 「벙어리 삼룡이」, 「물레방아」, 「뽕」은 연작의 성격이 강한 작품들입니다. 나도향은 이세 작품을 모두 1925년에 발표합니다. 비슷한 시기에 창작된 만큼 인간에 대한 그의 독특한 해석이 고루 담겨 있습니다.

이 세 작품은 모두 앞서 말한 '정념'에 의해 자신의 행동을 '결정'하는 인물들을 그리고 있습니다. 예를 들어 「물레방아」는 권력있고 부유한 지주 신치규의 집에 얹혀사는 행랑채 머슴 이방원의 비극을 그린 것입니다. 이 두 인물 간의 신분 차이를 나도향은 이렇게 설명하고 있습니다.

> 물레방아에서 들여다보면 동북간으로 큼직한 마을이 있으니 이 마을의 가장 부자요, 가장 세력이 있는 사람으로 이름을 신치규申治圭라고 부른다. 이방원이라는 사람은 그 집의 막실幕室 살이를 하여 가며 그의 땅을 경작하여 자기 아내와 두 사람이 그날그날을 지내 간다.

문제는 이방원의 젊은 아내입니다. 그녀는 나이 많은 주인 신치규의 유혹에 빠져 자신의 몸을 허락할 뿐 아니라 자신으로 인해 주재소에 끌려가 감옥살이를 마친 남편의 말조차 거부합니다. 이방 원의 설득에도 불구하고 그녀는 남편을 따라 떠나지 않겠다고, 신 치규의 곁을 떠나지 않겠다고 고집하다 끝내 이방원의 손에 살해당 하고 맙니다. 나이 많은 주인과 자신의 육체를 거래하며 안락한 생 활을 포기하지 않으려는 이방원의 아내의 기묘한 '쾌락주의'는 신 분과 가난의 굴레 속에서 살아가야 했던 여성이 선택할 수 있었던 도덕을 초월한 생존의 의지, 혹은 정념이라 볼 수 있습니다. 이렇듯 나도향은 인간 내면에서 살아 움직이는 '정념'의 존재를 탐구합니 다. 그는 선악의 도덕 관념을 넘어 오로지 '행복'을 추구하는 맹목 적이고 본능적인 '정념'의 본질을 생생히 그려 냅니다.

또 다른 단편소설 「뽕」의 여주인공 '안협집' 역시 그러한 여성 의 사례 중 하나입니다. 여기서 '안협집'라는 이름은 안협에서 시집 온 여성을 뜻합니다. 안협은 현재 강원도 철원과 가까운 지역입니 다. 안협집은 노름꾼 김삼보의 아내이지만 '정조'라는 세속적 윤리 대신 자신의 '욕구'를 따라 움직이는 인물이지요. 그녀는 지독한 가 난 속에서 여성에게 강요되는 일방적인 윤리 기준을 '가볍게' 넘어 서는데, 이는 일종의 '위반' 또는 '탈주'로 해석될 수 있습니다. 그녀 역시 이방원의 아내처럼 '무도덕적'으로 보입니다. 그녀는 호시탐탐 자신을 넘보는 삼돌이에게는 몸을 허락하지 않으면서도 경제적 이 득을 위해서는 서슴없이 몸을 파는 복잡한 행태를 드러냅니다.

「벙어리 삼룡이」의 삼룡이, 「물레방아」의 이방원 아내, 「뽕」의 안협집은 모두 사회적 억압과 가난 속에서 눌려 살아가며, 그 가슴 속에 응결된 뜨거운 삶의 욕구, 즉 '정념'을 상징적으로 드러내는 인물들입니다.

이 '정념'은 오늘날 젊은 비평가들이 심취해 있는 '정동Affect'의 맥락에서 설명 가능합니다. '정념'은 영어로 'passion'으로 번역될 수 있지만, 철학적으로는 '정동'과 밀접한 관계가 있습니다. 들뢰즈에 따르면, '정동'은 스피노자Baruch Spinoza에 의해 재발견되고 옹호된 개념입니다. 스피노자는 데카르트René Descartes의 정신과 육체의 이분법과 육체에 대한 정신의 우위성 명제를 정신과 육체의 평행론으로 극복하고자 했습니다. 여기서 '정동'은 육체와 정신에 함께 작용하면서 존재를 변화시켜 나가는 내적인 힘 같은 것이라 할 수 있습니다. 더 자세한 내용은 연효숙의 논문, 「들뢰즈에서 정동의 논리와 공명의 잠재력」(2015)에서 다루고 있습니다.

그러니까 '정동'은 관념이나 인식 이전에 인간의 행동을 '결정'하는, 본질적이고 내적인 근거와 같은 것입니다. 나도향은 이러한 정동으로서의 정념을 발견하고 이를 극적으로 부각시킨 '최초'의 작가로 평가받을 수 있습니다.

이 점에서 나도향은 겉으로는 가난한 사람들에 관심을 표명한 카프 작가들과 비슷해 보입니다. 카프 작가들 역시 빈부 격차와 같은 계급·계층 문제에 주목하며, 억압받는 이들의 고통과 저항을 표현하려 했습니다. 그러나 카프 작가들은 이러한 저항적 행동을 자각이나 깨달음, 즉 의식의 산물로 이해했습니다. 나도향은 이와는 상당히 다른 접근을 보여 줍니다. 나도향이 말하는 '정념'은 카프 작가들이 말하는 의식적 각성보다 훨씬 더 근본적인, 인간의 내재적 욕구를 가리킵니다. 이는 정신과 육체의 만남에서 일어나는 복합적이고 강렬한 감정의 소용돌이로, 인간 존재의 본질적인 동력으로 그려집니다.

### 「청파동을 기억하는가」에 나타나는 용산

요즘은 내비게이션만 있으면 어디든 정확히 찾아갈 수 있는 시대입니다. 김태완 기자가 기록한 '청파로47나길 101'을 찾아가는 길도 전혀 어렵지 않았습니다. 지금도 그 집터에 '대진비닐사업사'가 자리하고 있을까요?

용산역에서 전자상가 방향으로 몇 분만 달리면 서울역 뒤편 서부역 쪽으로 이어지는 청파로에 도착합니다. 숙명여자대학교로 올라가는 언덕길을 지나 삼일교회를 지나고, 동자동 쪽으로 조금 더 가니 나도향 생가 터로 올라가는 언덕길이 나타납니다. 차를 적당한 곳에 세워 두고 걸어서 올라가기로 했습니다. 조금은 천천히, 나도향을 찾아가는 시간을 여유롭게 느끼고 싶어서입니다.

아주 평범한, 어디에나 있을 법한 서민들과 중산층이 사는 동네입니다. 재개발 시기가 가까워 보이는 어지러운 골목과 겨울의 언덕길은 더욱 어수선해 보입니다. 나도향의 생가 터는 어렵지 않게 찾을 수 있었습니다. '대진비닐기업'으로 이름만 살짝 바뀌어 있을 뿐입니다. 그러나 이곳이 나도향과 관련된 곳임을 알리는 표지판 하나도 찾아볼 수 없습니다.

마음이 더없이 착잡해집니다. 우리는 문학인들의 흔적과 유산에 대해 여전히 해야 할 일이 많다는 것을 절감하게 됩니다.

사진 속에 보이는 이곳에서 나도향은 태어났다고 합니다. 그의 집안은 대대로 의사 집안이었다지요. 할아버지 나병규는 원래는 평안남도 성천 출신으로, 총독부에서 '의생醫生' 면허를 취득해 한의사로 일했다고 합니다. 나도향의 본명 '경손'은 할아버지의 의형제였던 조종대라는 인물이 지어 준 것이라고 해요. 김태완 기자는 나병규와 조종대에 대해 다음과 같이 기록하고 있습니다.

> 조종대는 대한독립애국단大韓獨立愛國團 단원이었는데 이 단체는 임시정부의 비밀 지원 단체였다. 나병규의 한의원이 독립애국단 거점과 다름없었다. 그러나 1920년 1월 일제日帝에 발각되면서 여러 단원과 함께 조종대·나병규도 검거되고 만다. 조종대는 5년 형刑을 선고받고 복역 중 1922년 옥사했다. 나병규는 일흔 가까운 나이 때문에 벌금형(100원 형)을 받았으나 그 역시 1924년 사망했다.

나도향의 아버지 나성연은 양의사였습니다. 그는 경성의학전문학교를 졸업하고 주로 외과 환자들을 진료했다고 전해집니다. 나도향은 아버지 나성연의 7남매 중 둘째로 태어났습니다. 그리고 집

나도향의 생가 터에 현재 위치해 있는
'대진비닐기업'.

안의 전통에 따라 처음에는 배재학교를 거쳐 경성의학전문학교에 입학했습니다. 조선총독부『관보』제1731호(1918년 5월 16일, 대정 7년)의 경성의학전문학교 입학생 명단에 그의 본명인 나경손이 포함되어 있습니다. 하지만 그는 중도에 학업을 그만두고 염원하던 문학의 길로 전향했습니다. 일본으로 유학까지 떠났지만 학비 부족으로 끝내 고국으로 돌아와야 했습니다.

나도향이 문단에 등장한 것은 1922년 동인지《백조》의 창간호에 소설「젊은이의 시절」을 발표하면서입니다.《백조》는 젊은 낭만주의자들의 둥지로 알려져 있었습니다. 그가 문단에서 본격적으로 두각을 나타낸 것은《동아일보》에 1922년 11월 21일부터 1923년 3월 21일까지 장편소설『환희』를 연재하면서부터입니다. 이후 그는《시대일보》에 1925년 1월 5일부터 4월 30일까지 장편소설『어머니』를 연재하기도 했습니다. 작품 활동을 시작한 지 불과 4~5년 사이에 나도향은 다수의 장편소설과 단편소설을 집필했으며, 톨스토이 소설을 번역하는 작업까지 해냈습니다. 그는 놀라운 재능과 속도로 많은 작품을 남긴 문학인이었습니다. 화가 이상범은 1934년 8월《삼천리》에 실린「역사소설과 현대소설」에서 나도향을 이렇게 평했습니다. "요모조모 잘 꾸미어 사건도 재미있게 엮어 가지만, 그보다도 등장하는 인물을 모다 특색 있게 제시한다." 이는 나도향의 작품이 사건 전개의 재미뿐 아니라, 인물 묘사에서 특히 돋보였음을 보여 줍니다.

쓸쓸한 언덕길입니다. 천천히 길을 따라 올라가며 이 동네는 참으로 오래된 곳임을 느낍니다. 그렇다면 「벙어리 삼룡이」의 배경이 된 고향 연화봉은 어디일까요? 신문 기사('청파 고지대 급수난 풀려', 《매일경제》, 1981. 10. 24)를 살펴보면, 지금은 주택으로 뒤덮여 사라져 버린 연화봉이라는 지명은 1981년까지도 존재했던 것으로 나타납니다.

> 용산구 청파동1가 89일대 고지대의 급수난이 해소되게 됐다.
>
> 용산구는 24일 송수관이 낡아 급수 상태가 불량, 4백여 가구 4천여 주민이 심한 급수난을 겪고 있는 속칭 연화봉 지역에 시비 6천1백만 원을 들여 1백~2백50미터의 송수관 8백여 미터를 새로 묻어 이 지역 급수난을 해소해 주기로 했다.
>
> 또 청파 가압장의 가압펌프를 현재 40마력에서 50마력으로 교체하는 공사를 오는 12월 중순까지 모두 마칠 계획이다.

지금 이곳은 산이라고 부르기에도 나무숲은 찾아볼 수 없고, 오로지 주택들만 빼곡히 들어서 있습니다. 마치 쓸쓸했던 나도향의 삶을 기념해 줄 자연의 빛마저 사라져 버린 듯한 느낌을 줍니다. 이 순간, 겨울의 청파동을 떠올리게 하는 최승자 시인의 시 「청파동을 기억하는가」(『이 시대의 사랑』, 문학과지성사, 1981)가 떠오릅니다.

> 겨울 동안 너는 다정했었다.
> 눈[雪]의 흰 손이 우리의 잠을 어루만지고

우리가 꽃잎처럼 포개져
따뜻한 땅속을 떠돌 동안엔

봄이 오고 너는 갔다.
라일락꽃이 귀신처럼 피어나고
먼 곳에서도 너는 웃지 않았다.
자주 너의 눈빛이 셀로판지 구겨지는 소리를 냈고
너의 목소리가 쇠꼬챙이처럼 나를 찔렀고
그래, 나는 소리 없이 오래 찔렸다.

찔린 몸으로 지렁이처럼 기어서라도,
가고 싶다 네가 있는 곳으로.
너의 따뜻한 불빛 안으로 숨어 들어가
다시 한번 최후로 찔리면서
한없이 오래 죽고 싶다.

그리고 지금, 주인 없는 헤진 신발마냥
내가 빈 벌판을 헤맬 때
청파동을 기억하는가

우리가 꽃잎처럼 포개져
눈 덮인 꿈속을 떠돌던

8장 가슴속에 응결된 뜨거운 정념
나도향, 벙어리 삼룡이

나도향이 거닐었을지도 모를 청파동 언덕길에
자리한 '새빛관'.

참으로 아름다운 절망의 시입니다. 처절한 사랑의 시입니다. 청
파동이 낳은 상실의 시입니다. 최승자 시인의 「청파동을 기억하는
가」에서 느껴지는 깊은 슬픔처럼, 나도향의 장편소설 『어머니』에서
도 영숙은 춘우에 대한 사랑을 단념하며, 깊은 사랑의 슬픔에 잠겨
야 했습니다.

언덕 위로 길게 이어진 갈래길을 따라 천천히 발걸음을 옮깁니
다. 「청파동을 기억하는가」의 화자가 이 다닥다닥 붙어 있는 집들
어딘가에 숨어 살고 있을 것만 같은 기분이 듭니다. 그러다 문득 흰
빛 건물이 눈에 들어옵니다. 숙명여자대학교의 '새빛관'입니다. 나
도향의 흔적이 사라진 쓸쓸한 청파동의 언덕길과 골목에 새로운 빛
이 스며드는 느낌입니다. 그 빛 속에서, 뜨거운 정념을 가졌던 작품
속 인물들이 다시금 생생하게 되살아나는 것 같습니다.

차가운 겨울바람이 불어옵니다. 계절이 깊어질수록 그의 문학
이 품었던 슬픔과 아름다움이 더욱 선명하게 다가옵니다. 청파동은
나도향에게 단순한 고향을 넘어선 특별한 의미를 지닌 곳이었듯,
우리에게도 삶의 본질과 인간 내면을 들여다보게 하는 문학적 공간
으로 자리하고 있습니다.

천천히 발길을 돌리며, 나도향의 흔적이 오래도록 우리의 곁에
머물기를, 그의 문학이 잊히지 않기를 조용히 바랐습니다. 바야흐로
나도향의 깊은 겨울이 다시 한번 시작되는 듯합니다.

# 9장
## 근로하는 모든 여자의 연인
서울의 심장 '종로'에서 부르는 노래
임화, 네거리의 순이

낯선 건물들이 보신각을 저 위에서 굽어본다.
옛날의 점잖은 간판들은 다 어디로 갔는지?
그다지도 몹시 바람은 거리를 씻어갔는가?
붉고 푸른 네온이 지렁이처럼,
지붕 위 벽돌담에 가고 있구나.
오오, 그리운 내 고향의 거리여! 여기는 종로 네거리,
나는 왔다, 멀리 낙산 밑 오막살이를 나와 오직
네가 내가 보고 싶은 마음에……

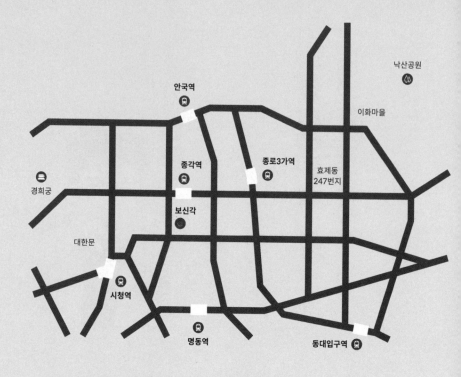

조선 왕조의 상징 보신각이 있는
종로 네거리(종로1가사거리)는 민족의
심장이자 조선의 정체성을 상징한다.
이곳에서 임화는 과거의 전통과
오늘, 그리고 도래할 내일의 희망을
노래했다.

## 미목수려의 청년 시인

아직 어디에도 공개되지 않은 임화의 사진(301쪽 왼편)을 먼저 살펴볼까요? 제1차 공산주의자협의회 사건으로 인해 임화는 3개월 동안 수감 생활을 하게 되었지요. 하얀 피부와 눈이 움푹 들어갈 정도로 마른 얼굴은 서양 젊은이를 연상시키는 세련된 외모로, 인상적입니다. 창백해 보이는 것은 원래 피부가 희어서이기도 하겠지만, 폐결핵을 앓고 있었기 때문입니다. 여러 자료와 사진을 살펴보면, 감옥에서 나온 후에도 폐결핵이 완전히 치유되지 않았음을 알 수 있습니다. 이러한 증언은 김윤식 선생의 『임화연구』(문학사상사, 1989) 서두에 인용되어 있습니다.

『임화연구』는 임화와 관련된 다양한 텍스트를 포괄적으로 검토할 수 있어, 임화를 주제로 한 연구 중 가장 심도 깊은 저작이라 할 수 있습니다. 특히 석영 안석주의 글이 주목할 만합니다. 최근 연세대학교 출신 연구자 신명직이 그의 만문만화(1930년대 신문과 잡지에 실린 만화의 한 형태로, 한 컷의 그림에 짧은 글이 결합된 형식)를 주제로 박사논문을 쓴 이후, 안석주의 이름이 상당히 알려지게 되었습니다. 그 전까지는 거의 연구되지 않던 안석주에 대한 이러한 변화는, 한국 문학의 1920년대 전반기가 연구에서 거의 배제되어 온 상황과 밀접히 연관되어 있습니다. 1920년대 초반에서 중반으로 넘어가던 당시의 문화적·문학적 상황은 매우 복잡다단했으나 《창조》, 《폐허》, 《백조》 등 1919년 3·1운동 전후 창간된 시 동인지를 중심으로 연구가 이루어져 왔습니다. 이로 인해 소설, 삽화, 무성영화 등 여타 예술 장르는 거의 조명을 받지 못했습니다.

이런 연구 풍토를 조금이라도 변화시키고자 저는 최근 '경성 모더니즘'이라는 개념을 제안했습니다. 제게 있어 경성 모더니즘은 흔히 알고 있듯 1930년대 초반 구인회를 중심으로 이루어진 운동을 지칭하지 않습니다. 이는 1920~1940년대까지 15~20년에 걸쳐 장기적으로 지속된 문화적 운동을 의미합니다. 이 개념은 문학만이 중요한 요소가 아니었다는 문제의식을 포함하고 있습니다. 우리는 이 시기를 세부적으로 나누어 그 흐름을 면밀히 살펴보아야 합니다.

경성 모더니즘 제1기는 1920년대 중반에서 1930년대 초반으로 볼 수 있습니다. 1933년에 구인회가 등장하기 전, 경성에서는 건축, 회화, 무성영화가 문화적으로 중요한 역할을 했습니다. 이 시기에 주목할 만한 인물로는 문화 예술 전반에 걸쳐 활동한 화백 안석주, 영화감독 김유영, 이상의 선배였던 건축가 박동진과 박길용이 있습니다. 특히 안석주는 만문만화와 여러 장편소설의 삽화를 그렸고

1931년 10월 2일, 제1차 공산주의자협의회 사건과 관련해 치안유지법 위반으로 종로서에
연행된 임화를 찍은 사진.
오른쪽은 예술가적 면모가 두드러지는 영화배우 활동 당시 임화의 모습.

영화 작업에도 참여하며 다방면에서 활약했습니다. 다재다능했던 그는 한 세대 아래였던 임화를 두고 "서양에서 온 미남자 같은 미목 수려의 청년 시인, 코리아 발렌티노Rudolph Valentino"라고 표현했습니다. 이탈리아 무성영화의 한 시대를 주름잡았던 명배우와 임화를 동일선상에 두고 평가한 것입니다.

임화가 영화배우로 활동했던 일은 지금도 많은 사람들에게 화제입니다. 그런 임화를 더욱 가깝게 느낄 수 있는 사진이 하나 더 있습니다. 앞서 본 사진(301쪽 오른편)보다 더 이전에 촬영한 것으로, 체포되었을 당시 사용된 사진인데요. 분장 덕분에 그의 날카로운 예술가적 면모가 한층 돋보입니다. 당시 형사과에서 급히 프로필 사진이 필요했던 것으로 보입니다. 물론 이 모습 그대로 잡혀간 것은 아닐 테지요. 분장 전과 분장 후의 임화, 이 두 사진은 그의 다면적인 의식과 감각 세계를 상징적으로 보여 줍니다.

임화는 어디에서 태어났을까요? 그 출생지를 둘러싸고 논란이 많습니다만, 서울 낙산 밑이라는 것이 지금까지의 일반적인 통설입니다. 여러 자료에도 낙산 밑에서 오막살이를 했다는 이야기가 나오기도 하지요. 최근 창원대학교 박정선 교수가 탄탄한 조사를 바탕으로 쓴 논문 「임화와 마산」(2012)에서 임화의 학적부가 언급되긴 했지만, 정확한 자료는 제시되지 않았습니다. 이런 상황이니 그 전까지는 임화의 태생에 대해 알 길이 없었습니다.

낙산은 서울에서 잘 알려지지 않은 곳입니다. 낙산 밑이 어디냐고 물으면 답해 줄 사람이 거의 없을 정도이지요. 서울은 남쪽의

만문만화와 여러 장편소설에 그림을 그린 석영 안석주의 삽화.

남산, 북쪽의 북악산, 서쪽의 인왕산, 동쪽의 낙산이 둘러싸고 있습니다. 남산은 외국인으로 붐빌 정도로 유명합니다. 북악산도 북악스카이웨이 덕분에 꽤 알려져 있고요. 인왕산은 잘 몰라도 '인왕산 호랑이' 이야기를 들으면 다들 고개를 끄덕입니다. 하지만 낙산은 그 이름조차 생소합니다.

이른바 '낙타산'으로도 불리는 낙산은 그 유래도 흥미롭습니다. 산의 모습이 꼭 낙타의 등처럼 생겼다고 해서 낙타산이라 불렸다는 것이지요. 옛날에는 '모다락산'이라고도 불렸다고 합니다. 임화의 고향은 바로 이 낙산 밑이라고 전해져 왔습니다.

국사편찬위원회의 데이터베이스에서 제공하는 일제의 감시 대상 인물 카드 자료에는 임화가 종로구 효제동 247번지에서 태어났다고 적혀 있습니다. 지금의 동숭동 아래, 효제초등학교 부근이지요. 낙산과는 조금 거리가 있어 보입니다. 이화동 주민센터에서 출발해 올라가 대학로 위쪽 동네로 펼쳐진 산이 바로 낙산입니다. 낙산공원을 찾아가려면 이화동 쪽에서 올라가야 합니다. 홍익대학교 대학로 캠퍼스에서 이화병원 방향으로 가다 보면 동대문으로 이어지는 길과 만나는데, 거기서 좌측 윗길로 접어들면 낙산으로 올라가는 샛길을 찾을 수 있습니다.

낙산공원 쪽으로 올라가다 보면, 지금은 벽화마을로 유명한 산동네가 나옵니다. 그 산 건너편 자락은 숭인동인데, 이화동과 숭인동이 낙산의 양쪽에 어깨를 맞대고 있는 곳에서 숭인 근린공원이 시작됩니다. 이곳에는 단종이 유배를 떠난 뒤 단종비 정순왕후가 늘 이곳에서 그를 그리워했다는 이야기가 깃들어 있습니다. 그러나 뉴타운 개발이 좌절되면서 그곳은 낡은 빌라촌으로 전락하고 말았습니다. 언젠가 탐사를 갔다가 깜짝 놀랐던 기억이 있습니다. 차한 대가 겨우 지나갈 만큼 좁은 길이 그렇게 꼬불꼬불할 수가 없었습니다. 가파른 산길을 따라 빌라가 양쪽으로 늘어섰을 뿐만 아니라, 작은 단층집이 곳곳에 자리 잡아 낙후된 분위기가 역력했지요. 이후 박원순 전 서울시장의 새로운 프로젝트로 전통적인 삶의 공간을 유지하면서 적절히 가꾸고 단장하는 흐름이 생겨났습니다. 낙산공원 주변의 이화동 윗길도 이 시기를 전후로 벽화 길로 조성되었고, 곳곳에 예술 공방이 들어섰습니다. 이제는 교복을 입은 학생들과 외국 여행객들이 즐겨 찾는 관광지가 되었습니다. 임화의 출생지로 알려진 낙산이 오늘날에는 잘 알려진 공원으로 탈바꿈했다고 할까요?

그런데 흥미롭게도 자료에 따르면, 임화의 본적은 두 곳으로 나타납니다. 경기도 경성부 숭인동 1305번지와 경기도 경성부 당주동 13번지인데요. 치안유지법 위반으로 조사받을 당시에는 숭인동으로 기록되었다가, 며칠 후에는 당주동으로 바뀌었습니다. 이 두 주소의 관계는 현재로서는 불확실하지만, 태어난 곳은 효제동 247번지로 되어 있습니다. 낙산 밑이라고 알려진 곳의 실제 소재지가 바로 여기였구나, 하고 알게 되었지요.

# 오빠는 파란 얼굴에 피곤한 웃음을 웃으시며

임화의 성장 과정을 살펴보면, 그가 서울을 고향으로 인식했을 것이라는 사실을 알 수 있습니다. 열 살이 되던 해, 그는 동대문 안에 있던 사립학교가 해산되어 보통학교 1년급으로 전학을 갔습니다. 1921년에 보성고보에 입학하지요. 보성고보는 이상을 비롯해 카프의 서기장이었던 윤기정(소설·평론가·영화 제작자)과, 유명한 사회주의자 이강국, 해외 문학파의 주요 멤버였던 이현구, 그리고 시인 김기림 등을 배출한 학교입니다.

여기서 잠시 이상과 임화를 비교해 볼까요. 두 사람의 공통점은 생각보다 많습니다. 보성고보 출신인 점은 물론이고, 모두 서울 태생이라는 점도 그렇습니다. 이상은 사직동에서 태어나 통인동에서 자랐고, 임화는 낙산 밑에서 유년기를 보냈습니다. 가장 흥미로운 공통점은 두 사람 모두 연초공장과 관련이 있다는 사실입니다.

1929년 경성고공을 졸업한 이상은 조선총독부에서 기수로 일하게 됩니다. 그는 의주통 연초공장의 건축 및 확장 사업에 투입되어 공사판을 다녔지요. 이후 공장이 완공되자 이를 축하하는 낙성식에도 참석합니다. 당시 조선총독부의 연초공장이었기에 낙성식은 중요한 행사였습니다. 이상의 수필 「얼마 안 되는 변해」(1936)에는 주인공이 유니폼을 입고 말단 직원의 자격으로 낙성식에 참석하지만 이내 그 자리를 견딜 수 없어 뛰쳐나가는 장면이 나옵니다. 그는 어느 산 밑 공동묘지로 가서 파헤쳐진 무덤 구덩이에 몸을 눕히

고 눈물을 흘리지요. 저는 이 장면이 조선총독부 관료 조직의 말단
으로서 자신의 처지를 비판하며 억압된 감정을 표출한 것으로 해석
합니다.

흥미롭게도, 이 연초공장이 임화의 시에도 등장합니다. 1929년
2월 공산주의 계열의 잡지《조선지광》에 발표된 임화의 작품 「우리
오빠와 화로」에는 이러한 내용이 담겨 있습니다.

사랑하는 우리 오빠 어저께 그만 그렇게 위하시던 오빠의 거북
무늬 질화로가 깨어졌어요

언제나 오빠가 우리들의 '피오닐' 조그만 가수라 부르는 영남
이가

지구에 해가 비친 하루의 모든 시간을 담배의 독기 속에다

어린 몸을 잠그고 사온 그 거북무늬 화로가 깨어졌어요


그리하여 지금은 화젓가락만이 불쌍한 영남이하구 저하구처럼

똑 우리 사랑하는 오빠를 잃은 남매와 같이 외롭게 벽에 가 나

란히 걸렸어요


오빠……

저는요 저는요 잘 알았어요

왜 그날 오빠가 우리 두 동생을 떠나 그리로 들어가실 그날 밤에

연거푸 말은 궐련을 세 개씩이나 피우시고 계셨는지

저는요 잘 알았어요 오빠

이 시에 등장하는 오빠는 아마 서대문형무소로 끌려갔을 가능
성이 있습니다. 경복궁을 지나 사직터널 쪽으로 가다 보면 서대문
형무소역사관이 나오지요. 오늘날에는 서울 한복판에 형무소를 세
운다는 것이 상상도 되지 않지만, 당시에는 서울이라는 사대문 안
의 작은 공간에 관료 기구와 감시 기구들이 밀집해 있었습니다. 이
시 속에서 오빠는 형무소까지는 아니더라도 경찰서에 잡혀가는 상
황에 놓였을 수 있습니다. 시의 화자는 오빠의 누이동생인데, 오빠
가 자신과 남동생 곁을 떠나 "그리로" 들어갔다고 말하고 있기 때문
입니다. 잡혀가던 그날 밤에 오빠가 궐련을 연거푸 피웠다고 하는
데, 이는 아마 자신의 장래와 남겨질 두 동생에 대한 염려 때문이었
을 것입니다.

그런데 이 시에서 특히 주목할 만한 대목이 하나 있습니다. 화
자인 누이동생이 남동생 영남이를 "지구에 해가 비친 하루의 모든
시간을 담배의 독기 속에다/ 어린 몸을 잠그고" 일한다고 표현한 부
분입니다. 낮 동안 독한 담배 연기를 쏘이며 일한다는 것은, 곧 영
남이가 연초공장에서 일하고 있다는 뜻이 아닐까요? 이 시에 나오
는 영남이는 연초공장에서 일하는 어린 노동자일 가능성이 높습니
다. 그렇다면 영남이의 누나와 형, 즉 이 시의 화자와 오빠는 어떤
사람들일까요? 이에 대한 단서는 「우리 오빠와 화로」의 다음 부분
에서 확인할 수 있습니다.

9장 근로하는 모든 여자의 연인
임화, 네거리의 순이

　　언제나 철없는 제가 오빠가 공장에서 돌아와서 고단한 저녁을
잡수실 때 오빠 몸에서 신문지 냄새가 난다고 하면
　　오빠는 파란 얼굴에 피곤한 웃음을 웃으시며
　　…… 네 몸에선 누에 똥내가 나지 않니—하시던 세상에 위대하
고 용감한 우리 오빠가 왜 그날만
　　말 한마디 없이 담배 연기로 방 속을 메워버리시는 우리 우리
용감한 오빠의 마음을 저는 잘 알았어요

　이 대목은 이 시에 나오는 삼 남매가 모두 공장에 다니고 있음
을 보여 줍니다. 앞에서 영남이는 연초공장에 다닌다고 했는데, 그
렇다면 오빠는 어떤 곳에서 일하고 있을까요? 시를 보면 누이동생
은 오빠에게서 신문지 냄새가 난다고 말하고 있습니다. 이는 오빠
가 신문 인쇄소에서 일하고 있음을 가리킵니다. 또 오빠는 누이동
생을 향해, '그러면 네 몸에선 누에 똥내가 나지 않느냐'고 말하는
데, 누에 똥내를 묻혀 오는 공장은 어디일까요? 이는 제사공장(실을
만드는 공장)일 것입니다. 즉 삼 남매는 영남이는 연초공장에서, 누
이는 제사공장에서, 오빠는 인쇄소에서 일하는 노동자로 구성된 가
족인 셈입니다. 이런 시적 구성은 매우 흥미롭습니다. 오빠에 이어
누이와 남동생까지 모두 공장에서 일하는 노동자 일가족의 이야기
가 시 속에 담겨 있다니요. 이는 임화가 의도적으로 설정한 구성이
라 볼 수 있습니다. 그는 서울에서 막 성장하고 부상하는 노동자 계
급을 시 속에 부조해 넣고 있는 것입니다. 이러한 대목은 시의 맥락

을 깊이 이해하는 점에서 한층 더 주목할 만합니다.

경성부 의주통 연초공장은 1928년 이전부터 운영을 시작해 1929년에는 확장 공사에 들어갔습니다. 1930년 11월 5일 자 신문을 보면, 한 해 전부터 시작된 의주통 공장의 증축 공사가 마무리되어 가고 있다는 사실을 알 수 있습니다. 외곽은 이미 완성된 상태였고, 내부 재기구 설비도 구축되는 중이라 조만간 공사가 완공될 예정이었습니다. 공장은 덕수궁에서 태평통을 지나 의주로 쪽으로 빠지는 곳에 자리하고 있었습니다.

당시 연초공장은 정말 대단한 규모를 자랑했습니다. 조선의 모든 공장 중 매출이 가장 많았기 때문입니다. 1920년 4월 2일 자 《동아일보》에 발표된 「어린 직공의 사死」라는 소설에는 "대한문 앞 넓은 마당을 지나올 때에 연초회사의 그 공장에서 몰려나오는 가난한 직공들"이라는 구절이 나올 정도로 연초공장이 언급됩니다. 같은 신문 1921년 3월 18일 자 기사 '부내府內 공장 상황'에서는 경성의 공장 실태를 설명하며 실직자가 2,500명에 이른다는 내용을 전하고 있습니다. 1924년 9월 2일 자 기사에 따르면, 경성 내 공장 소유 통계를 분석한 결과 전체 공장 203곳 가운데 일본인 소유 공장이 137곳인 반면, 조선인 소유 공장은 66곳에 불과했습니다. 실질적으로 조선인의 공장은 일본인의 20퍼센트에 그쳤고, 대지 면적으로 보면 6퍼센트에 불과했습니다.

당시 연초공장은 굴뚝이 있는 공장 중 가장 거액의 자본이 투입된 곳이었습니다. 조선총독부의 연초공장은 그중에서도 예외가

「우리 오빠와 화로」의 영남이가 하루 종일 독한 담배 연기를 마시며 일했을지도
모를 연초공장의 모습.

아니었지요. 더구나 일제가 운영하는 이 공장에서 조선인 노동자들이 일하고 있었으니, 이 연초공장은 단순한 노동과 자본의 갈등 문제만이 아니라 일본의 식민 지배 문제까지 맞물린 공간이었습니다. 의주통 연초공장은 노동과 자본의 갈등, 그리고 식민 지배의 모순이 복합적으로 얽힌 1920년대 경성에서 가장 문제적인 공간 중 하나였던 것입니다.

임화의 시는 바로 이 대목에 주목했다고 할 수 있습니다. 같은 맥락에서 이상이 조선총독부의 말단 기수로 일했다는 점도 단순히 지나칠 일이 아닙니다. 그는 일본인 관리자와 조선인 노동자들 사이의 갈등을 직접 보고 느꼈을 것입니다. 《동아일보》 1929년 6월 4일 자 기사 제목은 '연초 직공 모집에도 사상 경향 엄사嚴査'였습니다. 당시 연초공장은 정식으로 직공을 모집하지 않았습니다. 대신 기존 직공 중 순종적이라고 인정받는 사람으로부터 인력을 소개받거나, 보통학교장의 추천을 받은 사람을 채용했지요. 이후 지원자의 사상이 온건한지, 상식이 있는지를 조사했습니다. 이런 채용 과정만 보아도 연초공장이 얼마나 갈등과 투쟁의 중심지였는지 알 수 있습니다.

사실 저는 「우리 오빠와 화로」에서 연초공장이 등장하는 것을 의아하게 생각했습니다. 임화는 프롤레타리아 사상을 가진 시인이 아니던가요. 그런데 영남이가 담배의 독기 속에서 공장 노동으로 시간을 허비하고 있다니, 뭔가 모순적으로 느껴졌습니다. 인쇄소가 언급되는 것은 사상적 경향으로 이해할 수 있었지만, 연초공장은 아니었습니다. 그러나 당시 신문을 살펴보며 식민지 시기의 연초 공장이 지닌 세력과 의미를 알게 되자, 임화의 마르크시스트적 감 각이 분명하게 다가왔습니다. 그는 연초공장이 당대의 중요한 투쟁 공간임을 예민하게 포착했던 것입니다.

1930년 7월 《별건곤》에 발표된 단편소설 「모던 복덕방」에서는 당시 연초공장의 모습을 엿볼 수 있습니다. "첫여름 얼마 전 더위 가 앞이마에 땀방울을 굴리는 어느 날 오후 의주통 매연초공장 앞 을 지나자니 마침 공장이 파하는 시간이어서 남여공 할 것 없이 대 문이 터져 나가게 쏟아져 나온다. 그중에도 여공이 훨씬 많다." 또 1928년 2월 1일 자 신문 기사를 보면, 의주통 연초공장이 그날부터 작업을 시작했다는 내용이 실려 있습니다. 연초공장은 1920년부터 운영을 시작했지만, 1928년에 신장개업을 한 것으로 보이며, 이후 확장 공사에 들어갔습니다. 1930년 1월 21일 자 신문 기사에는 "전 매국 연초공장이 평온하다. 경계만 엄중하다. 파업이 날지도 모른다 는 소문이 있어 엄중하게 감시하고 있다"는 내용이 실렸습니다. 이 는 당시 연초공장이 단순한 생산 공간을 넘어, 노동과 자본의 갈등 뿐만 아니라 식민 지배 문제까지 얽힌 복잡한 투쟁의 장이었음을 보여 줍니다.

확장일로에 있던 공장이 얼마나 노동과 자본의 첨예한 갈등의 현장이었는지는 쉽게 짐작할 수 있습니다. 이는 노동자가 민족주의 적 투쟁과도 긴밀히 연관되어 있음을 보여 줍니다. 경성 한복판에 서 멀지 않은 의주통 연초공장은 1920년대를 지나며 성장해 온 경성의 근대화와 생산 도시화의 맥락 속에서 그 존재를 읽어 내야 합니다.

경성의 공업적 지위는 1928년 10월 20일 자 기사에서 잘 드러납니다. 1914년 경성의 공업 인구는 2만 명, 즉 전체 인구의 약 8퍼센트에 불과했습니다. 이를 바탕으로 당시 경성의 총인구가 약 30만 명대였다고 추정할 수 있습니다. 그러나 1920년에는 약 44,000명, 즉 거의 20퍼센트에 가까운 인구가 노동자가 되었고, 공장 수도 1914년 146개에서 1920년 514개로, 1927년에는 884개로 크게 늘어났습니다. 생산액 역시 비슷한 양상으로 증가해, 1920년대에 약 8퍼센트에서 10퍼센트를 넘는 성장세를 보였습니다. 이처럼 경성은 점차 생산 도시의 면모를 갖추어 갔고, 그 중심에서 가장 중요한 역할을 했던 것이 바로 연초공장이었습니다.

이러한 시대적 상황에 대한 이해를 바탕으로 임화를 새롭게 조명할 필요가 있습니다. 마셜 버먼Marshall Berman 의 『현대성의 경험 All That is Solid Melts into Air : The Experience of Modernity 』(1982)을 떠올려 봅시다. 버먼은 현대성을 이렇게 표현합니다. "모든 단단한 것은 공기 중에 녹아 사라진다." 여기서 "모든 단단한 것"이란 무엇을 의미할까요? 휴대전화, 자동차, 컴퓨터 같은 것들이 공기 중에 녹아 사라진다는 것은 무엇 때문일까요? 그것들이 바로 '상품'이기 때문입니다. 현대적 생산은 곧 자본주의적 생산과 다름없습니다. 현대의 물질은 견고하게 만들어지지만 영구히 유지되지는 못합니다. 대개 5년도 지나지 않아 쓸모없어져 버리죠. 현대성의 세계에서는 상품적 가치가 가장 우선되는 가치로 자리 잡습니다. 사용가치는 저편으로 밀려나고, 교환가치가 중심이 됩니다. 새로운 것만이 더 잘 팔리는 세상이 된 것입니다. 자본주의적 생산 논리 속에서 모든 단단한 것은 결국 공기 중으로 녹아 사라질 운명을 갖습니다. 그리고 이러한 상품을 만드는 곳이 바로 공장이지요.

자본주의 이전의 기본적인 생산 행위는 농업이었습니다. 그 범위를 넓혀 봐야 수공업이 전부였지요. 그러나 과학의 발전으로 생산 방식이 대공업으로 전환되었습니다. 1920년대 의주통 연초공장은 이른바 대공장이었습니다. 프롤레타리아 시인인 임화에게는 그러한 공장의 존재가 분명 중요한 의미를 갖고 있었을 것입니다. 그 공장에서 생산된 담배에 불을 붙이면, 금세 연기가 되어 공기 중으로 사라졌습니다. 얼마나 현대적이고, 동시에 아이러니한 현상이었던가요! 그렇다면 자본주의적 대공장인 연초공장을 시적 무대로 삼은 임화는 그 속에서 어떻게 성장하고, 무엇을 느꼈을까요?

**시인 임화와 투사 임화**

임화의 소년 시절과 청년 시절은 이상의 성장 과정을 참조해 살펴볼 만합니다. 이미 1925년과 1926년의 중요성에 대해 언급했지요. 당시 경성은 전근대적 전통 가옥이 늘어선 길목마다 서양식 콘크리트 건물들이 우뚝 들어서며 급격한 변화를 겪고 있었습니다.

이러한 변화를 배경으로 임화를 호출할 때 가장 중요한 키워드는 가출한 '불량 소년'입니다.

임화는 1925년에 보성고보를 중퇴했습니다. 원래 4년이면 졸업할 수 있었으나, 당시 학제가 변경되면서 1년을 더 다닐지 말지 결정해야 하는 상황에 놓였다고 합니다. 이 기로에서 임화는 중퇴를 선택했습니다. 그러나 이전 학제에 따르면 졸업이 가능했던 것이니, 사실상 졸업과 다름없는 중퇴였던 셈입니다.

> 아버지는 자상하시고 어머니 슬하에 나는 행복된 소년이었습니다. 20세 전후의 청년시대 중학교를 5년급에 집어던지고 난 지 2년 후에 어머니도 돌아가시고 자산도 파하고 나는 집에도 안 들어가고 서울 거리를 정신 나간 사람처럼 헤매었습니다.

임화의 술회에 따르면, 그는 보성고보를 그만둔 뒤 거의 집에 들어가지 않고 가출 청소년으로 살았습니다. 스스로 가정이라는 기반을 떠난 것이지요. 임화는 자신을 기반으로부터 완전히 절연한 존재라고 표현합니다. 여기서 말하는 기반은 결국 고향과 전통을 의미합니다. '가족적 분위기'란 전래되는 것이기 때문입니다. 임화는 그러한 가족적 기반으로부터 완전히 떠나 버린 셈이지요. 이는 마치 탯줄을 자르는 것과 같은 이치입니다.

임화는 학교에 다니던 당시 민요조의 서정시를 썼습니다. 보성고보 4학년 때, 《동아일보》 1924년 12월 8일 자에 '성아星兒'라는 필명으로 실린 「연주대」와 며칠 뒤인 12월 22일 자에 실린 「소녀가」 같은 시는 민요조 서정 소곡(환상적이고 로맨틱한 짧은 시)이라 할 수 있습니다. 그러나 그는 이러한 서정시의 시대를 과감히 마감하고 새로운 길로 나아갔습니다. 상징파에서 다다이즘, 미래파, 아나키즘, 그리고 마르크시즘까지 단번에 나아간 것입니다. 『임화연구』에서 김윤식 선생은 이러한 급진적인 변화야말로 임화의 중요한 특징이라고 평했습니다.

서구는 200~300년에 걸쳐 자본주의와 근대화를 이루었습니다. 일본은 100년이 걸렸습니다. 그러나 우리는 30년 만에 압축적으로 성장했습니다. 일제강점기 당시의 예술 사조 또한 마찬가지였습니다. 이 시기에 낭만주의, 인상파, 야수파 같은 외래 예술 사조가 한꺼번에 쏟아져 들어왔습니다. 이 압축적 과정을 다채롭고 현란하며 동시에 속도감 있게 내면화한 문학인이 바로 임화입니다. 이른바 모더니즘은 현대성을 의식하고 이에 반응해야만 합니다. 조선이 겪어야 했던 현대성의 과정에 예민하게 반응하면서도 이를 지양하려는 정신으로 모더니즘 문학을 받아들일 때, 임화 시의 변화 과정을 더욱 깊이 이해할 수 있습니다.

『모더니티의 다섯 얼굴Five Faces of Modernity : Modernism, Avant-Garde, Decadence, Kitsch, Postmodernism』(1987)에서 미학자 마테이 칼리네스쿠Matei Cǎlinescu는 모더니즘을 상징주의, 데카당티즘, 다다이즘과 초현실주의, 아방가르디즘, 포스트모더니즘까지 포괄하는 개념으로 정의합니다. 이는 모더니즘이 매우 긴 과정을 거쳐 형성된 하나의 흐름임을 의미합니다. 칼리네스쿠가 말하는 모더니즘의 다양한 현상은 산업의 근대화와 사회 제도의 현대화 과정에서 발생한 사회적 모더니티에 대한 미학적 대응물이라는 점에서 하나의 개념으로 묶을 수 있습니다.

자본주의는 미적 모더니티를 자기 체제에 포섭하려는 경향이 있습니다. 그러나 그 과정에서 문학인들은 이에 저항하는 기제들을 부단히 만들어 왔습니다. 예를 들어 보들레르는 상징주의를 통해 파리의 모더니즘에 미적으로 대응했습니다. 아방가르드는 예술의 죽음을 선포하며 부르주아적 예술 형식 자체에 저항하려 했습니다. 예술을 파괴함으로써 자본주의적 현대성에 대응하려 한 것이지요. 그러나 이 역시 결국 실패로 끝났습니다. 자본주의 현대성에 가장 강력히 대응했던 기제는 아나키즘과 마르크시즘이었습니다. 임화도 짧은 생애 동안 이런 미학적 대응물을 순차적으로 거쳐 마르크시즘에 이르렀습니다. 따라서 그의 마르크시즘은 단순히 하나의 사상으로 받아들인 것이 아니라, 조선 특유의 근대화 과정에 대한 미학적 대응물로써 형성된 것입니다. 이를 통해 우리는 임화의 모더니즘을 읽어 낼 수 있습니다.

임화는 「우리 오빠와 화로」에서 근대적 생산 도시로 변모한 경성에 들어선 대공장과 이를 배경으로 펼쳐지는 투쟁의 기운을 포착하고자 했습니다. 이는 임화가 경성의 근대성에 맞서 투쟁하려는 의지를 드러내는 작품이라 할 수 있습니다. 김기진은 임화의 여러 시를 예로 들며, 그가 프롤레타리아 예술의 새로운 가능성을 보여 주는 작가라고 호평했습니다. 그렇다면 1929년 1월에 발표된 「네거리의 순이」는 어떨까요?

> 눈바람 찬 불쌍한 도시 종로 복판에 순이야!
> 너와 나는 지나간 꽃 피는 봄에 사랑하는 한 어머니를
> 눈물 나는 가난 속에서 여의었지!
> 그리하여 너는 이 믿지 못할 얼굴 하얀 오빠를 염려하고,
> 오빠는 가냘픈 너를 근심하는,
> 서글프고 가난한 그날 속에서도,
> 순이야, 너는 마음을 맡길 믿음성 있는 이곳 청년을 가졌었고,
> 내 사랑하는 동무는……
> 청년의 연인 근로하는 여자 너를 가졌었다.

눈보라가 휘몰아치는 겨울, 종로 한복판에 조선의 여인 순이가 서 있습니다. 그 이름은 조선 민족 전체를 상징합니다. 순이가 사랑하는 청년은 투쟁 중에 사라져 행방을 알 수 없습니다. 이 시의 배경은 앞서 언급한 「우리 오빠와 화로」에 나오는 연초공장과 멀지 않은 종로1가, 보신각 종이 있는 네거리입니다. 임화는 이 시에서도 경성을 핵심적인 공간으로 제시합니다. 여기서 화자에 의해 누이동생으로 호명되는 순이는 실제 임화의 가족은 아니겠지요.

그러나 시 속에 임화의 자전적인 요소가 완전히 배제된 것은 아닙니다. 특히 어머니를 여의었다는 대목은 그의 생애를 떠올리게

합니다. 실제로 「네거리의 순이」는 임화가 1925년에 보성고보를 중퇴한 후, 다다이즘 시인에서 카프 시인으로 나아가면서 발표한 작품입니다. 이 시를 발표했을 당시 그는 이미 어머니를 여읜 뒤였습니다. 이 점을 염두에 두고 보면, 이 시는 마치 임화가 친누이를 향해 어머니 이야기를 하는 것처럼 들리기도 합니다.

시 속에서 임화는 순이라는 이름의 여성을 친족적·가족적 의식을 품고 호명하고 있습니다. 즉, 화자는 압박받는 민족의 구성원이자 노동자 공동체의 구성원인 순이를 부르고 있습니다. 이러한 점에서 임화의 강력한 공동체적 지향성이 감지되지 않습니까? 이 시에 나오는 순이는 「우리 오빠와 화로」의 화자 누이와 연관 지어 생각해 볼 여지가 있습니다. 혹시 임화는 「네거리의 순이」에 등장하는 순이의 연인인 사내를, 「우리 오빠와 화로」에 나오는 오빠의 연장선상에서 그리고 있는 것은 아닐까요? 「우리 오빠와 화로」에서 노동운동을 하다 어딘가로 잡혀간 오빠는, 「네거리의 순이」에서 '근로하는 모든 여자의 연인'으로 다시 한번 환기되고 있는 듯합니다.

저는 이 시를 읽을 때마다 머릿속으로 그 시대의 종로 네거리를 상상해 봅니다. 여기서 말하는 종로 네거리란 보신각이 있는 종로1가사거리를 뜻합니다. 보신각은 조선 왕조의 상징과도 같은 곳이지요. 성문을 열고 닫을 때마다 종을 쳤으니, 얼마나 중요한 장소였겠습니까? 한마디로 보신각 사거리가 위치한 종로는 민족의 심장이자 조선 정체성의 상징이라 할 수 있습니다. 일제강점기 현대화의 물결 속에서도 종로 네거리가 가진 상징성은 여전히 살아 숨 쉬

1930년대 보신각이 있는 종로 네거리.
「네거리의 순이」에서 화자가 노동자 순이를 부르는 장소.

고 있었습니다.

1929년에 임화는 「우리 오빠와 화로」, 「네거리의 순이」 등 단편 서사시를 발표한 뒤, 도쿄로 유학을 떠납니다. 연극과 영화를 공부하러 갔다는 설도 있지만, 카프 도쿄 지부에 있던 이북만 등의 지도 아래에서 사상 훈련을 받은 것으로 추측됩니다. 이북만은 사회주의적 식견을 갖춘 인물로, 임화는 그의 여동생 이귀례와 평안남도 성천 출생의 소설가 김남천과 함께 출판사 '무산자사'(1929년 조선프롤레타리아예술가동맹 도쿄 지부가 설립한 출판사)에서 사회주의 이론을 익히고 조직 훈련을 받았습니다.

1929년 7월부터 1930년 11월까지 도쿄에 체류했던 그는 모종의 임무를 띠고 경성으로 돌아와 카프 조직 전체를 뒤흔들어 놓습니다. 이북만이 주도하는 카프의 제3전선파는 소장파로 구성되어 있었는데, 임화는 박영희와 김기진을 중심으로 한 기성 세력에 대해 볼셰비키화를 주장했습니다. 이는 예술가 조직을 직업적 혁명가 조직으로 만들자는 주장이었지요. 그러나 직업적 혁명가의 자질과 예술가의 기질은 본질적으로 다릅니다. 예술가는 조직의 엄격한 규율과 사명 속에서 할당된 업무를 수행하는 존재가 아니기 때문입니다.

임화는 매우 다면적인 인물이었습니다. 그는 한때 불량 소년이었으며, 학교에 다닐 때부터 유행하던 조타모를 쓰고 다닐 정도로 멋스러운 사람이었습니다. 동시에 1930년대 김유영 감독의 영화 〈유랑〉과 〈혼가〉에서 주연을 맡은 영화배우이기도 했습니다. 그러면서도 그는 「우리 오빠와 화로」, 「네거리의 순이」 같은 혁명적 낭만주의의 명시를 남긴 프롤레타리아적 감성을 가진 시인이었으며, 냉철한 비평가적 논리와 직업적 투사로서의 자질도 갖춘 인물이었습니다.

## 혁명을 향한 몸부림

임화는 도쿄 지부에서 훈련을 받은 이후 이귀례와 짝이 되었지만, 정식 결혼은 올리지 않은 채 부부 관계를 이어 갔습니다. 당시 직업적 혁명가들에게 결혼은 혁명적 투쟁을 옭아매는 올가미로 여겨졌습니다. 부부 관계라는 신분이 따라다니는 상황에서 안온한 가정을 꾸리면 혁명을 수행할 수 없다고 믿었던 것입니다. 그래서 부부 관계를 맺더라도 정식으로 신고하거나 결혼식을 올리지 않았습니다. 카프 서기장이었던 임화가 1935년 5월 28일 경기도 경찰국 고등계에 해산계를 제출한 뒤, 한 기자가 잡지에 '시인 임화의 부부는 그 뒤에 어찌 되었나'라는 기사를 실었습니다. 이를 통해 둘이 혼인 신고는 하지 않은 채 현대적이고 동지적인 부부 관계를 맺고 있었다는 사실이 세간에 알려졌지요.

나중에 임화가 싫어졌기 때문에 꺼낸 이야기겠지만, 김기진은 자신의 회고록에서 박영희가 임화 때문에 굉장히 괴로워했다고 밝혔습니다. 임화는 본래 가출해 살았기 때문에 아무 데나 돌아다니며 기식했다고 합니다. 일본으로 건너가기 전, 카프의 서기장이었던 박영희는 임화의 재능을 아껴 친절히 지도하며 그를 거두었습니다. 그러나 박영희는 임화가 자신의 집에서 먹고 자는 것은 괜찮았지만, 밥상에 담뱃재를 그냥 털거나 밥상 한번 들어다 놓는 법이 없는 그의 행동이 점점 마음에 들지 않았다고 합니다. 결국 어떻게든 노잣돈을 쥐여 주어 도쿄로 유학을 보내야겠다는 생각에 이르렀다고 하지요. 아마도 김기진은 당시 카프 활동 이면에서 진행되던 공산당 재건운동의 흐름을 포착하지 못했을 것입니다. 임화의 일본행, 도쿄 무산자사에서의 비밀 조직 활동, 그리고 귀국 같은 행동이 공산주의 재건운동과 모종의 관계를 맺고 있었을 가능성이 큽니다.

어쨌든 임화는 일본에서 모종의 임무를 띠고 현해탄을 다시 건넜습니다. 일제 감시 대상 인물 카드에 나타난 기록을 보면, 임화는 도쿄에서 돌아올 때 이미 수배 상태였음을 알 수 있습니다. 이 카드의 최근 수형 경력 및 기타 전과를 적는 난에는 "고등수배 일본 사회주의자 연락"이라는 내용이 기록되어 있었습니다. 그는 일본에서 가명을 쓰고 활동하다 쫓기는 신세가 되어 있었던 것입니다. 「현해탄 상의 일야」(1936) 같은 글을 보면, 그가 비밀스러운 목적을 띠고 현해탄을 건너 귀국한 것을 알 수 있습니다. 그렇게 돌아온 그는 카프에 들어가 볼셰비키화를 주장했습니다. 예술가 조직을 직업적 혁명가 조직으로 만들어야 한다고 주장하면서 말입니다. 제 견해로는 임화가 타고난 예술가적 기질을 억누르며 직업적 혁명가가 되기 위해 몸부림쳤던 것으로 보입니다.

제1차 카프 검거 사건으로 불리는 공산주의자협의회 사건으로 인해 카프의 많은 인원이 연루되었을 때, 임화는 3개월간 수감 생활을 했습니다. 그러나 같은 사건으로 김남천은 2년형을 선고받았습니다. 사회주의 조직에서는 종종 더 막중한 임무를 받은 사람의 죄목이 상대적으로 가볍게 드러나는 경우가 있습니다. 취조 과정에서 자신의 역할과 활동을 숨김으로써 작은 죄목만 인정되거나 방면되는 경우도 있기 때문입니다. 임화와 김남천이 각각 어떤 조직적 임무를 맡았는지는 정확히 확인할 수 없습니다. 김남천은 소설가로서 성품이 침착하고 소박하며 자기 헌신적인 면이 강한 인물로 알려져 있습니다. 그러나 그가 임화보다 더 큰 임무를 부여받아 더 오랜 징역을 살았다고 보기는 어렵습니다. 임화는 볼셰비키화를 주장하며 조직 내에서 점점 더 중요한 위치를 차지해 갔습니다. 1931년 감옥에서 풀려난 뒤에는 서기장으로 활동할 정도로 그 역할이 대단했지요.

그러한 와중에 제2차 카프 검거 사건을 계기로 조직은 심각한 위기에 빠지게 됩니다. 이른바 전주 사건이 터진 것인데요. 극단 신건설(진보적 문예운동을 추구하던 조선프롤레타리아예술가동맹의 직속 연출 극단)이 전주와 그 인근에서 공연을 하던 중, 전북 금산(현재는 충남)에서 한 학생이 소지하고 있던 불온 전단이 빌미가 되었습니다. 이것이 꼬투리가 되어 1934년 6월경 제2차 카프 검거 사건으로 확대된 것이지요. 당시 경찰은 서울에 있던 임화를 체포해 전주로 압송하려 했습니다. 그러나 폐결핵을 앓고 있던 임화가 경성역에서 졸도하면서 압송되지 못했습니다. 결국 그는 당국이 지정하는 요주의 인물로 이름이 올라간 뒤 풀려나게 됩니다. 임화는 이후 무료 치료를 받을 수 있는 평양 구호자 병원과 서울의 탑골 승방을 거치며 요양 생활에 들어갔습니다.

임화가 간교한 계략을 써서 체포당하지 않았다는 말이 무성하게 나돌게 됩니다. 제2차 카프 검거 사건에서 검거당하지 않은 사실이 임화를 이른바 '미제 프락치' 박헌영 일파의 일원으로 모는 단서가 되기도 합니다. 1953년 8월 6일 임화는 북한에서 처형당합니다. 아마도 그의 죄목 맨 앞자리에 그 사건이 있었을 것으로 추측됩니다. 그러나 경성역에서의 졸도 사건이야말로 임화의 혁명가적 면모를 드러낸 사건이 아닐까요? 스스로를 전위운동가로 인식하는 사람은 자신을 적의 수중에 떨어뜨리지 않도록 최선의 노력을 다합니다. 구속되어 조사 대상이 되면, 고문 과정에서 자백할 위험이 높기 때문이지요. 그래서 피신하거나 검거를 면하기 위해 수단과 방법을 가리지 않는 것이 가장 중요한 행동 강령의 하나입니다. 이를 '보안투쟁'이라 하지요. 임화는 자신을 전위적 활동가로 인식하고 있었으니, 어떻게든 그 상황을 빠져나와야 했을 것입니다.

조선공산당 재건운동으로 체포된 박헌영을 떠올려 볼까요. 그는 감옥에서 자살 기도를 하고 똥을 몸에 바르고 먹는 흉내까지 내서 감시 대상 인물로 이름은 올릴지언정 풀려났습니다. 그 후 아내 주세죽의 고향 함흥으로 요양을 갔다가 국경을 넘은 후 블라디보스토크를 거쳐 소련으로 망명했지요. 모스크바 공산대학을 나온 뒤에

는 다시 중국을 통해 국내로 잠입해 지하에서 은밀히 경성콤그룹*
을 결성해 조직 활동을 펼쳤습니다. 그런 박헌영처럼 임화 또한 카
프에서의 활동을 직업 혁명가의 방식으로 이해하려 했던 사람이었
습니다. 물론 실제로도 임화에게는 폐결핵 병력이 있었지요.

### 불쌍한 도시! 종로 네거리여! 사랑하는 내 순이야!

1935년, 임화는 자신의 이름으로 경기도 경찰국에 카프 해산계
를 제출합니다. 왜 하필 경기도 경찰국이었을까요? 이는 경성이 조
선의 식민지가 되면서 서울이 한 나라의 수도로서의 지위를 제대로
인정받지 못하고 경기도 관할의 일개 부로 격하되었기 때문입니다.
그렇게 임화는 카프 조직을 자신의 손으로 해산시켜야 하는 비극적
운명을 맞았습니다. 그때 썼던 병상 일기 「나의 하루」(1934)를 통해
탑골 승방에서 요양했을 당시 임화의 내면 풍경을 엿볼 수 있습니
다. 악화된 폐결핵 환자의 전형적인 모습이 그 일기에 기술되어 있
지요.
　이후 임화는 더 이상 서울에서 버티지 못하고 요양을 위해 합

* 　1939년 4월경에 노동자·농민·학생의 조직화를 기반으로 결성된 지하 비밀 조직으로
일제의 혹독한 탄압에도 불구하고 끝까지 전향하지 않고 활동을 지속했으며, 광복 후 재건된
조선공산당의 주류를 이루었다.

포, 즉 오늘의 마산으로 내려갑니다. 그곳에는 카프 도쿄 지부 때부터 인연이 있던 이현욱(필명 지하련)이라는 여성이 살고 있었습니다. 첫 아내 이귀례와의 관계가 멀어지는 과정에는 이현욱의 존재가 자리하고 있었지요. 이때 임화가 마산으로 떠나면서 쓴 시가 바로 「다시 네거리에서」(1935)입니다. 이 시에서 임화는 비로소 종로 한복판을 언급하며, 서울을 자신의 고향으로 명확히 인식하고 있음을 드러냅니다.

　시의 화자는 조선의 심장, 서울의 한복판인 종로 네거리를 몇 번씩 호명합니다. 보신각이 있는 거리, 그곳은 일제의 침략과 수탈이 있기 전, 붉고 푸른 조선 관청의 깃발이 펄럭이던 곳이었습니다. 그러나 이제 그 거리의 주인은 전차와 자동차로 바뀌었습니다. 사람, 차, 동물, 신식 기계들이 새로운 문명 아래 뒤섞여 있고, 낯선 높은 건물들이 보신각을 내려다보고 있습니다. 보신각은 원래 옛 서울의 가장 웅장한 건축물이었겠지요. 그러나 지금은 신식 건물들에 짓눌린 채 낡은 왕조의 유물처럼 보일 뿐입니다. 그럼에도 불구하고 임화는 그 보신각이 있는 종로 네거리를 자신의 고향임을 명징하게 인식하고 있습니다.

> 오오, 그리운 내 고향의 거리여! 여기는 종로 네거리,
> 나는 왔다, 멀리 낙산 밑 오막살이를 나와 오직
> 네와 내가 보고 싶은 마음에……

"낙산 밑 오막살이"는 마산으로 떠나갈 당시 임화 자신이 요양하고 있던 곳으로 볼 수도 있지만, 낙산의 위치가 지니는 상징적 의미로 볼 때 자신이 태어난 곳을 의미한다고 할 수 있겠지요. 화자는 마치 자신의 누이를 부르듯 종로의 거리와 집, 그리고 행인들을 호명합니다.

넓은 길이여, 단정한 집들이여!
높은 하늘 그 밑을 오고가는 허구한 내 행인들이여!
다 잘 있었는가?
오, 나는 이 가슴 그득 찬 반가움을 어쩌 다 내토를 할까?

병에 시달리고 있는 화자의 절실한 마음이 느껴지지 않습니까? 옛 왕조의 전통이 살아 숨 쉬는 종로와 그 거리를 뒤덮어 가는 신식 기계 문명, 그리고 그 흐름 속에서 고통받는 지식인, 직공, 젊은이들……. 이러한 자기 고향의 풍경과 사람들을 바라보며, 병든 임화는 현재의 고통이 지나간 뒤에는 반드시 내일의 희망이 있어야 한다고 믿습니다. 그렇게 간절한 희구의 노래를 부르고자 합니다. 그는 지금 병든 몸을 이끌고 먼 남쪽으로 내려가야만 합니다. 그 시절에 폐결핵은 악화되면 살지 죽을지 알 수 없는 무서운 병이었습니다. 삶과 죽음을 기약할 수 없는 상태에서 임화는 자신의 '고향' 종로 네거리를 향해 다음과 같은 마지막 노래를 부릅니다.

지금 돌아가 내 다시 일어나지를 못한 채 죽어가도
불쌍한 도시! 종로 네거리여! 사랑하는 내 순이야!
나는 뉘우침도 부탁도 아무것도 내 유언장 위에 적지 않으리라.

　그에게 종로 네거리는 곧 사랑하는 순이요, 사랑하는 조선이요,
사랑하는 민중이었습니다.
　이렇게도 말할 수 있을까요? 임화는 이상의 시 「오감도 시 제1호」
(1934)에 등장하는 열세 명의 아이들처럼, 막다른 문명의 골목을 내
달린 모던 보이였습니다. 처음에 그는 숨 가쁘게 변화하는 현대적
모더니즘의 사조들로 자신의 시대를 표현하고자 했습니다. 이 놀
라운 자기 변신의 외면과는 달리, 임화의 마음 깊은 곳에는 잃어버
린 세계에 대한 향수와 현재의 고통, 그리고 도래할 미래를 바라보
는 시선이 중첩해 존재했습니다. 「우리 오빠와 화로」, 「네거리의 순
이」, 「다시 네거리에서」 같은 임화의 단편 서사시들, 그 독특한 프
롤레타리아 시들에는 식민주의적 자본주의 체제 아래 신음하는 형
제 같은 민중들과 자기 자신의 구원을 갈구하는 몸짓이 스며들어
있습니다. 임화는 과거에서 미래로 나아가는 시간의 물살 속에서
현재의 종로 네거리를 바라보고 있었습니다. 마치 선지자처럼, 혹은
무당처럼, 잃어버리고 사라져 버린 혼들을 부르고 있었습니다.
　예전에는 임화의 모던과 모더니즘이 상당히 시대착오적으로
느껴졌습니다. 종로의 자동차, 노동자, 건물이 뭐가 그리 대단한 모
던인가 싶었던 것이지요. 그러나 임화가 낙산 출신으로, 조선이라는

전통적 공간의 영향을 받으며 자라 연초공장의 변화를 겪어 나가는 과정을 찬찬히 살펴보면서 생각이 바뀌었습니다. 종로 네거리라는 상징이 임화에게 어떻게 작용했는지를 고민해야만, 비로소 임화와 그의 시를 좀 더 적확하게 볼 수 있겠다는 깨달음이 온 것입니다.

6~7년 전, 한성대학교에서 열린 구보학회에서 학술 발표를 한 적이 있었습니다. 학회가 끝난 후, 그동안의 짐을 덜어 버리자는 생각으로 캠퍼스를 따라 산책에 나섰습니다. 걷다 보니 후문 비슷한 샛길이 나왔습니다. 계속 걷다 보니 어느새 낙산공원에 닿았지요. 그때 낙산이 참 장대한 산이라는 사실을 새삼 느꼈습니다. 이화동부터 혜화동을 지나 한성대가 있는 기슭까지 쭉 둘러싸고 있는 산이 바로 낙산입니다. 순간 저는 임화에 대한 상념에 사로잡혔습니다. '내가 임화의 고향에 와 있구나.' 그때의 경험을 바탕으로 「임화에게」(2016)라는 시를 썼습니다. 아래에 그 시의 일부를 소개해 드립니다.

끊어진 성곽 위를 떠도는

흰나비 한 마리 허물어진 혼을 닮은

고독한 등에 무거운 짐은 왜 짊어졌나

나는 아직 사라지지 않은 그대의 동지

내가 숨겨둔 빈방에도

찢어진 외투 한 벌 걸려 있고

그대도 알지

나도 한때 그대의 낙타산
벼랑 끄트머리에 숨어 살았던 것을
적적한 낙타의 고독을
그대와 나는 함께 나눠 가졌으니
그대는 내 동무
나는 그대 동무
내가 그대를 잊지 못하고
그대가 나를 이렇게 부르니

이날 저는 임화를 새롭게 재인식하게 되었습니다. 그 전까지는 김윤식 선생의 『임화연구』를 읽어도 솔직히 별다른 감흥이 없었습니다. 낙산이라는 공간을 추상적으로만 인식하고 있었기 때문입니다. 그러나 하나의 병풍처럼, 낙타의 등처럼 늘어선 산의 존재를 직접 알게 되자, 순식간에 임화에 대한 생각이 완전히 뒤바뀌었습니다. 종로를 배경으로 한 시를 여러 편 쓴 이유도 결코 단순하지 않을 것이란 확신이 들었지요.

# 10장

## 의리나 양심을 팔아먹고 사는 것들

'외부자'의 시선으로 건너다본 서울

손창섭, 인간교실

육체를 파는 사람보다
오히려 정신을, 즉 의리나 양심을 팔아먹고 사는 것들이
더 한심하지 않아요?
그런 것들은 정치가에도 교육자에도 종교가나 사업가에도
우글우글하잖아요?
그러고서도 소위 명사요, 인물예요?
온 기가 막혀서.
그렇지만 미스 윤은 그들의 희생물이 된 끝에 몸을 팔망정
아직 정신을 팔아먹은 적은 없거든요.

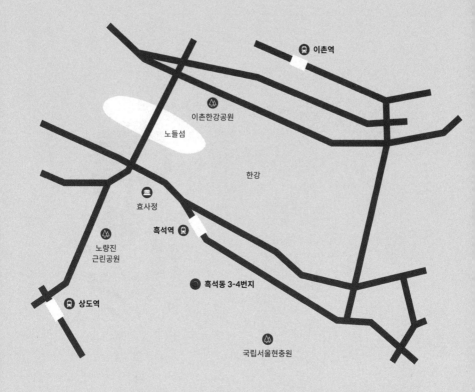

이촌역
이촌한강공원
노들섬
한강
효사정
흑석역
노량진
근린공원
상도역
흑석동 3-4번지
국립서울현충원

한강 너머에서 한국 사회의
내부와 그 부조리를 냉철하게
주시했던, 비판적 기지로써의
손창섭 자택을 우리는
기억해야 한다.

## 일본인 손창섭?

손창섭 하면 아는 분들은 알고, 모르는 분들은 잘 모릅니다. 그는 1950년대에 이름이 한창 알려지기 시작했고, 1960년대부터 1970년대 초에 걸쳐서는 매우 유명한 신문 연재소설 작가였습니다. 하지만 1970년대 초에 일본으로 건너가 생애를 마쳤기 때문에 국내 독자들과의 관계는 다소 소원해지게 되었습니다. 지금도 「비 오는 날」(1953)이나 「잉여인간」(1958) 같은 단편소설은 고등학교 국어 교과서나 문학 교과서에서 쉽게 접할 수 있지만, 교과서를 넘어서면 잘 모르는 작가로 남아 있는 것이 현실입니다. 그럼에도 불구하고 손창섭에게는 열성적인 마니아들이 있습니다. 그의 작품은 보면 볼 수록 흥미롭고, 그래서 연구할 가치가 높은 작가이기도 합니다.

그가 일본으로 건너가기 전에 머물렀던 곳은 어디였을까요? 제가 가지고 있는 손창섭의 수첩 자료를 보면, 그의 국내 주소는 동작구 흑석동 3-4번지로 적혀 있습니다. 여건이 허락한다면, 언젠가 손창섭문학관이 세워지면 좋겠다고 생각합니다. 그때 이 주소가 유용한 참고 자료가 될 수 있겠지요.

그러나 그에 앞서 손창섭의 일본 국적 문제를 해결해야 할 필요가 있습니다. 한국인의 정서상, 말년에 국적을 일본으로 바꾼 작가의 문학관을 세우는 일은 쉽게 받아들여지지 않을 가능성이 높습니다. 한국은 민족주의 감정이 강한 나라입니다. 따라서 '왜 그런 작가의 문학관을 세워야 하는가?'라는 반발이 있을 것이 뻔하지요. 손창섭문학관이 있었으면 좋겠다고 생각하는 저는 이 문제를 줄곧 고민해 왔습니다. 그런데 최근에 와서 놀랍게도 분명해진 사실이 있습니다. 이제 저는 그 경위를 따라가 보려고 합니다.

손창섭의 남겨진 사진들에는 그의 따님도 등장합니다. 물론 지금도 살아 계시지요. 하지만 가족 관계를 지면에 상세히 밝힐 수는 없기에, 사진도 공개할 상황은 아닙니다. 그런데 얼마 전에 이분에게서 노트 하나를 건네받았습니다. 일본에 가서 따님으로부터 직접 받은 손창섭의 노트인데요, 여기에 놀랍게도 손창섭이 쓴 시조들이 적혀 있었습니다. 한국의 시조는 일본의 하이쿠俳句, 중국의 오언절구五言絶句와 마찬가지로, 우리 민족의 가장 전통적인 시가 양식입니다. 넓은 의미로 민족적 정체성의 원천이자 소산이라고 할 수 있습니다.

손창섭은 1922년 5월 20일에 태어나 2010년 6월 23일에 여든여덟의 나이로 세상을 떠났습니다. 『내가 만난 손창섭』(도서출판 b, 2014)의 저자인 정철훈 기자에 따르면, 손창섭은 1973년 일본으

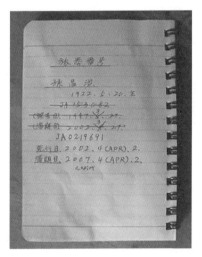

일본식 이름인 우에노 마사루가 아니라
손창섭으로 되어 있는 그의 수첩.
손창섭이 한국인으로서의 정체성을 끝까지
유지하고 싶어 했다는 사실을 보여 주는 단서.

로 건너간 이후 1997년까지는 귀화하지 않고 한국인으로 살았습니다. 그러나 일본의 외국인등록법은 매년 갱신해야 하는 번거로움이 있었고, 1998년 일본인 아내인 우에노 여사의 권유에 따라 귀화했다고 합니다. 하지만 손창섭의 국적 문제를 다른 각도에서 볼 수 있는 맥락도 있습니다. 저는 손창섭이 세상을 떠난 후, 2010년 8월 12일에 도쿄 인근의 작은 위성 도시 히가시쿠루메시를 찾았습니다. 손창섭이 요양원에 있을 때, 우에노 여사는 좁은 공영 아파트를 혼자 지키고 있었습니다. 그러나 그날은 집이 텅 비어 있었습니다. 알아본 결과, 니가타 부근에 계신 따님이 있는 곳으로 이사 가셨음을 알게 되었고, 마침내 우에노 여사를 다시 만날 수 있었습니다. 그때 손창섭이 남긴 수첩을 볼 수 있었고, 중요한 기록이라 여겨지는 것들을 사진으로 찍어 두었습니다.

　수첩 속 글씨는 손창섭 본인의 필체였습니다. 그런데 이 수첩에는 손창섭의 일본식 이름인 우에노 마사루上野昌涉가 아니라, 손창섭孫昌涉으로 적힌 여권의 번호, 발행일, 만료일 등이 기록되어 있었습니다. 수첩에 따르면 손창섭의 여권 발행일은 2002년 4월 2일, 만료일은 2007년 4월 2일이었습니다. 그렇다면 여권 만료일인 2007년까지는 적어도 한국 국적을 유지하고 있었다고 볼 수 있지 않을까요? 물론 만료일 이전에 귀화했을 가능성도 있습니다. 만약 일본인이 되었다면 말이지요. 하지만 함께 적혀 있는 외국인등록증 관련 내용을 보면, 다음 확인 신청 기간이 2004년 5월 20일로 되어 있었습니다. 손창섭은 매우 꼼꼼한 사람이어서 자신의 옛날 주소, 현주소, 여권 번호, 외국인등록증 신청 기간 등을 수첩에 모두 적어 놓았습니다. 이 수첩의 내용을 보면, 적어도 1997년 이후 손창섭이 일본인으로 국적을 바꿨다는 정철훈 기자의 전언은 사실이 아닐 가능성이 높아 보였습니다. 이 점이 일단 저에게 중요했습니다.

우에노 여사에 따르면, 손창섭은 말년에 폐 질환을 앓았다고 합니다. 2008년 9월부터 노인 전문 병원에 입원했다고 하니, 입원 수속의 필요성 때문에 아내가 남편을 일본인으로 귀화시킨 것은 아닐까요? 당시 손창섭은 이미 정상적인 의사 표현을 하기 어려운 상황이었으니, 그럴 수도 있습니다. 이 수첩은 2004년 무렵 손창섭이 외국인등록증과 여권 모두를 가지고 있었다는 사실을 알려 줍니다. 그리고 일본에 거주하는 외국인에게 발급되는 외국인등록증과 여권에는 손창섭의 한국식 이름이 적혀 있었습니다.

거기에 적혀 있는 여권 번호에 관해 알아보니, 그것은 한국 대사관에서 재일한국인들에게 발행해 주는 것이라는 사실을 알게 되었습니다. 또 제가 아는 일본 사람에게 JA로 시작되는 여권이 일본인의 여권 번호가 맞는지 물어보니 아니라고 했습니다. 그렇다면 여권을 소지하고 있던 2000년대 전반까지 손창섭은 한국 국적을 유지했다는 이야기가 됩니다. 정리하자면 그는 한국인으로서 대사관에서 여권을 부여받았던 한편, 일본 당국에서는 외국인등록을 갱신하며 살았을 가능성이 높습니다. 죽기 직전까지, 혼자 힘으로 거동할 수 있었던 때까지 한국 여권과 외국인등록증을 가지고 있었다는 사실은, 손창섭이 자신을 한국인으로 자각했다는 사실을 시사하는 중요한 단서가 됩니다.

이와 함께 그가 한국인으로서의 정체성을 유지하고자 했음을 강력히 시사해 주는 또 하나의 자료가 있습니다. 손창섭이 놀랍게도 시조 노트를 세상에 남겨 놓았던 것입니다. 제가 2015년 7월 초에 입수한 이 시조 노트에 따르면, 손창섭은 1993년 2월경부터 갑자기 시조 창작을 시작했습니다. 노트에 작품을 쓴 날짜를 일일이 기록해 놓았습니다. 그 노트에 마지막으로 시조 작품을 정리한 것은 2001년 1월입니다. 이 노트에는 ×표를 크게 쳐 놓아 전혀 마음에 들지 않는다는 표시를 한 작품까지 포함해 총 70편의 시조가 남아 있었습니다. 이 중 두 연으로 이루어진 연시조가 두 편 포함되어 있으며, 그중 한 편을 포함해 완성도가 떨어진다는 뜻으로 ×표를 한 작품이 네 편이 있습니다.

## 한나라 얼이야말로 가실 줄이 있으랴

소설가 손창섭이 인생의 마지막 시기에 한국의 전통적인 시가인 시조를 남겼다는 사실이 놀랍지 않습니까? 저는 이 가운데 열편을 《작가세계》 2015년 겨울호에 발표했습니다. 다 발표하기에는 아깝다고나 할까요? 너무 귀한 자료라, 제가 충분히 살펴보고 분석하기도 전에 전모를 밝히는 것은 손창섭의 유작에 대한 예의가 아니라고 생각했습니다. 어찌 되었든 이 자리에서 그중 몇 편을 살펴

10장 의리나 양심을 팔아먹고 사는 것들
손창섭, 인간교실

보겠습니다. 우선 「자탄自嘆」이라는 제목의 시조가 있습니다.

> 수난의 칠십 성상 돌이켜 따져보니
> 이 몸이 그 얼마나 덜돼먹은 추물인고
> 어째서 사람의 길을 좀 더 닦지 못했나.

이 작품은 고전적인 형식미를 보여 주는 시조로, 손창섭은 여기서 자신이 한 인간으로서 사람답게, 정갈하게 살아오지 못했음을 회한합니다. 이외에도 그는 외로운 삶을 함께 기대며 살아가는 벗을 노래한 시조, 짐승보다 못하다고까지 생각하는 인간의 본성을 한탄한 시조, 그리고 은둔하는 자신의 삶을 되돌아보는 시조 등을 남겼습니다. 이러한 시조들을 통해 손창섭 말년의 인생관을 잘 알 수 있습니다.

> 이 몸은 약삭빠른 재간꾼이 아니어서
> 명리에 새고 지는 속세간이 지겨워서
> 사람과 인연을 끊고 숨어서만 사옵네.

이 시조는 「은둔隱遁」이라는 제목을 갖고 있습니다. 손창섭이 일본으로 건너간 이유는 무엇이었을까요? "명리에 새고 지는 속세간"에 살기 싫었기 때문이 아닐까요? 이 시조를 보면 손창섭은 일종의 염인증厭人症을 앓았던 것으로 보입니다. 사람이 싫어서 사람을 피하고, 나라를 피하고, 일본에 가서도 주류 사회와의 접촉을 꺼렸던 것이지요. 그의 일본행은 단순한 정치적 망명만은 아니었던 셈입니다. 그런가 하면 그는 「벗」이라는 시조를 남겨 놓기도 했습니다.

만나면 덮어놓고 반가운 벗이 있다
이해를 벗어나서 그리운 벗이 있다
어쩌다 만날 적마다 때 가는 줄 몰라라.

"만나면 덮어놓고 반가운 벗이 있다." 참 평범한 듯하면서도 아름다운 구절입니다. 이 시조를 보면 외로운 손창섭에게도 결코 많지는 않았겠지만 벗이 한둘은 있었던 것 같습니다. "이해를 벗어나서 그리운 벗이 있다." 얼마나 담백하고 소박한 표현인가요? 손에서 완전히 힘을 뺀 노래입니다. 그러나 이 평이한 시조가 주는 감동은 큽니다. 그가 살아간 고독한 말년의 삶을 생각하면 더욱 그러합니다.

시조를 한 수만 더 살펴볼까요? 제가 보기에 손창섭은 한국 사회를 향한 환멸을 품고 있었던 것 같습니다. 시인 고은이 말했듯이, 그는 한국의 비민주적 정치 상황에 염증이 날 대로 났고, 그것이 그로 하여금 일본으로 떠나게 만든 중요한 요인이 되었을 것입니다. 하지만 한국 사회의 현재를 고통스럽게, 밉상스럽게 여기는 마음은 결코 그 자신이 한국인이라는 점을 부정하는 데까지 나아가지 않았습니다. 「얼」이라는 시조는 그의 복잡한 심경을 잘 보여 줍니다.

> 나라꼴 어찌됐던 그 세정世情 어떠하든
> 내 비록 고국산천 등지고 살더라도
> 한韓나라 얼이야말로 가실 줄이 있으랴.

이 시조는 1995년 3월에 쓴 것으로 되어 있습니다. 저 또한 그 무렵의 일들을 지금도 생생하게 기억하고 있습니다. 1990년 1월에 이른바 3당 합당으로 민주자유당(민자당)이라는 괴물 정당이 출현 했지요. 김영삼 씨의 통일민주당, 김종필 씨의 신민주공화당, 노태우 씨의 민주정의당이 한데 모여 거대 여당을 탄생시킨 것이었습니다. 그 후 민자당 내부에서 치열한 권력 투쟁을 벌인 김영삼 씨가 1992년 대통령 선거에서 민자당 후보로 나서 당선되고, 패배한 김대중 씨는 정계 은퇴를 선언한 뒤 영국으로 떠났습니다. 1995년 3월은 김대중 씨가 정계로 복귀할 무렵입니다. 3당 합당은 저희 세대 사람들에게 커다란 충격을 던져 주었습니다. 김대중 씨 중심의 평화민주당만을 외톨이로 만든 채, 나머지 지역당들이 '보수대연합'이라는 허울 좋은 이름 아래 헤쳐 모인 이 사건은 '보수'라는 명분을 내세워 권력 독점을 위한 야합을 자행한 것이었습니다. 과거 독재세력과 민주화운동 세력이 한편이 되어, 일군의 민주 세력과 호남인들을 철저히 소외시키는 일을 벌인 것입니다. 그 덕분에 김영삼 씨는 대통령이 될 수 있었지만, 그의 정치적 행보는 수단과 방법을 가리지 않고 권력만 잡으면 된다는, 어떻게든 타인을 누르고 성공하면 만사형통이라는 그릇된 인식을 국민들에게 각인시켰습니다. 그로 인해 사회 전반에 개인적인 잇속 챙기기에 급급해하는 태도가 횡행했지요.

1990년대 전반기를 손창섭도 저처럼 고통스럽게 보냈던 것 같습니다. 그는 현해탄 건너에서 혼탁스럽다 못해 구정물이 되어 버린 당시의 한국 사회를 바라보며 이 「얼」이라는 시조를 썼던 것입니다. "나라꼴 어찌됐던 그 세정 어떠하든"에서 저는 고국의 현실을 건너다보며 괴로워하는 손창섭의 심정을 엿봅니다. 하지만 그는 아무리 조국의 현실이 어지럽고 타락해 있다 해도 한국 사람으로서의 마음만은 버릴 수 없다고 합니다. "한나라 얼이야말로 가실 줄이 있으랴"라는 구절에서 손창섭은 '한국'의 '한'을 일부러 "韓"이라고 표 나게 썼습니다. 자신이 한국인임을 결코 잊지 않으려 했던 것입니다. 그는 이 시조를 통해 자신이 어디에 살든, 한국이 어떻게 돌아가든, 자신이 한국인이라는 사실만은 결코 바꿀 수 없다는 의지를 표명하고 있습니다. 대단한 시조입니다. 이 시조 한 편으로도, 이 선언만으로도 손창섭을 위한 문학관을 세울 만하지 않을까요?

이처럼 「얼」이라는 시조는 말년의 손창섭이 한국인으로서의 정체성을 결코 잃어버리지 않았음을 보여 주는 상징적인 작품입니다. 저는 손창섭이 한국 문학사의 중요한 문학인으로 재조명되어야 한다고 생각합니다. 이 귀한 시조 노트가 제 손에 쥐어지고, 《작가세계》에 이 시조가 발표된 것 자체가, 한국 현대 문학 장에 손창섭

문학이 극적으로 복권되는 계기가 되리라 저는 믿고 있습니다.

## 요지경 속 '인간교실'

그러면 이제 손창섭의 서울로 들어가 봅시다. 손창섭은 6·25전쟁이 끝난 후 서울로 돌아와, 일본으로 떠나기 전까지 약 20년간 서울에서 살았습니다. 부산 피난 시절에 커다란 사건 하나가 있었는데요. 바로 일본에 있는 줄로만 알았던 아내를 만난 것입니다. 어떻게 해서 만나게 되었느냐고요? 그 경위는 확실하지 않습니다. 손창섭은 이 상황에 관해 정확한 설명을 하지 않았습니다. 다만 단편소설 속에 아내와의 재회를 상상할 수 있게 하는 에피소드 하나를 삽입해 놓았을 뿐입니다. 아니, 그가 정말 부산에서 아내를 만났던 것인지도 확신할 수 없습니다. 그렇지만 일단 두 사람이 부산에서, 그것도 시장통에서 극적으로 재회했다고 가정해 봅시다. 가정은 얼마든지 가능하니까요.

손창섭의 소설 가운데 「생활적」(1954)이라는 작품이 있습니다. 이 작품에는 춘자라는 여성 인물이 등장하지요. 주인공 동주는 6·25전쟁 와중에 부산 시장통에서 과거 교토 유학 시절 알던 일본인 동창생의 여동생이었던 춘자를 우연히 만나게 됩니다. 이후 그는 이 여성과 동거 생활에 들어가는데, 그녀가 실제 손창섭의 아내였는지는 불확실합니다. 그러나 많은 이가 이 소설을 손창섭의 자전적 소설로 읽고, 손창섭이 그때 부산에서 일본인 아내를 만났다고 해석합니다. 그보다 더 그럴듯한 설명도 있습니다. 바로 '자화상'이라는 부제가 붙어 있는 「신의 희작」(1961)이라는 작품에서 찾아볼 수 있지요. 이 작품의 주인공 S는 자신과 아내 지즈코가 6·25전쟁 피난지 부산에서 재회하게 된 사연을 밝히고 있습니다.

물론 이 소설 속 이야기가 전부 손창섭에 관한 사실이라고는 할 수 없습니다. 그러나 해방 직전, 손창섭은 일본에서 대학을 다니며 일본인 아내와 동거했습니다. 해방 후 한국에 돌아가 살기로 결심한 손창섭은 아내에게 먼저 한국에 돌아가 자리를 잡은 뒤 당신을 부르겠다며 기다려 달라고 말합니다. 혹시 무슨 일이 생기면 연락하라며 여수에 있는 친구의 주소를 건네지요.

그렇게 일본을 떠난 손창섭이 한국으로 돌아오는 일은 결코 순탄치만은 않았을 것 같습니다. 해방과 함께 일본에 이주해 살던 조선인들이 귀국 물결을 이루었는데, 한국으로 돌아가는 배가 폭침되어 한국인들이 몰살당하는 사건도 있었지요. 이를 우키시마호浮島丸 침몰 사건이라 부릅니다. 1945년 8월 24일, 한국인 징용자들을 중심으로 한 귀환민들을 태우고 일본 동북부에서 부산으로 향하던 일본 해군 수송선 우키시마호가 원인 모를 폭발과 함께 침몰한 사건입니다. 배에는 모두 5,000명이나 타고 있었다고 합니다. 우키시마호는 혼슈 최북단에 위치한 아오모리현에서 출발했다고 하니, 해방 직전까지 교토에 살고 있던 손창섭과는 크게 상관이 없었을 테지만, 일본으로부터의 귀환이 결코 쉬운 일이 아니었음을 짐작할 수 있습니다.

이제 소설 속 이야기로 돌아가 봅시다. S가 해방을 맞아 한국으로 떠난 후, 지즈코는 S의 친구였던 백기택이라는 사람에게서 서신을 한 통 받고 뜻하지 않게 여수로 오게 됩니다. S를 만나게 해 준다는 명목이었지만, 기실 백기택은 지즈코에게 불순한 마음을 품고 있었지요. 결국 그는 지즈코를 범합니다. 그사이에 여수순천10·19사건(1948년 10월 19일 전라남도 여수에 주둔한 국군 제14연대 일부가 제주4·3사건의 진압을 명령받자 이를 거부하고 반란을 일으킨 사건)이 터지고, 백기택은 좌익에게 피살되자 지즈코는 오갈 데 없는 몸이 되고 맙니다. 이렇게 기구한 운명을 겪은 지즈코가 S와 부산 거리에서 극적으로 상봉하게 된 것입니다. 소설은 이와 관련된 이야기를 이렇게 소개하고 있습니다.

그러나 이 피난살이에서는 그의 운명에 새로운 계기를 가져다주는 중대한 사건이 있었다. 그것은 뜻밖에도, 정말 너무나 뜻밖에도 부산 거리에서의 지즈코와의 해후다. 초라한 모습으로 길가에 마주서 있는 S와 지즈코는 서로 자기의 눈을 의심하며 한참 동안이나 말을 못 하고 바라만 보고 있었다.

(……)

지즈코는 할 수 없이 식모살이 등으로 전전하면서 부산에 당도했다. 거기서 일인 수용소에 정식으로 귀국 신청 수속을 밟아 놓고, 어느 피복공장의 임시 여공으로 있으면서, 송환될 날만을 기다리고 있었던 참인 것이다.

만수사가 있는 뒷산에 올라가, 그런 얘기를 마치고 난 지즈코
는, 인제는 차라리 일본에도 돌아가지 않고 이대로 죽어 버리고 싶
다고 하면서 자꾸만 울었다.

「신의 희작」에는 8·15광복을 전후로 한 당시의 혼란상이 꾸밈
없이 드러나 있습니다. 해방이 사람들에게 자유와 빛을 찾아 줄 것
이라 기대했지만, S가 국내에 돌아와 보니 현실은 완전히 그렇지만
도 않았습니다. 태평양전쟁 말기까지만 해도 극도의 궁핍과 물자
부족에 시달리면서도 강력한 통제 경제에 의해 수급이 유지되었는
데, 조선총독부의 통제가 무너지자 중추 기관이 없는 혼란의 아수
라장이 되어 버린 것입니다. 먹을 것은 물론, 할 일도 찾을 수 없는
상황에 떨어졌지요.

소설 속 사건들 중에는 손창섭이 직접 겪었으리라 추정되는 대
목이 많습니다. 해방 후 귀환한 주인공이 세끼를 굶은 끝에 인천역
대합실에서 남의 음식물 보따리를 훔치는 장면이 나오는데, 손창섭
역시 한국으로 돌아와 굉장히 고생했던 것 같습니다. 전쟁 직후의
혼란스러운 상황에서 직업을 찾기도 쉽지 않았으니까요. 손창섭은
심지어 북쪽으로 올라가 고통스러운 밑바닥 생활을 체험하기도 합
니다. 정철훈 기자의 『내가 만난 손창섭』에 따르면, 손창섭은 서울
과 그 언저리를 헤매다 남한의 현실에 실망한 나머지 평양으로 향
했습니다. 월북이라기보다는 38선을 넘어 고향인 평양에 가 본 것

이지요. 평양으로 간 손창섭은 무성공업학교라는 곳에서 교사로 일하다가 황해도의 한 중학교로 옮겨 자리를 잡습니다. 그러던 어느 날 밤, 한 지인이 집으로 찾아와 "내일 손 선생님을 잡아간다고 하니 빨리 도망가라"는 말을 전해 줍니다. 손창섭은 보따리를 싸 들고 38선을 넘어 다시 남한으로 내려오게 됩니다.

1949년 3월 6일 자《연합신문》에 손창섭의 데뷔작 「싸움의 원인은 동태 대가리와 꼬리에 있다」가 실립니다. 또 같은 신문 1949년 3월 29일 자에는 「얄궂은 비」라는 짧은 소설이 실리는데, 둘 다 일종의 콩트입니다. 이 무렵 손창섭은 작가로 살아갈 생각을 했던 것 같습니다. 그러나 곧 6·25전쟁이 발발합니다. 전쟁 중 부산이 임시 수도로 기능하면서, 손창섭은 부산에서 살다 환도 후 서울로 돌아와 자하문 밖 세검정 방면에 거처를 마련하고 서울 생활을 시작합니다.

그 무렵 쓴 수필 「생명의 욕구에서」(1956)를 보면 손창섭이 세검정 근처를 꽤 좋아했던 것 같습니다. 처음에는 왜 세검정 근처에 거처를 마련했을까 의문이 들었는데, 서울 도심에서 먼 변두리로 집값이 싸기도 했지만 동시에 자연 속에서의 삶의 아름다움에 빠질 수 있는 곳이었기 때문일 것입니다. 이후 그는 흑석동으로 거처를 옮깁니다.

손창섭의 수첩에는 그의 본적지가 서대문구 냉천동으로 적혀 있습니다. 아주 흥미로운 대목입니다. 이남으로 옮겨 온 이북 사람들은 본적지를 새로 만들어야 했기에, 손창섭이 흑석동으로 오기 전 냉천동에 살았을 가능성도 높습니다. 제가 생각하는 최소한의 경로는 이렇습니다. 세검정에서 서대문구 냉천동으로 옮긴 뒤, 흑석동으로 이사 간 것입니다.

흑석동은 사회를 향한 손창섭 문학의 통렬한 비판 의식이 뿌리를 틀었던 매우 중요한 공간입니다. 이 시기에 그의 문제작들이 전부 발표되었습니다. 정철진 선생의 회고에 따르면, 손창섭은 흑석동에서 단 한 번 거처를 옮겼습니다. 흑석동의 두 번째 거처가 바로 흑석동 3-4번지일 것입니다. 제가 한 신문에서 찾은 기사에 따르면, 한양영화사가 단편소설 「잉여인간」을 무단으로 영화화하려다 손창섭에게 고소를 당했다는 내용이 있습니다. 이 기사는 절차와 원칙을 극도로 중시했던 손창섭의 성격을 엿볼 수 있게 해 줍니다. 결벽증에 가까웠던 그의 성품은 표절이나 사기 행위를 묵과할 수 없었던 것입니다. 1964년 4월 1일 자 이 기사에 손창섭의 자택 주소가 흑석동 3-4번지로 밝혀져 있습니다.

손창섭은 사람에 대한 기피증 내지 공포증이 심한 사람이었습니다. 무엇보다 일본에서 성장하면서 한국인이라는 이유로 많은 핍박을 받았기 때문입니다. 일제강점기 당시 일본에서는 조선인을 사람으로 제대로 대우하지 않았습니다. 물론 인정 많은 일본인도 분명 있었겠지만, 많은 한국인은 자신이 한국인이라는 각별한 의식을 지니고 성장할 수밖에 없었습니다. 한국인 됨, 조선인 됨이라는 자각이 자연스럽게 자리 잡을 수밖에 없었던 것이지요. 일본 사람들은 조선인에 대해 마늘 냄새가 나고, 김치를 먹으며, 거짓말을 잘한다는 편견을 가지고 있었습니다. 하지만 일본인들이 폭력을 가하면, 당연히 거짓말을 해서라도 피해를 모면하려는 태도를 취힐 수밖에 없었을 것입니다.

손창섭이 흑석동에 살면서 쓴 소설 가운데 하나가 바로 『인간교실』(1963~1964)입니다. 요지경 속 세상을 비추는 내용이지요. 소설 속 젊은 청년들은 복지사업을 통해 사회정의를 실현하겠다고 결심합니다. 그러려면 돈을 모아야 하겠지요. 주인공인 주인갑의 집에 세 들어 사는 여성이 있는데, 그녀는 대학생인 척하면서 술집에 다닙니다. 청년들은 그녀가 끌어들이는 정치가와 사업가 등 타락한 남자들의 사진을 몰래 찍어 협박해 돈을 모으기로 합니다. 저는 이 소설 속 젊은이들의 폭력적인 '정의'를 5·16군사정변 이후 군사 독재 세력에 대한 알레고리로 이해합니다.

『인간교실』의 줄거리를 좀 더 따라가 보겠습니다. 자유당 말기 비닐 생산업에 손을 댔다 실패한 주인갑은 4·19혁명 이후 혁신정당에 가입했다가 5·16군사정변으로 된서리를 맞은 중년의 실업자입니다. 이러한 설정은 당시의 정세와 아주 밀접한 관련을 맺고 있습니다. 주인갑은 전처와의 사이에서 낳은 딸, 그리고 현재의 아내 남혜경과 함께 살아갑니다. 손창섭과 주인갑이라는 인물을 하나로 볼 수는 없지만, 슬몃슬몃 유사성이 엿보입니다. 보순이라는 이름의 식모 아이도 등장합니다. 식구가 단출한 데다 살림살이도 궁색해진 탓에 주인갑은 방 한 칸을 세놓기로 결정합니다. 작품에서는 이 시점을 6·10화폐개혁 이후로 설정하고 있습니다. 먹고살기 어려워진 형편을 화폐개혁과 관련지어, 이를 둘러싼 경제적 사정과 함께 보여 주고 있습니다. 이를 통해 손창섭이 한국 사회의 정치적 정세와 경제적 흐름, 그리고 그 변화에 민감한 감응력을 지니고 있었음을 알 수 있습니다.

주인공이 사는 흑석동 집에 황진옥이라는 여인이 세입자로 들어오면서 사건이 벌어집니다. 황 여인은 자신보다 어린 남자와 눈이 맞아 남편으로부터 도망쳐 나와 동거 중이지만, 주인갑에게는 혼자라고 거짓말을 합니다. 주인갑은 아내와는 다른 분위기를 풍기는 황 여인에게서 매력을 느끼지요. 그런데 사건은 더욱 복잡해집니다. 아내와 황 여인이 동성애 관계를 맺고, 이후 황 여인의 남편이 찾아와 행패를 부리면서 상황은 극도로 혼란스러워집니다. 결국 주인갑은 풍기 문란한 황 여인을 내보내기로 결정합니다. 이후 그 방에는 여대생 윤명주와 조선영이 들어옵니다. 윤명주는 대학을 휴학하고 댄스홀에서 일하며 남자를 끌어들이는 일을 합니다. 여기에 안동철이라는 청년까지 가세합니다. 그는 윤명주가 끌어들인 손님들을 상대로 몰래 사진을 찍어 돈을 뜯어낸 뒤, 그 돈으로 삼정학원이라는 공익재단을 세우겠다는 엉뚱한 계획을 세웁니다. 이 계획은 순조롭게 진행되었고, 심지어 아내인 남혜경 여사까지 젊은이들의 학원사업에 적극 참여하게 됩니다. 하지만 주인갑은 이들의 계획에 동조할 수 없었습니다. 최종 목적이 공익사업이라고 해도, 몰래 사진을 찍는 불법적 수단에 기댄 계획이었기 때문이지요. 불의한 짓으로 돈을 벌어 공익사업을 한다는 것 자체에 동의할 수 없었던 것

한국 사회의 정치적 정세, 경제적 흐름에 민감한
감응력을 보여 준 『인간교실』의 표지.

입니다.

손창섭은 이 젊은이들의 모습에 5·16군사정변을 주도한 세력을 투영한 듯 보입니다. 국가를 재건하고 민주주의를 펼친다고 하지만, 실제로는 불법적인 쿠데타로 정권을 찬탈하고 재산을 빼앗는 행태를 비판한 것이지요. 이러한 지점에서 이 소설은 정치 체제에 대한 비판의 알레고리로 기능합니다.

주인갑은 더 이상 버틸 수가 없습니다. 아내마저 젊은이들에게 동조하는 상황에서 그는 고민을 거듭합니다. 아내와의 성격 부조화, 황 여인에 대한 정념이 빚어내는 애정 문제로 인해 그는 결국 집을 팔고 안정된 생업과 심신의 휴식을 위해 귀농하기로 결심합니다. 도시를 떠나 농촌으로 가야겠다고 생각한 것이지요. 결국 주인갑은 아내와 결별하고 황 여인과의 내일을 기약하며 기차를 타고 서울을 떠납니다.


## 한강 너머 비판의 기지, 흑석동 자택

귀농은 성루를 떠나는 것이니, 서울을 떠나는 주인갑의 행위는 달리 해석하자면 일본으로 떠나는 것이라고도 볼 수 있겠지요. 실제로 손창섭은 그 무렵 안성 혹은 그 근방의 땅을 사기 위해 돌아다녔다고 합니다. 어떤 논문에 따르면 농사를 짓기 위해서였다고 하지요. 주인갑은 심신의 휴식을 취하기 위해 서울을 떠납니다. 이 점이 중요한 모티프입니다. 그는 아내와 젊은이들이 보이는 불의한 행태, 방에 드나드는 사업가와 정치가들의 타락한 행각을 견디지 못하고 이 세계를 떠나 귀농을 결심하게 된 것입니다.

소설 속에서 주인갑의 집 배경이 묘사되는데요. 그곳은 강 건너로, 서울의 '내부'가 들여다보이는 곳입니다. 당시 흑석동은 서울의 외곽을 흐르는 강 건너 변두리에 위치한 곳이었습니다.

주인갑 씨가 자기 집 옆방을 세놓기 시작한 것은 6·10화폐개혁 이후부터의 일이다. 자유당 시절에 친구와 동업으로 시작했던 비닐 중심의 무역업이 들어가 맞아서 돈이 좀 돌 때, 손수 설계도 하고 꽤 공들여 지은 집이다.

한강이 눈 아래 굽어보이고 여름이면 아카시아 숲이 우거지는 속에 아늑히 자리 잡고 있다. 70평 남짓한 대지에 빨간 벽돌로 벽을 두껍게 쌓아 올리고 특수한 청록색 기와를 얹은 건평 25평짜리 제법 아담한 문화주택인 것이다.

손창섭은 이 집의 위치를 다음과 같이 설명하기도 합니다.

노량진에서 동작동 군 묘지까지 도로 확장 공사를 하느라고 1년 가까이나 파헤쳐 놓은 채 맑은 날이면 먼지, 궂은 날이면 흙탕을 사정없이 뿌려 대더니 이제는 포장 공사도 깨끗이 끝나서 제법 드라이브나 산책 코스로서의 면모를 갖추었다. 일요일이 아니더라도 쾌

청한 날 저녁 무렵만 되면 이 길을 왕래하는 앉은 소풍객과 아베크족의 모습을 볼 수가 있었다.

방금 외출에서 돌아온 주인갑 씨는 땀이 흥건하게 밴 속옷들을 벗어부치고 시원하게 찬물로 얼굴과 발을 씻고 머리까지 감고 나서 사방의 문을 활짝 열어젖힌 마루방에 나와 앉아 담배를 피워 물고 우거진 아카시아 숲 사이사이로 노량진 쪽 거리를 내려다보고 있으려니까 몸은 날아갈 듯 개운했지만 마음은 걷잡을 수 없이 무겁기만 했다.

그러니까 주인갑의 집은 노량진에서 동작동 국립서울현충원으로 가는 길가 언덕배기에 자리 잡고 있어 한쪽으로는 한강을, 다른 한쪽으로는 노량진을 굽어볼 수 있는 곳입니다. 저는 이 집이 손창섭의 실제 흑석동 자택을 모델로 삼은 것이라고 생각합니다. 제가 조사한 바에 따르면, 손창섭은 흑석동 효사정孝思亭과 원불교 서울회관 자리의 언덕 근처에 자리 잡고 있었습니다. 아마도 손창섭의 집에서도 한강이 내려다보였을 것이라 생각합니다. "저 아래 잔잔히 흐르는 한강과 인도교와 노량진 길을 무심히 내려다볼 수 있는" 주인갑의 집은 한강과 서울로 상징되는 한국 사회의 내부를 외부에서 건너다보듯, 또는 내려다보듯 주시하고자 했던 손창섭의 작가적 시점을 상징하는 듯 보입니다.

이 한강변 집의 주인은 고민이 있을 때마다 한강 백사장 쪽을 굽어봅니다. 백사장은 잃어버린 서울의 모습을 찾을 수 있는 공간이기도 했습니다. 1960~1970년대 서울에서 백사장은 자못 중요한 의미를 지닌 장소였습니다. 당시에는 선거철마다 정치인들이 백사장에 모여 연설을 했고, 한창 교세를 확장하던 기독교 집회도 이곳에서 열렸습니다. 손창섭이 살던 효사정 근처 집에서는 한강 건너편 동부이촌동 쪽 백사장의 풍경이 한눈에 들어왔을 것입니다. 소설에서는 이 건너편 백사장의 풍경을 이렇게 그리고 있습니다.

> 넓은 모래사장 한쪽에는 수십 개로 보이는 천막을 둘러친 임시 집회소를 만들어 놓고 기독교 계통의 특별 부흥회가 열리고 있었는데, 꼬리를 이어 몰려드는 군중들은 모두 성경과 찬송가책을 들고 그곳을 찾아가는 기독교 신자들이었다. 기적을 행하느니 병을 고치느니 하는 유명한 목산지 장론지 하는 사람이 친히 집회를 인도하니 많은 사람이 와서 은혜를 받으라는 내용의 포스터를 씨도 얼핏 본 기억이 있었고, 또한 그 목사라나 장로라나 하는 분은 정말 병을 고친다거니 거짓말이라거니 하는 소문이 항간에 자자하게 떠돌고 있는 것도 씨 역시 귓결에 들어 알고 있는 일이었다.

이렇게 기독교 부흥회가 열렸던 한강 건너편 서울 안쪽의 백사장은 이제 모두 사라져 버렸습니다. 전두환 정부가 들어서면서 둔치를 개발하여 한강의 전체적인 지형이 바뀌어 버렸기 때문입니다. 지금의 한강 둔치 전체가 과거에는 매우 아름다운 천연의 모래사장이었지요.

주인갑은 왜 서울의 바깥에서 안쪽을 건너다보는 것일까요? 이러한 설정은 손창섭이 실제로 그곳에 살았다는 사실과 함께 매우 중요한 상징적 기능을 합니다. 이 상징적 의미에 대해서는 앞에서 간단히 살펴보았지요. 전통적으로 서울은 한강 이북을 중심으로 대변됩니다. 온갖 일이 벌어지고, 수많은 사람이 도착하는 곳이 바로 서울역과 용산이기 때문입니다. 박태원이 '도회의 항구'라고 불렀던 곳도 바로 서울역이지요. 사람들이 그곳으로 들어와 서울 전역으로 흩어지고, 다시 돌아오는 순환이 이루어지는 중심이었지요. 하지만 손창섭은 특이하게도 서울의 중심부에서 살기를 즐겨 하지 않았습니다. 처음 자리 잡은 곳도 자하문 바깥인 세검정 쪽이었습니다. 이후에는 인도교 건너편, 당시로는 서울 외곽이라고 할 수 있는 흑석동에 자리 잡고, 한강 건너 서울의 내부를 건너다보며 살아갔습니다.

이러한 공간 설정의 상징적 의미를 살펴볼 수 있는 또 다른 작품이 바로 『길』입니다. 이 흥미로운 소설은 1960년대 후반을 시간적 배경으로, 《동아일보》에 1968년 7월 29일부터 1969년 5월 22일까지 연재되었습니다. 충청남도 서산 근방 어느 시골 마을 출신의 소년 최성칠은 초등학교만 나온 순진하기 짝이 없는 아이입니다. 그는 자기보다 먼저 상경해 일하고 있던 여자 동창생의 인도를 받아 장항선 열차에 오릅니다. 여섯 시간이 걸려 서울에 도착한 성칠은 남산 길목에 있는 회현동 진옥여관에 들어가 서울 생활을 시작합니다. 이 진옥여관에는 이른바 '여관발이'가 있었습니다. 여관발이는

손창섭이 남겨 놓은 수첩 자료 중 일부로, 흑석동 자택의 뒤편으로 추정되는 곳.

남자 투숙객이 숙소로 부르는 매춘 여성을 뜻하며, 당시 회현동에서는 이러한 성매매 행위가 만연했습니다. 순박한 소년 성칠에게서 손창섭의 또 다른 내면을 엿볼 수 있습니다. 남자와 여자가 육체를 돈으로 사고파는 현실에 경악한 그의 속마음을 말이지요.

회현동 여관촌을 견디지 못한 성칠이 향한 곳은 자동차 공업소였습니다. 그러나 공업소 역시 회현동과 별반 다르지 않았습니다. 낡은 자동차 부속을 닦아 새것처럼 포장해 팔아넘기는 부정한 일이 만연했기 때문입니다. 성칠에게 서울은 부정한 방법으로 돈을 벌려는 사람들의 세계였습니다. 소설에 등장하는 강 모 씨는 정부의 전직 고위 관리로, 국책회사의 이사이기도 합니다. 그는 진옥여관을 들락거리며 국회의원 선거에 출마할 준비를 하는 인물로 등장합니다.

이 소설과 관련하여 당시 시기를 살펴보면, 1967년 6월 8일에 제7대 국회의원 선거가 있었습니다. 제8대 국회의원 선거는 1971년 5월 25일에 치러졌지요. 1967년 선거는 대한민국 역사상 대표적인 부정 선거로 꼽힙니다. 3선 개헌을 노리고 있던 박정희 대통령은 헌법을 개정하기 위해 국회의원 의석의 3분의 2 이상을 자신의 편으로 채우려 했습니다. 그러나 그 시도가 지나쳐 결국 의석의 4분의 3을 차지하는 상황이 벌어졌습니다. 이로 인해 국회가 정지 상태에 빠지는 사태가 발생했고, 이후 대통령이 국민 앞에 사과하기에 이르렀습니다. 이 사건으로 '고무신 선거', '막걸리 선거'라는 말이 생겨났습니다.

바로 이러한 선거 문화를 배경으로 『길』의 인물들이 등장합니다. 『길』은 돈으로 몸을 사고파는 남녀의 모습, 부정부패를 일삼으면서도 정치적으로 출세하려는 인간의 모습, 부정직한 방법으로 돈을 벌려는 모습, 어린아이들에게 월급도 제대로 주지 않으면서 감시하고 일을 시키는 야만적인 노동의 모습을 생생히 보여 줍니다.

### 아웃사이더라는 운명

손창섭은 왜 이런 소설들을 썼을까요? 그가 마주한 한국의 부정적 현실은 분명 당시 참여문학을 주장하던 작가들이 부정한 현실과는 다른 결을 지니고 있었습니다. 잠시 1950년대 말부터 1960년대에 걸쳐 지속된 순수문학과 참여문학 논쟁을 살펴봅시다. 이 논쟁에서 참여문학론자들은 부정한 현실과 정치 체제에 저항하기 위해 앙가주망engagement, 즉 참여가 필요하다고 외쳤습니다. 현실에 참여해 적극적으로 바꿔야 한다는 주장이지요. 반면 순수문학론자들에게 문학이란 인간과 생명의 본질적 의의를 탐구하는 것, 즉 개성과 인생의 구경적究竟的 탐구를 의미하는 것이었습니다. 이는 김동리의 테제에 기반합니다. 문학은 정치 참여나 저항이 아니라 개성과 생명의 탐구에 속해야 한다는 것이지요. 정치와 같이 조변석개하는 문제, 표면적인 문제를 다루는 것이 아니라 인간의 삶의 궁극적인 경지를 탐구해야 참된 문학이라는 주장이었습니다. 저는 손창섭의 맥락에서 이 논쟁을 다시 생각해 보았습니다. 그러자 참여문학파든 순수문학파든, 결과적으로는 한국 사회의 내부자 지위에 있었던 사람들이 아니었던가 하는 생각이 들었습니다. 순수문학론자든 참여문학론자든 모두 자신을 한국 사회에서 정당한 시민권을 가진 존재, 그러므로 언제든지 나라의 정책이나 문학의 성격을 좌우할 수 있는 자신감을 가진 사람들이었습니다.

여기서 아리스토텔레스Aristoteles의 『정치학Politik』을 떠올려 봅니다. 이 저작은 고대 그리스 도시국가들의 정책과 정치 형태를 비교해 시인, 노예, 외국인 등의 존재 양태를 설명한 책입니다.

『정치학』에 따르면, 자유민이란 세 가지 역할을 하는 사람입니다. 고대 그리스 도시국가에서 시민, 즉 자유민은 첫째 사회의 종교적 예식에 참여하는 사람입니다. 제우스를 섬기고 떠받들며 종교적 의식에 참여할 의무가 있는 것이지요. 모든 문화적 정체성에서 가장 핵심적인 것이 종교입니다. 현대 한국 사회에서도 여전히 샤머니즘적 전통이 남아 있듯, 종교적 예식에 참여한다는 것은 곧 그 사회의 문화 전승에 참여한다는 뜻입니다. 이는 자신이 속한 공동체의 문화를 이어받고 그에 대한 믿음을 아래 세대로 흘려보내는 것을 의미합니다. 둘째, 시민은 전쟁이 일어나면 외적과 맞서 싸우는 사람입니다. 따라서 군대에 가지 않는 사람은 자유민으로서의 자격을 충족하지 못합니다. 나라를 지키는 행위에 의해 뒷받침되는 권리가 곧 시민으로서의 권리입니다. 셋째, 시민은 아크로폴리스에 모여 국가 정책을 결정하는 사람입니다. 논쟁과 투표를 통해 다수결로 국가 정책을 결정했는데, 이 대목에서 참여문학론자와 순수문학 론자의 논쟁을 떠올릴 수 있습니다. 그들은 모두 당당한 시민으로 서 자신들의 기치가 문학의 기조 노선이 되어야 한다고 주장했지 요. 마치 투표로 문학의 방향성을 결정할 수 있다면 기꺼이 그렇게 라도 하겠다는 자세였던 것입니다.

손창섭은 자신을 국가의 내부자로 여기지 않았습니다. 그는 국 가 정책을 결정하거나, 사회의 문화적·정치적 가치를 내면화해 이 를 후대에 전승하거나, 전쟁이 나면 국가를 위해 무조건 싸워야 한 다는 의식을 가진 사람이 아니었습니다. 손창섭은 자신을 이러한 믿음 체계와 권리·의무 체계로 이루어진 한국 사회의 외부에 존재 하는 사람으로 여겼습니다. 그러한 그의 존재를 물리적으로 상징화 한 장소가 바로 흑석동 집입니다.

한강 이북을 건너다보는 그 위치 자체가 이를 잘 보여 줍니다. 손창섭은 내부적 참여자가 아니라 외부적 비판자로 존재했습니다. 요즘 표현으로는, 일종의 '외존外存' 또는 '탈존脫存'이라는 말에 가 까울지도 모르겠습니다. 그렇다면 손창섭은 어떻게 이러한 외부적 비판자로서의 위치를 확보할 수 있었던 것일까요?

작가는 분명 운명적인 존재인시도 모릅니다. 손창섭은 평양에 서 태어나 어린 시절 아버지를 여의고 만주로 건너갔습니다. 이후 다시 일본으로 이동하게 됩니다. 손창섭은 일본에서 학창 시절을 보냈는데, 보통학교는 평양에서 다녔지만 이후에는 만주 봉천 지역 에서 2년, 일본 교토에서 4년, 도쿄에서 6년을 보냈습니다. 청소년기 12년을 외국에서 보낸 것입니다. 이처럼 외국에서 12년을 보낸 뒤 손창섭은 해방된 한국으로 돌아왔습니다. 서울과 그 인근을 떠돌다 평양으로 올라가 2년을 보냈고, 부산 피난 시절 이후로는 서울에서 거주했습니다. 이후 다시 일본으로 떠나 27년 동안 머물며 생을 마감했습니다. 이러한 삶의 궤적을 보면 손창섭에게 한국, 특히 서울은 안정된 주거와 터전을 제공하는 고향이라기보다 그저 인생의 여러 순간 중 하나로 존재했다고 볼 수 있습니다. 그는 월남민이자 디아스포라적 존재로서, 고향이라는 안정적 개념과는 거리가 먼, 외로운 운명을 타고난 작가였습니다. 다시 말해 손창섭이 서울, 특히 흑석동에서 보낸 시간은 정주定住가 아닌 인생 전체를 통과해 가는 한순간이었다고 할 수 있습니다. 그렇다면 왜 그는 일본으로 돌아갔을까요? 이 문제를 숙고하지 않을 수 없습니다.

이와 관련해 시사점을 제공하는 작품이 바로 『삼부녀』(1970)입니다. 이 소설은 한국 사회에 대한 중요한 비판, 특히 혈연적 가족주의에 대한 혐오를 담고 있습니다. 작품을 통해 손창섭이 풍속소설적 실험을 시도했음을 엿볼 수 있습니다.

주인공 강인구는 제부와 눈이 맞은 아내와 이혼한 중년 남자입니다. 그는 혼자 고등학생과 대학생인 두 딸을 키우고 있습니다. 어느 날 강인구는 친구 계 사장으로부터 여대생과 교제해 보라는, 일종의 원조 교제를 권유받습니다. 그렇게 원조 교제에 가까운 교제담이 시작되는 가운데, 또 다른 친구 김창갑이 갑작스럽게 세상을 떠나며 자신이 부정한 관계를 통해 남긴 딸 경미를 보살펴 달라는 부탁을 남깁니다.

그로 인해 소설의 진행이 급류를 타게 됩니다. 강인구의 딸들은 집과 가족 관계에 불편함을 느껴 차례로 집을 떠나고, 딸들의 빈자리를 젊은 여대생과 친구의 딸 경미가 차지하게 됩니다. 경미는 자신과 나이 차가 크지 않은 여대생과 강인구가 애인 관계를 맺고 있는 것을 보며, 자기에게는 딸처럼 대하는 그의 태도에 불만을 품습니다. 이에 경미는 강인구를 유혹하려는 태도를 보이지만, 강인구는 친구의 딸과 자신의 관계를 분명히 합니다. '우리는 그런 관계가 아니다. 너는 내 친구의 부탁을 받은 딸이다. 진짜 딸처럼 키워야 할 존재다'라는 식으로 말이지요. 그들은 서로 가족임을 확인하며 소설은 결말에 이릅니다. 마지막 장면에서 여대생은 아내와 같은 위상을, 친구의 딸 경미는 진짜 딸과 같은 위상을 갖게 됩니다. 새로운 관계로 들어선 세 사람은 집에 있는 욕실의 욕조에 함께 들어가는 장면으로 이야기가 끝을 맺습니다.

이 혼탕은 무엇을 의미할까요? 이는 아내와 딸들이 나간 자리를 핏줄이 전혀 이어지지 않은 다른 여자들이 대리함을 뜻합니다. 대체로 한국 사람들은 남자와 여자가 만나 살면서 자식을 낳음으로써 가족이 완성된다고 가정합니다. 두 남녀의 육신적 결합으로 자식이 탄생하는 것을 중시하는 혈연 중심적 가족주의를 신봉하는 것이지요. 그러나 손창섭은 바로 그러한 혈연주의적 가족관, 그리고 그에 기초한 가족 이기주의를 못마땅히 여겼습니다. '우리끼리 잘 살면 된다, 남의 가족은 어떻게 되든 상관없다'는 피의 연결 개념에 기반을 둔 고도의 가족 이기주의야말로, 한국 사회에 만연한 모든 폐단의 근저에 놓인 문제점이라 생각한 것이었습니다.

그리하여 손창섭 소설의 이 혼탕 장면은 혈연적 결합에 기초한 가족을 대신하는 의사 가족 공동체의 실험 같은 양상을 띠게 됩니다. 『삼부녀』는 원조 교제를 다루는 등 대중소설·통속소설의 기미가 다분하지만, 그럼에도 한국 사회를 향한 발언의 진지함을 잃지 않고 있습니다.

이와 같은 작품들을 참고해 볼 때, 손창섭이 냉철하게 바라보고자 했던 한국이라는 세계는 단순히 정치적 독재에 시달리고 있는 것만은 아니라는 사실을 확인할 수 있습니다. 일본으로 떠나서 쓴 『유맹』(1976)에서 손창섭은 한국인의 부정적 모습, 즉 한국인들이 가진 물질주의, 허례허식, 허영, 거짓 그리고 혈연 중심적 이기주의와 가족주의를 총체적으로 냉정하게 진단하고 있습니다. 그가 바라본 1950~1960년대 서울의 풍경은 곧 한국 사회 전체의 축소판이었습니다.

손창섭은 『삼부녀』, 『인간교실』, 『유맹』, 『길』 그리고 『부부』(1962), 『이성연구』(1965) 같은 작품을 통해 다른 작가들과는 전혀 다른 방식으로 한국 사회를 해석했습니다. 참여문학론자들이 정치 체제를 문제 삼을 때, 순수문학론자들이 현실과 동떨어진 세계를 그릴 때, 손창섭은 서울역과 회현동, 용산, 흑석동을 통해 자신이 보고 묘사하는 서울이라는 세계로 대변되는 한국 사회의 다양한 국면을 여러 수준에서 그려 냈습니다. 한국 사회가 지닌 모순과 문제점,

1962년 2월 남산에 올라 시내를 내려다보고 있는 손창섭.
한국과 일본, 어느 한쪽에도 속하지 않은 코즈모폴리턴적 존재.

부조리를 냉철하게 바라보고 조망하는 비판적 시각을 지닐 수 있었던 것은 바로 이 때문이었습니다. 그리고 그 거점이 바로 한강이 건너다보이고 내려다보이는 흑석동 집이었습니다.

　손창섭의 문학적 자질을 생각해 보면, 그는 일본 문단에서 활동할 수도 있었을 것입니다. 실제로 손창섭은 일본 문단에 등단하기 위해 일본어로 몇 편의 작품을 썼으며, 그중 한 편은 지면에 실렸을 것이라는 근거 있는 이야기도 전해집니다. 그러나 그는 궁극적으로 일본 사회에 속하지 않았고, 일본 사회에서도 굉장히 고독한 외부자로 살아갔습니다. 그는 한국 사회와 일본 사회에 끼인 경계의 존재로, 어느 한쪽에도 완전히 포섭되지 않았습니다. 그는 불합리한 두 사회를 넘어선 일종의 코즈모폴리턴적인 존재로 세계를 살아갔습니다. 코즈모폴리터니즘은 디오게네스학파의 발명품으로, 디오게네스에게 어느 폴리스의 사람이냐 물었을 때, 그는 자신은 어느 폴리스에도 소속되지 않은 사람, 즉 코즈모폴리턴이라고 대답했다고 합니다. 저는 손창섭이 바로 이 코즈모폴리터니즘의 체현자였다고 생각합니다.

　1973년에 일본으로 건너간 손창섭은 자신의 시조에서 암시한 것처럼 은둔자로 살아갔습니다. 누구와도 거의 연락하지 않았고, 오직 몇 사람만이 그와 연락이 가능했습니다. 그중 단 한 사람만이 손창섭과의 만남을 이어 갔는데, 바로 정철진 선생입니다. 정철진 선생은 1970년대 초 《문학사상》에서 이어령 선생 아래 편집 일을 하셨던 분으로, 손창섭과 긴밀한 관계를 맺었다고 합니다. 손창섭은 한국에 들어오면 정철진 선생만 만나고 일본으로 돌아갔으며, "내가 왔다는 사실을 남들에게 알리면 당신도 만나지 않겠다"고 엄포를 놓아 절대 자신의 소식을 외부에 알리지 못하도록 했다고 합니다. 그렇다면 인세 문제는 어떻게 처리했을까요? 정철진 선생이 물었더니, 손창섭은 "다 필요 없다. 나는 이제 다 버리고 갈 텐데, 그런 것이 다 무슨 소용이냐"고 대답했다고 합니다. 그래도 설득 끝에 손창섭은 그에게 인세 관리를 맡겼습니다. 정철진 선생의 회고에 따르면, 손창섭은 생전에 두어 번 한국에 방문했으며, 88올림픽 이전과 직후가 그때였다고 합니다. 당시 정철진 선생은 그동안 모아 둔 인세를 손창섭에게 전달했다고 해요.

손창섭을 연구하는 과정에서 저는 정철진 선생의 존재를 알게 되었고, 그를 통해 손창섭을 직접 뵙고 싶어 매달리다시피 했습니다. 정철진 선생도 저와 함께 일본에 가고자 했으나, 여러 사정으로 인해 3~4년이 훌쩍 지나 버렸습니다. 그사이 정철훈 기자가 정철진 선생을 만나 인터뷰하던 중 손창섭의 일본 주소를 발견하게 되었습니다. 기자다운 기지로 그는 주소를 몰래 사진으로 찍어 두었고, 홀로 일본으로 가서 우에노 여사를 만났으며 요양소에 있던 손창섭도 만나 사진까지 찍어 왔습니다. 결국 저는 정철진 선생과 함께 일본으로 가 우에노 여사를 찾아뵙게 되었습니다. 그러나 당시 여사는 병약한 상태였고, 손창섭이 머물던 요양소가 너무 멀어 우리를 안내할 수 없다고 했습니다. 실제로 병색이 완연한 그녀를 무리하게 동행시킬 수는 없었습니다. 이후 다시 일본을 찾았을 때는 이미 집이 비어 있었습니다. 손창섭은 세상을 떠났고, 우에노 여사는 니가타 쪽으로 거처를 옮긴 상태였습니다.

저는 오래전부터 손창섭이 매우 특별한 문학인임을 주장해 왔습니다. 물론 손창섭은 언제나 중요한 전후소설가로 평가되어 왔지만, 그가 단지 전후문학이라는 개념 속에서만 중요한 인물로 치부되는 것을 넘어설 필요가 있다는 것이 제 생각이었습니다. 이 점을 부각시키고 싶었지만, 저 혼자만의 노력으로는 눈에 띄는 연구 결과를 내놓기 어려웠습니다. 나름대로 모색해 왔지만 학계나 대중 독자를 설득할 조건이 충분히 성숙하지 않았던 것이지요. 오랫동안 손창섭은 1973년에 일본으로 건너가 세상을 피해 은거하다 죽은 사람으로 여겨졌고, 그런 사람이 뭐 그리 중요하냐는 시각이 만연했습니다. 저는 이런 시각을 넘어서고 싶었고, 그러려면 어떤 방식으로든 손창섭이 남긴 작품들을 책으로 엮어 낼 필요를 느꼈습니다.

처음에 제가 주목한 것은 『유맹』이라는 문제작이었습니다. 이 작품은 일본에 머물던 손창섭이 《한국일보》에 연재한 세대소설입니다. 손창섭의 소설을 매우 좋아했던 당시 《한국일보》의 장기영 회장이 이영희 기자를 일본으로 보내 그를 설득한 끝에 겨우 얻어 낸 작품이지요. 저는 이 작품을 실천문학사에서 출간하며 해설을 붙였습니다. 또한 손창섭이 일본으로 떠나기 직전에 쓴 대중적인 소설 『삼부녀』는 2010년에, 『인간교실』이라는 흥미로운 소설은 2008년에 출간하며 해설을 더했습니다. 손창섭은 단편소설 작가로 잘 알려져 있으며 전후 시기에만 활동한 것처럼 보이지만, 1960년대 말부터 1970년대에 이르기까지 그가 쓴 장편소설은 모두 열한 권이나 됩니다. 저는 이 작품들을 차근차근 출판할 계획입니다. 조만간 연작이라 할 수 있는 『부부』와 『이성연구』를 출간하려 준비 중입니다.

# 11장
## 나도 이게 어엿한 직업이여
잉여를 배제한 도시
이호철, 서울은 만원이다

거리에는 사철 차들이 붐비고
여관, 다방, 음식점, 술집,
극장, 당구장, 바둑집이 우글우글한다.
입으로는 못살겠다고 저저끔 아우성인데,
다방도, 음식점도, 바둑집도, 당구장도, 삼류극장도
늘어만 가고 있다.
대관절 서울의 이 수다한 사람들은
모두가 무엇들을 해먹고 사는 것일까.

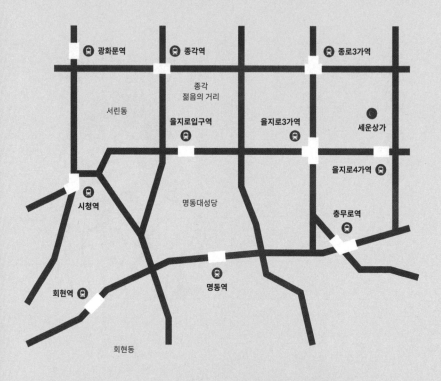

광화문역
종각역
종로3가역
종각
젊음의 거리
서린동
을지로입구역
을지로3가역
세운상가
을지로4가역
시청역
명동대성당
충무로역
회현역
명동역
회현동

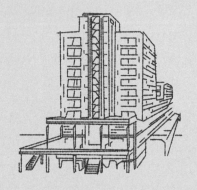

서울을 바꾼 또 하나의 변화가 세운상가가
있던 종묘부터 필동까지 이어지는 지역에서
일어난다. 바로 1960년대 중반 종로3가(종삼)
일대에 불어닥친 불도저식 도시 개발이다.

## 한 월남 작가의 서울 스케치

여기서는 이호철의 『서울은 만원이다』와 함께 현대의 종로를 탐구해 보려 합니다. 이호철이라는 이름이 다소 생소하게 느껴질 수도 있지만, 그는 1960년대 이래 한국 문학사에서 늘 중요한 위치를 차지해 온 작가입니다. 특히 『서울은 만원이다』와 『소시민』은 그의 대표작으로 널리 알려져 있지요. 이호철은 1932년 3월 15일 함경남도 원산에서 태어나, 2016년 9월 18일 타계했습니다. 저는 이호철 작가가 생존해 계시던 마지막 몇 년 동안 그분을 자주 뵐 수 있었습니다. 더 오래 건강히 버티실 거라 생각했지만, 뇌에 종양이 크게 자란 것을 뒤늦게 알게 되었고, 그로 인해 우리 곁을 떠나셨습니다. 참으로 안타까운 일이었습니다. 함경남도 원산 출신인 그가 어떻게 해서 서울의 종로를 무대로 소설을 쓰게 되었을까요? 이호철 작가의 이야기는 6·25전쟁으로 거슬러 올라갑니다.

저는 개인적으로 한국전쟁보다 6·25전쟁이라는 명칭을 더 선

호합니다. 1950년 6월 25일에 일어난 전쟁이라는 뜻으로, 보다 가치 중립적이고 객관적으로 다가오기 때문입니다. '한국전쟁'이라는 표현에는 한국 밖에서 한국을 바라보는 뉘앙스가 담긴 듯해 어색하게 느껴지지요. 외국 사람들은 한국전쟁이라 부르겠지만, 저는 내부자의 시각으로 사고의 자유를 확장하고자 6·25전쟁이라는 명칭을 사용합니다.

6·25전쟁의 전반적인 흐름을 이해하는 것은 중요합니다. 특히 젊은 세대는 이를 잘 알지 못하는 경우가 많습니다. 전쟁은 1950년 6월 25일 발발했습니다. 인민군은 사흘 만에 서울을 점령하며 파죽지세로 남진했고, 낙동강 전선까지 내려갔으나 교착 상태에 빠지게 됩니다. 그해 9월 15일 맥아더 장군의 인천상륙작전으로 전세는 급격히 바뀌었고, 인민군은 후방과 최전선에서 위협받아 퇴각했습니다. 9월 28일 서울이 수복되었고, 유엔군은 10월에 평양을 점령하며 압록강과 두만강까지 진격했지요. 하지만 중공군의 개입이 10월 25일 공식적으로 선포되면서 전세는 다시 역전되었습니다. 중공군의 인해전술로 미군과 한국군은 서부 전선에서 퇴각했지만, 동부 전선 병력은 퇴각하지 못하고 고립되었습니다. 중공군이 원산을 점령하면서 미군과 한국군, 그리고 피난민을 구출하기 위한 대규모 철수 작전이 시작되었습니다. 이는 바로 영화 〈국제시장〉(2014)에서도 묘사된 '흥남 철수'입니다.

영화의 첫 장면을 떠올려 볼까요? 철수 계획은 당초 10만 명의 군 병력을 구출하려는 것이었으나, 자유를 찾아 남쪽으로 내려오려는 피난민 수십만 명이 배에 몸을 실으며 새로운 국면을 맞았습니다. 이 작전은 1950년 12월 15일부터 열흘간 진행되었으며, 그 서막이 바로 원산 철수였습니다. 12월 9일 원산이 점령될 위험에 처하자 미군 함정이 파견되어 병력을 철수했지요. 이 철수 작전에서 부산으로 내려온 배에는 미래의 작가 두 사람이 타고 있었습니다. 바로 이호철과 최인훈입니다.

공교롭게도 두 작가는 모두 원산고등학교 출신 수재였습니다. 원산고등학교는 일제강점기 당시 전국 3대 명문고 중 하나로 손꼽힐 만큼 명성이 높았고, 해방 이후에도 그 전통이 이어졌습니다. 이호철은 네 살 아래의 최인훈과 원산중학교, 원산고등학교 동문이었지요. 3학년에 재학 중이던 이호철은 고등학교 졸업을 한 달 앞두고 인민군으로 차출되며 전쟁에 휩쓸립니다. 당시 학제로는 7월이 졸업 시기였는데, 전쟁 속에서 졸업을 마치지 못한 것입니다.

그가 어떻게 원산 철수 작전 당시 미군 함정을 타고 부산으로 피난하게 되었는지는 흥미롭고 극적인 과정입니다. 전쟁 초기, 학도병으로 징집된 이호철은 인민군에 편제되어 최전방이었던 경상북도 울진 근방까지 남진하게 됩니다. 이호철은 총탄이 날아드는 최전선에서 천운으로 목숨을 부지했습니다. 그러나 인천상륙작전으로 인민군 대오가 붕괴되자, 그는 살기 위해 북으로 퇴각하다 강릉 근방에서 한국군에게 붙잡힙니다. 포로 신세가 된 그는 언제 죽을지 모르는 상황에 처했지만, 다행히 수용대에서 그를 알아본 이는 다름 아닌 매형이었습니다. 매형 덕분에 목숨을 건진 이호철은 고향 원산으로 돌아가게 됩니다.

그 후 한두 달이 지나, 미군이 평양에서 쫓겨 내려오고 원산이 다시 점령 위기에 놓이게 됩니다. 당시 원산에 원자폭탄이 투하될 거라는 소문이 돌면서 공포가 확산되었지요. 이는 개전 초기 미군이 원산에 대규모 폭격을 가한 데서 비롯된 소문이었습니다. '원산 폭격'이라는 말이 군인 훈련에서 유래한 것도 이 때문입니다. 사람들은 생존을 위해 원산을 벗어나야 한다고 입을 모았고, 이호철과 그의 아버지도 피난을 결심하게 됩니다. 아버지는 친구를 만나고 오겠다며 아들을 미군 함정이 있는 항구로 보냈지만, 끝내 돌아오지 못했습니다. 결국 혼자가 된 이호철은 배에 올라 혈혈단신으로 부산에 도착하게 됩니다.

『소시민』은 이호철이 겪은 이 극적인 경험을 바탕으로 쓴 작품으로, 1951년 초겨울부터 1952년까지 스무 살 청년 이호철이 부산에서 홀로 살아남기 위해 적응했던 시기를 담고 있습니다. 이 작품은 1964년 7월부터 1965년 8월까지 《세대》에 연재되었으며, 역사적·문학적으로 중요한 기록으로 평가받고 있습니다.

1950년 12월 9일 퇴각 후 서울은 1·4후퇴로 다시 점령당하지만, 1951년 3월 15일에 수복됩니다. 서울은 이렇게 두 번 잃었다가 되찾았으나, 이후에는 폭격 소리가 들려오는 전방 지역이 되어 함부로 접근하거나 거주하기 어려운 곳이 되었습니다. 사람들은 주로 부산, 대구, 마산, 대전 지역을 중심으로 생활했지요. 부산은 피난처이자 대한민국의 임시 수도였습니다. 이호철의 『소시민』은 당시 부산의 생활상과 정치 상황을 잘 담아낸 작품으로, 사료적 가치와 문학적 가치를 동시에 지닌 중요한 기록입니다. 이 작품은 6·25전쟁 이후 사회적·경제적 재건의 방향성이 부산이라는 공간에서 형성되었음을 보여 줍니다. 부산이 전후 한국 자본주의의 인큐베이터, 즉 새로운 경제 질서와 사회적 변화가 태동하는 부화기로 작용했다는 점에서 의의를 찾을 수 있습니다.

그로부터 약 1년 반이 지난 뒤, 이호철은 1966년 2월 8일부터 10월 31일까지 《동아일보》에 장편소설 『서울은 만원이다』를 연재합니다. 당시 《동아일보》 연재소설은 큰 인기를 끌었고, 2년 뒤 손창섭이 장편소설 『길』을 연재하며 서울을 배경으로 한 작품들을 이어갔습니다. 『길』은 시골 소년 최성칠이 열여섯 살에 상경해, 남산 기슭 회현동에서 여관보이로 일하며 서울에 적응하는 과정을 비판적으로 묘사한 소설입니다. 1960년대 후반에는 서울과 상경이 사회적 화두였고, 이러한 배경 속에서 연재된 『서울은 만원이다』는 당대 사회의 중심적 이슈를 반영한 중요한 작품으로 평가됩니다.

한국의 전후문학은 상당히 중요한 의미를 지니고 있지만, 엄밀한 개념 규정은 아직 이루어지지 않았습니다. 최근 다수의 학설이 제기되고 있으나, 여전히 그 개념적 엄밀성은 확보되지 않은 듯합니다. 한국의 전후문학은 본질적으로 1953년 7월 27일 휴전 협정 이후 형성되어 현재까지 이어지고 있는 문학적 흐름입니다. 이는 여전히 지속되고 있는 휴전 협정 체제와 판문점 체제가 해소되지 않았다는 현실과 깊이 연결되어 있습니다. 이러한 관점에서 전후문학을 새롭게 살펴보려면, 우선 '전후'라는 개념을 재정의할 필요가 있습니다. 이렇게 긴 시간을 '전후'로 설정한다면, 필연적으로 시대 구분이 따라야 합니다. 저는 1950년 6월 25일부터 1960년대 중반까지를 '제1차 전후문학기'로 규정합니다. '제2차 전후문학기'는 한일 국교 정상화와 베트남전 개입 이후 산업화가 본격화된 시기를 포함하며, 1987년 6월 민주항쟁과 1988년 서울올림픽, 그리고 구소련의 붕괴까지 이어집니다. 이 시기는 6·25전쟁을 좌우익의 이념적 맥락에서 바라보던 시기와 맞물립니다. 그 이후부터 현재에 이르기까지는 '제3차 전후문학기'로 설정할 수 있습니다. 이렇게 구분함으로써 전후문학의 개념과 범위를 보다 명확히 정의할 수 있으며, 각 시기의 문학적 특성과 사회적 맥락을 체계적으로 분석할 수 있는 기반을 마련하게 됩니다.

대부분의 사람은 이러한 구분의 중요성에 무감합니다. 일반적으로 '전후문학'이라 하면, "글쎄, 4·19까지인가?" 하며 애매해하기 십상이지요. 합의된 기준이 없어서 불분명하기 때문입니다. 그러나 전후를 이해하려면 '전쟁의 여파가 일차적으로 어디까지 미치느냐'를 기준으로 짚어 보아야 합니다. 이는 마치 우물에 던진 돌이 만들어 내는 첫 번째 파문이 어디까지 번져 가는지를 측정하는 것과도 같습니다. 이러한 방식으로 범위를 정해 보면, 제1차 전후문학이 끝나는 시점은 1960년대 중반이라 할 수 있습니다. 이 시기는 장용학의 『원형의 전설』(1962), 박경리의 『시장과 전장』(1964), 이호철의 『소시민』, 황순원의 『일월』(1962~1964)과 같이 전쟁의 경험을 작가들이 각기 자기 방식으로 소화한 작품들이 발표되며 전후문학의 정체성이 확립된 시기입니다. 또한 이 시기에는 서울이라는 무대가 소설의 새로운 공간으로 떠오르며 문학적 지평이 확장되었습니다.

이호철의『서울은 만원이다』는 제1차 전후문학의 시기가 마무리되는 시점에 발표되었습니다. 당시의 서울은 1950~1953년까지 전쟁을 거치며 잿더미가 된 공허와 파멸의 공간이었습니다. 이러한 환경 속에서 전후 복구와 새로운 질서의 확립이 어느 정도 마무리되었던 시기가 바로 1960년대 중반입니다. 이 시기에 월남 작가 이호철은 소설의 새로운 무대로 서울을 설정하고, 그 속에서 당대의 시대상을 기민하게 포착해 냈습니다.

### 폐허에서 판잣집을 세워 일군 종삼

이제『서울은 만원이다』속으로 들어가 볼까요? 1966년은 서울이 본격적인 변화를 시작한 시기로, 그 변화의 모습이 소설에 생생히 드러납니다. 이 무렵 전 부산시장 김현옥이 젊은 나이에 서울시장으로 부임했는데, 작가는 소설 속에서 그를 다음과 같이 묘사하고 있습니다.

　　부산 거리를 의욕적으로 밀어 버리고 계속 두 눈 부릅뜨고 서울로 전임해 온 젊은 시장은 부임하자마자 전 시장이 얼마나 일을 안 하고 빈둥빈둥 놀기만 하였는가, 서울시장으로서 서울시 행정에 얼마만큼 의욕이 없었는가를 일부러 강조나 하듯이 우선 교통난 완화에, 세종로 미도파 지하도 공사 착수, 도로 확장 공사가 사방에 착수되었다.

1966년, 김현옥의 지휘 아래 서울은 새로운 도시로 거듭나기 시작합니다. 실제로 김현옥은 엄청난 추진력으로 서울 전역을 공사장으로 만들어 '불도저 시장'이라는 별명을 얻었지요. 이 시기에 이호철의 『서울은 만원이다』가 인기를 끌었는데, 마치 김현옥 시장의 부임을 예견이나 한 듯 서울의 급격한 변화를 주제로 한 소설이 주목받은 것입니다.

이 무렵 서울에 불어닥친 변화는 크게 두 가지로 나눌 수 있습니다. 하나는 김현옥 시장에 의한 도시계획이었습니다. 1966년 김현옥 서울시장의 주도로 교통난 해소 방안이 결정되었습니다. 장기적으로 지하철 건설을 통해 문제를 해결한다는 구상 아래 전찻길이 철거되었지요. 그러나 실질적인 준비가 제대로 되어 있지 않은 상황에서 이루어진 졸속 결정으로, 노조의 반발 등 상당한 난항을 겪었습니다. 1966년 6월 1일부터 전차 사업이 한국전력에서 서울시로 이관되었으며, 이후 9월 30일 세종로 지하도 공사 착공과 동시에 남대문-효자동 및 서대문-종로 네거리 구간의 전차 운행이 중단되었습니다. 특히 남대문-효자동 노선은 앤드루 존슨Andrew Johnson 미국 대통령의 방한을 대비한 도로 정비 구실로 궤도에 바로 콘크

젊고 의욕 있는 김현옥 시장이 불도저식으로 밀어붙인
지하도 공사, 미도파 지하도의 당시 모습.

리트를 덧씌워 버려 사실상 운행이 불가능하게 되었지요.

서울시는 1967년 10월 5일 전차 요금을 100퍼센트 인상했으나, 나머지 구간의 운행은 여전히 유지되었습니다. 같은 해 9월에 발표된 '전차 현대화 5개년 계획'에서는 각 노선을 외곽으로 이설한다는 계획이 나왔지만, 이후 1968년 4월 16일 발표된 전차 현대화 계획에서는 전차 철거가 크게 강조되었습니다. 이러한 시영화와 전차 폐지 추진 과정에서 전차 사업 종사자들은 시영 버스 또는 서울시 산하의 각 사업소 등지로 전보되었으며, 일부는 택시 회사 등으로 재취업이 이루어져 고용 문제는 일단락되었습니다. 결국 1968년 11월 30일, 서울 전차의 모든 노선이 자정을 기해 운행을 정지했습니다. 이후 1974년 수도권 전철이 개통할 때까지 서울시의 시내 교통은 전적으로 버스에 의존하게 되었습니다.

『서울은 만원이다』의 첫 장을 보면, 1966년 당시까지 서울에 전차가 다니고 있었음을 확인할 수 있습니다. 서린동에 살고 있는 길녀가 "길 건너 한 길에서 전차 다니는 소리가 난다"고 말하기 때문입니다. 박태원의 「소설가 구보씨의 일일」에서도 보신각에서 동대문까지 일직선으로 이어지던 전찻길이 등장하지요. 그 전찻길이 여전히 남아 있었음을 의미하지요.

서울을 바꾼 또 하나의 변화는 세운상가가 있던 종묘부터 필동까지 이어지는 지역에서 일어났습니다. 이 일대를 '종삼'이라고 불렀는데, 사창가를 가리키는 대표적인 말이었습니다. 그렇다면 종삼은 어떻게 형성되었을까요? 역사를 거슬러 일제 말기로 올라가 봅시다. 1941년 12월 8일 일본은 진주만을 공습해 태평양전쟁을 일으켰습니다. 전쟁 초기 3개월 동안 파죽지세로 싱가포르를 함락했지만, 이후 전세는 역전되었고 일본은 미군의 공습에 시달리게 됩니다. 특히 1945년경 일본 본토를 대상으로 한 미군의 폭격이 잦아지면서 큰 화재와 참사를 막기 위해 도시 내 공터를 조성했습니다. 이른바 '소개공지疎開空地'라 불리는 넓은 공터를 만들어 대비책으로 삼았는데, 이는 도쿄뿐만 아니라 서울에도 열아홉 군데나 만들어졌습니다. 그중 하나가 바로 종묘부터 시작해 청계천으로 이어지는, 현재의 세운상가가 있던 자리입니다. 해방 이후 소개공지로 조성된 이 공터는 다양한 사람들이 운집하는 공간이 되었습니다. 일제강점기 동안 해외로 이주했던 사람들이 돌아오면서 서울 전역은 집 없는 사람들로 북적였고, 귀환자들은 일본인이 살던 남산 기슭 회현동의 적산가옥을 차지했습니다. 전쟁 피해자(전재민)들은 공지에 몰려들어 판잣집을 세우며 살아가기 시작했고, 그렇게 형성된 공간이 바로 종삼입니다. 여기에 6·25전쟁을 겪으며 피난민들이 대거 유입되면서 종삼은 더욱 혼잡한 거주지로 변모하게 되었지요.

이호철은 『서울은 만원이다』에서 서울을 독특한 시선으로 도해하고 분석하며 그립니다. 첫 번째로 '서울 토박이들의 세계'가 있습니다. 이는 일제강점기에도 대대로 종로를 지배하며 살아온 부유층의 서울을 가리키지요. 두 번째는 '피난민의 세계'입니다. 전쟁 중 서울로 내려온 그들은 해방촌에 무리를 지어 거주했습니다. 소설에서도 언급되듯, 금호동 해방촌은 이북 출신 사람들이 집단적으로 거주한 피난지로 추정됩니다. 세 번째는 '상경민의 세계'입니다. 5·16군사정변을 거친 후 산업화의 바퀴가 돌아가기 시작할 즈음 상경의 물결이 크게 휘몰아쳤습니다. 소설 속에서도 '경제개발 5개년 계획이 진척되면서 5·16이 안정되기 시작했다'는 표현이 스치듯 등장하지요. 이 상경민의 세계는 산업화가 본격적으로 진행되면서 점차 성립되었습니다.

이 대목에서 손창섭의 장편소설 『길』을 떠올려 보는 것도 의미가 있습니다. 당시 서울로 올라온 시골 남자들은 『길』의 주인공처럼 여관보이가 되거나 막노동을 하며 생계를 유지했습니다. 기술을 배우겠다는 희망으로 자동차 수리점이나 공장에 취직해 자리를 잡기도 했지요. 손창섭이 이렇게 상경 소년의 이야기를 그렸다면, 이호철은 『서울은 만원이다』를 통해 상경 후 적응하기 위해 고군분투하는 여성의 세계를 묘사합니다. 멀리 남쪽 지방에서 서울로 올라온 주인공 길녀는 처음에는 친척의 도움으로 식모로 일하지만, 이후 생존을 위해 몸을 팔게 되는 비극적인 과정을 보여 줍니다.

> 낯모를 남자의 명함 뒤에 적힌 미경이 주소를 들고, 그렇고 그런 골목으로 들어서자, 벌써 시금털털한 냄새가 코를 찌르고, 집집마다 문간 앞에 누렇게 뜬 얼굴로 속옷 바람의 여자들이 나앉아 있었다.

11장 나도 이게 어엿한 직업이여
이호철, 서울은 만원이다

전재민들이 공지에 모여 판잣집을 세우고
살아가는 것으로 시작되었던 종삼.

## 나도 이게 어엿한 직업이여

당시 서울로 몰려든 여성들이 몸을 팔아 생계를 이어 가던 대표적인 사창가는 서울역 근방과 종로를 중심으로 한 지역에 분포해 있었습니다. 뿐만 아니라 필동부터 원남동까지 곳곳에 국가에서 인정받지 못한 사창가가 자리 잡고 있었지요. 길녀와 같은 처지의 여성들은 그곳으로 향할 수밖에 없었습니다. 직업적으로 몸을 파는 여성들의 세계가 바로 그곳에 존재했지요. 이호철의 소설을 읽다 보면 저도 모르게 이런 표현이 떠오르더군요. '도포하듯이 몸 파는 여자들의 세계가 펼쳐져 있다.' 약을 피부에 바를 때 사용하는 도포라는 말처럼, 몸 파는 여성들이 서울 종로 일대를 중심으로 마치 약을 피부에 도포하듯 널리 퍼져 있었다는 뜻입니다. 이것이 바로 『서울은 만원이다』의 세계입니다. 당시 서울은 상경인들에게 뚜렷한 일자리를 제공하지 못했습니다. 그럼에도 불구하고 많은 사람들이 돈을 벌기 위해 서울로 올 수밖에 없었지요. 절대적인 가난에서 벗어나기 위해 서울로 향하는 것 이외에 다른 선택이 없었던 그들의 이야기가 소설 속에서 생생하게 펼쳐집니다.

통영 출신의 길녀는 스물이 갓 넘은 나이에 서울로 올라와 식모살이를 하다가 서린동에서 몸을 팔기 시작합니다. 앞서 살펴본 서울의 3대 세력 가운데 길녀는 상경인에 해당하는 것이지요. 그녀는 그렇게 번 돈으로 서울 토박이의 집에 월세를 내고, 저축하고, 일부는 고향에 보내며 살아갑니다. 길녀가 종삼으로 들어가기를 꺼린 반면, 친구 미경은 일찍부터 종삼 생활에 스며들었고 결국 병을 얻어 요절하고 맙니다. 그런 미경은 손님과 다툼이 벌어지자 주목할 만한 발언을 하지요. "나도 이게 어엿한 직업이여."

2016년 3월, 헌법재판소는 성매매를 한 남성과 여성에 대한 처벌이 합헌이라고 결정했습니다. 『서울은 만원이다』가 쓰여진 당시에도 한국에는 공식적으로 인정된 매춘 시설이 없었으며, 모두 비공식적으로 운영되었습니다. 일제강점기에는 정부에서 관리하는 매춘 제도가 있었으나, 해방 이후 한국에서는 이러한 제도가 폐지되었고* 몸을 파는 여성들은 자신들의 존재를 인정받지 못한 채 법에 어긋나는 일을 하며 생계를 이어 가야 했습니다.

해방 후와 전쟁 이후, 서울로 올라온 여성들은 상경한 본인도 먹고살아야 할 뿐만 아니라 고향에 있는 가족에게도 돈을 보내야 했습니다. 이런 이유로 서울에 온 여성 중 일부는 생계를 위해 어쩔 수 없이 몸을 팔며 생활해야 하는 상황에 놓이게 되었습니다. 그런 상황에서 여성들은 이 일도 하나의 직업으로 받아들일 수밖에 없었을 것입니다. 그러므로 "나도 이게 어엿한 직업이여"라는 미경의 일

---

\* 1946년 5월 미군정 법령 제70호 '부녀자의 매매 혹은 매매 계약의 금지령' 공포로 일체의 부녀자에 대한 인신구속을 전차금과 함께 폐지하고, 1947년 11월에는 남조선과도입법의원에서 '공창제도등 폐지령'이 제정됨으로써 일제 시대 공창제에 대한 매춘은 형식상 폐지되었다. 이후 법령의 몇 가지 문제점을 다시 보완하여 1948년 3월 19일 행정명령 16호 '공창제도등 폐지령'을 공포했다. 이로써 공창은 부산에 유곽이 생긴 지 48년, 그리고 서울 신정유곽이 생긴 지 44년 만에 폐지되었다.

갈에는 그 나름의 윤리의식이 들어 있다고 보아야 할 것입니다. 도덕적으로 타락해서가 아니라 사회 구조적인 문제로 인해 어쩔 수 없이 그렇게 살아갈 수밖에 없다는 인식에서 매춘을 하나의 노동으로 여긴 것입니다. 그러나 사회는 이를 정당한 노동으로 인정하지 않았고, 오히려 비윤리적인 범죄로 취급했습니다.

이 여성들은 사회적으로 인정받지 못하는 직업을 가졌다는 의미에서 법적인 보호의 영역 밖, 즉 법의 테두리 밖에 머물러야 했습니다. 그들은 성적, 경제적, 그리고 산업적으로 '잉여'로 존재하게 됩니다. 그렇지만 이 여성들은 사회 구조상 어쩔 수 없이 발생하는 '불가피한 잉여'로 존재한다고 볼 수 있습니다. 이와 같은 직업이 없기를 바라지만, 사회는 여전히 이러한 직업군을 만들어 낼 수밖에 없는 구조를 유지하고 있습니다. 그래서 이들은 법적 테두리 안의 안정된 위치에 있는 사람들이 늘 비난하고 경멸하는 대상이지만, 사회가 완전히 배제할 수 없는 존재이기도 합니다.

이 잉여라는 존재는 자본주의적 계약 관계에서도 살펴볼 수 있습니다. 한국 현대 자본주의의 노동 관계에서 잉여는 실업자거나 반실업자로, 이들은 노동법과 같은 법률의 울타리 안에 있는 자본가와 노동자들의 바깥에 머물러 있습니다. 노사 관계를 규정하는 법률의 충분한 보호를 받지 못한 채 권리를 제약당한 집합으로, 늘 법률의 바깥 또는 안과 밖의 경계 지대에 머무르게 됩니다. 자본주의 메커니즘은 이들의 존재 조건을 십분 활용하려 합니다. 이 점에서는 자본뿐 아니라 노동 측에도 일정 책임이 있습니다. 이미 안정된 노동

조건을 확보한 사람들은 실업자, 반실업자, 비정규직 노동자들을 충분히 배려하지 않는 경향이 있습니다. 때문에 이들은 자본주의 메커니즘이 일정 수준에서 임금과 노동 조건을 조절하게 만드는 필수불가결한 장치로써 존재합니다. 자본은 노동자들이 언제든지 이와 같은 열악한 위치로 떨어질 수 있도록 하며, 이미 안정된 신분을 획득한 노동자는 잉여적 존재로부터 자신을 구분하려 합니다.

결혼 제도도 마찬가지입니다. 늦도록 결혼하지 않은 여성이나 미망인, 이른바 '돌싱' 여성은 일부일처제라는 현대적 가족법의 울타리 안에서 보호받지 못하는 경향이 있습니다. 가족법 제도의 바깥에서 잉여로 존재하는 이들은 체제 안에 있는 사람들에게 상대적 만족감을 주며, 동시에 바깥으로 밀려나지 않았다는 것에 안도하게 합니다. 나이가 많이 들도록 결혼하지 않은 여성이나 결혼 후 다시 싱글이 된 여성은 제도적·관습적으로 보호받지 못하는 경우가 많고, 때로는 위협적인 존재로 간주되기까지 합니다. '비혼' 여성들은 사회를 공격하는 사람들처럼 인식되는 편견이 작동합니다. 사회적 체제 안에 있는 사람들은 이러한 비혼 여성들을 체제 바깥의 잉여적 존재로 바라보며, 그들의 존재가 제도와 관습을 흔들 수 있다는 두려움을 느끼는 것입니다.

자본주의적 계약 관계에서든, 일부일처제적 가족법에서든, 저는 잉여적 존재 없이는 현대 사회 구조가 유지될 수 없다고 봅니다. 그럼에도 불구하고 울타리 안에 있으면서 스스로를 잉여라고 생각하지 않는 존재들은 언제나 잉여들을 배타적으로 타자화하며 비윤리적 존재처럼 치부하고 심지어는 처벌하거나 처분하기까지 합니다. 『서울은 만원이다』는 한국 자본주의의 병리적·퇴폐적 요소를 상징하는 종삼과 길녀로 대표되는 몸 파는 여성을 통해 1960년대 중반 이후 한국 사회가 이러한 잉여를 어떻게 다루었는지를 보여줍니다. 김현옥 전 서울시장의 행정과 통치자들의 도시 개발 계획은 종삼으로 상징되는 세계를 폐지함으로써 한국 사회의 병폐와 잉여의 존재를 극구 감춘 것이지요. 구획 정리를 통해 그들을 보이지 않는 외곽으로 밀어냈던 것입니다. 종삼 사창가를 폐지한다는 내용의 1968년 9월 27일 자《동아일보》기사를 볼까요?

지난 23년 동안 그늘진 윤락지대로 버려진 채 큰 사회 문제가 되어 왔던 종로3가 일대 사창가가 없어지게 됐다. 26일 서울시는 '종로3가 홍등가 정화 추진 본부'를 설치, 오는 10월 5일까지 이 지역의 윤락 여성들을 선도하여 딴 곳으로 옮기고 포주에 대한 채무도 모두 무효화하도록 하는 한편 앞으로 이 지역의 사창가에 출입하는 자들은 명단을 공표키로 했다.

## 처절한 생존 게임

이호철은 1960년대 중반 당시 서울을 어떻게 인식했을까요? 1966년은 제1차 경제개발계획이 끝나던 즈음과 맞물립니다. 그즈음 서울의 경계는 어떤 모습이었을까요?『서울은 만원이다』의 두 번째 상 '상봉'에서 이호철은 서울을 다음과 같이 묘사합니다.

> 서울은 넓다.
>
> 아홉 개의 구에, 가, 동이 대충 잡아서 삼백팔십이나 된다.
>
> 동쪽으로는 청량리 너머로 망우리, 동북쪽으로는 의정부를 바로 지척에 둔 수유리, 우이동, 서북쪽으로는 인천가도 중간의 영등포 끝, 동남쪽으로는 한강 건너의 천호동 너머, 서남쪽으로도 시흥까지 이렇게 굉장한 면적을 차지하고 있다.

당시는 아직 구로공단이 조성되기 전이고, 시흥도 시흥리로 멀리 떨어져 있었습니다. 강남은 개발 직전이었지요. 이런 시대에 서울로 올라온 길녀는 서울 토박이인 서린동 영감집으로 들어갑니다. 당시 축첩 제도는 관습적으로 허용되고 있었지요. 서린동 영감은 다옥동에 친지가 소유한 집의 바깥채를 세 들어 있었는데, 이는 그곳으로 길녀를 들여 첩으로 삼기 위함이었습니다. 소설에서는 다음과 같은 설명이 나옵니다.

> 맏아들은 변호사인데 삼청동 살고, 둘째 아들은 대학 전임강사로 가회동 살고, 셋째는 대학원 나오고 미국 가 있고, 큰딸 작은딸도 전문학교 영문과 대학 불문과를 나오고 대학교수 집, 무역회사 집으로 시집을 잘 갔다는 소리를 이사 온 이튿날 이 집 식모아이를 통해

서 들었다.

당시 잘사는 사람들은 종로나 가회동, 삼청동에 터를 잡고 자식을 미국으로 유학 보냈습니다. 이런 식의 도시 분할을 심상지리心象地理의 맥락에서 바라보면, 동네 이미지가 각각 어떻게 형성되었는가를 알 수 있습니다. 종로 하면 서울 토박이, 삼청동과 가회동 하면 부촌, 금호동은 피난민촌 혹은 해방촌, 만리동과 공덕동은 서민들이 모여 사는 전통적인 동네로 특징지어졌습니다.

소설에 등장하는 또 다른 인물 기상현은 길녀를 좋아하는 남자로, 그가 살아가는 곳을 통해 또 다른 서울의 모습을 엿볼 수 있습니다. 도원동, 도화동, 만리동, 공덕동은 사람 냄새가 나는 동네로 묘사됩니다. 지금은 서민촌에서 재개발 지대가 되었지만, 당시 이곳은 서울 대대로 살아온 서민들의 정감을 느낄 수 있는 동네였지요.

중심가인 종로 일대는 서울 토박이들이 모여 사는 곳이지만, 동시에 상경민들로 가득 차 있는 곳이기도 했습니다. 남동표라는 인물로 상징되는 피난민들처럼 한몫 잡아 보겠다고 떠돌아다니는 사람들이 거처하는 곳이기도 했습니다. 가회동, 삼청동은 그때부터 이미 고급 주택이 들어선 동네로 그려집니다. 『서울은 만원이다』에는 이호철의 시선에 비친 서울의 복잡다단한 모습이 다음과 같이 담겨 있습니다.

　　사실 서울에 동도 많고 사람도 많지만 사람 사는 고장다운, 젖은 정감을 느낄 수 있는 동이 얼마나 될까. 중심가 쪽은 날고 뛰는 신식 도깨비들이 나돌아 가는 곳일 터이고, 한다하는 고급 주택이 늘어선 그렇고 그런 동은, 썰렁썰렁하게 '공견주의' 같은 팻말이나 대문에 붙여 놓고 높은 담벼락 위에도 쇠꼬챙이에 삐죽삐죽한 사금파리나 해박았을 터이고, 아래윗집이 삼사 년을 살아도 피차 인사도 없이 냉랭하게 지내기 일쑤다.

이에 비하면 서민촌이 훨씬 사람 사는 냄새가 난다. 같은 서민촌 하고도 금호동, 해방촌 같은 곳은 요 근래에 급하게 부풀어 올라서 그런 뜨내기다운 냄새가 풍기지만 도원동, 도화동, 만리동, 공덕동 근처는 서울 본래의 서민 냄새가 물씬물씬 난다.

작가가 이러한 세계를 통해 이야기하고자 한 것은 무엇이었을까요? 이호철은 월남민 출신이었기에 1960년대 피난민과 상경민의 세계를 예리하게 포착할 수 있었습니다. 그렇다면 1980년대 이후 혹은 지금의 서울을 점령하고 있는 세력은 누구일까요? 줄거리를 조금 더 살펴본 뒤 이야기를 계속해 보겠습니다.

길녀는 서울 토박이의 첩 자리에서 자의 반 타의 반으로 밀려 나게 됩니다. 이때 순정을 바치며 길녀를 쫓아다니던 전라북도 이리 출신의 월부 책장사 기상현이 등장합니다. 소설에는 당시의 대표적인 출판 잡지 《사상계》가 언급되는데요. 1960년대는 읽을거리가 필요했던 시대였기 때문에 책장사는 큰돈을 벌 수 있는 유망한 직업이었습니다. 전집을 출판하면 무조건 큰돈을 만질 수 있었던 시기였지요. 피난민들의 세계인 금호동 막바지 동네에 살던 기상현은 법률을 전공하는 서린동 영감의 맏아들과 친분을 쌓습니다.

어느 날 그들은 여자가 나오는 무교동 맥줏집 '오비홀'에 가게 됩니다. 그런데 그곳은 금호동 집 맏딸이 집을 도망쳐 나와 일하던 곳이었지요. 세상 물정을 잘 몰랐던 서린동 영감의 맏아들은 그 여자에게 한눈에 반해, 순정을 바치기로 결심합니다. 집안의 반대에도 불구하고 그녀와 함께 송추로 도망쳐 동거를 시작하지요. 결국 서린동 영감도 어쩔 수 없이 그들의 결혼을 허락하게 됩니다.

이 결혼은 서울 토박이 세계와 피난민 세계의 결합을 상징합니다. 피난민들은 긍정적으로 보면 생존 능력과 현실 적응 능력이 뛰어난 사람들이지만, 부정적으로 보면 생존을 위해서는 수단과 방법을 가리지 않는 자들입니다. 이들은 기댈 데 없는 상황에서 어떻게든 적응해야 한다는 과제를 안고 서울에 모여들어 자리를 잡아야 했습니다. 소설은 서울 토박이 세력의 몰락과 이를 대체해 득세하는 피난민 세계를 그리고 있습니다.

그러나 정말 서울 토박이가 무대에서 완전히 밀려났을까요? 소설에서는 그렇게 묘사하지만, 저는 조금 다르게 생각합니다. 서울 토박이들은 여전히 부의 한 축으로 남아 있습니다. 피난민들이 현지 적응에 성공하며 부의 또 다른 축을 형성하기 시작한 것처럼 말이지요. 여기서 또 하나의 세력이 등장합니다. 1960년대에 걸쳐 정치 권력을 잡게 된 박정희 군부의 영남 세력입니다. 이들은 서울의 새로운 중심 세력으로 자리 잡아 갑니다. 당시에는 국회의원, 관료,

집으로 꽉 들어찬 금호동 일대에 관한 1966년
2월 14일 자 기사.

군부로 이루어진 이 세력이 아직 확실히 그 모습을 드러내지 않은 시기였지만, 이호철의 시선은 이 변화의 가능성을 포착하고 있습니다.

그러한 세계를 그린 소설이 바로 손창섭의 『길』입니다. 이 작품은 주인공 최성칠의 행로를 통해 당시 두각을 드러내던 신흥 정치 세력의 부패상을 낱낱이 보여 줍니다. 반면 『서울은 만원이다』는 오로지 토박이와 피난민, 그리고 상경민의 세계만을 가시적으로 그려 내며 서로 얽힌 갈등과 생존 방식을 묘사합니다.

여기서 잠깐, 생전의 이호철 작가가 서울 은평구에 오랫동안 거주했다는 점을 언급해야겠습니다. 이 점에서 이호철 작가는 마치 서울 토박이처럼 한곳에 오래 뿌리내리고 살아간 인물로 느껴지기도 합니다.

### 훼손되지 않은 존재로서의 생명력

이호철은 '프티 부르주아'라는 말로 번역되는 소시민 계급에 주목한 작가입니다. 프티 부르주아 계급은 부르주아와 프롤레타리아 사이에 끼어 어떻게든 침전되지 않으려 하면서도, 동시에 위로 올라가려 노력하는 특징을 지닙니다. 이 계층에서 굉장한 욕망의 추동을 엿볼 수 있지요. 흔히 프티 부르주아는 병적인 기회주의자로 인식됩니다. 담대하지 못하고 움츠러들며 기회를 엿보는 이중적인 면모가 소시민적이라고 규정되지요. 이호철의 작품『소시민』은 이러한 소시민적 욕망, 즉 병리적이고 퇴폐적인 욕망을 거울삼아 한국 자본주의의 인큐베이터로 작동한 피난지 부산을 비추었다면, 2년 뒤 나온『서울은 만원이다』는 종로3가라고 하는 수령을 중심으로 펼쳐진 서울 자본주의의 퇴폐성을 묘사했습니다.

길녀와 미경은 둘 다 몸을 파는 여성이지만, 캐릭터는 극명히 다릅니다. 미경은 종삼이라는 구심력 속으로 빠르게 빨려 들어갑니다. 임신 중절 수술을 세 번이나 한 뒤 허약해진 그녀는 결국 병들어 죽게 됩니다. 반면 길녀는 서린동 영감의 첩 생활에서 도망쳐 나와 비뇨기과에서 간호사 일을 했습니다. 두 의사에게 번갈아 능욕을 당한 뒤, 돈을 훔쳐 고향으로 도망칩니다. 이후 혼담이 들어오지만, 이미 서울 여자가 된 길녀는 시골에서 생활을 지속할 수 없음을 깨닫고 고향을 떠나지요. 작가는 길녀가 어디로 갔는지는 명확히 밝히지 않습니다. 그러나 소설 속 행로를 비추어 볼 때 그녀가 종삼으로 향했을 가능성은 낮아 보입니다. 그 이유는 남동표의 이야기에서 유추할 수 있습니다.

남동표는 이북이 고향으로, 1949년에 월남했습니다. 어머니는 그를 서울 이모 집에 데려다주고, 아버지와 함께 오겠다는 말을 남긴 채 이북으로 돌아갑니다. 이 장면을 통해 당시 남북 간 왕래가 가능했음을 알 수 있지요. 1948년 8월 15일 대한민국 정부가 수립되고, 같은 해 9월 9일 북한 정부가 수립되면서 단독정부 체제가 시작되었습니다. 그 후 어머니는 통행이 제한된 상황에서도 이북으로 돌아갔고, 1950년 6·25전쟁이 일어나며 남동표와 어머니는 영영 이별하게 됩니다. 이북에서는 어느 정도 안정된 생활을 했던 남동표였으나, 남한에서는 가족 없이 고립된 채 홀로 살아가게 되었습니다.

서울이라는 도시에 적응해야 할 과제를 짊어진 채 살아가던 남동표는 브로커가 되어 사기 행각으로 돈을 긁어냅니다. 감옥에도 들락거렸지만, 품성이 선량하여 큰 죄를 저지르지는 못합니다. 그는 길녀가 몸을 파는 집에 드나들며 어떻게든 돈을 모으려 노력하지요. 사기가 아니고서는 돈을 모을 수 없는 절박한 상황이었기 때문입니다.

당시 국가 시책으로 현재의 새마을금고와 유사한 서민금고가 여러 개 만들어졌습니다.* 중산층의 돈을 불려 주는 기능도 했지만, 하층민을 상대로 일수 뜯어내듯 고리이자로 돈을 벌기도 한 금융기관이었지요. 특히 투기적 성격이 강한 서민금고는 위험성이 컸습니다. 다단계 사업처럼 여러 투자자로부터 돈을 모아 챙긴 후 도망가

---

\* 1966년 6월 2일 자《동아일보》기사 '서양길 서민금고'를 참고하면 이미 『서울은 민원이다』를 연재했던 1966년 당시 서민금고 200여 개가 운영에 실패하여 문을 닫은 상태였음을 확인할 수 있다. 이 기사는 실제 서민금고 가운데 200만 원 이상의 자본금으로 운영되는 곳은 20여 개 회사에 불과하고, 나머지는 대개 50만 원 이하의 소자본으로 근근이 운영되어 왔음을 알리고 있다. 특히 이러한 소자본 서민금고 운영자 중에 문을 닫고 행방을 감추는 일로 인해 시민들이 피해를 보는 일이 종종 발생하였는데, 대표적으로 기사에서는 서울 종로 경찰서가 6월 1일 밤 서민금고 '한일금융주식회사' 종로 지점장 임병택 씨(33세)를 사기 혐의로 구속영장을 청구하고 총무 이재순 씨(39세)를 같은 혐의로 수배하였다고 밝히고 있다. 이는 소설 속에서 남동표가 취직한 '연합서민금융회사'의 총무부장 석구복이 300만 원을 들고 일본으로 도망가고, 그 탓에 회사가 문을 닫게 된 사건을 상기시킨다.

는 경우도 있었지요. 남동표는 서민금고에 납입해야 할 길녀의 돈
을 가로채 도망칩니다. 후에 고향 통영에 내려갔다가 부산에 들른
길녀는 우연히 남동표를 만나게 됩니다. 길녀는 남동표의 돈을 훔
쳐 도망치려 하지만, 결국 포기하고 돌아가는데요. 작가는 길녀가
남동표의 돈을 빼앗지 않음으로써 마지막 양심을 버리지 않고 살아
가려는 의지를 비춘 것으로 그려 냅니다. 이런 결말을 통해 독자는
길녀가 종삼의 구심력 속으로 빨려 들어가지 않을 것이라는 기대를
가지게 되지요.

그렇게 보면 길녀는 타락을 요구하는 서울의 공간적 정치경제
학에 휘말리지 않고 자신의 '건강성'을 지킬 수 있는 이상적 여성상
에 가깝다고 할 수 있습니다. 이호철은 만원이 되어 가는 서울의 비
좁은 생존 터널에서 훼손되지 않은 존재로 새로운 삶의 빛을 받는
여성을 그려 내고자 했다는 것을 알 수 있습니다.


**종로의 역사와 애환**


오늘날 우리는 길녀가 사라진 종로를 걷습니다. 술 냄새가 풍
기는 무교동의 분위기와 원색적인 유흥 거리인 북창동을 여전히 발
견할 수 있지요. 보신각 거리가 남아 있는 전통적인 종로를 지나 낙
원동 뒤쪽, 그리고 옛 세운상가부터 청계천 쪽까지 여전히 술집들
이 들어서 있습니다. 세운상가는 철거되었지만, 묘동과 종묘는 단장

이 잘되어 있고, 창경궁과 창덕궁 역시 정돈된 모습으로 남아 있습니다. 비에 씻긴 듯 많은 것이 사라져 버린 세계를 걷고 있지만, 조금 더 안쪽으로 들어가면 1960년대 역사의 흔적을 여전히 찾아볼 수 있습니다.

한국의 도시 개발 과정은 마치 시간이 지나 지질층이 덮이는 것과 같은 방식으로 이루어지고 있습니다. 그 가운데 요행히 묻혀버린 지층을 뚫고 삐죽삐죽 솟아나 있는 역사의 흔적이 있지요. 그것을 굉장히 귀하게 여겨야 합니다. 그 시대사적 내력은 완전히 사라지지 않습니다. 이런 흔적을 통해 도시의 역사와 애환을 간직하고 되새기며 살아갈 필요가 있는 것입니다.

『서울은 만원이다』를 읽고 난 뒤 종로에서, 저는 위태로운 걸음걸이로 종로를 걸어가는 여인의 모습을 떠올립니다. 종삼의 구심점으로 휩쓸려 가는 여인이 보이는가 하면, 종삼의 구심력에 저항한 여인의 뒷모습도 어른거립니다. 마치 전차가 오가던 거리 위를 걷는 한 젊은 여인의 모습이 스쳐 지나가는 듯한 풍경이 떠오릅니다.

지금 제가 살고 있는 곳이 은평구 불광동입니다. 이호철 선생은 1962년에 불광동으로 돌아온 후 세상을 떠날 때까지 이곳을 제2의 고향으로 삼아 살았습니다. 미망인 조민자 여사께서 제게 이호철 선생이 살던 집터를 직접 안내해 주시기도 했습니다. 그 시절 모습을 느껴 볼 수 있는 곳도 있는데, 재개발이 결정되면서 앞으로 못 보게 되는 게 무척 아쉽게 느껴집니다.

복합 문화 공간으로 탈바꿈한 현재 세운상가의 모습.

12장
## 살고 싶다 죽고 싶다
전쟁 폐허에서 발견하는 생의 의미
박완서, 나목

죽고 싶다. 죽고 싶다.
그렇지만 은행나무는 너무도 곱게 물들었고
하늘은 어쩌면 그렇게 푸르고
이 마당의 공기는
샘물처럼 청량하기만 한 것일까.
살고 싶다. 죽고 싶다.
살고 싶다. 죽고 싶다.

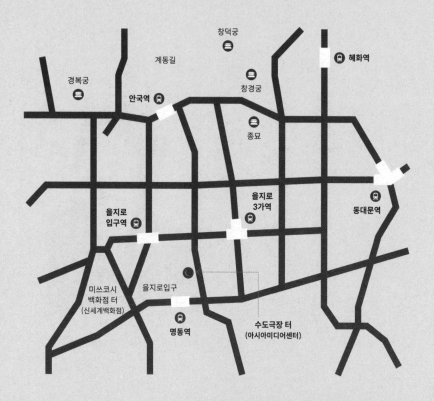

창덕궁

계동길

혜화역

경복궁

안국역

창경궁

종묘

을지로
3가역

을지로
입구역

동대문역

미쓰코시
백화점 터
(신세계백화점)

을지로입구

수도극장 터
(아시아미디어센터)

명동역

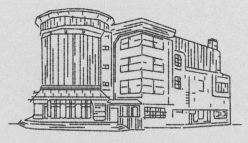

미군 PX에서 명동, 을지로입구를
거쳐 계동으로 가는 동안 이경이
바라본 것은 무엇이었을까?
괴괴한 도시 속에서도 끝내 삶을
이어 가야 했던 사람들의 모습이
이 길에 있다.

## 극성스럽게 꽃을 피우는 삶

저는 배창호 감독의 영화 〈그해 겨울은 따뜻했네〉(1984)를 무척 좋아했습니다. 배우 이미숙 씨가 오목이 역을 맡아 열연했지요. 영화의 마지막 장면에서 오목이가 원통하다고 말하는 대목에서 저도 오목이의 슬픔과 한을 함께 나누었던 기억이 생생합니다. 이 영화의 원작은 박완서 작가가 썼습니다. 나중에 박완서 선생의 소설을 두고두고 읽으면서 느낀 것이지만, 선생에게는 6·25전쟁에 대한 독특한 기억과 그 경험을 되돌아보는 넓은 시야가 있었고, 너그러움과 이해심이 넘치는 품이 있었습니다. 동시에 인간의 탐욕과 중산층 의식의 허위를 꿰뚫는 날카로운 의식도 살아 있었습니다.

몇 해 전, 국어 교과서를 제작할 때 박완서 선생의 작품을 국어책에 수록해야겠다고 마음먹은 일이 있었습니다. 단편소설 「옥상의 민들레꽃」(1979)과 관련한 작가 인터뷰를 실을 생각으로, 여름 어느 날 선생의 자택을 방문했던 기억이 납니다.

박완서 선생의 댁은 구리시로 가는 길목의 아치울이라는 마을에 있었습니다. 그날의 기억이 지금도 선명합니다. 거실에 들어서니 양란이 화려하게 꽃을 피우고 있어 보기 좋았습니다. 꽃이 참 예쁘게 피었다고 말씀드리니, 선생께서 이렇게 대답하시더군요. "저것들이 저렇게 극성스럽게도 피어요." 양란의 흰 꽃이 소담스럽게 피어 있는 모습을 두고 생명력을 '극성스럽다'고 표현하시면서도, 그 생명력을 사랑스러워 못 견디겠다는 눈길을 보내시던 모습이 지금도 잊히지 않습니다. 박완서 선생은 어떻게 보면 억척스럽게 느껴지는 면이 있어서 더 오래 사실 줄 알았습니다. 그렇게 갑자기 떠나실 줄은 몰랐습니다. 생전에 제대로 된 논문 하나 써 둘걸, 하는 후회가 남습니다. 그나마 장편소설『오만과 몽상』(세계사, 2002)에 관한 해설을 쓴 글이 하나 있을 뿐입니다. 박완서 선생의 작품 세계가 늘 따뜻하고도 아름답다고 생각했으면서도, 정작 논문 한 편 쓰지 못했으니 아쉬운 마음이 큽니다. 박완서 선생의 소설은 이야기의 결이 다양하고 접근 방법도 많아, 다가가기가 어려울 정도로 넓고 깊은 세계를 품고 있었습니다.

『나목』(1970)의 이야기를 풀어 보겠습니다. 박완서의 분신이라 할 수 있는 여주인공 이경은 미군 PX 초상화부에서 점원으로 일하게 됩니다. 당시 미군 PX는 다양한 부서로 이루어져 있었는데, 그중 초상화를 그려 판매하는 초상화부도 있었습니다. 이곳에서는 화가들을 '환쟁이'라고 낮춰 부르며, 미군의 의뢰를 받아 초상화를 그렸습니다. 미군들이 자신의 얼굴이나 사진 속 애인의 얼굴을 초상화

일제강점기에는 미쓰코시 백화점이었던 당시 미군 PX.
박완서의 분신인 여주인공 이경이 초상화부 점원으로 들어가 일한 곳.

로 그려 달라고 요청하면, 화가들은 그들의 요구에 따라 그림을 완성했습니다. 완성된 초상화는 고향에 있는 가족이나 연인에게 선물로 보내지곤 했습니다. 의외로 이 초상화부는 장사가 잘되었고, 이경은 바로 이 독특한 부서에 취직하게 됩니다. 이곳에서 그녀는 후에 박수근 화가를 모델로 했다고 알려지는 옥희도라는 남자를 만나게 되죠. 이경과 옥희도의 이야기가 바로 『나목』의 주된 줄거리입니다.

다음으로 『나목』의 배경인 PX 건물에 대해 이야기해 보죠. PX로 사용된 건물은 다름 아닌 미쓰코시 백화점입니다. 이상의 「날개」에서도 주요 공간으로 등장했던 이곳은 여러모로 상징적인 장소로 다가옵니다. 『나목』의 공간이 신세계백화점, 즉 옛 미쓰코시 백화점이라는 사실은 흥미롭습니다. 일제강점기 시절 일본 물품을 직수입하여 판매했던 미쓰코시 백화점은 당시 최첨단을 자랑하던 공간이었습니다. 그러나 6·25전쟁을 거치며 이곳은 미군 PX로 바뀌어 미군 물품을 판매하는 장소가 됩니다. 단지 일본 물품이 미군 물품으로 바뀌었을 뿐, 그 구조나 역할은 크게 변하지 않았던 셈입니다.

『나목』의 자료를 찾아본 뒤, 신세계백화점 본점을 다시 찾아가 보았습니다. 『나목』의 주요 공간이자 당시 미군 PX로 사용되었던 이 백화점을 올려다보며, 문득 이경이 여기에서 계동 집으로 어떻게 출퇴근했을지 떠올려 보았습니다. 소설에는 그녀의 퇴근길을 묘사한 대목이 있습니다. 전쟁과 폐허의 시대였던 서울의 모습을 박완서 작가는 생생하고 사실적으로 그려 내고 있지요.

나는 종종걸음으로 어두운 모퉁이를 재빨리 벗어나 환한 상가
로 나섰다. PX를 중심으로 갑자기 발달한 미군 상대의 잡다한 선물
가게들—사단이나 군단의 마크를 수놓은 빨갛고 노란 인조 머플러,
담뱃대, 소쿠리, 놋그릇, 별로 신기할 것도 없는 그런 가게 앞에서 나
는 기웃거리며 될 수 있는 대로 늑장을 부리다가 어두운 모퉁이에서
는 숨이 가쁘도록 뜀박질을 했다.

그러나 번화가인 충무로조차도 어두운 모퉁이, 불빛 없이 우뚝
선 거대한 괴물 같은 건물들 천지였다. 주인 없는 집이 아니면 중앙
우체국처럼 다 타 버리고 윗구멍이 뻥 뚫린 채 벽만 서 있는 집들,
이런 어두운 모퉁이에서 나는 문득문득 무섬을 탔다.

어둡다는 생각에 아직도 전쟁 중이라는 생각이 겹쳐 오면 양키
들 말마따나 갓댐 양구, 갓댐 철원, 문산 그런 곳이 지금 내가 있는
곳에서 너무도 가까운 것 같아 나는 진저리를 치며 무서워했다.

나는 그런 곳에서 좀 더 멀리 있고 싶었다. 적어도 대구나 부산
쯤, 전쟁에서 멀고 집집마다 불빛이 있고 거리마다 사람이 넘치는
곳에 있고 싶었다.

나의 빨랐다 느렸다 하는 걸음은 을지로를 지나 화신 앞에서부
터는 줄창 뜀박질이 되고 말았다.

외등이라든가 구멍가게라든가 그런 아무런 표적도 없는 죽은
듯이 어두운 비슷한 한식 기와집 사이로 미로처럼 꼬불꼬불한 골목
길을 무섭다는 생각에 가위 눌리면서 달음박질쳤다.

드디어 집이 가까워지면서 어둠만이 보이던 나의 눈에 별이 박

힌 부연 하늘이 들어오고, 그 부연 하늘을 이고 서서 한쪽이 보기 싫게 일그러져 나간 채인 우리 집의 지붕이 이상하리만큼 선명하게 보인다.

작품 속에서 이경은 지금의 신세계백화점 자리에서 중앙우체국을 지나 을지로입구를 거쳐 화신백화점이 있던 종각 쪽으로 이동한 뒤, 큰길을 따라 계동으로 향했던 것 같습니다. 이 퇴근길의 풍경에는 혼란스러움과 을씨년스러움이 뒤섞여 있습니다. 미군 PX 옆에는 노점들이 발달해 있지만, 전쟁으로 파괴된 건물 사이로 들어서면 어둠에 휩싸이며 무서움을 주는 황량한 분위기로 변합니다. 이 무서운 거리를 걸어 이경은 해묵은 오동나무가 서 있는 계동의 집으로 향합니다. 그 계동 집은 오빠들의 끔찍한 폭사의 기억을 고스란히 간직하고 있는 장소입니다.


## 전쟁통에도 영사기는 돌아간다

그러나 미군 PX를 주 무대로 삼은 『나목』의 이야기가 늘 고통과 무서움만을 그리는 것은 아닙니다. 이경은 나이 든 화가 옥희도나 젊은 전기공 태수와 함께 명동 쪽으로 데이트를 나가기도 합니다. 그들이 자주 향하는 곳은 미군 PX 건너편에 있는 명동성당으로 가는 길입니다. 이경은 혼자서도 가게가 늘어선 명동 거리를 걸어

미제 매장이 즐비한 당시 거리의 모습.

명동성당 쪽으로 상념에 잠기며 걸어 다니곤 하지요.


　명동은 밝고 흥청댔다. 가게마다 쇼윈도가 있었다.

　나는 날씬한 마네킹이 걸친 푹신한 외투를 실컷 선망하고 완구점 앞에서 태엽만 틀어 주면 징도 치고 위스키도 따라 마시는 유쾌한 침팬지를 보고 마음껏 소리 내어 키득대기도 했다.

　드디어 나는 다시 어둠 속에 섰다. 한쪽에 부연 하늘을 이고 검게 치솟은 성당 건물이 보였다.

　무엇이든 기구하고픈 충동으로 나는 발을 멈추었다. 그러나 무엇을 소망해야 할지 얼른 떠오르지 않았다.

　(마리아 당신이 아니고서야 누가 알기나 하리까.)

　무언가 뿌듯이 밀려오는 것 같았다.

　(마리아, 당신만은 아시리다······.)

　청순한 동경이 언 몸을 깃털처럼 감쌌다.

　(마리아. 당신이 아니고서야 누가 알기나 하오라까······ 마리아, 당신만은 아시리다······ 그다음은 뭐더라······.)

　문득 나는 내가 전에 애송한 시의 구절을 생각해 내려고 골몰하고 있음을 깨닫는다. 남의 흉내, 빌려 온 느낌은 그것을 깨닫자 흥을 잃고 싱거워졌다. 그리고 가식 없는 나의 것만이 남았다. 그것은 무섭다는 생각과 춥다는 생각뿐이었다. 그것만이 온전한 나의 것이었고 그 느낌들은 절실하고도 세찼다. 나는 어두운 길을 달음질치기 시작했다. '무섭다', '춥다'를 뇌까리며 '무섭다', '춥다'에 떠밀리듯

달음질쳤다.

저도 이경이 간 것처럼 명동성당 앞을 지나 더 걸어갑니다. 약간 언덕진 길을 내려가면 큰길이 나옵니다. 거기서 왼쪽으로 꺾어 길을 건넜습니다. 조금 더 가면 이 소설에 나오는 수도극장이 있던 자리, 나중에 스카라 극장이 되었다가 결국 사라진 극장가가 나옵니다. 현재는 모두 철거되고 아시아미디어타워라는 이름의 건물이 들어서 있는 곳이지요.

수도극장이 처음 모습을 드러낸 것은 1935년이었습니다. 당시 명치좌, 황금좌와 함께 약초영화극장이란 이름으로 문을 열었죠. 해방 이후에는 수도극장으로 이름을 바꾸었고, 1962년 9월 스카라 극장으로 재개관했습니다. 2005년 12월 최종적으로 철거되기 전까지, 저도 가끔 그곳에서 영화를 보았던 기억이 있습니다. 소설 『나목』에서는 이 수도극장에서 클라크 게이블Clark Gable 주연의 영화 〈귀향〉을 보는 장면이 묘사되기도 합니다.

수도극장에서 〈귀향〉이란 영화를 보고 다시 거리로 나왔다. 영화를 썩 탐탁하게 본 것도 아닌데 길에 나서니 꼭 쫓겨난 것 같은 기분이었다. 스산함만이 길을 꽉 채우고 있었다. 우리는 별수 없이 점심 먹을 곳을 찾아 기웃댔다. 난방이 안 된 극장에서 영화를 본 나는 몹시 발이 시렸다.

(……)

우리는 다시 거리로 나왔다. 황량한 겨울의 뒷골목을 한동안 정
처없이 걸었다.

아무런 신기한 것도 눈에 안 띄고 차고 건조한 바람이 회색 보
도 위로 까만 먼지를 이리 날리고 저리 날리고 할 뿐. 한쪽 귀퉁이가
벽에서 떨어진 채 펄렁대는 영화 광고 속의 클라크 게이블의 찡긋한
표정도 방금 보고 나온 게니 조금도 신기할 리 없다. 창문이 굳게 닫
힌 표정 없는 회색빛 건물들, 그 네모난 생김새도 꼭 성냥갑을 세로
로 세웠다거나 가로로 세웠다거나 하는 만큼의 차이밖엔 없다.

그런가 하면, 여성 명배우 모이라 시어러Moira Shearer가 등장하
는 영화에 관한 이야기도 나옵니다. 모이라 시어러는 〈분홍신〉이라
는 영화로 잘 알려진 명배우로, 소설 속에서 작가는 극장의 "커다란
간판에는 분홍 토슈즈를 신은 모이라 시어러가 퉁퉁 부은 피 맺힌
발로 어쩔 수 없는 숙명적인 광란의 춤을 추고 있었다"고 묘사했습
니다. 그렇다면 6·25전쟁 당시 수도극장에서는 어떤 영화를 상영했
을까요? 소설 속에서 수도극장으로 등장하는 영화관의 신문 광고들
을 살펴보면, 1950년경 상영작 대부분이 외화였음을 알 수 있습니
다. 제가 그 목록을 뽑아 보았습니다.

1950. 1. 1. 부길부길쇼
1950. 1. 29. 성벽을 뚫고
1950. 3. 14. 사랑의 교실

12장 살고 싶다 죽고 싶다
박완서, 나목

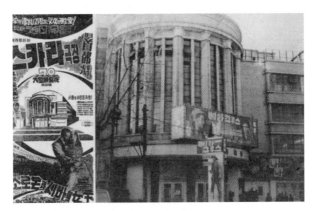

『나목』에 등장하는 수도극장의 후신, 1962년의 스카라 극장.

1950. 3. 21. 비련

1950. 3. 26. 칼멘

1950. 4. 6. 환상의 거리

1950. 4. 13. 결투의 서부

1950. 4. 25. 운해풍광

1950. 5. 9. 지족선사와 황진이

1950. 5. 19. 밀회

1950. 6. 1. 마음의 고향

1950. 6. 14. 밤의 태양

신문 속의 영화 광고는 1950년 6월 22일이 마지막이었습니다. 6·25전쟁이 발발했으니까요. 전쟁이 계속되는 동안 극장은 한동안 제 역할을 하지 못했던 것 같습니다. 새로운 광고는 1952년 봄이 되어서야 다시 등장합니다.

1952. 4. 19. 망향

1952. 9. 24. 광야천리

1953. 1. 1. 귀향

1953. 1. 8. 비밀경찰

1953. 1. 15. 김백초 제2회 무용발표회

1953. 1. 22. 헨리 5세

1953. 1. 28. 대평원

12장 살고 싶다 죽고 싶다
박완서, 나목

1953. 2. 6. 비밀명령

1953. 2. 14. 대지의 철마

1953. 2. 27. 막스의 쌍권총

1953. 3. 5. 괴선 니쩨보호

1953. 3. 14. 대황원

1953. 3. 19. 욕망의 사막

1953. 3. 27. 어머니의 비밀

목록을 보면 수도극장에서 상영된 영화 가운데 한국 영화는 열 편 중 한 편 정도에 불과했습니다. 그런가 하면 필름 영화뿐 아니라 가수나 무용가의 공연을 유치하기도 했음을 알 수 있습니다. 1950년 1월 1일 자 광고를 보면, 〈부길부길富吉富吉쇼〉 공연이 있더군요. 신년을 기념해 '부富'와 '길吉'이라는 한자어를 사용하여 이름을 지은 것 같습니다. '부글부글' 끓는다는 의성어를 '부길부길'로 표현하고자 했던 거겠지요. 한국 영화도 있었지만, 외국 영화, 특히 존 웨인John Wayne 주연의 서부 영화와 반공 영화도 찾아볼 수 있습니다.

수도극장이 다시 영화를 상영하게 된 것은 목록을 보면 1952년 4월을 넘어서였던 것 같은데요. 당시 신문에는 〈망향〉이라는 옛날 영화를 상영한다는 광고가 나옵니다. 프랑스령 모나코의 카스바를 배경으로 한 이 영화는 일제강점기에도 상영된 적이 있지요. 이효석의 소설에도 등장한 바 있어,《문학의오늘》이라는 잡지에 제가 이효석론의 하나로 「이효석 소설 「여수」와 영화 〈망향〉」 같은 글을 쓰기도 했습니다. 6·25전쟁으로 인해 이렇다 할 필름을 구하기 어려운 상황에서도, 눈요깃거리를 찾는 사람들을 위해 어쩔 수 없이 옛날 영화를 다시 상영했던 것 같습니다. 1952년 9월에 가서야 'RED RIVER'를 우리식 제목으로 바꾼 〈광야천리〉가 상영되는 걸 볼 수 있습니다. 『나목』의 시간적 배경은 1951년 겨울에서 1952년으로 넘어가는 시기로, 6·25전쟁이 한창이던 때였습니다. 그 전쟁통에 서울의 극장에서는 이런 영화를 상영하고 있었던 겁니다. 살고자 하는 욕망이 이런 영화들을 보고 싶게 만들었던 것 아닐까요? 당시 극장은 사람들이 느꼈던 휴식에 대한 욕구와 일탈, 탈출에 대한 욕망을 해소할 수 있는 장소였던 것 같습니다. 이는 삶과 죽음을 가르는 전쟁 중에도, 고달픈 현실로부터 벗어나려는 사람들의 감정 상태를 잘 보여 줍니다.

## 모든 것을 잃었어도 살아가야 한다는 욕망

『나목』을 이해하기 위해서는 6·25전쟁에 대한 이해가 선행되어야 합니다. 1950년 6월 25일 새벽 전쟁이 발발하고, 서울이 함락된 것은 그로부터 사흘 후였습니다. 한강 인도교가 폭파되고 계속 남쪽으로 밀려 내려갔지만, 9월 15일 인천상륙작전의 성공으로 9월 18일 서울이 수복되지요. 1950년 6월 25일부터 1951년 1·4후퇴까지 7개월이 채 안 되는 기간 동안 서울을 두 번이나 빼앗겼습니다. 서울을 다시 찾은 1951년 3월 전까지 6·25전쟁의 대공방전은 개전 초기 6~7개월 사이에 모두 벌어졌고, 이후 공방전은 북위 38도선 부근에서 이어졌습니다. 그렇다면 서울에서는 어떤 일들이 벌어졌을까요?

당시 남쪽으로 피난했던 사람들은 도강 금지령으로 인해 서울로 올라오지 못했습니다. 미처 피난 가지 못하고 잔류한 이들만 서울에 남아 있었지요. 수복 이후에도 상황은 마찬가지였습니다. 암암리에 주선을 하거나 돈을 써서 올라올 수는 있었지만, 도강 금지령은 여전했습니다. 사실상 사람들이 모이기 시작한 때는 1953년이었지요. 전선이 아무런 진전이 없는 교착 상태에 빠지며 전쟁이 끝날 기미가 보이자, 비로소 서울은 활기를 띠기 시작합니다. 이는 수도극장의 흥행과도 연결 지어 볼 수 있습니다.

박완서는 아마도 수도극장에서 1953년 1월에 상영했던 영화 〈귀향〉을 떠올리며 『나목』을 썼던 것이 아닐까 합니다. 1953년 1월 8일 상영 목록을 보면, 서부극인 〈대지의 철마〉, 〈대평원〉, 〈막스의 쌍권총〉, 전쟁 영화인 〈비밀경찰〉, 〈비밀명령〉, 〈괴선 니쩨보호〉 그리고 〈헨리 5세〉 같은 영화가 잠깐씩 상영되었음을 알 수 있습니다. 전방에서 전투가 벌어지고 있는 와중에 수도극장에서는 서부극이나 철 지난 전쟁 영화를 상영하고 있었다는 점이 흥미롭습니다.

여기서 다시 『나목』 속 이경의 출퇴근길 서울 풍경으로 돌아가 봅시다. 『나목』의 구성을 잘 살펴보아야 합니다. 이야기는 미군 PX와 계동을 중심 공간으로 펼쳐집니다. PX부는 소공동에 있는 옛 미쓰코시 백화점 자리로, 명동과 가까웠지요. 사람들이 오가는 명동을 지나면 수도극장이 나옵니다. 소설 속에서 이경은 PX에서 나와 을지로입구에서 때로는 걸어서 집으로 가고, 때로는 전차를 타고 종로5가 쪽으로 향하다가 가회동 옆 계동길로 접어듭니다.

계동은 북촌의 중심 지대로, 깊숙한 골목으로 들어가면 고즈넉한 분위기를 풍기는 이경의 집이 나옵니다. 전쟁 직전 병사로 아버지를 잃고, 어머니는 오래된 집에서 홀로 자식들을 건사했지요. 인민군 치하에서도 두 아들을 군대에 보내지 않기 위해 집 안에 숨겼는데, 서울이 수복되는 과정에서 미군의 폭격으로 폭사당합니다. 이경은 오빠 둘을 잃고 고명딸이 된 것이지요.

1970년대 소설 속에서 미군에 의해 오빠들이 죽다니, 참 흥미로운 설정입니다. 어머니 또한 밤중에 이경을 기다리다 폐렴에 걸려 죽음을 맞이하지요. 워낙 노쇠해 있었기 때문이겠지만, 그 죽음의 한가운데는 아들들의 죽음이라는 문제가 놓여 있습니다.

조금 더 곱씹어 봅시다. 미군 PX는 전쟁으로 인해 열려진 공간입니다. 그곳에서는 욕망의 실현과 소비, 그리고 미국으로의 탈출이 가능하지요. 풍요의 나라 미국을 향해 열려 있는 장소인 것입니다. 악마의 고리 같은 전쟁의 세계에서 벗어날 수 있는 가능성의 공간이며, 물자와 안락, 휴식과 여흥을 주는 공간이지요. 그렇다면 오래된 집은 어떨까요? 북촌으로 상징되는 전통적인 계동에 있는 고가古家에는 아버지와 오빠들의 죽음이 남긴 상흔이 있습니다. 고가는 아버지와 오빠로 이어지는 가부장제적 전통과 가족적 질서가 허물어짐을 의미합니다. 이경은 이 두 공간을 오가며 전쟁이라는 현

12장 살고 싶다 죽고 싶다
박완서, 나목

『나목』의 모티프가 되었을 것으로 추정되는 1953년
1월에 상영한 〈귀향〉의 예고 포스트.

실에 내던져지고 노출될 수밖에 없었던 여인을 상징하지요.

　PX와 고가 사이에는 바로 수도극장이라는 의미 있는 공간이 자리하고 있습니다. 그곳에서는 서부활극, 철 지난 남의 전쟁, 그리고 고전적인 사랑 이야기가 사람들을 유혹합니다. 이는 전쟁의 참상을 겪는 이들에게도 여전히 즐기고자 하는 욕망이 살아 숨 쉬고 있다는 사실을 의미합니다. 바로 그 욕망이야말로 『나목』의 중요한 주제 중 하나입니다. 모든 것을 잃었어도 살아가야 한다는 욕망을 지닌 이경, 그녀는 어떻게 이 상황을 뚫고 나갈 것인가? 이것이 소설의 주제지요.

　이렇듯 『나목』은 미군 PX와 계동 사이에서 벌어지는 긴장의 이야기입니다. 이를 사랑의 관계로 해석하면 어떨까요? 이경은 나이 든 예술가 옥희도와 젊은 PX 전기공 황태수 사이에서 고민합니다. 소설은 삼각관계의 구도로 이야기를 풀어 나가지요. 그들 외에도 인문학적 지식이 풍부한 미군 헌병 죠오가 등장합니다. 이경은 옥희도를 사랑하지만, 그 사랑을 표현하지 못해 어쩔 줄 몰라 합니다. 옥희도 역시 이경을 사랑하지만, 그 사랑을 겉으로 표현하지 않음으로써 그녀의 욕망을 충족시켜 주지 않습니다. 그녀는 결국 황태수와 결합합니다. 후일담에서, 이경은 전쟁 중 보았던 옥희도의 그림이 그의 유작전에 〈나목〉으로 전시되어 있는 것을 보게 됩니다.

　　나는 캔버스의 위에서 하나의 나무를 보았다. 섬뜩한 느낌이었다. 거의 무채색의 불투명한 부연 화면에 꽃도 잎도 열매도 없는 참

12장 살고 싶다 죽고 싶다
박완서, 나목

담한 모습의 고목枯木이 서 있었다. 그뿐이었다.

'마를 고枯' 자에 '나무 목木' 자를 쓰는 고목은 말라서 죽어 버린 나무라는 뜻입니다. 옥희도는 한발에 고사한 나무를 그렸습니다. 잔인한 태양 광선도 없는 곳에서 홀로 가뭄에 고사한 나무를 말이지요. 그 고목이 마지막에는 나목으로 해석됩니다. "내가 지난날 어두운 단칸방에서 본 한발 속의 고목." 이경은 옥희도의 연지동 집에서 태양도 없는 가뭄에 말라 죽어 버린 나무를 본 기억이 납니다. 캔버스 위 한발의 고목이 이제는 다르게 다가옵니다.

내가 지난날, 어두운 단칸방에서 본 한발 속의 고목, 그러나 지금의 나에겐 웬일인지 그게 고목이 아니라 나목裸木이었다. 그것은 비슷하면서도 아주 달랐다.

김장철 소스리바람에 떠는 나목, 이제 막 마지막 낙엽을 끝낸 김장철 나목이기에 봄은 아직 멀건만 그의 수심엔 봄의 향기가 애달프도록 절실하다.

(……)

봄에의 믿음. 나목을 저리도 의연하게 함이 바로 봄에의 믿음이리라.

나는 홀연히 옥희도 씨가 바로 저 나무였음을 안다. 그가 불우했던 시절, 온 민족이 암담했던 시절, 그 시절을 그는 바로 저 김장철의 나목처럼 살았음을 나는 알고 있다.

소설 속에서 젊은 이경은 어머니로 인한 고통에 시달리고 있습니다. 어머니는 전쟁이 야기한 아들들의 죽음에 매달렸고, 그 고통이 이경에게 그대로 전이된 것이지요. 언제나 헤어나고 싶어 했지만, 어머니가 죽어야만 가능한 일이었습니다. 전쟁은 이경에게 전통의 죽음일 뿐 아니라, 어머니라는 압제에서 자유롭고자 했던 갈증의 산물이었습니다. 젊은 그녀는 살고 싶었으나, 그 생명의 자유를 만끽할 수 없어 고통스러워했지요.

그때 바라본 옥희도의 그림 속 비틀어진 나무는 고목이었습니다. 이경은 자기 자신과 전쟁 속에서 살아가는 사람들 모두를 고목이라 느낀 것이겠지요. 그러나 한참이 지나 보니, 옥희도가 그린 나무는 죽은 나무가 아니라 봄을 기다리는 나목이었던 것입니다. 김장철이 지나 곧 다가올 겨울이 너무나 길지만, 다시 돌아올 봄을 기다리는 나목. 박완서 선생은 고통을 견디는 이야기를 통해, 아무리 죽음의 고통이 깊어도 새로운 세계가 열릴 수 있다는 메시지를 건넨 것입니다.


**이념이 꽉 찰수록 텅 비어 가는 서울**

박완서의 작품에는 어떤 연속성이 있습니다. 『나목』은 『엄마의 말뚝』 연작에서 되살아나고, 그것은 다시 『그 많던 싱아는 누가 다 먹었을까』와 그 후속편 『그 산이 정말 거기 있었을까』로 연결됩니다. 이러한 구조는 굉장히 중요합니다. 서울이 해방되는 과정에서 미군의 폭격으로 오빠를 잃은 이경의 이야기, 『나목』은 진짜 날것으로서 작가 자신의 이야기일까요? 아닙니다. 박완서는 원래 독립문 쪽 현저동 맨 꼭대기 집에 살았습니다. '괴물 마당집'으로 불리는 그곳은 『엄마의 말뚝』에도 등장하는데, 박완서는 그곳에서 오빠를 잃었습니다. 아버지는 어떨까요? 『나목』의 이경은 전쟁 직전 병사로 아버지를 잃지만, 박완서의 아버지는 일찍이 개성에서 세상을 등졌습니다. 이야기의 변주가 흥미롭지 않나요? 다시 말해 『나목』은 박완서 자신의 이야기를 모델로 삼되, 많은 것을 감추고 장치로 꾸며 하나의 극적인 이야기로 만들어 냈습니다.

그렇다면 왜 그녀는 연작소설 『엄마의 말뚝』과 자화상의 형식을 빌린 소설 『그 많던 싱아는 누가 다 먹었을까』에서 이런 이야기를 반복했을까요? 특히 『그 산이 정말 거기 있었을까』에서 그렇습니다. 작가는 왜 6·25전쟁을 배경으로 자신의 이야기를 되살려 냈을까요? 어쩌면 6·25전쟁이라는 사태의 진상에 이르기까지 25~26년에 걸친 장구한 시간이 필요했던 것이 아닐까요? 그것이 저의 관심사였습니다. 그리고 이렇게 분석해 봤습니다. '한국의 현대사가 전개되어 오는 과정은 소설가로 하여금 사태의 진실을 다 말할 수 없게 했다. 같은 소재를 놓고도 입을 틀어막았기에, 소설가는 되풀이해서 말할 수밖에 없었다.'

『나목』은 1970년대 작품입니다. 『엄마의 말뚝』 연작소설은 1980년과 1981년에 발표되었습니다. 그 소설에는 베일에 가려져 있던 현저동이 등장합니다. 1980~1981년은 한창 험난한 때였지요. 1979년에 박정희가 쓰러져 유신 체제가 막을 내린 뒤 곧바로 12·12사태가 벌어졌습니다. 전두환 정권이 들어서기까지는 '서울의 봄'으로 불리는 짧은 혼란기였지요.『엄마의 말뚝 2』에는『나목』에 등장하는 이야기가 고스란히 들어 있어 완전히 자전적이고 사소설적인 작품으로 보입니다. 그런데 여기에 트릭이 있습니다.『엄마의 말뚝』의 줄거리를 보면, 인민군이 후퇴하며 서울을 내주고, 인민군에 자원 입대했던 오빠가 대열에서 이탈해 현저동 집에 숨습니다. 서대문 쪽에 숨어 있던 인민군 부대는 현저동 집에서 연기가 피어오르는 것을 우연히 발견하지요. 분명 서울은 텅 비었는데 연기가 피어오르니 수상하게 여겨 그 집으로 찾아갑니다. 여자들만 사는 집을 수색하던 인민군은 오빠를 발견하고, 국군의 낙오병인지 인민군에서 이탈한 병사인지 의심하는 눈초리를 보냅니다. 진실을 밝히려 자백을 요구하던 인민군이 오빠의 하체에 총을 몇 발 쏩니다. 치명상을 입진 않았지만, 그 때문에 결국 오빠는 죽음에 이릅니다.『그 많던 싱아는 누가 다 먹었을까』는 1992년 작품으로, '소설로 그린 자화상'이라는 부제를 달고 나왔지요. 후에『그 산이 정말 거기 있었을까』는 1995년에 발표되었는데, 여기서 드디어 맨얼굴의 박완서를 가까이에서 볼 수 있게 되었습니다.

『그 산이 정말 거기 있었을까』에서는 6·25전쟁이 발발하자 피난 행렬이 남쪽으로 향합니다. 그러던 중, 좌익과 우익 어디에도 자리를 잡지 못한 오빠는 인민군에 입대했다가 다리에 총상을 입고 대열에서 이탈하여 서울로 돌아옵니다. 오빠의 부상 때문에 박완서의 가족은 1·4후퇴 때도 피난을 제대로 가지 못합니다. 박완서 자신과 올케만 인민군을 따라 파주 교하 쪽으로 피난 갔다가 돌아오고, 총상을 입은 오빠는 어머니와 함께 있다가 8개월 만에 세상을 떠납니다.

당시 오빠는 어떤 문제를 안고 있었을까요? 6·25전쟁 전, 오빠는 사상가적인 면모를 지닌 젊은이였습니다. 그의 영향을 받아 박완서도 좌익에 가까운 성향을 보였지요. 그럼에도 불구하고 남북한 단독정부가 수립되는 과정에서 좌익이 전부 이북으로 올라가자 이남은 우익 천지가 되었습니다. 해방 공간의 역사를 살펴보면, 1948년 5월 10일의 총선거를 준비하는 과정에서 빨갱이 색출이 기승을 부렸습니다. 단독정부 수립 후에는 더욱 가속화되었고, 1948년 10월 19일에는 여수순천10·19사건이 발생합니다. 박정희 전 대통령도 연루되었던 그 사건을 계기로, 좌익을 색출해 사상적으로 전향시켜야 한다는 목적을 가지고 국민보도연맹이 결성되기에 이릅니다. 1949년 6월 조직된 국민보도연맹은 좌익 활동 전력자를 모아 사상적 통제를 가하며, 이른바 전향을 강요했습니다. 이러한 작업에는 왕년에 조선문학가동맹 일원이었던 박태원, 정지용, 김기림, 이병기 같은 사람도 포함되었습니다. 사실 이병기는 조선문학가동맹 서기장이었던 김남천이 자신을 중앙집행위원장으로 위촉했다는 이유만으로도 국민보도연맹에 가입해야 했습니다. 이들은 1949년 내내 이런저런 선전 활동에 끌려다니며, 북으로 넘어간 문인에게 보내는 편지를 쓰고 궐기대회에 참여해야 했습니다. 정부는 이들을 괴뢰병사처럼 끌어다 반좌익 선전 활동을 시켰습니다. 이 시기에 이른바 전향이라는 문제가 광범위하게 제기되었습니다.

　일반적인 의미의 전향轉向이란, 어떤 사상을 갖고 있던 자가 그 사상이 아닌 다른 사상으로 돌아서는 것을 뜻합니다. 한자로 뜻풀이해 보면, 굴러서 다른 곳으로 향한다는 의미입니다. 열 살에나 스무 살에나 생각이 똑같은 인간에게 성숙은 없습니다. 생각은 끊임없이 변해야 하지요. 사상의 전향은 폭력이나 외압에 의해서가 아니라, 자연스러운 인간 정신의 성숙 과정에서 필연적으로 일어납니다. 그러나 마르크시스트들은 생각의 자연스러운 발로나 성숙의 과정에 의해서가 아니라 국가기관의 폭력에 의해 전향을 강요당했습니다. 자기가 가졌던 사상이 옳은지 그른지 내적으로 검증할 시간도 없이 다른 사상이 주입된 것입니다.

　추측건대, 박완서 선생의 오빠도 국민보도연맹에 가입해야 했던 것 같습니다. 『엄마의 말뚝』에도 전향의 문제가 등장하지요. 당시 전향 문제는 많은 사람들을 괴롭혔습니다. 전향한 이들은 좌익적인 활동을 함께한 이들에게는 배신자라고 비난받았습니다. 반대로 우익에게는 '저 집은 빨갱이 집'이라며 손가락질당하는 신세가되었지요. 박완서 가족도 이와 크게 다르지 않았을 것입니다. 그런 상황 속에서 1949년을 보낸 것입니다. 그런데 1950년이 되자 상황이 완전히 뒤바뀝니다. 전쟁이 발발했지만, 한강 인도교 폭파로 인해 박완서의 가족은 미처 피난을 가지 못했습니다. 그렇게 남은 이들은 잔류파로, 한강을 건너 남쪽으로 간 사람들은 도강파로 나뉘게 되었지요. 9·28수복 당시에는 잔류파와 도강파 문제가 다시 한 번 서울을 지배하게 됩니다.

소설을 보면, 좌익에서 전향한 박완서의 오빠는 서울에 진주한 인민군과 마주칩니다. 어쩔 수 없이 궐기대회에 나가게 되는데, 이 장면이 인상적입니다. 의용군으로 나갈 사람을 자원받는 상황에서 오빠가 제일 먼저 자원한 것입니다. 실제로 자원하기만 했는지 아니면 극적인 이야기를 위해 소설적으로 설정한 것인지는 확인이 필요하겠지요. 그는 의용군으로 자원 입대함으로써 전향한 자신의 죄와 행동의 곤궁함을 모면하려 합니다. 그 후 행방을 알 수 없었던 오빠가 몇 개월 만에 총상을 입고 인민군 대열을 이탈해 현저동 집으로 돌아옵니다. 당시 국군이 계속 밀고 올라오던 상황에서, 전세는 불리해졌고 1·4후퇴로 이어졌습니다. 총상을 입은 오빠를 데리고 피난을 가야 하는가 하는 고민이 『그 산이 정말 거기 있었을까』에 담겨 있습니다. 결국 오빠는 1·4후퇴 와중에 이리저리 끌려다니다 제때 치료받지 못해 총상이 악화되는 바람에 죽음을 맞이합니다.

『나목』과 『그 산이 정말 거기 있었을까』, 『엄마의 말뚝』 연작을 보며 이런 질문이 떠오릅니다. '박완서 가족에게 서울은 무엇이었을까?'

전쟁 발발 당시, 이승만 정부는 남쪽으로 내려가며 인도교를 폭파시켰습니다. 서울에 남은 피난민들은 인민군의 침입에 그대로 노출될 수밖에 없었지요. 자의든 타의든 협력할 수밖에 없는 상황이었습니다. 그러나 돌아온 정부는 좌익 색출에 나섰습니다. 당시 우익의 거두였던 김동리는 미처 피난을 가지 못해 숨어 지냈습니다. 박인환도 마찬가지였습니다. 유진오의 회고록『고난의 90일』(1950)을 보면, 그가 두뇌 회전이 상당히 빠른 사람임을 알 수 있습니다. 그는 인도교를 폭파하기 전 노량진까지 도망갔기 때문에 상황을 무사히 피할 수 있었습니다. '적 치하에서 부역했는가'라는 문제는 전시 문단에서 매우 심각하게 다뤄졌습니다. 잔류파였던 최정희도 마찬가지였습니다. 특히 노천명은 부역죄가 심각해 중형을 선고받았고, 후에 문인들의 탄원으로 몇 년 만에 석방되었지요.

박완서의 가족은 잔류파와 도강파 간의 대립을 그대로 감당해야 했습니다.『그 산이 정말 거기 있었을까』에는 그와 관련된 인상적인 장면이 나옵니다. 1·4후퇴 당시, 서울은 텅텅 비었다고 하지요. 다시 한번 인민군이 내려와 가할 억압과, 수복 후 국군에게 당할 고초를 염려해 모두 서울을 완전히 빠져나갔던 것입니다. 박완서는 움직일 수 있는 사람들은 전부 빠져나가 텅 빈 서울의 기억을 소설 속에 담았습니다.『그 산이 정말 거기 있었을까』가 문학사적으로 중요한 이유도 바로 그 때문입니다.

남하하지 못한 박완서는 공습의 범위에서 벗어나기 위해 파주, 일산 쪽으로 피난을 갑니다. 끝내 더 이상 올라가기를 포기하기까지 하는데요. 그런 과정을 거쳐 서울에 돌아왔던 그녀였기에 1·4후퇴 당시의 상황을 정확히 그려 낼 수 있었던 것입니다. 박완서는 미군이 진주하고 서울을 다시 회복한 뒤 PX부에 다녔습니다. 아마도 1952년쯤일 것입니다. 그러다 전쟁 중인 1953년에 결혼을 하지요. 이러한 가족사 때문에 전쟁 속의 서울이 작품 속으로 들어올 수밖에 없지 않았을까요?

소설 속에서 이경은 옥희도를 갈망하는 사랑의 마음과 황태수의 끈질긴 구애 사이에서 번민하던 중 죠오를 만납니다. 미군 헌병인 죠오는 도스토옙스키의 『죄와 벌』을 읽는 인텔리이지요. 이경은 그가 선사할 수도 있을 탈출을 좇아 회현동 골목, 네온사인이 빛나는 경성호텔로 들어갑니다. 다다미 같은 방에서 그에게 몸을 내주려는 그때, 분홍빛 시트 위에 비친 붉은색 스탠드의 불빛이 핏빛으로 보입니다. 순간, 폭격으로 하얀 요 위에서 살점 덩어리로 흩어져 죽은 오빠의 모습이 이경의 머릿속을 꽉 채웁니다. 그 트라우마는 이경으로 하여금 환각 속에서 남자를 물리치고 뛰쳐나오게 만듭니다.

보통 여성의 피는 처녀성의 상실을 상징하지요. 그러나 이 소설에서는 의사擬似 상실로 처리됩니다. 미군에게 몸을 훼손당하지 않았음에도 불구하고, 이경은 붉은 전등빛을 통해 훼손당하는 의식을 치른 것입니다. 가상적 의식을 치름으로써 어른으로 성장한 그녀는 전쟁의 상처를 딛고 성인이 되어 살아갈 수 있게 됩니다. 실제로 몸을 바친 것은 아니지만, 거기엔 어떤 희생적 제의가 있었지요. 굉장히 인상적인 장면입니다. 덕분에 『나목』은 일종의 성장소설로도 읽힐 수 있는 것입니다.

이경과 죠오의 여관 풍경이 회현동을 무대로 하고 있다는 사실은 이호철의 『서울은 만원이다』를 떠올리게 합니다. 이 소설의 시대인 1960년대에 회현동은 남자들이 고급 콜걸을 불러 성매매를 하던 곳이었지요. 아주 오래전부터 명동 일대는 요정과 여관이 성행한 공간이었습니다. 일제강점기 남촌은 일본의 거주 지역이자 유흥지대였고, 해방 후에도 그 본색은 크게 변하지 않았습니다. 일본인들의 재산이었던 그 일대의 부동산은 적산가옥이 되거나, 일부 약삭빠른 사람들 혹은 미군이 접수했습니다. 이제 명동은 미군들이 출입하여 노는 곳으로 그 모습을 바꾸게 되지요.

이를 보여 주는 소설로 염상섭의 1948년 작품 『효풍』을 들 수 있습니다. 박인환이 기자로 활동하던 《자유신문》에 연재했던 장편 소설이지요. 1948년은 남북한 단독정부가 수립된 해로, 『효풍』은 1947년 말을 배경으로 시작합니다. 미국과 미군의 이야기가 진고개를 중심으로 펼쳐지는 이 소설은 일제 말기부터 자리했던 회현동과 명동의 요정, 음식점, 호텔, 여관을 주요 무대로 삼고 있습니다. 바로 그곳이 『나목』에도 등장하는 것이지요.

『나목』이 쓰인 1970년대 당시, 작가를 감싸고 있던 이데올로기는 일종의 순혈주의적, 민족주의적 사상이었습니다. 혼혈을 터부시하는 사상이 1945년 해방 이후 계속되고 있었지요. 일제강점기도 마찬가지였습니다. 혼혈에 대한 거부감은 한국적 민족주의의 강렬한 바탕을 형성했습니다. 『나목』에서 이경은 PX에서 일하며 다이아나 김 같은 여자들을 만납니다. 그들을 보며 '화냥년이 되어서는 안된다', '미군과 결혼해 미국으로 떠나면 거기서 낳는 자식은 잡종이

다'라는 강박관념 속에 살아갑니다. 다시 말해 이경은 양공주, 화냥년, 삽종 같은 어휘로 이루어진 강박관념 속에서 희생 제의를 치른 것입니다. 이것이야말로 6·25전쟁 당시의 이데올로기이며, 1970년 대에도 여전한 순혈 민족주의의 모습입니다. 『나목』은 그런 이념의 시대였던 6·25전쟁을 그린 작품 중 단연 문제작으로 꼽힙니다.

전쟁 속에서의 여성을 그린 또 하나의 문제작으로 최정희의 『끝없는 낭만』(1957)이 있습니다. 이 소설의 여주인공 차래는 6·25전쟁 중 이태원 용산에서 미군과 만나 사랑에 빠집니다. 순수한 사랑으로 미군 조지의 아이를 갖지만, 미국으로 가는 수속이 수월하게 이루어지지 않자 홀로 아이를 낳습니다. 때마침 죽은 줄 알았던 차래의 정혼자 배곤이 나타나자, 차래는 깊은 번민에 빠집니다. 죽을 결심으로 아이를 고아원에 맡기고 가는 길에, 우연히 만난 '양갈보' 정순자와 함께 술을 마시다 정순자가 탄 약에 의해 죽게 되지요. 최정희는 날카로운 시선으로 전쟁 속 여성의 사랑과 죽음을 보여 줍니다. 그녀는 순혈 민족주의의 위험성과 그로부터 여성에게 가해지는 폭력을 비판하기 위해 차래의 이야기를 썼던 것입니다.

『끝없는 낭만』의 여주인공 차래가 혼혈아를 낳고 아이를 고아원에 맡긴 후 끝내 죽어 버리는 데 반해, 『나목』의 이경은 가상적 희생 제의를 치른 끝에 민족의 내부로 돌아옵니다. 그녀는 옥희도의 배려 속에서 젊은 황태수에게로 돌아갈 수 있었고, 결국 일상적 삶의 권태마저 느낄 수 있는 내부자로 살아갑니다. 만약 당시 박완서가 순혈 민족주의의 허위성을 훨씬 더 날카롭게 비판하고자 했다면, 가상적인 희생 제의가 아닌 어떤 다른 사건과 경로를 통해 이경을 완전히 새로운 존재로 탈바꿈시켜야 했을지도 모릅니다.

## 폐허 속 봄을 기다리는 나목

소설에서 옥희도의 존재는 예술을 상징합니다. 황태수는 일상적 삶을, 죠오는 그로부터의 일탈과 탈출을 뜻하지요. 결국 황태수와 결혼해 중산층의 질서에 편입되어 가는 자신의 현실을 복잡한 심경으로 들여다보던 이경은 옥희도의 그림을 보고 '나목은 봄을 기다리는 나무였다'고 깨닫게 됩니다. 박완서는 일상적 삶이나 탈출이냐의 고민 속에서, 결국 삶의 지향태가 예술임을 넌지시 밝히고 있습니다. 전쟁의 황폐함 속에서 PX부와 계동을 오가는 여성을 통해, 예술만이 속물적이고 일상적인 삶으로부터 진정으로 우리를 구원해 줄 수 있다는 주제를 전달한 것이지요.

박완서는 일상성에서 예술을 배제하지 않았습니다. 오히려 일상성을 넘어서는 예술의 끝없는 가능성을 보았지요. 그러나 결국 작가가 최종적으로 선택하는 것은 생존, 생계, 일상성이라고 할 것입니다. 비록 이야기꾼으로서 서사문학에서 나름의 한계를 가지지만, 삶의 지혜, 근면, 성실과 같은 가치로 대표되는 문학관으로 인해 박완서는 한국 문학에 이름을 올렸습니다.

『나목』에 등장하는 명동의 풍경은 어떤 모습일까요? 명동에 침팬지 인형이 반복적으로 나오는 장면이 있습니다. 명동을 지나다니던 옥희도와 이경은 술을 마시는 침팬지가 있는 완구점 앞에 섭니다. 침팬지 인형은 계속 술을 따라 마시는 동작을 반복하고, 검은 인형은 징을 치는 동작을 되풀이합니다. 이 장면이야말로 반복적인 삶의 질서로부터 벗어나고자 하는 욕망을 드러내고 있습니다.

『나목』은 전쟁으로 폐허가 된 서울을 강렬하게 꿰뚫어 보는 눈동자의 존재를 느끼게 합니다. 미군 PX에서 명동을 지나 쇼윈도가 펼쳐진 거리를 지나 수도극장에 이르고, 또는 을지로입구에서 전차를 타고 종로에서 계동으로 가는 동안 피부에 스미는 정적, 괴괴한 도시 풍경, 아직 피난민이 다 돌아오지 않은 인적이 말소된 공허한 서울의 모습.

도강 금지령 때문에 정적에 차 있으면서도, 끝내 삶을 이어 가야 하고 꽃피워야 하는 사람들은 그때 자기의 어떤 이야기를 매만지고 있었을까요? 박완서는 그것을 뚫어지게 쳐다봅니다. 삶은 무엇인가. 어떻게 살아야 하는가.

저도 이제는 세상에 안 계신 박완서 선생의 삶과 문학을, 그 길고 지난했던 과정을 돌이켜보며 생각합니다. 나는 어떤 삶을 살아가야 하는가. 대전을 떠나 서울에서의 삶이 벌써 39년, 서울은 이제 어지간히 낯이 익습니다. 그런데도 아직 이 복잡하고도 깊은 세계를 저는 잘 모르고 있는 것 같습니다.

## 참고 자료

참고 자료 기재 순서는 저자, 작품명, 간행처, 연도 순이며, 연재 원고는 발표 마감 연도를 기준으로 작성했다.

강석근, 「무영탑 전설의 전승과 변이 과정에 한 연구」, 『신라문화』 37, 2011.
게오르그 빌헬름 프리드리히 헤겔<sup>G. W. F. Hegel</sup>, 『법철학 강요<sup>Grundlinien der Philosophie des Rechts</sup>』, 1820.
고형진, 『백석 시의 물명고』, 고려대학교출판부, 2015.
구본웅, 〈우인의 초상〉, 1935.
김기림, 「고 이상의 추억」, 《조광》, 1937.
김기진, 「나의 회고록」, 《세대》, 1966.
김남천, 「등불」, 《국민문학》, 1942.
김동인, 「광화사」, 《야담》, 1935.
김문주·이동순·최동호, 『백석 문학전집』, 서정시학, 2012.
김백영, 「일제하 서울에서의 식민 권력의 지배 전략과 도시 공간의 정치학」, 서울대학교 대학원 박사학위논문, 2005.
김사량, 「천마」, 《문예춘추》, 1940.
김송, 〈지옥〉, 신흥극장, 1930.
김수영, 「거대한 뿌리」, 《사상계》, 1964.
김수영, 「꽃」, 1957.
김수영, 「낙타과음駱駝過飮」, 1953.
김수영, 「눈」, 《문학예술》, 1956.
김수영, 「마리서사」, 1966.
김수영, 「모기와 개미」, 1966.
김수영, 「박인환」, 1966.
김수영, 「사령死靈」, 1959.
김수영, 「생활의 극복」, 1959.

김수영, 「시여, 침을 뱉어라 : 힘으로서의 시의 존재」, 1968.
김수영, 「실험적인 문학과 정치적 자유 : '오늘의 한국 문화를 위협하는 것'을 읽고」, 《조선일보》, 1968.
김수영, 「여름 아침」, 1956.
김수영, 「우선 그놈의 사진을 떼어서 밑씻개로 하자」, 《새벽》, 1960.
김수영, 「저 하늘이 열릴 때」, 1960.
김수영, 「전향기」, 1962.
김수영, 「조국에 돌아오신 상병포로傷病捕虜 동지들에게」, 1953.
김수영, 「지식인의 사회참여」, 《사상계》, 1968.
김수영, 「채소밭 가에서」, 1957.
김수영, 「초봄의 뜰 안에」, 1958.
김수영, 「풀」, 1968.
김영작, 『한말 내셔널리즘 연구』, 청계연구소, 1989.
김윤식, 『고현학의 방법론 : 박태원을 중심으로』, 민음사, 1989.
김윤식, 『임화연구』, 문학사상사, 1989.
김태완, '문인의 유산遺産, 가족 이야기 : 나도향의 후손들', 《월간조선》, 2015. 7.
김향안, 「이상李箱에서 창조된 이상」, 《문학사상》, 1986.
나도향, 「그믐달」, 《조선문단》, 1925.
나도향, 「물레방아」, 《조선문단》, 1925.
나도향, 「벙어리 삼룡이」, 《여명》, 1925.
나도향, 「뽕」, 《개벽》, 1925.
나도향, 「젊은이의 시절」, 《백조》, 1922.
나도향, 『환희』, 《동아일보》, 1923.
남상권, 「현진건의 문학적 후견인과 개인적 재능」, 『한민족어문학』, 90집, 2020.
마셜 버먼Marshall Berman, 『현대성의 경험All That is Solid Melts into Air : The Experience of Modernity』, 1982.
마테이 칼리네스쿠Matei Căinescu, 『모더니티의 다섯 얼굴Five Faces of Modernity : Modernism, Avant-Garde, Decadence, Kitsch, Postmodernism』, 1987.
모윤숙, 『빛나는 지역』, 조선창문사, 1933.
모윤숙, 『렌의 애가』, 《여성》, 1937.
미셸 푸코Michel Foucault, 『감시와 처벌Surveiller et Punir』, 1975.
박경리, 『시장과 전장』, 현암사, 1964.
박목월·조지훈·박두진, 『청록집』, 을유문화사, 1946.
박완서, 『그 많던 싱아는 누가 다 먹었을까』, 웅진지식하우스, 1992.

박완서, 『그 산이 정말 거기 있었을까』, 웅진지식하우스, 1995.

박완서, 『나목』, 《여성동아》, 1970.

박인환, 「밤의 미매장未埋葬」, 『박인환 선시집』, 산호장, 1955.

박인환, 「센티멘털 저니」, 『박인환 선시집』, 산호장, 1955.

박완서, 『엄마의 말뚝』, 《문학사상》, 1980.

박완서, 『엄마의 말뚝 2』, 《문학사상》, 1981.

박완서, 『오만과 몽상』, 세계사, 2002.

박완서, 『옥상의 민들레꽃』, 《실천문학》, 1979.

박인환, 「검은 신이여」, 《주간국제3호》, 1952.

박인환, 「목마와 숙녀」, 《시작》, 1955.

박인환, 「버지니아 울프, 인물과 작품」, 《여성계》, 1954.

박인환, 『사랑은 가고 과거는 남는 것』, 문승묵 엮음, 예옥, 2006.

박인환, 「세월이 가면」, 《아리랑》, 1956.

박인환, 「이상 유고 이유이전理由以前」, 《서울신문》, 1953.

박인환, 「죽은 아폴론」, 《동아일보》, 1956.

박인환, 「후기」, 『박인환 선시집』, 산호장, 1955.

박정선, 「임화와 마산」, 한국근대문학회, 2012.

박진숙, 「이태준 문학 연구 : 텍스트와 내포독자를 중심으로」, 서울대학교 대학원 박사학위논문, 2003.

박태원, 「소설가 구보씨의 일일」, 《조선중앙일보》, 1934.

박태원, 「이상의 편모片貌」, 《조광》, 1937.

박태원, 『천변풍경』, 《조광》, 1937.

발터 베냐민Walter Benjamin, 『아케이드 프로젝트Arcades Project』, 1989.

방민호, 「박인환 산문에 나타난 미국」, 『사랑은 가고 과거는 남는 것』, 예옥, 2006.

방민호, 『이상 문학의 방법론적 독해』, 예옥, 2015.

방민호, 「이효석 소설 「여수」와 영화 〈망향〉」, 《문학의오늘》, 2012.

방민호, 『일제 말기 한국문학의 담론과 텍스트』, 예옥, 2011.

방인근, 「나도향 군을 추억함」, 《삼천리》, 1929.

백석, 『사슴』, 경성문화인쇄사, 1936.

버지니아 울프Virginia Woolf, 『등대로To the Lighthouse』, 1927.

복혜숙, 「장안 신사숙녀 스타일 만평」, 《삼천리》, 1937.

신채호, 『조선사』, 《조선일보》, 1931.

송우혜, 『윤동주 평전』, 서정시학, 2014.

손창섭, 『길』, 《동아일보》, 1969.

손창섭, 「벗」, 1994.

손창섭, 『부부』, 《동아일보》, 1962.

손창섭, 「비 오는 날」, 《문예》, 1953.

손창섭, 『삼부녀』, 《주간여성》, 1970.

손창섭, 「생명의 욕구에서」, 《경향신문》, 1956.

손창섭, 「생활적」, 《현대공론》, 1954.

손창섭, 「신의 희작」, 《현대문학》, 1961.

손창섭, 「싸움의 원인은 동태 대가리와 꼬리에 있다」, 《연합신문》, 1949.

손창섭, 「얄궂은 비」, 《연합신문》, 1949.

손창섭, 「얼」, 1995.

손창섭, 『유맹』, 《한국일보》, 1976.

손창섭, 「은둔隱遁」, 1993.

손창섭, 『이성연구』, 《서울신문》, 1965.

손창섭, 『인간교실』, 《경향신문》, 1964.

손창섭, 「잉여인간」, 《사상계》, 1958.

손창섭, 「자탄自嘆」, 1993

신명직, 『모던뽀이, 경성을 거닐다』, 현실문화연구, 2003.

신석초, 『석초시집』, 을유문화사, 1946.

아쿠타가와 류노스케芥川龍之介, 「지옥변地獄變」, 《마이니치 신문》, 1918.

아쿠타가와 류노스케, 「톱니바퀴齒車」, 1927.

안견, 〈몽유도원도〉, 1447.

안석영, 「요절한, 나도향」, 《삼천리》, 1938.

안석주, 「조선 발렌티노 청로淸露 임화 씨」, 《조선일보》, 1933.

앤서니 킹Anthony D. King, 『도시 문화와 세계 체제Urbanism, Colonialism, and the World-Economy』, 1990.

양동숙, 「해방 후 공창제 폐지 과정 연구」, 《역사연구》, 2001.

에드거 앨런 포Edgar Allan Poe, 「까마귀The Raven」, 1845.

연효숙, 「들뢰즈에서 정동의 논리와 공명의 잠재력」, 『시대와철학』 26권 4호, 2015.

염상섭, 『효풍』, 《자유신문》, 1948.

오장환, 『나 사는 곳』, 헌문사, 1947.

유진오, 「서울탈출기」, 『고난의 90일』, 수도문화사, 1950.

윤동주, 「간肝」, 1941.

윤동주, 「공상」, 《숭실활천》, 1935.

윤동주, 「또 다른 고향」, 1941.

윤동주,「무서운 시간」, 1941.

윤동주,「별 헤는 밤」, 1941.

윤동주,「서시」, 1941.

윤동주,「자화상」,《문우》, 1939.

윤동주,「조개껍질」, 1935.

윤동주,「참회록」, 1942.

윤동주,「하늘과 바람과 별과 시」,『하늘과 바람과 별과 시』, 정음사, 1948.

윤석산,『박인환평전』, 모시는사람들, 2003.

윤혜영(작사), 조두남(작곡),〈선구자〉, 1933.

이광수,『그의 자서전』,《조선일보》, 1937.

이광수,『나 : 소년편』, 1947.

이광수,『나 : 스무살 고개』, 1948.

이광수,『단종애사』,《동아일보》, 1929.

이광수,『무정』,《매일신보》, 1917.

이광수,「민족개조론」,《개벽》, 1922.

이광수,『사랑』, 박문서관, 1938.

이광수,「성조기成造記」,《삼천리》, 1936.

이광수,『세조대왕』, 박문서관, 1940.

이광수,『유정』,《조선일보》, 1933.

이광수,「육장기」,《문장》, 1939.

이광수,「윤광호」,《청춘》, 1918.

이동하,『목마와 숙녀와 별과 사랑 : 박인환 평전』, 문학세계사, 1986.

이병기,「연재 장편강담, 연산주燕山主」,《별건곤》, 1933.

이어령,「순수의식의 뇌옥牢獄과 그 파벽」,《문리대학보》, 1955.

이육사,『육사시집』, 서울출판사, 1946.

이상,「거울」,《가톨릭청년》, 1933.

이상,「날개」,《조광》, 1936.

이상,「명경」,《여성》, 1936.

이상,「슬픈 이야기 : 어떤 두 주일 동안」,《조광》, 1937.

이상,「얼마 안 되는 변해」,《여성》, 1936.

이상,「오감도」,《조선중앙일보》, 1934.

이상,「종생기終生記」,《조광》, 1937.

이상,「12월 12일」,《조선》, 1930.

이상범,「역사소설과 현대소설」,《삼천리》, 1934.

참고자료

이상화, 「빼앗긴 들에도 봄은 오는가」, 《개벽》, 1926.

이인직, 『혈의 누』, 《만세보》, 1906.

이태준, 「까마귀」, 《조광》, 1936.

이호철, 『소시민』, 《세대》, 1965.

이호철, 『서울은 만원이다』, 《동아일보》, 1966.

이희정, 「1920년대 잡지 『동명』의 매체 담론과 문예물 연구」, 『우리말글』 68, 2016.

임종국, 『이상 전집』, 고려대문학회, 1956.

임화, 「나의 하루」, 《동아일보》, 1934.

임화, 「네거리의 순이」, 《조선지광》, 1929.

임화, 「다시 네거리에서」, 《조선중앙일보》, 1935.

임화, 「소녀가」, 《동아일보》, 1924.

임화, 「연주대」, 《동아일보》, 1924.

임화, 「우리 오빠와 화로」, 《조선지광》, 1929.

임화, 「작가 단편자서전」, 《삼천리문학》, 1938.

임화, 「현해탄 상의 일야」, 《조광》, 1936.

장용학, 『원형의 전설』, 《사상계》, 1962.

전정은, 「문학 작품을 통한 1930년대 경성 중심부의 장소성 해석 : 박태원 소설 「소설가 구보씨의 일일」을 바탕으로」, 서울대학교 대학원 석사학위논문, 2012.

정병욱, 「잊지 못할 윤동주의 일들」, 『나라사랑』 23집, 외솔회, 1976.

정선, 〈수성동〉, 《장동팔경첩》, 연도 미상.

정지용, 「백록담」, 《문장》, 1939.

정철훈, 『내가 만난 손창섭 : 재일 은둔작가 손창섭 탐사기』, 도서출판b, 2014.

정호섭, 「문학적 서사의 역사화와 기억의 전승」, 『선사와 고대』 66, 2021.

정지용, 『정지용시집』, 시문학사, 1935.

제러미 벤담Jeremy Bentham, 『파놉티콘panopticon』, 1791.

제임스 조이스James Joyce, 『율리시스Ulysses』, 1922.

조지훈, 『풀잎단장』, 창조사, 1952.

조지훈, 『조지훈시선』, 정음사, 1956.

죄르지 루카치Georg Lukás, 『소설의 이론Die Theorie des Romans』, 1916.

질 들뢰즈Gilles Deleuze, 『감각의 논리Francis Bacon : Logique de la sensation』, 1981.

차상찬, 『절처봉생』, 박문서관, 1914.

채만식, 『금의 정열』, 《매일신보》, 1939.

채만식, 「명일」, 《조광》, 1936.

최인훈, 『광장』, 1960.

최인훈, 『회색인』, 1964.

최승자, 「청파동을 기억하는가」, 『이 시대의 사랑』, 문학과지성사, 1981.

최정희, 『끝없는 낭만』, 동학사, 1958.

최하림, 『김수영 평전』, 실천문학사, 2001.

최하림, 「한낮의 이카루스, 박인환」, 『박인환 평전』, 문학세계사, 1986.

최혜실, 「한국 현대 모더니즘 소설에 나타나는 '산책자'의 주제」, 《한국현대문학연구》, 1994.

칼 쇼르스케 Carl E. Schorske, 『세기말 빈 Fin-de-siècle Vienna : Politics and Culture』, 1980.

현진건, 「고도순례 경주」, 《동아일보》, 1929.

현진건, 「단군성적聖蹟 순례」, 《동아일보》, 1932.

현진건, 『무영탑無影塔』, 《동아일보》, 1939.

현진건, 「빈처」, 《개벽》, 1921.

현진건, 『선화공주』, 《춘추》, 1940.

현진건, 「술 권하는 사회」, 《개벽》, 1921.

현진건, 「애인과 안해」, 《삼천리》, 1929.

현진건, 「역사소설 문제」, 《문장》, 1939.

현진건, 「운수 좋은 날」, 《개벽》, 1924.

현진건, 『적도』, 《동아일보》, 1934.

현진건, 「조선혼과 현대정신의 파악」, 《개벽》, 1926.

현진건, 『지새는 안개』, 《개벽》, 1923.

현진건, 「타락자」, 《개벽》, 1922.

현진건, 『흑치상지黑齒常之』, 《동아일보》, 1940.

현진건, 「희생화犧牲花」, 《개벽》, 1920.

황순원, 『일월』, 《현대문학》, 1964.

# 서울 문학 기행

방민호 교수와 함께 걷는 문학 도시 서울

**초판 1쇄 발행** 2024년 12월 30일

**지은이** 방민호
**펴낸이** 안병현 김상훈
**본부장** 이승은  **총괄** 박동옥  **편집장** 박윤희
**책임편집** 김정은  **디자인** 용석재
**마케팅** 신대섭 배태욱 김수연 김하은  **제작** 조화연

**펴낸곳** 주식회사 교보문고
**등록** 제406-2008-000090호(2008년 12월 5일)
**주소** 경기도 파주시 문발로 249
**전화** 대표전화 1544-1900  **주문** 02)3156-3665  **팩스** 0502)987-5725

ISBN 979-11-7061-214-8 (03800)